Diogenes Taschenbuch 21239

de
te
be

Die schönsten Liebes-geschichten aus Amerika

Ausgewählt von
John G. Machaffy

Diogenes

Nachweis der einzelnen Erzählungen
am Schluß des Bandes

Umschlagillustration: *Shadow Dances*
aus ›The National Police Gazette‹,
New York, ca. 1880

Veröffentlicht als Diogenes Taschenbuch, 1984

60/84/8/1
ISBN 3 257 21239 9

Inhalt

Edgar Allan Poe

Die Brille

Vor vielen Jahren war's die Mode, die Idee einer ›Liebe auf den ersten Blick‹ zu verspötteln; doch wer nachdenkt, und schon gar wer tief empfindet, hat stets verfochten, daß es sie gebe. Moderne Entdeckungen auf dem Gebiete dessen, was ethischer Magnetismus oder Magneto-Ästhetik heißen mag, machen es in der Tat wahrscheinlich, daß die natürlichsten und folglich wahrsten und intensivsten menschlichen Gemütsbewegungen jene seien, welche im Herzen wie von einem überspringenden Funken elektrischer Sympathie entzündet werden – kurz, daß die glänzendsten und dauerndsten psychischen Bande von einem einzigen Augen-Blick geknüpft werden. Das Bekenntnis, das ich hier abzulegen gedenke, wird den bereits fast unzähligen Beispielen für die Wahrheit der Behauptung ein weiteres hinzufügen.

Meine Geschichte verlangt, daß ich ein bißchen in die Minuzien gehe. Ich bin ein noch sehr junger Mann – nicht einmal ganze zweiundzwanzig Jahre alt. Mein gegenwärtiger Name ist sehr gewöhnlich und ziemlich plebejisch – Simpson. Ich sage ›mein gegenwärtiger‹; denn es ist noch gar nicht lange her, daß ich ihn trage – erst im letzten Jahre legte ich mir diesen Nachnamen gesetzlich zu, um eine große Erbschaft anzutreten, die mir von einem entfernten Verwandten, Adolphus Simpson, Esq., hinterlassen ward. Verknüpft mit dem Vermächtnisse war die Bedingung, daß ich des Erblassers

Namen mit zu übernehmen hätte – den Familien-, nicht den Taufnamen; mein Taufname ist Napoleon Bonaparte – oder genauer: so lautet mein erster und mein mittlerer Rufname.

Ich nahm das ›Simpson‹ mit einigem Widerstreben an, denn für meinen wirklichen Vatersnamen, Froissart, hegte ich einen sehr verzeihlichen Stolz – glaubte ich doch, ich könnte einem Nachfahren des unsterblichen Autors der ›Chroniken‹ auf die Spur kommen. Wo wir, nebenbei, grad beim Thema ›Namen‹ sind, darf ich wohl, die einiger meiner unmittelbaren Vorfahren betreffend, eine einzigartige Koinzidenz des Klanges erwähnen. Mein Vater war ein Monsieur Froissart in Paris. Seine Frau – meine Mutter, die er als Fünfzehnjährige ehelichte – war eine Mademoiselle Croissart, älteste Tochter des Bankiers Croissart; und dessen Frau wiederum – erst sechzehnjährig, als sie heiratete – war die älteste Tochter eines gewissen Victor Voissart. Monsieur Voissart hatte sich einzigartigerweise mit einer Dame ganz ähnlichen Namens vermählt – einer Mademoiselle Moissart. Auch sie trat noch im rechten Kindesalter in die Ehe; und gleichfalls war ihre Mutter, Madame Moissart, nur grad erst vierzehn, als sie zum Altar geführt wurde. Dies frühe Heiraten ist in Frankreich so üblich. Hier jedoch bilden Moissart, Voissart, Croissart und Froissart eine direkte absteigende Linie. Mein eigener Name wurde dann freilich Simpson, wie gesagt, und zwar durch Gesetzesakt und unter solchem Widerstreben meinerseits, daß ich eine Zeitlang tatsächlich schwankte, ob ich das Vermächtnis mit der daran geknüpften unnützen und ärgerlichen Klausel überhaupt annehmen sollte.

Was persönliche Vorzüge betrifft, so fehlt es mir daran in keiner Weise. Im Gegenteil, ich glaube, daß ich gar keine üble Figur mache und das besitze, was neun Zehntel der Welt ein hübsches Gesicht nennen würden. Meine Größe beträgt fünf

Fuß elf. Mein Haar ist schwarz und lockig. Meine Nase besitzt leidliche Wohlgestalt. Meine Augen sind groß und grau; und wenn es ihnen tatsächlich auch in sehr genierlichem Grade an Sehkraft gebricht, so dürfte doch ihre Erscheinung keinerlei solches Gebresten vermuten lassen. Die Sichtschwäche selbst ist mir allerdings stets sehr lästig gefallen, und ich habe kein Heilmittel unversucht gelassen – ausgenommen das, Gläser zu tragen. Da ich jugendlich bin und gut aussehe, habe ich natürlich eine Abneigung dagegen und es stets entschieden abgelehnt, mich ihrer zu bedienen. Tatsächlich wüßte ich nichts, was das Gesicht eines jungen Menschen derart entstellt oder einem jeden seiner Züge ein solches *air* von tumber Bravheit aufprägt, wenn nicht gar von Scheinheilig- und Ältlichkeit. Eine Lorgnette andererseits verleiht einen ausgesprochen geckenhaften und affektierten Anstrich. Bislang habe ich denn, so gut es eben gehen mochte, ohne derlei Beistand auszukommen gesucht. Doch schon zuviel von diesen rein persönlichen Details, die schließlich von geringem Belange sind. Ich will mich damit bescheiden, rasch noch anzufügen, daß mein Temperament sanguinisch ist, leicht entflammbar, glühend, enthusiastisch – und daß ich mein Leben lang ein enragierter Frauenverehrer gewesen bin.

Eines Abends im letzten Winter betrat ich, in Gesellschaft eines Freundes, Mr. Talbot, eine Loge im P--- Theater. Man gab eine Oper, und das Programm versprach eine sehr rare Attraktion, so daß das Haus brechend voll war. Wir erschienen jedoch rechtzeitig genug, um die Vordersitze zu belegen, die man für uns reserviert hatte und zu denen wir uns unter einiger Beschwerlichkeit mit den Ellbogen unsern Weg bahnten. Zwei Stunden lang widmete mein Gefährte, ein fanatischer Musikliebhaber, seine ungeteilte Aufmerksamkeit der Bühne; derweilen ich mich damit vergnügte, die Zuhörerschaft zu beobachten, die vorwiegend aus der *élite* der Stadt bestand. Nachdem ich mich in diesem Punkte zufriedengestellt, wollte ich meine Augen eben der *prima donna* zuwenden, als sie von einer Gestalt in einer der Privatlogen angezogen und gefesselt wurden, die meiner Aufmerksamkeit bislang entgangen waren.

Und lebte ich tausend Jahre – nie werd' ich die heftige Gefühlsaufwallung vergessen, mit der ich zu dieser Gestalt hinüberschaute. Es war die eines weiblichen Wesens – des herrlichsten, das ich je sah. Das Gesicht war so weit der Bühne zugewendet, daß es mir einige Minuten lang nicht gegeben war, den vollen Anblick zu erhaschen – doch die Form war *göttlich;* kein anderes Wort vermöchte seine herrliche Proportion hinlänglich auszudrücken – und selbst der Ausdruck ›göttlich‹ will mir jetzt, da ich ihn niederschreibe, lachhaft schwach erscheinen.

Die Magie fraulich-lieblicher Formen – der Zauber weiblicher Reize – war stets eine Macht, der zu widerstehen ich unmöglich gefunden hatte; doch hier war Liebreiz personifiziert, inkarniert – das *beau idéal* meiner wildesten und verzücktesten Visionen. Die Gestalt, welche der Logenbau fast vollständig zu sehen erlaubte, war etwas über mittelgroß und näherte sich den majestätischen Maßen, ohne diese aber wirklich zu erreichen. Ihre vollkommene Fülle und *tournure* waren hinreißend. Das Haupt, mir nur von hinten sichtbar, wetteiferte in seinem Umriß mit dem der griechischen Psyche, und eher noch betont zur Schau gestellt denn verhüllt ward es von einer eleganten Haube aus *gaze aérienne*, die mich an den *ventus textilis* des Apuleius denken ließ. Der linke Arm hing über die Balustrade und machte mit seinem erlesenen Ebenmaß jeglichen Nerv in mir erbeben. Oben wurde er von einem jener locker-offenen Ärmel drapiert, wie sie jetzt in Mode sind. Dieser reichte nur wenig über den Ellbogen hinab. Darunter trug sie einen Unterärmel aus hauchfeinem, dicht anliegendem Material, der in einer Krause aus reicher Spitze endete: die fiel entzückend zierlich über den Handrücken und ließ einzig die delikaten Finger frei, an deren einem ein – das sah ich gleich – außerordentlich wertvoller Diamantring funkelte. Die admirable Ründe des Handgelenks ward höchst graziös von einem Armbande hervorgehoben, das es umschloß und ebenfalls von einer prächtigen *aigrette* aus Juwelen geschmückt und zusammengehalten ward – es kündete, in nicht mißzuverstehenden Worten, zugleich den Reichtum und den wählerisch-verwöhnten Geschmack seiner Trägerin.

Ich starrte wohl wenigstens eine halbe Stunde zu dieser königlichen Erscheinung hinüber, wie wenn ich mit einem Male zu Stein geworden wäre; und derweil empfand ich voll die Kraft und Wahrheit alles dessen, was je über ›Liebe auf den ersten Blick‹ gesagt oder gesungen. Meine Empfindungen waren grundverschieden von allen, die ich bisher – selbst in Gegenwart der gefeiertsten Muster weiblicher Lieblichkeit – erfahren hatte. Eine unerklärliche und – wie ich wohl in Erwägung ziehen muß – *magnetische* Sympathie von Seele zu Seele schien nicht nur mein Schauen, sondern meine ganzen Denk- und Fühlenskräfte auf den bewundernswürdigen Gegenstand vor mir zu heften. Ich sah – ich fühlte – ich wußte, daß ich zutiefst, wahnsinnig, unwiderruflich liebte – und dies gar noch, ehe ich überhaupt das Antlitz der geliebten Person gesehen. So heftig war in der Tat die Leidenschaft, die mich verzehrte, daß ich wirklich glaubte, sie würde nur – wenn überhaupt – geringe Minderung erfahren haben, hätten sich die noch ungeschauten Züge als von nur gewöhnlichem Charakter erwiesen; so anomal ist die Natur der einzig wahren Liebe – der Liebe auf den ersten Blick –, und so wenig ist sie in

Wirklichkeit abhängig von den äußern Bedingungen, welche sie nur zu schaffen und zu kontrollieren scheinen.

Während ich noch wie eingehüllt war von Bewunderung für diese liebreizende Erscheinung, veranlaßte sie eine jähe Unruhe im Publikum, mir ihren Kopf halb zuzuwenden, so daß ich ihr Antlitz in vollem Profil erblickte. Seine Schönheit ging noch weit über meine vorahnenden Erwartungen – und doch war etwas daran, das mich enttäuschte, ohne daß ich exakt hätte sagen können, was es war. Ich sagte, es ›enttäuschte‹ mich, doch ist dies nicht eigentlich das rechte Wort. Meine Empfindungen waren in eins beruhigt und aufgewühlt. Sie hatten weniger von Heftigkeit und mehr von stiller Begeisterung an sich – enthusiastische Ruhe. Dieser Gefühlszustand rührte vielleicht von dem madonnengleichen und matronenhaften *air* des Gesichts; und doch erkannte ich sogleich, daß er nicht hiervon allein hatte aufkommen können. Es gab da noch etwas anderes – irgendein Geheimnis, das ich nicht zu entdecken vermochte – irgendeinen Ausdruck auf ihren Zügen, der mich leicht verstörte, indessen er meine Teilnahme überaus erhöhte. Tatsächlich befand ich mich just in jener Gemütsverfassung, in der ein leichterregbarer junger Mann zu allen möglichen Extravaganzen fähig ist. Wäre die Dame allein gewesen, ich hätte ganz zweifellos ihre Loge betreten und sie um jeden Preis angesprochen; doch glücklicherweise befand sie sich in doppelter Gesellschaft – eines Herrn und einer auffallend schönen Frau, die allem Anschein nach ein paar Jahre jünger war denn sie selber.

Ich wälzte wohl tausend Pläne in meinem Hirn, wie ich's, hernach, zuwege bringen könnte, der älteren Dame vorgestellt zu werden, oder jedenfalls doch für den Augenblick ihre Schönheit bestimmter zu Gesicht bekommen möchte. Wohl hätte ich mir einen Platz genommen, der näher dem ihren gelegen, doch machte dies das vollbesetzte Theater unmöglich; und die strengen Vorschriften des Mode-Brauchs hatten neuerdings, in einem Fall wie diesem, kategorisch die Benutzung des Opernglases verboten, selbst wenn ich so glücklich gewesen wäre, eines bei mir zu haben – aber das war nicht der Fall –, und so saß ich denn verzweifelt da.

Schließlich besann ich mich, meinen Gefährten anzugehen. »Talbot«, sagte ich, »*Sie* haben doch ein Opernglas. Geben Sie es mir.«

»Ein Opernglas? – aber nein! – was, meinen Sie, sollte *ich* wohl mit einem Opernglase anfangen!« Und ungeduldig wandte er sich wieder der Bühne zu.

»Aber, Talbot«, fuhr ich fort und zog an seiner Schulter, »hören Sie mir doch einmal zu, ja? Also – sehen Sie die Proszeniumsloge? – dort? – nein, die nächste. – Erblickten Sie je ein Weib von solchem Liebreiz?«

»Sie ist sehr schön, kein Zweifel«, sagte er.

»Ich frage mich, wer sie sein mag!«

»Was denn – also das ist ja himmlisch – Sie wissen wirklich nicht, wer sie ist? ›Wer sie nicht kennt, ist selber unbekannt.‹ Sie ist die gefeierte Madame Lalande – die Schönheit des Tages *par excellence* – und Gesprächsgegenstand der ganzen Stadt. Unermeßlich reich auch – Witwe – und eine großartige Partie – ist grad von Paris angekommen.«

»Sie kennen sie?«

»Ja – ich habe die Ehre.«

»Wollen Sie mich bei ihr einführen?«

»Aber gewiß – mit dem größten Vergnügen; wann soll es sein?«

»Morgen, um eins; ich treffe Sie bei B-----'s.«

»Sehr schön; und nun halten Sie aber den Mund, wenn's geht.«

Was dies letztere betrifft, so mußte ich mich wohl oder übel Talbots Weisung fügen; denn gegen jede weitere Frage oder Andeutung stellte er sich störrisch taub und beschäftigte sich für den Rest des Abends ausschließlich mit dem, was auf der Bühne vor sich ging.

Inzwischen wandte ich kein Auge von Madame Lalande, und schließlich widerfuhr mir das Glück, einen vollen Blick von vorn auf ihr Gesicht zu gewinnen. Es war von berückender Lieblichkeit; dies hatte mein Herz mir natürlich schon vorher gesagt, ganz abgesehen davon, daß Talbot mir in diesem Punkte volle Gewißheit gegeben hatte – doch nach wie vor verstörte mich jenes unbegreifliche Etwas. Ich deutete's mir schließlich so, daß meine Sinne von einem gewissen Fluidum des Ernstes, der Trauertrübe oder – noch genauer – der Abgespanntheit beeindruckt seien, das dem Gesichte etwas von seiner Jugend und Frische nahm, nur um es freilich mit seraphischer Zartheit und Majestät auszustatten und damit in meinem enthusiastischen und romantischen Temperament eine zehnfache Teilnahme zu wecken.

Derweilen sich so meine Augen weideten, merkte ich's schließlich, zu meiner redlichen Bestürzung, an einem fast unmerklichen Stutzen, daß die Dame plötzlich meines intensen Starrens gewahr geworden. Noch war ich von Grunde auf fasziniert und konnte den Blick nicht abwenden, und wäre's auch nur für einen Augenblick gewesen. Sie kehrte das Gesicht zur Seite, und wieder sah ich einzig die gemeißelte Kontur ihres Hinterhaupts. Nach einigen Minuten brachte sie, ganz wie von Neugier getrieben, zu sehn, ob denn mein Blick noch immer an ihr hinge, schrittweis' das Angesicht erneut herum und begegnete erneut meinem brennenden Starren. Ihre großen dunkeln Augen senkten sich im Moment, und eine tiefe Röte deckte ihre Wange. Doch wer beschreibt mein

Erstaunen, als ich bemerkte, daß sie bei diesem zweiten Male nicht nur den Kopf nicht abwendete, sondern wahrhaftig von ihrem Gürtel eine Doppel-Lorgnette nahm – sie hob – sie adjustierte – und mich sodann hindurch betrachtete, nachhaltig, kalten Bluts, Minuten lang.

Wäre ein Blitzzack zu meinen Füßen eingeschlagen, ich hätte darob kaum gründlicher bestürzt sein können – doch nur bestürzt, nicht etwa gar beleidigt oder, sei's auch im leisesten Grade, davon abgestoßen; obschon solch kühne Handlung bei jeder andern Frau beleidigend oder abstoßend hätte wirken müssen. Doch das Ganze geschah mit so viel Gleichmut – so viel *nonchalance* – so viel gelaßner Ruhe – kurz, mit solch offenbarem *air* von höchster Bildung –, daß nichts von bloßer Ungezogenheit erkennbar war und sich in mir als einziges Empfinden Bewunderung und Überraschung regten.

Ich nahm's nun wahr, daß sie, beim ersten Heben der Lorgnette, anscheinend mit einer momentanen Musterung meiner Person zufrieden gewesen war und das Instrument sinken ließ, als sie, wie von einem zweiten Gedanken durchzuckt, es wieder ansetzte und so fortfuhr, mich mit beharrter Aufmerksamkeit zu mustern, und zwar erneut Minuten lang – zu allermindest fünf Minuten lang, dess' bin ich sicher.

Dies in einem amerikanischen Theater so sonderliche Verhalten erregte die breiteste Obacht und ließ im Auditorium eine unbestimmte Bewegung aufkommen, oder ein Flüstersummen, das mich, momentlang, mit Verwirrung füllte, doch auf die Züge von Madame Lalande keinerlei sichtbare Wirkung übte.

Nachdem sie ihre Neugier – wenn's das war – befriedigt, senkte sie das Glas und widmete ihr Augenmerk gelassen wiederum der Bühne; ihr Profil dabei wie vorher hin zu mir gewendet. Ich fuhr fort, sie unablässig zu beobachten, obschon ich mir der Unmanierlichkeit solchen Tuns durchaus bewußt war. Jetzt sah ich das Haupt langsam und leicht seine Stellung verändern; und bald schon ward ich überzeugt, daß die Dame, indessen sie sich den Anschein gab, zur Bühne hin zu blicken, in Wahrheit mich aufs angelegentlichste betrachtete. Es ist überflüssig zu erwähnen, welche Wirkung dies Verhalten, auf Seiten einer so faszinierenden Frau, auf meinen erreglichen Sinn übte.

Nachdem sie mich wohl eine Viertelstunde lang forschend gemustert, wendete sich der liebliche Gegenstand meiner Leidenschaft an den Herrn, der sie begleitete, und während sie noch sprach, versah ich's mit Bestimmtheit an den Blicken beider, daß ihre Unterhaltung sich auf mich bezog.

Als sie beendigt, wandte sich Madame Lalande erneut der Bühne zu, und für einige Minuten schien sie nun ganz in die Darbietungen versunken. Als diese Zeit jedoch vorüber war, packte mich doch ein äußerstes Maß von Erregung, da ich sie nun zum zweiten Male die Lorgnette auseinanderklappen sah, die ihr am Gürtel hing: wie vorher richtete sie voll das Glas auf mich, und ohngeacht' des neuerlichen Flüsters im Publikum, maß-musterte sie mich von Kopf bis Fuß mit jener selben wunderbaren Gemütsgelassenheit, die mir die Seele vorher so verzückt und so verworren hatte.

Dies außerordentliche Verhalten, das mich in ein förmliches Fieber der Erregung warf – ja in ein absolutes Liebes-Delirium –, diente mir eher zur Ermutigung, denn daß es mir den Ansporn dämpfte. Im wahnwitzigen Gestüme meiner Verehrung vergaß ich alles um mich her und sah nur noch die majestätische Lieblichkeit der Vision, die meinem Stier-Blick gegenüberstand. Als ich einmal die Zuhörerschaft vollauf mit der Oper beschäftigt glaubte, ergriff ich die Gunst der Gelegenheit, richtete fest mein Auge auf die Blicke von Madame Lalande und machte ihr momentlang eine leichte, doch unmißverständliche Verbeugung.

Sie errötete aufs tiefste – dann wandte sie die Augen ab – dann schaute sie sich langsam und mit Vorsicht um, offenbar um zu sehen, ob meine übereilte Tat bemerkt worden sei – dann beugte sie sich zu dem Herrn hinüber, der an ihrer Seite saß.

Ich empfand nunmehr brennend die Ungehörigkeit, die ich begangen hatte, und erwartete nichts weniger als ein augenblickliches, mich bloßstellendes Aufsehen; derweilen eine Vision von Pistolen, anderntags auf mich gerichtet, mir rasch und unbehaglich durchs Gehirn flutete. Ich fand jedoch höchste und unmittelbare Erleichterung, als ich sah, wie die Dame lediglich wortlos jenem Herrn einen Theaterzettel reichte; doch mag der Leser sich einen schwachen Begriff von meinem Erstaunen machen – von meiner zutiefsten *Bestürzung* – von meiner wahnwitzigen Herzens- und Seelenverwirrnis –, da sie nun, im Augenblick danach, sich wiederum verstohlen rund umschaute und voll und fest ihr leuchtend' Auge auf dem meinen ruhen ließ, um dann mit schwachem Lächeln eine blitzende Reihe von perlengleichen Zähnen zu enthüllen und zweimal offen und bestimmt und ganz unzweifelhaft zustimmend das Haupt zu neigen.

Natürlich ist es nutzlos, sich bei meiner Freude aufzuhalten – bei meinem Entzücken – bei meiner schrankenlosen Herzens-Ekstase. Wenn je ein Mensch vor übermaßenem Glück wahnsinnig war, so ich in diesem Augenblick. Ich liebte. Ich liebte zum *ersten* Male – so empfand ich's. Es war erhabenste, war unbeschreibliche Liebe. Es war ›Liebe auf den ersten Blick‹; und auf den ersten Blick insgleichen war sie erkannt, gewürdigt *und erwidert* worden.

Ja, erwidert. Wie und warum sollt' ich daran nur einen

Augenblick zweifeln? Wie anders sollt' ich es mir auslegen – dies Verhalten einer so entzückenden Dame – die zudem so wohlhabend – so augenscheinlich besterzogen – von so hoher Bildung – so hoher gesellschaftlicher Stellung – und in jeder Hinsicht so vollkommen respektabel war, wie's mein Gefühl mir von Madame Lalande versicherte? Ja, sie liebte mich – sie erwiderte die Begeisterung meiner Liebe mit einer Begeisterung, die ebenso blind – ebenso unnachgiebig – unberechnend – hingegeben – ja schier schrankenlos war wie die meine! Diese köstlichen Phantasien und Gedankenwiderspiele wurden nun jedoch vom Fall des Zwischenaktvorhangs unterbrochen. Die Zuhörerschaft erhob sich; und das übliche Getümmel setzte unmittelbar ein. Indem ich Talbot auf dem Fleck verließ, unternahm ich jede Anstrengung, mir einen Weg in größere Nähe von Madame Lalande zu bahnen. Doch nachdem mir das die drängende Menge vereitelt, gab ich schließlich die Jagd auf und lenkte meine Schritte heimwärts; wobei mich in meiner Enttäuschung, nicht einmal den Saum ihres Kleides berührt haben zu können, die Überlegung tröstete, daß ich am nächsten Morgen ja von Talbot in aller Form bei ihr eingeführt werden sollte.

Dieser Morgen kam denn endlich auch heran; das heißt – am Ende einer langen und quälerischen Nacht des Ungeduldens dämmerte ein Tag herauf; und dann noch krochen die Stunden bis ein Uhr schier wie im Schneckengang dahin, ödweilig und unzählbar. Doch selbst Stambul, so heißt es, hat ein Ende, und so lief auch diese lange Frist denn endlich ab. Die Uhr schlug. Als das letzte Echo verklungen war, trat ich bei B-----'s ein und erkundigte mich nach Talbot.

»Fort!« sagte der Bediente – Talbots eigener.

»Fort?« wiederholte ich, indem ich ein halbes Dutzend

Schritte zurückstolperte – »hör mal zu, mein schlauer Bursch, das ist ein Ding der Unmöglichkeit; damit kommst du mir nicht durch. Mr. Talbot ist sehr wohl zu Hause. Also – was ist los?«

»Nichts, Sir; nur daß Mr. Talbot nicht da ist. Das ist alles. Er ritt gleich nach dem Frühstück hinüber nach S---- und hinterließ die Nachricht, daß er nicht vor einer Woche wieder in der Stadt sein werde.«

Ich stand wie versteinert vor Schrecken und Wut. Ich mühte mich zu antworten, doch meine Zunge versagte mir den Dienst. Schließlich drehte ich mich auf dem Absatze um, graubleich vor Grimm, und wünschte innerlich die ganze Sippschaft der Talbots in die tiefsten Tiefen des Erebos. Es lag auf der Hand, daß mein rücksichtsvoller Freund, *il fanatico*, seine Verabredung mit mir vollkommen vergessen hatte – sie vergessen hatte, kaum daß sie getroffen war. Zu keiner Zeit war er besonders gewissenhaft ein Mann von Wort. Da ließ sich nun nichts ändern; ich unterdrückte also meinen Ärger, so gut es gehen wollte, schlenderte verdrossen die Straße dahin und plagte einen jeden männlichen Bekannten, den ich traf, mit unnützen Erkundigungen nach Madame Lalande. Gehört hatten, so fand ich, schon alle von ihr – viele kannten sie von Ansehen –, doch weilte sie erst ein paar Wochen in der Stadt, und daher gab es nur wenige, die sich ihrer persönlichen Bekanntschaft rühmen konnten. Diese wenigen aber waren immer noch verhältnismäßig Fremde für sie, und so konnten – oder wollten – sie sich nicht die Freiheit nehmen, mich auf dem Wege einer formellen Morgenvisite bei ihr einzuführen. Indessen ich so noch in Verzweiflung stand und mich mit einem Trio von Freunden über das eine, alles absorbierende Thema meines Herzens unterhielt, traf es sich, daß dieses Thema leibhaftig des Weges kam.

»So wahr ich lebe, dort ist sie!« rief einer.

»Fabelhafte Schönheit!« begeisterte sich ein zweiter.

»Ein Engel auf Erden!« stieß ein dritter hervor.

Ich blickte auf; und in einer offenen Kutsche, die langsam die Straße herab auf uns zu kam, saß die bezaubernde Vision aus der Oper, begleitet von der jüngeren Dame, die mit ihr die Loge geteilt hatte.

»Ihre Gefährtin hat sich auch bemerkenswert gut gehalten«, sagte der eine aus meinem Trio, der zuerst gesprochen hatte.

»Phänomenal«, sagte der zweite; »immer noch brillant beisammen; tja, die Kunst tut Wunder. Mein Wort darauf, sie sieht sogar noch besser aus als vor fünf Jahren in Paris. Eine schöne Frau immer noch; – meinen Sie nicht auch, Froissart? – Simpson, wollte ich sagen.«

»Immer *noch?*« fragte ich, »warum sollte sie's denn nicht sein? Doch mit ihrer Freundin verglichen ist sie wie ein Binsenlicht gegen den Abendstern – ein Glühwürmchen gegen den Antares.«

»Ha! ha! ha! – also Simpson, Sie haben ein erstaunliches Fingerspitzengefühl für Entdeckungen – originelle, meine ich.« Und hier trennten wir uns, derweil einer aus dem Trio anfing, einen übermütigen *vaudeville* zu summen, von dem ich einzig die Zeilen verstand –

Ninon, Ninon, Ninon à bas –
A bas Ninon de l'Enclos!

Während dieser kleinen Szene jedoch hatte mir eines höchstlich zum Trost gereicht, obgleich es die Leidenschaft nur nährte, von der ich verzehrt ward. Als die Kutsche von Madame Lalande an unserer Gruppe vorüberrollte, hatte ich gemerkt, daß meine Angebetete mich erkannte; ja mehr noch als dies – sie hatte mich, ganz eindeutig zum Zeichen ihres

Wiedererkennens, mit einem Lächeln beglückt, wie es seraphischer sich gar nicht denken läßt.

Was eine Einführung bei ihr betraf, so war ich gezwungen, alle Hoffnung darauf fahrenzulassen, bis es Talbot gefällig sein würde, vom Lande zurückzukehren. In der Zwischenzeit suchte ich unermüdlich sämtliche reputabeln öffentlichen Vergnügungsstätten auf; und schließlich widerfuhr mir in dem Theater, da ich sie zum ersten Male gesehen, die höchste Seligkeit, sie zu treffen und erneut mit ihr Blicke tauschen zu können. Doch traf sich dies nicht eher, als zwei Wochen verstrichen waren. Jeden Tag inzwischen hatte ich nach Talbot in seinem *hôtel* gefragt, und jeden Tag war ich in einen förmlichen Krampf von Grimm verfallen beim ewiggleichen ›Noch nicht heimgekommen‹ seines Bedienten.

An jenem fraglichen Abende befand ich mich daher in einem Zustand, der vom Wahnsinn nur noch wenig entfernt war. Madame Lalande, so hatte man mir gesagt, war Pariserin – war kürzlich erst von Paris hier eingetroffen – – konnte sie nicht ganz plötzlich zurückkehren? – zurückkehren, noch ehe Talbot wieder da war –, und konnte sie nicht so auf immer mir verloren sein? Der Gedanke war zu schrecklich, um ihn zu ertragen. Da mein Zukunftsglück zur Entscheidung stand, entschloß ich mich, mit männlicher Dezision zu handeln. Kurz gesagt – als das Stück abbrach, folgte ich der Dame bis zu ihrer Wohnung, notierte mir die Adresse und sandte ihr am nächsten Morgen einen ausführlichen und vollendet sorgsam abgefaßten Brief, in dem ich ihr mein ganzes Herz ausschüttete.

Ich redete kühn, frei – kurz, ich sprach mit Leidenschaft. Ich verhehlte nichts – nicht einmal meine Schwäche. Ich spielte auf die romantischen Umstände unserer ersten Begegnung an – ja selbst auf die Blicke, welche zwischen uns hin- und hergegangen. Ich ging so weit auszusprechen, daß mein Gefühl mich ihrer Gegenliebe versichere; derweil ich diese Liebesversicherung und die Heftigkeit meiner eignen Verehrung als zwei Entschuldigungen für mein ansonsten unverzeihliches Betragen anführte. Zum dritten sprach ich von meiner Angst, sie könnte die Stadt verlassen, noch ehe mir Gelegenheit würde, formell ihr vorgestellt zu werden. Ich schloß die wildest-enthusiastischste Epistel, die nur je geschrieben, mit einer offenen Darlegung meiner weltlichen Umstände – meines üppigen Reichtums – und mit dem Antrag meines Herzens und meiner Hand.

In peinigendem Warten harrte ich der Antwort. Nachdem eine Zeit verstrichen, die mich ein Jahrhundert dünkte, kam sie.

Ja, *sie kam tatsächlich*. So romantisch dies alles auch erscheinen mag – ich empfing wirklich einen Brief von Madame Lalande – der schönen, der reichen, der abgöttisch verehrten Madame Lalande. Ihre Augen – ihre herrlichen Augen hatten ihr edles Herz nicht getrogen. Wie eine echte Französin, die sie war, hatte sie dem freimütigen Befehl ihres Geistes gehorcht – den erhabenen Trieben ihrer Natur – und allen konventionellen Prüderien der Welt Trotz geboten. Sie hatte meiner Anträge *nicht* gespottet. Sie hatte *nicht* im Schweigen Zuflucht gesucht. Sie hatte meinen Brief *nicht* ungeöffnet zurückgehen lassen. Sie hatte mir sogar Antwort gesandt, geschrieben von ihren eigenen köstlichen Fingern. Der Brief lautete folgendermaßen:

»Monsieur Simpson wird mich verzeihen, für daß ich nicht schreiben kann die schöne Spreche von sein Land so wohl als möchte. Es ist nur kurz, daß ich bin angekommen, und 'abe noch nicht Gelegenheit, ihr zu – l'étudier.

Was mit den Entschuldigung für die manières, so will nur

sagen, daß hélas! – Monsieur Simpson 'aben nur zu gutt geraten. Muß ich sagen mehr? Hélas! – 'ab ich nicht schon zuviel gesagen?

Eugénie Lalande.«

Dies edel-beseelte Billet küßte ich wohl Millionen Male, und ohne Zweifel trieb's mich noch zu tausend andern Extravaganzen, die meinem Gedächtnis entkommen sind. Und immer noch wollte Talbot *partout* nicht zurückkehren. Ach! hätte er sich nur den leisesten Begriff von der Seelenpein machen können, die seine Abwesenheit seinem Freunde bereitete – hätte ihn nicht seine mitfühlende Natur auf der Stelle zu meiner Erleichterung herbeifliegen lassen? Doch immer noch kam er nicht. Ich schrieb. Er antwortete. Dringend Geschäftliches halte ihn ab – doch werde er in Kürze wiederkehren. Er bat mich, doch nicht ungeduldig zu sein – meine Hitzigkeit zu mäßigen – lindernder Lektüre zu pflegen – nichts Stärkeres zu trinken denn Rheinwein – und bei den Tröstungen der Philosophie Beistand zu suchen. Der Narr! – wenn er denn selber nun nicht kommen konnte, warum – bei allem, was Vernunft hat – konnte er mir dann aber nicht ein Empfehlungsschreiben beischließen? Ich schrieb ihm erneut und flehte ihn an, mir doch sogleich eines zu übersenden. Mein Brief ward von *jenem* Bedienten retourniert (der Schurke hatte sich unterweil zu seinem Herrn aufs Land begeben) und trug auf der Rückseite den folgenden Bleistiftvermerk: »Hat S---- gestern verlassen, Ziel unbekannt – sagte nicht, wohin – oder wann zurück – ich hielt es darum für das beste, Ihren Brief rückzusenden; kannte Ihre Handschrift – wußte, daß eilig – wie mehr oder minder stets bei Ihnen.

Ergebenst, Stubbs.«

Es ist wohl überflüssig, extra zu vermerken, daß ich nach diesen Zeilen sowohl dem Herrn als seinem Diener sämtliche höllischen Gottheiten auf den Hals wünschte: – doch es brachte nichts ein, sich aufzuregen, und schon gar nicht fand ich irgend Trost im Klagen.

Doch immer blieb mir noch das Mittel meiner angeborenen Verwegenheit. Bislang hatte sie mich wohlbedient, und nunmehr entschloß ich mich, sie mir auch bis zum Ende helfen zu lassen. Außerdem – welchen Akt der bloßen Formlosigkeit konnte ich nach den Briefen, die wir gewechselt hatten, eigentlich – in Grenzen – noch begehen, den Madame Lalande als ungehörig hätte betrachten müssen? Seit der Affäre mit dem Brief hatte ich pfleglich ihr Haus beobachtet und so entdeckt, daß es zur Dämmerungsstunde ihre Gewohnheit war, auf einem unter ihren Fenstern liegenden Platze zu promenieren, begleitet einzig von einem Diener in Livree. Hier, inmitten des üppigen und schattigen Hains, in der grauen Dämmernis eines duftigen Mittsommer-Abends, ergriff ich meine Gelegenheit und sprach sie an.

Um den begleitenden Diener desto besser zu täuschen, gab ich mir das sichere Gehaben eines alten und vertrauten Bekannten. Mit echt pariserischer Geistesgegenwart griff sie den Einfall alsogleich auf und streckte mir, mich zu begrüßen, die bestrickend-entzückendsten Händchen hin. Der Diener zog sich augenblicklich in den Hintergrund zurück, und nun sprachen wir, die Herzen bis zum Überfließen voll, lange und rückhaltlos von unserer Liebe.

Da Madame Lalande das Englische noch weniger geläufig sprach, als sie es schrieb, erfolgte unsere Konversation notwendigerweise auf Französisch. In dieser wohlklingenden Sprache, die für die Leidenschaft ganz wie geschaffen ist, ließ ich der stürmischen Begeisterung meiner Natur freien

Lauf und erflehte mit aller Beredsamkeit, der ich gebieten konnte, ihre Einwilligung zu einer sofortigen Eheschließung.

Über diese Ungeduld lächelte sie. Sie brachte die alte Geschichte vom Dekorum vor – jenem Popanz, der so viele von der Seligkeit abhält, bis die Gelegenheit zum Seligsein für immer vorüber ist. Ich hätte höchst unklugerweise unter meinen Freunden bekannt gemacht, so bemerkte sie, daß ich ihre, Madame Lalandes, Bekanntschaft suchte – woraus hervorginge: daß ich sie nicht besäße – woraus wiederum hervorginge: daß es keine Möglichkeit gebe, das Datum unseres ersten Kennenlernens zu verheimlichen. Und dann wies sie, mit einem Erröten, darauf hin, wie so überaus jung doch diese unsere Bekanntschaft wäre. Eine sofortige Heirat würde unpassend sein – wäre unschicklich – wäre *outré*. All dies brachte sie mit einer bezaubernden *naïveté* vor, welche mich entzückte, doch auch zugleich betrübte und überzeugte. Sie ging sogar so weit, mich lachend der Übereilung zu zeihen – der Kopflosigkeit. Sie bat mich, doch zu bedenken, daß ich nicht einmal wirklich wüßte, wer sie sei – was ihre Aussichten wären, ihre Verbindungen, ihre Stellung in der Gesellschaft. Sie bettelte, doch mit einem Seufzen, ich möchte meinen Antrag noch einmal genau erwägen, und nannte meine Liebe eine Verblendung – ein Irrlicht – eine Phantasterei oder eine Grille des Augenblicks, eine grundlose und unbeständige Schöpfung eher der Einbildungskraft denn des Herzens. Diese Dinge äußerte sie, als die Schatten des milden Zwielichts sich dunkel und immer dunkler um uns verdichteten – und dann stieß sie mit einem sanften Druck ihrer elfenhaften Hand in einem einzigen süßen Augenblick das ganze Gebäude ihrer Argumente wieder um, das sie aufgerichtet hatte.

Ich erwiderte ihr, wie ich's eben nur vermochte – wie's nur

ein wahrhaft Liebender vermag. Ich sprach mit längerer Beharrlichkeit von meiner Verehrung, meiner Leidenschaft – von ihrer außerordentlichen Schönheit und meiner eigenen begeisterten Bewunderung. Zum Schluß verweilte ich, mit zwingendem Drängen, bei den Fährnissen, die den Weg der Liebe umlauern – jenen Weg echter Liebe, der noch niemals glatt und eben verlief –, und zeigte daraus auf, wie augenfällig riskant es wäre, diesen Weg unnötig lang werden zu lassen.

Dies letztere Argument schien schließlich die starre Strenge ihres Entschlusses zu erweichen. Sie gab nach; doch sei da noch ein Hindernis, so sagte sie, das ich nach ihrem Empfinden gewißlich nicht gebührend in Erwägung gezogen hätte. Es sei ein wenig delikat für eine Frau, diesen Punkt vorzubringen, zumal noch so; sie sehe indes, sie müsse ihn erwähnen und ein Opfer ihrer Gefühle bringen; doch sei für mich kein Opfer ihr zu groß. Sie spiele auf das Thema ›Alter‹ an. Sei mir denn klar – sei mir auch gänzlich deutlich, was für ein Unterschied da zwischen uns bestehe? Daß das Alter des Ehemannes das seiner Frau um ein paar Jahre – ja selbst um fünfzehn oder zwanzig – übertreffe, gelte in der Welt für zulässig und in der Tat gar ganz als in der Ordnung: doch hätte sie sich stets mit dem Glauben getragen, daß die Jahre der Frau *niemals* über die des Mannes hinausgehen sollten. Eine Diskrepanz von so unnatürlicher Art führe ach! nur allzu häufig zu einem Dasein voll Unglück. Nun sei ihr deutlich, daß mein Alter nicht über zweiundzwanzig Jahre reiche; doch sei dagegen *mir* vielleicht denn doch entgangen, daß die Jahre meiner Eugénie um recht Erkleckliches über diese Zahl hinausgingen.

Aus all diesem sprach ein Seelenadel – eine edle Redlichkeit – die mich beglückte – die mich verzückte – die mich auf ewig an sie kettete. Kaum vermochte ich dem exzessiven Freudenrausch zu gebieten, der über mich kam.

»Meine holdeste Eugénie«, rief ich, »was liegt an all dem, was Sie hier vorbringen! Ihre Jahre übertreffen in einigem Maße die meinen. Nun gut; doch was tut's! Die Sitten der Welt bestehen aus so vielen konventionellen Torheiten. Wo ist für Liebende wie uns ein Unterschied zwischen einem Jahr und einer Stunde? Ich bin zweiundzwanzig, sagen Sie; zugegeben: tatsächlich mögen Sie mich ebensowohl auch dreiundzwanzig nennen. Nun können Sie selber, meine teuerste Eugénie, doch kaum mehr Jahre zählen als – können kaum älter sein als – ich meine, kaum älter als – als – als – als –« Hier hielt ich einen Augenblick inne, in der Erwartung, Madame Lalande werde mich unterbrechen, indem sie ihr wahres Alter ergänzte. Doch eine Französin ist selten direkt und hat auf eine heikle Frage stets irgendeine kleine praktische Erwiderung eigener Art parat. Im gegenwärtigen Fall ließ Eugénie, die ein paar Augenblicke lang zuvor anscheinend nach irgend etwas in ihrem Busen gesucht hatte, schließlich ein Miniaturbild ins Gras fallen, das ich sogleich aufhob und ihr hinreichte.

»Behalten Sie es!« sagte sie mit einem schier hinreißenden Lächeln. »Behalten Sie es um meinetwillen – um der willen, die es nur allzu schmeichelhaft vorstellt. Außerdem mögen Sie vielleicht auf der Rückseite des bescheidenen Schmuckes jene Auskunft finden, welche Sie sich zu wünschen scheinen. Es wird jetzt wahrhaftig ziemlich dunkel – doch können Sie's ja morgen in aller Muße untersuchen. Inzwischen sollen Sie mich heute abend heimbegleiten. Meine Freunde wollen eine kleine musikalische *levée* halten. Ich kann Ihnen da auch etwas guten Gesang versprechen. Wir Franzosen sind nicht annähernd so zimperlich wie Sie hier in Amerika, und ich werde keine

Schwierigkeit haben, Sie als einen guten alten Bekannten mit einzuschmuggeln.«

Bei diesen Worten nahm sie meinen Arm, und ich geleitete sie heim. Ihre Wohnung war hochelegant und, glaube ich, nach gutem Geschmack eingerichtet. Über dies letztere darf ich mir freilich ein Urteil kaum erlauben; denn als wir ankamen, war es schon dunkel; und in amerikanischen Häusern der besseren Klasse treten Lichter während der Sommerhitze selten zu dieser, der annehmlichsten Tageszeit in Erscheinung. Etwa eine Stunde nach meinem Eintreffen, das ist sicher, wurde eine einzige abgeschirmte Solarlampe im Hauptsalon entzündet; und dieses Appartement, so konnte ich denn sehen, war mit ungewöhnlich gutem Geschmack, ja prunkhaft ausgestattet; doch zwei andere Räume der Suite, in denen die Gesellschaft sich in der Hauptsache zusammenfand, blieben während des ganzen Abends in sehr angenehmem Schattendunkel. Es ist das eine wohlerdachte Sitte, denn sie läßt den Gästen wenigstens die Wahl zwischen Licht und Schatten, und unsere Freunde jenseits des Wassers haben sie denn auch sogleich mit bestem Grunde übernommen.

Der so verbrachte Abend war fraglos der wonnigste meines Lebens. Madame Lalande hatte die musikalischen Talente ihrer Freunde nicht übertrieben; und ein Gesang, wie ich ihn hier hörte, war mir noch nie so trefflich in einem privaten Zirkel zu Gehör gekommen, wenn ich von Wien einmal absehe. Der Instrumentalisten waren viele, und alle besaßen überragende Begabung. Die Vokalisten waren vorzüglich Damen, und keine von ihnen bot eine weniger denn gute Leistung. Als schließlich mit Nachdruck nach ›Madame Lalande‹ gerufen wurde, erhob sie sich sogleich ohne alles Zieren oder Bedenken von der *chaise longue*, auf welcher sie an meiner Seite gesessen, und begab sich, begleitet von einem oder zwei Herren und ihrer Freundin aus der Oper, zu dem Pianoforte im Hauptsalon. Ich hätte sie wohl selbst hinbegleitet, doch hielt ich's, unter den Umständen meiner Einführung im Hause, dann doch für besser, unbemerkt zu bleiben, wo ich war. So ward ich des Genusses beraubt, sie singen zu sehen; zu hören vermochte ich sie allerdings.

Der Eindruck, den sie auf die Gesellschaft hervorbrachte, schien förmlich elektrisch – doch die Wirkung auf mich selbst war gar noch mehr. Ich weiß sie nicht angemessen zu beschreiben. Zum Teil rührte sie zweifellos von dem Liebesempfinden her, von dem ich durchdrungen war; doch in der Hauptsache von meinem überzeugten Wissen um die extreme Empfindsamkeit der Sängerin. Schon jenseits des Bereichs der Kunst liegt es, Arie oder Rezitativ einen leidenschaftlicheren *Ausdruck* zu geben, denn ihrer war. Ihr Vortrag der Romanze aus dem Othello – die Schattierung, mit der sie die Worte ›Sul mio sasso‹ aus den Capuletti wiedergab – das klingt noch jetzt in meinem Gedächtnisse nach. Ihre tiefe Lage war ein absolutes Mirakel. Ihre Stimme umfaßte drei volle Oktaven und reichte vom Kontraalt-D bis zum hohen D des Soprans, und obschon sie hinreichend mächtig war, den San Carlos zu füllen, führte sie doch jede Kniffligkeit der Gesangskomposition mit der differenziertesten Treue aus – auf- und niedersteigende Skalen, Kadenzen oder *fioriture*. Im Finale der Somnambula brachte die Sängerin einen überaus merkwürdigen Effekt bei den Worten hervor:

Ah! non giunge uman pensiero
Al contento ond'io son' piena.

Sie modifizierte da, in Nachahmung der Malibran, die Originalphrase Bellinis, und zwar ließ sie ihre Stimme bis zum Tenor-G niedersteigen, um sodann, in jähem Übergang, das hohe G anzuschlagen – und also einen Sprung über ein Intervall von zwei Oktaven zu tun.

Nach dieser stimmlichen Wunderleistung erhob sie sich vom Pianoforte und kehrte auf ihren Platz an meiner Seite zurück, wo ich ihr, in Ausdrücken der tiefsten Begeisterung, mein Entzücken über ihren Vortrag aussprach. Von meiner Überraschung erwähnte ich nichts, und doch war ich ganz ungeheuchelt überrascht; denn eine gewisse Kraftlosigkeit oder vielmehr eine gewisse zittrige Unentschlossenheit, die ihrer Stimme in der gewöhnlichen Konversation eigen war, hatte mich wirklich nicht ahnen lassen, daß sie sich ihrer Aufgabe als Sängerin mit besonderm Talent entledigen werde.

Unsere Unterhaltung nun war lang, ernst, ununterbrochen und völlig rückhaltlos. Sie ließ mich mancherlei aus meinen früheren Lebensabschnitten berichten und lauschte jedem Wort meiner Erzählung mit atemloser Aufmerksamkeit. Nichts verschwieg ich ihrer vertrauensvollen Liebeszuneigung – fühlte ich doch, daß ich ein Recht hatte, ihr nichts zu verschweigen. Ermutigt von der Offenheit, mit der sie den delikaten Punkt ihres Alters behandelt hatte, ging ich mit vollkommenem Freimut nicht nur ausführlich auf viele meiner kleineren Fehler ein, sondern legte ein volles Bekenntnis jener innerlichen, ja gar jener körperlichen Schwächen ab, deren Enthüllung ein viel höheres Maß an Mut erfordert und darum ein desto sichererer Liebesbeweis ist. Ich berührte die Unbesonnenheiten meiner College-Jahre – meine Extravaganzen – meine Zechereien – meine Schulden – meine Liebeleien. Ich ging sogar so weit, von einem leicht hektischen Husten zu sprechen, der mich eine Zeitlang einmal geplagt hatte – von einem chronischen Rheumatismus – von den stechenden Schmerzen einer ererbten Gicht – und zum Schluß von der widrigen und lästigen, doch bislang sorgsam gehüteten Schwäche meiner Augen.

»Was diesen letzteren Punkt betrifft«, sagte Madame Lalande lachend, »so war es gewißlich unbesonnen von Ihnen, ihn zu bekennen; denn ohne dieses Bekenntnis, das möchte ich doch für ausgemacht nehmen, hätte wohl niemand Sie dieses Verbrechens geziehen. Nebenbei bemerkt«, fuhr sie fort, »erinnern Sie sich noch –« und hier, bildete ich mir ein, ward deutlich ein Erröten auf ihrer Wange sichtbar – bei aller Dunkelheit des Appartements – »erinnern Sie sich vielleicht, *mon cher ami*, noch dieser kleinen Augenhilfe, die nun an meinem Halse hängt?«

Bei diesen Worten drehte sie in ihren Fingern eben jene Doppel-Lorgnette, welche mich in der Oper so in Verwirrung gebracht hatte.

»Aber ja – ach! und ob ich mich erinnere!« rief ich aus, indem ich leidenschaftlich die zartfeine Hand drückte, die mir das Glas zur nähern Ansicht hinhielt. Es bildete ein kompliziertes und prächtiges Spielzeug, reich ziseliert und voller Filigran, und es glitzerten daran Juwelen, deren hohen Wert ich selbst bei dem so mangelhaften Licht gar nicht übersehen konnte.

»*Eh bien! mon ami*« – und mich überraschte denn doch ein gewisses *empressement* in ihrem Verhalten, als sie nun fortfuhr – »*eh bien! mon ami*, Sie haben ernstlich eine Gunst von mir erbeten, welche Sie so gütig waren als unschätzbar zu bezeichnen. Sie baten mich auf morgen um meine Hand. Sollte ich diesem Antrage – und, so darf ich hinzufügen, der Stimme meines eigenen Herzens – Gehör schenken – wäre es da unbillig von mir, wenn ich an Sie eine kleine – eine sehr kleine Gegenbitte richtete?«

»Sprechen Sie!« rief ich mit einem Ungestüm, das fast die

Obacht der Gesellschaft auf uns gezogen hätte, und einzig deren Gegenwart hielt mich ab, mich meiner Angebeteten stürmisch zu Füßen zu stürzen. »Sprechen Sie, meine Geliebte, meine Eugénie, mein Eigen! – nennen Sie mir Ihre Bitte! – doch, ach! sie ist ja schon gewährt, noch ehe sie ausgesprochen.«

»Nun denn – Sie sollen, *mon ami*«, sagte sie, »um der Eugénie willen, die Sie lieben, jene kleine Schwäche überwinden, die Sie zuletzt eingestanden – diese mehr innerliche, denn körperliche Schwäche –, die so wenig, lassen Sie mich's Ihnen versichern, zum Adel Ihrer wahren Natur paßt – so unvereinbar ist mit der Redlichkeit Ihres Charakters – und die Sie, wenn Sie ihr nicht künftig Schranken setzen, gewißlich früher oder später in sehr widrige Verlegenheiten bringen wird. Um meinetwillen sollen Sie diese Eitelkeit überwinden, welche Sie, das geben Sie selber ja zu, zum stillschweigenden oder indirekten Verleugnen Ihrer Sehschwäche verleitet. Denn diese Schwäche bestreiten Sie virtuell, wenn Sie es ablehnen, sich der gebräuchlichen Mittel zu ihrer Linderung zu bedienen. So werden Sie mich wohl verstehen, wenn ich die Bitte an Sie richte, doch eine *Brille zu tragen:* – ah, still! – Sie haben ja bereits Ihr Einverständnis erklärt, sie zu tragen, *um meinetwillen.* Nehmen Sie denn das kleine Spielzeug, das ich hier in meiner Hand halte und das, obschon bewundernswürdig als Seh-Hilfe, als Schmuckstück wirklich von nicht gar so immensem Werte ist. Sie sehen, daß es durch eine geringfügige Veränderung – so – oder so – in Form einer Brille vor die Augen gesetzt oder in der Westentasche als Lorgnette getragen werden kann. Doch haben Sie bereits ja zugestimmt, sich in der erstern Weise, und gewohnheitsmäßig, seiner zu bedienen – *um meinetwillen.*« Dieses Ansinnen – muß ich's bekennen? – verwirrte mich in nicht geringem Grade. Doch die

Bedingung, mit der es verknüpft war, ließ ein Zögern natürlich gar nicht in Frage kommen.

»Es gilt!« rief ich mit all der Begeisterung, die ich im Augenblick nur aufzubringen vermochte. »Es gilt – mit höchster Freude will ich's gelten lassen. Um Ihretwillen opfere ich jede Empfindlichkeit. Heute abend noch trage ich dies teuere Augenglas – als Lorgnette und auf meinem Herzen; doch beim ersten Dämmerschein des Morgens, der mir das Vergnügen bringt, Sie mein Weib zu nennen, will ich's mir auf die – auf die Nase setzen – und es fortan dort stetig tragen, in der zwar weniger romantischen und weniger modischen, doch dafür gewiß höchst zweckdienlichen Weise, die Sie wünschen.«

Unsere Unterhaltung wandte sich nun den Einzelheiten unseres Arrangements für den nächsten Morgen zu. Talbot, so erfuhr ich von meiner Verlobten, war soeben wieder in der Stadt eingetroffen. Ihn sollte ich sogleich aufsuchen und eine Kutsche besorgen. Die *soirée* würde kaum vor zwei Uhr zu Ende gehen; und um diese Stunde sollte das Gefährt dann vor der Haustür sein; im Durcheinander, das beim Aufbruch der Gesellschaft entstehen würde, könnte Madame L. leicht unbemerkt einsteigen. Wir sollten dann beim Hause eines Geistlichen vorsprechen, der dienstbereit sein würde; dort getraut werden, Talbot entlassen, und zu einer kurzen Reise in den Osten aufbrechen; – die Modewelt mochte derweil zu Hause bleiben und sich über der Sache Kopf und Zunge zerbrechen, soviel sie nur wollte.

Nachdem wir dies alles geplant, empfahl ich mich sogleich und begab mich auf die Suche nach Talbot, konnte jedoch unterwegs nicht widerstehen und trat in einen Gasthof, um die Miniatur zu inspizieren; und das tat ich mit der wirksamen Hilfe der Lorgnette. Die Gesichtsbildung war über alle Maßen lieblich! Diese großen leuchtenden Augen! – diese stolze griechische Nase! – diese dunkeln üppigen Locken! – »Ah!« rief ich mir aufjauchzend selber zu, »ein wahrlich sprechendes Bildnis meiner Geliebten!« Ich wendete es um und entdeckte die Worte – ›Eugénie Lalande – im Alter von siebenundzwanzig Jahren und sieben Monaten‹.

Ich fand Talbot zu Hause und ging sogleich daran, ihn mit meinem Glücksgeschick bekanntzumachen. Er bezeigte äußerstes Erstaunen, natürlich, doch beglückwünschte er mich auf das herzlichste und trug mir jede Unterstützung an, die in seiner Macht stünde. Um es kurz zu machen: wir führten unser Arrangement bis auf den Buchstaben aus; und um zwei Uhr morgens, grad zehn Minuten nach der Trauungszeremonie, fand ich mich mit Madame Lalande – mit Mrs. Simpson, sollte ich sagen – in einer geschlossenen Kutsche, und mit großer Geschwindigkeit fuhren wir aus der Stadt, in nordöstlicher Richtung.

Da wir die ganze Nacht über auf sein mußten, sollten wir, so hatte's uns Talbot bestimmt, eine erste Rast in C---- machen, einem etwa zwanzig Meilen von der Stadt gelegenen Dorfe, dort ein kleines Frühstück einnehmen und uns etwas ausruhen, ehe es auf unserer Route weiterging. Genau um vier Uhr fuhr denn auch die Kutsche beim Hauptgasthof vor. Ich half meinem angebeteten Weibe hinaus und bestellte sogleich den Imbiß. Inzwischen wurden wir in ein kleines Gastzimmer gewiesen und setzten uns dort nieder.

Es war jetzt fast, wenn nicht schon gänzlich, Tag; und als ich hingerissen auf den Engel an meiner Seite blickte, schoß mir ganz plötzlich der sonderbare Gedanke durch den Kopf, daß ich mich in diesem Augenblick wahrhaftig zum allererstenmal seit meinem Bekanntwerden mit der gefeierten Lieblichkeit von Madame Lalande einer nähern Besichtigung dieser Lieblichkeit bei Tageslicht erfreuen konnte.

»Und nun, *mon ami*«, sagte sie, indem sie meine Hand nahm und so diesen Gedankengang unterbrach, »und nun, *mon cher ami*, da wir unlöslich eins sind – da ich deinen leidenschaftlichen Bitten Gehör geschenkt und meinen Teil unserer Verabredung erfüllt habe, darf ich wohl annehmen, daß du nicht vergaßest, wie auch du eine kleine Gunst zu erweisen hast – denn gewiß doch willst du das kleine Versprechen halten, das du gabst. Ah! laß mich sehen! Laß mich nachdenken! Ja; ganz leicht entsinne ich mich des vollen Wortlauts jenes teueren Versprechens, das du Eugénien letzten Abend gabst. Höre! Du sagtest folgendes: ›Es gilt – mit höchster Freude will ich's gelten lassen. Um Ihretwillen opfere ich jede Empfindlichkeit. Heut abend noch trage ich dies teuere Augenglas – als Lorgnette und auf meinem Herzen; doch beim ersten Dämmerschein des Morgens, der mir das Vorrecht bringt, Sie mein Weib zu nennen, will ich's mir auf die – auf die Nase setzen – und es fortan dort stetig tragen, in der zwar weniger romantischen und weniger modischen, doch dafür gewiß höchst zweckdienlichen Weise, die Sie wünschen.‹ Das waren die genauen Worte, mein geliebter Gatte, nicht wahr?«

»Das waren sie«, sagte ich; »du hast ein ausgezeichnetes Gedächtnis; und ganz gewiß doch, meine entzückende Eugénie, besteht auf meiner Seite keinerlei Neigung, der Erfüllung des geringen Versprechens, das sie enthalten, auszuweichen. Sieh her! Nun? Sie steht mir sogar – einigermaßen – nicht wahr?« Und hier setzte ich die Gläser, nachdem ich sie in gewöhnliche Brillenform gebracht, bedächtig an die ihnen zukommende Stelle; indessen Madame Simpson ihre Haube zurechtrückte, die Arme verschränkte und sich kerzengerade in ihrem Stuhl aufrichtete, zu einer etwas steifen und gekünstelten und in der Tat nicht eben sehr würdevollen Haltung.

»Allgütiger Himmel!« rief ich da aus, im gleichen Augenblick fast, da der Brillenrand meine Nase berührte – »Oh du allgütiger Himmel! – was – was mag nur mit dieser Brille sein?« Und indem ich sie rasch abnahm, putzte ich die Gläser mit einem seidenen Taschentuch, um sie sodann wieder aufzusetzen.

Doch wenn im ersten Augenblick etwas geschehen war, das mir Überraschung brachte, so wuchs im zweiten diese Überraschung zum Staunen; und dieses Staunen fuhr mir denn doch in die Glieder – wie ein Schreck – ja ich darf sagen, wie ein Schock. Was, im Namen alles Gräßlichen, hatte dies zu bedeuten? Konnte ich meinen Augen trauen? – *konnte* ich? – das war die Frage. War das – war das – war das *rouge?* Und waren dies – und waren dies – waren dies *Runzeln* auf dem Gesicht von Eugénie Lalande? Und oh! Jupiter und all ihr Götter und Göttinnen, klein und groß! – was – was – *was* war aus ihren Zähnen geworden? Heftig schleuderte ich die Brille zu Boden, sprang auf die Füße und stand aufrecht mitten im Raum vor Mrs. Simpson, die Arme in die Seiten gestemmt, die Zähne fletschend, und schäumend vor Grimm – doch zu gleicher Zeit schier sprachlos vor Schrecken und vor Wut.

Nun habe ich bereits gesagt, daß Madame Eugénie Lalande – oder vielmehr Simpson – die englische Sprache mündlich noch weniger beherrschte als schriftlich; und aus diesem Grund vermied sie es denn auch sehr richtiger Weise stets, sie bei gewöhnlichen Anlässen zu sprechen. Doch Wut treibt eine Dame zum Äußersten; und im vorliegenden Fall trieb sie Mrs. Simpson zum wirklich Alleräußersten, nämlich zu dem Versuch, in einer Sprache Konversation zu machen, die ihr nur höchst ungenügend zu Gebote stand.

»Nun, Monsieur«, so sagte sie, nachdem sie mich einige Augenblicke lang mit offenbar großer Verwunderung gemustert hatte – »nun, Monsieur! – und was denn? – was is los? 'aben Sie etwa den Tanz von Sankt Veit? Wenn misch nischt magen, was denn kaufen die Katz' in Sack?«

»Du Elende!« erwiderte ich und holte tief Luft – »du – du – du garstige alte Hexe!«

»Exe? – alte? – isch bin doch überhaup' nisch so serr alt! isch nisch mehr alt, nisch ein' Tag, wie zweiundachtzick.«

»Zweiundachtzig!« stieß ich hervor und taumelte gegen die Wand – »zweiundachtzigmal hunderttausend Paviane! Auf der Miniatur stand doch siebenundzwanzig Jahre und sieben Monate!«

»Abber gewiß – das is so! – is serr wahr! abber der Bildnis is gemacht vor die fümmunfümzick Jahr. Wie isch mein zweites Ehemann ge'eirat', Monsieur Lalande, da 'ab den Bildnis gelassen machen vor mein' Tochter von mein' erstes Ehemann, Monsieur Moissart!«

»Moissart?« rief ich.

»Ja, Moissart«, sagte sie, indem sie meine Aussprache nachäffte, die – um die Wahrheit zu sagen – nicht die allerbeste war; »und was denn? was weißen denn *Sie* von den Moissart?«

»Nichts, du alte Vogelscheuche! – ich weiß überhaupt nichts von ihm; nur hatte ich einmal einen Vorfahren, der so hieß.«

»So 'ieß? Und was sagen Sie zu das Name? Is ein serr gutes Name; is wie Voissart – is auch serr gutes Name. Mein' Tochter, Mademoiselle Moissart, die 'at ge'eirat' Monsieur Voissart; und die Name sind beides serr respecktabele Name.«

»Moissart?« rief ich aus, »und Voissart? was ist das – was meinst du damit?«

»Was damit meine? – Isch meine Moissart und Voissart; und wegen das, da mein' isch auch mit Croissart und Froissart, wenn es mich paßt. Mein' Tochter ihr' Tochter, Mademoiselle Voissart, die 'eirat' Monsieur Croissart, und denn wieder 'eirat' mein' Tochters Tochtertochter, die 'eirat' Monsieur Froissart; und nun sagen bestimmt, das is keine serr respecktabele Name.« »Froissart!« sagte ich, und mir wurde langsam schwach, »nun – aber du sagtest doch nicht Moissart, Voissart, Croissart und Froissart?«

»Gewißlich doch«, erwiderte sie, indem sie sich voll in ihrem Stuhl zurücklehnte und ihre unteren Gliedmaßen zu großer Länge ausstreckte; »ja, Moissart, Voissart, Croissart und Froissart. Abber Monsieur Froissart, das war, was Sie eine riesige Tölpel nennen – eine rechte Dummkopf als wie Sie, Monsieur – weil 'at er *la belle France* verlassen, um nach diese stupide *Amérique* zu gehen – und wie er 'ier 'inkommen is, 'at er ein serr stupides, ein *serr*, *serr* stupides Sohn gekrickt, so 'ab isch ge'ören, 'ab abber noch nie das *plaisir*, mit ihm zu treffen – isch nisch und auch nisch mein' Begleitung, die Madame Stephanie Lalande. Er 'eißen Napoleon Bonaparte Froissart, und nun sagen bestimmt, das is auch keine serr respecktabele Name.«

Entweder die Länge oder die Natur dieser Rede brachte es mit sich, daß Mrs. Simpson in wahrhaft außerordentliche Hitze geriet: und als sie schließlich, mit großer Mühe nur, zu Ende gekommen war, sprang sie wie besessen aus ihrem Stuhle auf und ließ dabei ein ganzes Universum von Corsettagen zu Boden fallen. Einmal auf die Füße gekommen, knirschte sie mit dem Zahnfleisch, schwenkte die Arme, rollte die Ärmel auf, schüttelte mir die Faust ins Gesicht und beschloß ihre Darbietung damit, daß sie sich die Haube vom Kopfe riß und mit ihr eine riesige Perücke vom wertvollsten und allerschönsten schwarzen Haar; das alles schmiß sie heulend auf den Boden, um sodann darauf herumzutrampeln und in absoluter Ekstase und Agonie von Wut einen Fandango darauf zu tanzen.

Inzwischen sank ich entsetzt in den Stuhl, welchen sie freigemacht hatte. »Moissart und Voissart!« wiederholte ich gedankenvoll, als sie einen ihrer Luftsprünge machte, »und Croissart und Froissart!«, als sie eben einen weiteren vollführte – »Moissart, Voissart, Croissart und Napoleon Bonaparte Froissart! – o du unsägliche alte Schlange, das bin *ich* – das bin *ich* – hörst du? – *ich* bin das« – hier stieg meine Stimme zu einem schrillen Kreischen an – »*iiich* bin das! *Ich* bin Napoleon Bonaparte Froissart! Und wenn ich nicht meine eigene Ururgroßmutter geheiratet habe, so will ich auf ewig verdammt sein!«

Madame Eugénie Lalande, *quasi* Simpson – früher Moissart – war, in aller Nüchternheit betrachtet, tatsächlich meine Ururgroßmutter. In ihrer Jugend war sie eine Schönheit gewesen, und selbst mit zweiundachtzig noch besaß sie die majestätische Größe, die plastische Kopfform, die zartscharfen Augen und die griechische Nase ihrer Mädchenzeit. Mit der zusätzlichen Hilfe von Perlweiß, Rouge, falschem Haar, falschen Zähnen und falscher *tournure*, wie auch der geschicktesten Modisten von Paris, brachte sie es zuwege, unter den *beautés un peu passées* der französischen Metropole einen beachtlichen Platz zu behaupten. In dieser Hinsicht durfte man tatsächlich sagen, daß sie der berühmten Ninon de l'Enclos nur wenig nachstand.

Sie war unermeßlich reich, und als sie zum zweitenmal kinderlos zur Witwe wurde, besann sie sich meiner Existenz in Amerika, und in der Absicht, mich zum Erben zu machen, stattete sie den Vereinigten Staaten einen Besuch ab, in Begleitung einer entfernten und überaus lieblichen Verwandten ihres zweiten Ehegatten – einer Madame Stephanie Lalande.

In der Oper wurde meiner Ururgroßmutter Aufmerksamkeit von meinem unverwandten Herüberstarren gefesselt;

und als sie mich daraufhin durch ihre Lorgnette musterte, ward sie von einer gewissen Familienähnlichkeit mit sich selber betroffen. Nachdem so ihr Interesse einmal erwacht war und sie wußte, daß der gesuchte Erbe tatsächlich in der Stadt weilte, stellte sie ihrerseits Erkundigungen nach mir an. Der Herr, der sie begleitete, kannte mich persönlich und erzählte ihr, wer ich wäre. Die so gewonnene Auskunft veranlaßte sie, mich erneut aufs angelegentlichste zu betrachten; und dies Verhalten war es, das mich dann derart ermutigte, daß ich mich in der bereits beschriebenen absurden Weise aufführte. Sie erwiderte meine Verbeugung, doch unter dem Eindruck, ich hätte durch irgendeinen sonderbaren Zufall ihre Identität entdeckt. Als ich, von meiner Sehschwäche und den Künsten der Toilette getäuscht über Alter und Reize der fremden Dame, so enthusiastisch von Talbot zu wissen begehrte, wer sie sei, zweifelte er natürlich keinen Augenblick, daß ich die jüngere Schönheit meinte, und unterrichtete mich entsprechend, vollkommen der Wahrheit gemäß, sie wäre ›die gefeierte Witwe, Madame Lalande‹.

Auf der Straße begegnete meine Ururgroßmutter am nächsten Morgen Talbot, einer alten Pariser Bekanntschaft; und die Unterhaltung kam ganz natürlich auch auf mich. Meine Sehschwäche wurde dann erklärt; denn die war stadtbekannt, wovon freilich ich nicht das mindeste ahnte; und meine gute alte Verwandte entdeckte, sehr zu ihrem Kummer, daß sie sich getäuscht hatte, als sie annahm, ich sei ihrer Identität gewahr geworden, und daß ich bloß einen Narren aus mir gemacht hatte, indem ich im Theater einer unbekannten alten Frau ganz offen meine Liebesleidenschaft bezeigte. Um mich für diese Unbedachtsamkeit zu strafen, heckte sie mit Talbot ein Komplott aus. Er ging mir absichtlich aus dem Wege, um zu vermeiden, mich einführen zu müssen. Meine

Straßenerkundigungen nach ›der lieblichen Witwe Madame Lalande‹ wurden natürlich auf die jüngere Dame bezogen; und so ist die Unterhaltung mit den drei Herren, die ich traf, kurz nachdem ich Talbots *hôtel* verlassen, leicht erklärlich, ebenso wie ihre Anspielung auf Ninon de l'Enclos. Ich hatte keinerlei Gelegenheit, Madame Lalande bei Tageslicht aus der Nähe zu sehen, und bei ihrer musikalischen *soirée* verhinderte mich meine alberne Eitelkeitsschwäche, die den Beistand von Augengläsern verschmähte, wirksam daran, ihr Alter zu entdecken. Als dann ›Madame Lalande‹ zum Singen aufgefordert wurde, war die jüngere Dame gemeint; und sie war es, die sich erhob, dem Ruf Folge zu leisten; lediglich um die Täuschung zu fördern, stand meine Ururgroßmutter im gleichen Augenblick mit auf und geleitete sie hinüber in den Hauptsalon zum Pianoforte. Hätte ich mich entschlossen, sie meinerseits dorthin zu begleiten, so hätte sie, das war ihr Plan, mir nahegelegt, aus Schicklichkeit zu bleiben, wo ich war; doch meine eigene Verständigkeit machte dies unnötig. Die Gesänge, die ich so sehr bewunderte und die meinen Eindruck von der Jugend meiner Geliebten so bestärkten, wurden von Madame Stephanie Lalande vorgetragen. Die Lorgnette ward mir angeboten, um dem Schwindel noch einen Verweis beizugesellen – dem Epigramm des Betrugs noch eine spitze Pointe. Die Überreichung bot Gelegenheit, mir für meine Affektiertheit die beabsichtigte Lektion zu erteilen, und sie fiel dann ja auch besonders erbaulich aus. Fast überflüssig ist es anzufügen, daß die Gläser des Instruments von der alten Dame, die es zuvor getragen, gegen ein Paar ausgetauscht worden waren, das meinen Jahren besser entsprach. Tatsächlich paßten sie mir haargenau.

Der Geistliche, der lediglich zum Schein den fatalen Knoten knüpfte, war ein durchtriebener Kumpan von Talbot und gar kein Priester. Doch dafür war er ein ausgezeichneter ›Kutscher‹; und nachdem er sich seiner Soutane entledigt hatte, um einen Überzieher anzulegen, lenkte er die Mietkutsche, die das ›glückliche Paar‹ aus der Stadt führte. Talbot nahm an seiner Seite Platz. Die beiden Schurken steckten also ›bis zum Hals‹ in der Sache, und durch ein halboffenes Fenster des hinteren Gastzimmers belustigten sich die Kerls dann auch noch grinsend am *dénouement* des Dramas. Ich glaube, ich bin genötigt, sie beide zu fordern.

Nichtsdestoweniger bin ich *nicht* der Mann meiner Ururgroßmutter; und das ist ein Gedanke, der mir unendliche Erleichterung verschafft; – doch *bin* ich der Mann von Madame Lalande – von Madame Stephanie Lalande – denn abgesehen davon, daß mich meine gute alte Verwandte zu ihrem Alleinerben machte, wenn sie stirbt – falls es dazu überhaupt je kommt –, hat sie sich die Mühe genommen, aus uns ein Paar zu machen. Alles in allem, mit *billets doux* ist es bei mir für immer vorbei, und niemals sieht man mich mehr ohne *Brille.*

(Deutsch von Hans Wollschläger)

Mark Twain

Die romantische Geschichte der Eskimomaid

»Ja, ich will Ihnen aus meinem Leben alles erzählen, was Sie gerne wissen möchten, Mr. Twain«, sagte sie mit ihrer sanften Stimme, und dabei schaute sie mir mit ihren treuherzigen Augen mild ins Angesicht, »denn es ist lieb von Ihnen, daß Sie mich gern haben und Ihnen daran liegt, meine Geschichte zu erfahren.«

In Gedanken versunken hatte sie mit einem winzigen beinernen Messerchen Walfischfett von ihren Wangen geschabt und es auf ihren Pelzärmel übertragen, ganz vertieft in den Anblick des Nordlichtes, das seine flammenden Strahlen aus dem Himmel schoß und die einsame Schnee-Ebene und die Tempel der Eisberge in den reinen Farben des Regenbogens erstrahlen ließ, wahrlich, ein Schauspiel von beinahe unerträglicher Größe und Schönheit. Doch nun schüttelte sie die träumerische Stimmung von sich ab und schickte sich an, mir die anspruchslose kleine Geschichte zu erzählen, um die ich sie gebeten hatte. Sie machte es sich auf dem Eisblock, den wir als Sofa benutzten, bequem, und ich setzte mich zurecht, um ihr zu lauschen.

Sie war ein schönes Geschöpf. Ich spreche vom Eskimostandpunkt aus. Andere hätten sie für eine Kleinigkeit zu massig halten mögen. Sie war gerade zwanzig Jahre alt geworden, und man hielt sie für das bezauberndste Geschöpf ihres Stammes. Sogar hier in der freien Luft, in ihrem schwerfälligen und formlosen Pelzüberwurf, den Pelzhosen und Pelzstiefeln und unter der mächtigen Kapuze, war ihre Schönheit, wenigstens die ihres Gesichtes, augenfällig. Die Anmut ihrer Gestalt mußte man auf Treu und Glauben annehmen. Unter allen Gästen, die da kamen und gingen, hatte ich an ihres Vaters gastlichem Tisch kein Mädchen gesehen, das ihr ebenbürtig gewesen wäre. Und dabei war sie noch unverdorben. Sie war süß und natürlich und aufrichtig, und selbst wenn sie gewußt hätte, daß sie eine Schönheit war, so ließ in ihrem Benehmen nichts darauf schließen, daß sie davon Kenntnis besaß.

Seit einer Woche nun war sie meine tägliche Gefährtin, und je besser ich sie kennenlernte, desto mehr wuchs sie mir ans Herz. Sie war liebevoll und sorgfältig aufgezogen worden, in einer für Polarregionen außerordentlich verfeinerten Atmosphäre, denn ihr Vater war der einflußreichste Mann seines Stammes, und er besaß ein Höchstmaß an Eskimokultur. Ich machte mit Lasca – so hieß sie – im Hundeschlitten lange Lustfahrten über die mächtigen Eisfelder und fand ihre Gesellschaft stets liebenswürdig und ihre Unterhaltung angenehm. Ich ging mit ihr fischen, aber beileibe nicht in ihrem unheilversprechenden Boot, sondern ich folgte ihr lediglich dem Eise entlang und sah zu, wie sie das Wild mit ihrem unfehlbar tödlichen Speer erlegte. Wir gingen auch miteinander segeln, und mehrere Male stand ich dabei, während sie und ihre Familie von einem gestrandeten Wal den Speck abschaufelten. Und einmal ging ich ein Stück weit auf die Bärenjagd mit, aber ich kehrte auf halbem Wege wieder um, weil ich im Grunde meiner Seele vor Bären Angst habe.

Nun, sie war also bereit, mit ihrer Geschichte zu beginnen, und so lasse ich folgen, was sie sagte:

»Es hatte unserem Stamm immer im Blute gelegen, wie die andern Stämme über die gefrorene See von Ort zu Ort zu wandern. Doch wurde mein Vater vor zwei Jahren des Treibens müde und baute diesen Herrschaftssitz aus hartgefrorenen Schneeblöcken – schauen Sie ihn an! Er ist fast sieben Fuß hoch und drei- oder viermal so lang wie irgendein anderes Haus. Hier wohnen wir also seither. Er war sehr stolz auf sein Haus, und zwar mit Recht, denn wenn Sie es aufmerksam betrachtet haben, so muß Ihnen aufgefallen sein, um wieviel feiner und vollständiger es ist, als Wohnungen gewöhnlich sind. Wenn Sie es nicht bemerkt haben sollten, müssen Sie unbedingt noch darauf achten, denn Sie werden darin luxuriöse Ausstattungen finden, die erheblich über das Maß des Gewöhnlichen hinausgehen. Zum Beispiel befindet sich in jenem Teil, den Sie den ›Empfangsraum‹ genannt haben, eine erhöhte Plattform, welche der Bequemlichkeit der Gäste und meiner Familie beim Essen dient; wohl die größte, die Sie je in einem Hause gesehen haben, nicht wahr?«

»Ja, Sie haben vollkommen recht, Lasca, es ist die größte. Wir haben ihr nicht einmal in den ersten Häusern der Vereinigten Staaten etwas Ähnliches an die Seite zu stellen.« Diese Anerkennung machte ihre Augen vor Stolz und Wonne funkeln. Ich bemerkte es wohl und schrieb es mir hinter die Ohren.

»Ich dachte es mir doch, daß die Plattform Sie überrascht hatte«, sagte sie. »Und noch etwas: sie ist viel tiefer mit Fellen belegt, als es der Brauch ist; mit allen Arten von Pelzen – Seehund, Seeotter, Silberfuchs, Bär, Marder, Zobel und allen möglichen Arten bis zum Überfluß. Dasselbe gilt auch von den Eisblockschlafbänken, die sich den Wänden entlangziehen und welche Sie ›Betten‹ nennen. Sind Plattformen und Bänke bei Ihnen zu Hause besser ausstaffiert?«

»Das sind sie in der Tat nicht, Lasca, sie sind es nicht im entferntesten.« Das gefiel ihr wieder. Sie dachte eben nur an die Zahl, nicht aber an den Wert der Pelze, die aufzustapeln ihr ästhetischer Vater sich die Mühe nahm. Ich hätte ihr ja erzählen können, daß diese Massen reicher Pelze ein Vermögen darstellten, in meiner Heimat wenigstens, aber sie hätte das doch nicht verstanden. Das alles waren keine Dinge, die bei ihrem Volke als Reichtümer zählten. Ich hätte ihr erzählen können, daß die Kleider, die sie trug, ja sogar die Werktagskleider der allergewöhnlichsten Personen um sie her, zwölf- oder fünfzehnhundert Dollar wert seien und daß ich in meiner Heimat niemanden kenne, der auf dem Fischfang Zwölfhundertdollar-Toiletten trüge. Aber das hätte sie auch wieder nicht verstanden, und so schwieg ich.

»Und dann die Spüleimer! Wir haben zwei allein im Empfangssalon, und dazu noch zwei andere im Haus. Es dürfte doch ein seltener Fall sein, daß jemand deren zwei im Empfangsraum hat. Haben Sie zu Hause ebenfalls zwei darin?«

Die bloße Vorstellung dieser Spüleimer verschlug mir den Atem. Bevor sie etwas merkte, konnte ich mich aber wieder fassen und sagte überschwenglich:

»Nun, Lasca, es ist schändlich von mir, meine Heimat bloßzustellen, und Sie müssen es für sich behalten, denn ich spreche im Vertrauen zu Ihnen; doch ich gebe Ihnen mein Ehrenwort, daß nicht einmal der reichste Mann in der Stadt New York zwei Spüleimer in seinem Salon hat.«

Sie schlug in unschuldigem Entzücken ihre pelzbekleideten Hände zusammen und rief: »Oh, aber das kann doch nicht Ihr Ernst sein, das kann einfach nicht Ihr Ernst sein!«

»Doch, es ist mein heiliger Ernst, meine Liebe. Nehmen wir einmal Vanderbilt. Vanderbilt ist einer der reichsten Männer auf der ganzen Welt. Nun, wenn ich auf dem Totenbett läge, so könnte ich Ihnen getrost sagen, daß nicht einmal er zwei im Salon hat. Ja, er hat nicht einmal einen – so wahr ich lebe!«

Ihre lieblichen Augen waren vor Erstaunen weit aufgerissen, und sie sagte langsam, mit einer gewissen Ehrfurcht in der Stimme:

»Wie seltsam, wie unglaublich! Man kann sich das gar nicht recht vorstellen. Ist er denn geizig?«

»Nein – es geht nicht darum. Es sind nicht die Kosten, die er scheut, aber – hm – nun, wissen Sie, es würde protzig aussehen. Ja, das ist es, das ist der eigentliche Grund; er ist auf seine Art ein einfacher Mann und schreckt vor pompöser Aufmachung zurück.«

»Nun, diese Demut ist ja recht und gut«, sagte Lasca, »wenn man sie nicht auf die Spitze treibt; aber wie sieht denn dieser Ort um Gottes willen aus?«

»Ja, natürlich ziemlich kahl und unfertig, aber –«

»Das will ich meinen! So etwas habe ich noch nie gehört. Ist es ein schönes Haus – ich meine, abgesehen davon?«

»Recht schön, ja. Man findet es sehr gut.«

Das Mädchen schwieg eine Weile, saß da und knabberte träumerisch an einem Kerzenende und versuchte offensichtlich aus dem Gehörten klug zu werden. Zuletzt schüttelte sie leicht den Kopf und erklärte frisch von der Leber weg:

»Nun, nach meiner Meinung gibt es eine Sorte von Demut, die eine Art Prahlerei in sich birgt, wenn man ihr auf den Grund geht. Wenn ein Mann, der sich in seinem Empfangsraum zwei Spüleimer leisten könnte, darauf verzichtet, so mag es ja sein, daß er wahrhaftig demütig ist, aber hundertmal wahrscheinlicher ist es, daß er gerade dadurch die Augen der Öffentlichkeit auf sich lenken will. Nach meiner Ansicht weiß Ihr Herr Vanderbilt genau, was er damit bezweckt.«

Ich versuchte diesen Urteilsspruch zu mildern, da ich glaubte, daß das Kriterium zweier Spüleimer nicht der richtige Maßstab sei, um ihn an jedermann anzulegen, obwohl er in gewissen Gegenden seine volle Berechtigung haben mochte. Aber das Mädchen hatte seinen eigenen Kopf und ließ sich nicht überzeugen. Plötzlich fragte sie:

»Sind die Schlafbänke der reichen Leute bei Ihnen auch so gut wie die unsrigen und aus so hübschen breiten Eisblöcken gemacht?«

»Na, sie sind ziemlich gut, doch, doch, aber aus Eisblöcken sind sie nicht gemacht.«

»Warum denn nicht? Warum in aller Welt sind sie nicht aus Eisblöcken gemacht?«

Ich erklärte ihr die diesbezüglichen Schwierigkeiten und die hohen Kosten des Eises in einem Lande, wo man einem Eismann auf die Finger schauen muß, damit die Eisrechnung nicht schwerer wird als das Eis selbst. Da rief sie:

»Du liebe Zeit! Sie kaufen Ihr Eis?«

»Ganz bestimmt tun wir das, meine Liebe.«

Sie brach in ein unschuldiges Lachen aus und sagte: »Oh, so etwas Törichtes habe ich mein Lebtag noch nie gehört! Himmel! Es ist ja so massenhaft vorhanden, daß es gar keinen Wert besitzt. Meilenweit liegt es ja um uns her. Ich würde für das ganze Zeug keine Fischblase geben.«

»Nun, Sie können eben den Wert gar nicht einschätzen, Sie Unschuld vom Lande! Wenn Sie dieses Eis im Hochsommer in New York hätten, könnten Sie damit alle Walfische auf dem Markt kaufen.«

Sie schaute mich zweifelnd an und fragte:

»Sagen Sie die Wahrheit?«

»Unbedingt! Ich schwöre es.«

Das machte sie nachdenklich. Plötzlich sagte sie mit einem kleinen Seufzer: »Ich wollte, ich könnte dort wohnen.«

Ich wollte ihr nur Wertbegriffe angeben, die sie verstehen konnte. Aber sie hatte meine Absicht mißverstanden. Ich hatte bei ihr damit lediglich den Eindruck erweckt, daß in New York die Walfische billig am Haufen lägen, und ihr so den Mund wäßrig gemacht. Es schien mir am besten, den begangenen Fehler zu bagatellisieren, und so meinte ich denn:

»Aber Sie würden Walfischfleisch ja gar nicht ansehen, wenn Sie in New York wohnten. Das tut dort niemand.«

»Wie?«

»Bestimmt nicht.«

»Warum denn nicht?«

»T-j-aa, das weiß ich selber nicht recht. Es ist ein Vorurteil, denke ich. Ja, das ist es – irgendein Vorurteil. Es wird so sein, daß mal irgendeiner, der nichts Gescheiteres zu tun hatte, irgendwo und irgendwann ein Vorurteil dagegen in Umlauf gesetzt hat, und Sie wissen ja, wenn so eine Marotte festen Fuß gefaßt hat, dann dauert sie ewige Zeiten an.«

»Das ist wahr – bestimmt ist es wahr«, sagte das Mädchen nachdenklich. »Wie hier unser Vorurteil gegen Seife – unsere Stämme hatten nämlich von allem Anfang an ein Vorurteil gegen Seife.«

Ich sah sie an, um herauszufinden, ob sie auch im Ernst sprach. Allem Anschein nach schon. Ich zögerte und fragte dann vorsichtig:

»Sie hatten ein Vorurteil gegen Seife? Hatten?« betonte ich.

»Ja, aber das war nur am Anfang so; niemand wollte sie essen.«

»Ach so, ich begreife. Ich habe Sie vorhin nur nicht gleich richtig verstanden.«

Sie fuhr fort: »Es war einfach ein Vorurteil. Als die Fremden uns zum ersten Mal Seife brachten, mochte sie keiner. Sobald sie aber in Mode kam, hatte sie jeder gern, und jetzt besitzt jeder welche, der es sich leisten kann. Sind *Sie* scharf darauf?«

»Ja, gewiß. Ich würde sterben, wenn ich keine kriegen könnte, besonders hier. Haben Sie sie auch gerne?«

»Ich bete sie geradezu an! Sie mögen sie also auch?«

»Ich betrachte sie als unumgängliche Notwendigkeit. Übrigens auch Kerzen.«

Ihre Augen tanzten förmlich, und sie rief:

»Oh! Fangen Sie nicht davon an! Kerzen, hm! Und Seife!«

»Und Fischeingeweide!«

»Und Lebertran!«

»Und Schmiere!«

»Und Walfischspeck!«

»Und Aasfleisch! Und Sauerkraut! Und erst Bienenwachs, Teer, Terpentin, Sirup und ...«

»Oh, hören Sie doch bitte auf, oh, ich ersticke vor Wonne!«

»Und dann müssen Sie alles zusammen in einem Schmierölkübel servieren und dazu die Nachbarn einladen!«

Nun war aber diese Vision einer idealen Festerei zuviel für sie. Das arme Ding fiel in Ohnmacht. Ich rieb ihr Gesicht mit Schnee ab und brachte sie wieder zu sich und somit ihre Erregung nach einer Weile zur Abkühlung. Nach und nach beruhigte sie sich wieder soweit, daß sie von neuem zu ihrer Geschichte übergehen konnte:

»So begannen wir also hier in diesem flotten Hause zu wohnen. Aber ich war nicht glücklich. Der Grund war der: ich war zur Liebe geboren, und ohne sie konnte es für mich kein wahres Glück geben. Ich wollte der alleinige Gegenstand einer Liebe sein. Ich wollte auch ein Idol haben und zugleich meines Idols Idol sein, denn nichts Geringeres als gegenseitige

Vergötterung konnte meine heftige Natur befriedigen. Ich hatte Freier genug – mehr als genug, wahrhaftig; aber in jedem einzelnen Fall hatten sie einen verhängnisvollen Fehler – früher oder später entdeckte ich diesen Fehler immer, kein einziger vermochte ihn mir zu verhehlen. Nicht ich war das Objekt ihrer Wünsche, sondern mein Reichtum.«

»Ihr Reichtum?«

»Ja. Mein Vater ist bei weitem der reichste Mann in unserem Stamm – oder überhaupt in der Gegend.«

Ich wunderte mich, worin denn ihres Vaters Reichtum bestehen mochte. Das Haus konnte es nicht sein, ein solches konnte sich ja jeder bauen. Die Pelze konnten es nicht sein, die waren hier doch nichts wert. Die Schlitten, die Hunde, die Harpunen, das Boot, die beinernen Fischhaken, Nadeln und was der Dinge alle noch sind, konnten es auch nicht sein, nein, dies alles bedeutet keinen Reichtum. Was konnte es also sein, das diesen Mann so reich machte und ihm diesen Schwarm von habgierigen Freiern ins Haus hetzte? Schließlich kam ich zum Schluß, daß, um dies herauszufinden, es wohl das beste wäre, wenn ich sie fragte. Das tat ich. Das Mädchen war durch diese Frage so offensichtlich geschmeichelt, daß ich merkte, sie hatte sehnlichst darauf gewartet. Sie litt ebensosehr unter dem Drang, etwas mitzuteilen, wie ich unter dem, etwas zu vernehmen. Sie kuschelte sich vertraulich an mich und flüsterte:

»Raten Sie, wieviel er besitzt – Sie kommen nie darauf!«

Ich tat, als ob ich tief über die Sache nachdächte, und sie verschlang meinen angestrengt arbeitenden Gesichtsausdruck mit erwartungsvollen, glänzenden Augen. Als ich es endlich aufgab und sie bat, meine Sehnsucht doch zu stillen und mir zu sagen, wieviel dieser Polar-Vanderbilt denn wert sei, da legte sie ihren Mund dicht an mein Ohr und hauchte eindrucksvoll:

»Zweiundzwanzig Angelhaken, nicht beinerne, sondern fremdländische, aus echtem Eisen angefertigt!«

Dann sprang sie dramatisch zurück, um die Wirkung zu beobachten. Ich tat mein Allerbestes, um sie nicht zu enttäuschen. Ich erbleichte und murmelte:

»Großer Scott!«

»Es stimmt, so wahr ich lebe, Mr. Twain!«

»Lasca, Sie wollen mich an der Nase herumführen – das ist doch nicht Ihr Ernst!«

Sie erschrak, wurde ganz verwirrt und rief aus:

»Mr. Twain, jedes Wort davon ist wahr – jedes Wort. Glauben Sie mir, so glauben Sie mir doch, bitte! Sagen Sie mir um Himmels willen, daß Sie mir glauben, sagen Sie bitte, daß Sie mir glauben!«

»Ich – ja, nun ... ich glaube es – ich versuche es wenigstens. Aber es kam wie ein Blitz aus heiterem Himmel. So plötzlich und verblüffend. Sie hätten mich darauf schonend vorbereiten müssen. Es...«

»Oh, das tut mir aber wirklich leid! Wenn ich nur daran gedacht hätte...«

»Nun, es ist schon gut, und ich will Sie nicht mehr länger tadeln, denn Sie sind noch jung und gedankenlos, und natürlich konnten Sie nicht ahnen, was für eine Wirkung ...«

»Ach ja, und doch hätte ich es besser wissen sollen. Warum nur...«

»Sehen Sie, Lasca, wenn Sie so mit fünf oder sechs Angelhaken begonnen hätten und dann allmählich...«

»Oh, ich verstehe, ich verstehe – dann allmählich einen hinzugefügt und dann zwei, und dann –, ach, warum habe ich auch nicht selbst daran denken können!«

»Regen wir uns nicht mehr auf, Kind. Es ist schon recht, es geht mir bereits wieder besser, und in einer Weile würde ich ohnehin darüber hinweggekommen sein. Aber trotzdem, alle zweiundzwanzig miteinander auf einen unvorbereiteten und leider auch nicht sehr kräftigen Menschen loszulassen...«

»Oh, es war ein Verbrechen! Aber verzeihen Sie mir, sagen Sie, daß Sie mir vergeben!«

Nachdem ich eine hübsche Portion sehr angenehmen Schmeichelns, Liebkosens und Zuredens eingeheimst hatte, vergab ich ihr. Nun war sie wieder glücklich und fand sich nach und nach wieder in den Gang ihrer Geschichte. Plötzlich entdeckte ich, daß der Familienschatz noch irgendeine andere Köstlichkeit bergen mußte, wahrscheinlich ein Kleinod irgendwelcher Art, und daß sie wie die Katze um den heißen Brei schlich, damit mich nicht abermals der Schlag treffe. Aber ich wollte auch über diese Angelegenheit genau Bescheid wissen und drang in sie, mir zu sagen, was es sei. Sie hatte Angst. Ich aber bestand darauf und sagte, daß ich mich diesmal zusammennehmen und vorbereiten würde, damit der Schock mich nicht umwürfe. Sie war voll böser Ahnungen, aber die Versuchung, mir das Wunder zu enthüllen und sich an meinem Erstaunen und meiner Bewunderung zu weiden, war zu groß für sie, und sie gestand, daß sie es auf sich trüge, und sagte, wenn sie ganz sicher wäre, daß ich vorbereitet sei... und so weiter. Damit griff sie in ihren Busen und brachte eine verbeulte kleine Messingscheibe zum Vorschein, wobei sie mich erwartungsvoll betrachtete. Ich fiel in einer großartig gespielten Ohnmacht an ihren Busen, was ihr Herz in Entzücken versetzte, es aber zugleich vor Schrecken fast zerspringen ließ. Als ich wieder zu mir kam und mich beruhigte, wollte sie sofort wissen, was ich von ihrem Kleinod dächte.

»Was ich davon denke? Ich bin der Meinung, daß es das entzückendste Ding ist, das ich jemals sah.«

»Tatsächlich? Wie nett von Ihnen, daß Sie das sagen. Aber es ist auch gar ein Herzensschatz, nicht wahr?«

»Das will ich meinen. Ich würde es nicht gegen den ganzen Äquator eintauschen.«

»Ich dachte es mir doch, daß Sie es bewundern würden«, sagte sie. »Ich finde es so überaus lieblich. Und es gibt in diesen Regionen kein zweites davon. Es gab Leute, die den ganzen Weg vom offenen Polarmeer bis hierher gegangen sind, um es zu bewundern. Sahen Sie früher je so etwas?«

Ich sagte nein, dies wäre das erste, das ich je gesehen hätte. Es tat mir direkt weh, diese großzügige Lüge aufzutischen, denn ich hatte in meinem Leben Millionen solcher Dinger gesehen, war doch ihr Juwel nichts anderes als eine verbogene alte Gepäckmarke vom New Yorker Zentralbahnhof.

»Donnerwetter!« sagte ich, »Sie tragen diese Kostbarkeit doch nicht so mir nichts, dir nichts allein auf sich herum, ohne auch nur etwa einen Hund als Beschützer mitzunehmen?«

»Pst, nicht so laut«, sagte sie. »Niemand weiß, daß ich es bei mir habe. Man nimmt an, es liege bei Papas Schatz. Dort liegt es auch für gewöhnlich.«

»Wo ist denn dieser Schatz?«

Das war nun eine unverblümte Frage, und für einen Augenblick schaute sie mich verdutzt und ein wenig mißtrauisch an, aber ich beruhigte sie:

»Na, na, Sie werden doch vor mir keine Angst haben! Bei mir zu Hause gibt es siebzig Millionen Menschen, und – obwohl man sich nicht selbst loben sollte – es ist kein einziger unter ihnen, der mir nicht seinen ganzen Besitz an Fischhaken anvertrauen würde.«

Das zerstreute ihre Bedenken, und sie erzählte mir, wo die

Angelhaken im Hause versteckt lägen. Dann schweifte sie ab, um ein bißchen mit der Größe der durchsichtigen Eisscheiben aufzuschneiden, welche die Fenster des Herrenhauses bildeten, und fragte mich, ob ich solche zu Hause je gesehen hätte. Ehrlich bekannte ich, das hätte ich nicht, was ihr so viel Vergnügen bereitete, daß sie nicht genug Worte fand, um ihrer Dankbarkeit Ausdruck zu verleihen. Es war so leicht, ihr Freude zu machen, und ein solches Vergnügen, es zu tun, daß ich weiterfuhr. Ich sagte also:

»Ah, Lasca, Sie sind in der Tat ein vom Glück begünstigtes Mädchen. Dieses wunderschöne Haus, dieses entzückende Juwel, der reiche Schatz, all dieser anmutige Schnee, die prächtigen Eisberge und die grenzenlose Einöde, die jagdfreien Bären und Walrosse, die edle Freiheit und Weite! Und dann alle bewundernden Augen auf Ihnen. Jung, reich, wunderhübsch, umworben, beneidenswert, umfreit; nichts bleibt Ihnen versagt, wird Ihnen doch jeder Wunsch erfüllt, Sie haben überhaupt nichts zu wünschen, was Sie nicht bekommen könnten – Sie schwelgen in unermeßlichem Glück. Ich kenne Myriaden von Mädchen, aber keines, von dem man alle diese außerordentlichen Dinge mit Recht sagen könnte, außer eben Ihnen. Und Sie sind ihrer würdig, ihrer aller würdig, Lasca, das glaube ich tief in meinem Herzen.«

Es machte sie unendlich stolz und glücklich, mich dies sagen zu hören, und sie wollte nicht aufhören, mir für die Schlußbemerkung zu danken. Ihre Augen und Stimme verrieten, daß sie ganz gerührt war. Dann sagte sie:

»Und doch, es ist nicht alles eitel Sonnenschein, es gibt auch eine bewölkte Seite. Die Bürde des Reichtums ist schwer zu tragen. Schon oft habe ich gezweifelt, ob es nicht besser wäre, arm zu sein – oder doch wenigstens nicht so maßlos reich. Es schmerzt, die nachbarlichen Stammesgenossen mich anstarren zu sehen, wenn sie vorüberziehn, und sie voller Ehrfurcht zueinander sagen zu hören: ›Da, das ist sie – die Millionärstochter!‹ Und manchmal meint einer bedrückt: ›Die schwimmt geradezu in Angelhaken, und ich – ich habe nichts!‹ Es bricht mir das Herz. Als ich ein Kind war und wir noch in Armut lebten, schliefen wir bei offener Tür; aber jetzt – jetzt müssen wir einen Nachtwächter haben. In früheren Tagen war mein Vater freundlich und umgänglich mit allen; jetzt aber ist er finster und hochtrabend und mag keine Vertraulichkeiten leiden. Einst galt ihm seine Familie alles, aber jetzt hat er, wo er geht und steht, nur noch Sinn für seine Angelhaken. Sein Reichtum bewirkt, daß jeder vor ihm auf dem Bauche kriecht. Damals mußte niemand über seine Späße lachen, welche langweilig, gesucht und armselig sind, weil ihnen das Element fehlt, das einen guten Spaß ausmacht – der Humor; aber jetzt lacht und kichert ein jeder über diese trüben Witzeleien, und wenn es einmal jemand unterläßt, ist mein Vater schwer verärgert und zeigt es dann auch. Einst hielt man absolut nichts von seiner Meinung, die auch wirklich nichts wert war, wenn er sie hinausposaunte; auch heute ist dies nicht besser, aber nichtsdestoweniger wollen alle sie vernehmen und geben ihre laute Zustimmung – und er selbst hilft lebhaft mit, denn es fehlt ihm an echtem Zartgefühl, das er durch große Taktlosigkeit ersetzt. Er hat das Niveau unseres ganzen Stammes heruntergebracht. Einst waren sie ein freies, mannhaftes Geschlecht, nun sind sie jämmerliche Heuchler. In tiefstem Herzensgrund hasse ich den ganzen Millionärsbetrieb. Unser Stamm war einst ein schlichtes, einfaches Volk, dem die Angelhaken nach alter Väter Sitte genügten; jetzt zehrt die Habsucht an ihm, und er würde jedes Gefühl von Ehre und Würde opfern, um die entwürdigenden Fischhaken der Fremdlinge zu erlangen. Aber ich darf ja nicht bei diesen traurigen Zuständen verweilen. – Wie gesagt, es war also mein Traum, um meiner selbst willen geliebt zu werden.

Endlich schien dieser Traum in Erfüllung gehen zu wollen. Eines Tages kam ein Fremder vorbei, der sich Kalula nannte. Ich ließ ihn meinen Namen wissen, und er sagte, er liebe mich. Mein Herz machte vor Dankbarkeit einen großen Freudensprung, denn auch ich hatte ihn auf den ersten Augenblick geliebt, und nun sagte ich ihm das. Er drückte mich an seine Brust und beteuerte, daß dies der glücklichste Augenblick seines Lebens sei. Wir lustwandelten zusammen weit über die Eisfelder, erzählten uns alles voneinander und planten, ach, die lieblichste Zukunft! Als wir müde wurden, setzten wir uns nieder und aßen. Er hatte Seife und Kerzen bei sich, ich etwas Fischtran. Wir waren hungrig, und noch nie schmeckte uns etwas so gut.

Er gehörte einem Stamme an, dessen Jagdgründe weit im Norden lagen, und ich fand heraus, daß er noch nie etwas von meinem Vater gehört hatte, was mich außerordentlich froh stimmte. Das heißt, er hatte wohl von dem Millionär gehört, wußte aber dessen Namen nicht – so konnte er also, verstehen Sie, in mir auch nicht die Erbin vermuten. Sie können sich vorstellen, daß ich ihm nichts sagte. Endlich wurde ich um meiner selbst willen geliebt, und ich hatte Ruhe. Ich war so glücklich – oh, glücklicher, als Sie es sich ausmalen können!

Allmählich rückte die Abendessenszeit näher, und er geleitete mich nach Hause. Als wir uns meiner Heimstätte näherten, rief er ganz verwirrt aus:

›Wie herrlich! Ist das wirklich deines Vaters Haus?‹

Es tat mir weh, diesen Ton zu hören und den bewundernden Glanz in seinen Augen zu sehen. Doch diese Anwandlung ging rasch vorüber, denn ich liebte ihn so sehr, auch sah er derart gut und vornehm aus. Meiner ganzen Sippschaft von Tanten, Onkeln, Vettern und Basen gefiel er sehr gut. Viele Gäste wurden eingeladen, das Haus wurde fest verschlossen, und als die Atmosphäre heiß, gemütlich und so richtig zum Ersticken war, begann zur Feier meiner Verlobung ein fröhliches Fest.

Als das Gelage vorüber war, übermannte meinen Vater die Eitelkeit, und er konnte der Versuchung nicht widerstehen, mit seinen Reichtümern zu prahlen und Kalula zu zeigen, in welch großes Erdenglück er da hineingetappt wäre – und hauptsächlich wollte er sich natürlich am Erstaunen des armen Mannes weiden. Ich hätte weinen mögen, aber es wäre ein fruchtloses Unterfangen gewesen, wenn ich versucht hätte, meinen Vater von seinem Vorhaben abzubringen. So sagte ich denn nichts, sondern saß einfach da und litt.

Mein Vater ging vor allen Leuten direkt auf das Versteck zu und fischte die Angelhaken hervor, brachte sie herbei und warf sie über meinen Kopf weg, so daß sie in glitzerndem Durcheinander auf die Plattform fielen, gerade zu Füßen meines Geliebten.

Natürlich verschlug das staunenswerte Schauspiel dem Burschen den Atem. Er konnte nur noch in blöder Verblüffung hinstarren und sich wundern, wie ein einzelner Mensch derart unglaubliche Reichtümer besitzen könne. Dann erhellte sich sein Gesicht plötzlich, und er rief aus:

›Ah, du bist also der berühmte Millionär!‹

Mein Vater und der Rest der Gesellschaft brachen in Salven befriedigten Gelächters aus, und als mein Vater nachlässig den Schatz zusammenwischte, als wäre es reiner Plunder ohne allen Wert, und ihn wieder an seinen Platz trug, da war Kalulas Überraschung direkt zum Malen. Er sagte:

›Ist es möglich, daß du solche Sachen weglegst, ohne sie zu zählen?‹

Mein Vater gab ein prahlerisches Wiehern von sich und erwiderte:

›Beim Eid, ein Toter merkt, daß du nie reich gewesen bist, wenn ein Pappenstiel von einem oder zwei Angelhaken in deinen Augen eine so mächtige Sache ist.‹

Kalula war verwirrt und ließ den Kopf sinken, sagte jedoch:

›Ach, in der Tat, Herr, ich nannte niemals auch nur so viel mein eigen, wie der Widerhaken an einem so kostbaren Ding wert ist, und niemals habe ich einen Mann gesehen, der daran so reich war, daß sich die Mühe gelohnt hätte, seinen Hort zu zählen, denn der Wohlhabendste, den ich bisher angetroffen habe, besaß nur drei.‹

Mein alberner Vater brüllte wieder in törichtem Entzücken und verstärkte dadurch den Eindruck, daß es nicht seine Gewohnheit sei, seine Haken zu zählen und scharf zu überwachen. Das war nur Prahlerei, sehen Sie. Die Haken nicht zählen? Und ob er sie zählte – er zählte sie jeden Tag!

Ich hatte meinen Liebsten bei Tagesanbruch getroffen und kennengelernt; ich hatte ihn gerade drei Stunden später, zur Zeit der Abenddämmerung, nach Hause gebracht – denn zu jener Zeit waren die Tage kurz, da die sechsmonatige Nacht bevorstand. Viele Stunden verbrachten wir bei dem festlichen Gelage. Endlich verzogen sich die Gäste, und wir Zurückbleibenden verteilten uns den Wänden entlang auf die Schlafbänke, und bald waren alle in Träume versunken, nur ich nicht. Ich war zu glücklich, zu erregt, um schlafen zu können. Nachdem ich lange, lange Zeit still dagelegen hatte, kam eine undeutliche Gestalt an mir vorbei und wurde von dem Dunst, der das andere Ende des Raumes durchdrang, aufgeschluckt. Ich wußte nicht, ob es ein Mann oder eine Frau war. Plötzlich kam dieselbe Figur oder eine andere in der entgegengesetzten Richtung abermals an mir vorüber. Ich grübelte darüber nach, was das alles zu bedeuten hätte, doch alles Grübeln half nichts; und darob schlief ich ein.

Ich weiß nicht, wie lange ich schlief, aber plötzlich war ich hellwach und hörte meinen Vater mit schrecklicher Stimme schreien: ›Beim großen Schneegott, ein Angelhaken fehlt!‹ Irgendwie fühlte ich, daß dies für mich Kummer bedeutete, und das Blut in meinen Adern erstarrte. Meine Vorahnung wurde im selben Augenblick bestätigt, denn mein Vater brüllte: ›Auf, alle miteinander, ergreift den Fremden!‹ Von allen Seiten Geschrei und Flüche, und ein wildes Rennen schattenhafter Gestalten begann durch die Dunkelheit. Ich eilte meinem Geliebten zu Hilfe, doch ich konnte nichts anderes tun als warten und die Hände ringen. Er war bereits durch einen lebenden Wall von mir getrennt, und sie waren schon daran, ihm Hände und Füße zu fesseln. Ich durfte erst zu ihm, als sie sich seiner bemächtigt hatten. Da warf ich mich auf seine arme, mißhandelte Gestalt und weinte meinen Kummer an seiner Brust aus, während mein Vater und meine ganze Familie mich schalten und ihn mit Drohungen und schmählichen Lästerungen überhäuften. Er ertrug diese erniedrigende Behandlung mit einer ruhigen Würde, die ihn mir teurer denn je machte und mich stolz und glücklich werden ließ, daß ich mit ihm und für ihn leiden durfte. Ich hörte meinen Vater den Befehl erteilen, die Ältesten des Stammes sollten zusammengerufen werden, um über Leben und Tod meines Kalula zu richten.

›Was?‹ rief ich, ›bevor wir überhaupt nach dem verlorenen Angelhaken gesucht haben?‹

›Verlorener Haken!‹ riefen sie alle höhnisch, und mein Vater fügte spöttisch hinzu: ›Tretet alle zurück und seid euch des Ernstes der Lage bewußt, wie es sich geziemt. Sie geht auf die Jagd nach dem verlorenen Haken! Ohne Zweifel wird sie ihn finden!‹ – Worauf wieder alle lachten.

Ich ließ mich nicht beeindrucken – ich hatte keine Befürchtungen, keine Zweifel. Ich sagte:

›Jetzt könnt ihr lachen, ihr seid an der Reihe. Aber wir kommen auch noch dran. Wartet ab und seht zu!‹

Ich ergriff eine Öllampe. Ich meinte dieses elende Ding im Handumdrehen zu finden und machte mich mit einer solchen Zuversicht ans Werk, daß die Leute ernst wurden und den Verdacht in sich aufsteigen fühlten, vielleicht doch zu voreilig gewesen zu sein. Aber wehe, wehe! Oh, wie bitter war dies Suchen! Es herrschte ein tiefes Schweigen, währenddessen man zehn- oder zwölfmal seine Finger hätte zählen können; dann begann mein Herz zu sinken, und um mich herum gingen die Spötteleien wieder los und wurden zusehends lauter und zuversichtlicher, bis zuletzt, als ich es aufgab, Salve um Salve grausamen Gelächters ausbrach.

Kein Mensch wird je wissen, was ich damals litt. Aber meine Liebe war meine Stütze und gab mir Kraft. Ich nahm den mir zukommenden Platz an Kalulas Seite ein und schlang meine Arme um seinen Nacken und flüsterte ihm zuredend ins Ohr:

›Du bist unschuldig, mein Ein und Alles – das weiß ich. Aber sage es mir selbst, zu meinem Trost. Dann kann ich ertragen, was immer uns auch noch beschieden sein mag.‹

Er antwortete:

›So gewiß ich in diesem Augenblick an der Schwelle des Todes stehe: ich bin unschuldig. Sei also unverzagt, o wundes Herz, sei im Frieden, o du Atem meiner Nüstern, Leben meines Lebens!‹

›Nun, so laßt die Ältesten kommen!‹ Als ich diese Worte

sprach, war draußen ein kratzender Laut von knirschendem Schnee hörbar, und dann huschte ein Geisterzug gebeugter Gestalten zur Tür herein – die Ältesten.

Mein Vater klagte den Fremden in aller Form an und trat eingehend auf die Vorgänge der Nacht ein. Er sagte, der Nachtwächter sei vor der Tür und im Hause sei kein Mensch gewesen, außer der Familie und dem Fremden. ›Stiehlt eine Familie ihr Eigentum?‹ Er machte eine Pause. Die Ältesten saßen einige Minuten lang schweigend da; schließlich sagte einer nach dem andern zu seinem Nachbarn: ›Das sieht schlimm aus für den Fremden!‹ Welch kummerbringende Worte für mein Ohr! Dann setzte sich mein Vater. Oh, ich elender, elender Tropf! In diesem Augenblick hätte ich die Unschuld meines Liebsten beweisen können, aber ich wußte es nicht!

Der Vorsitzende des Gerichtes fragte: ›Ist jemand da, der den Angeklagten verteidigen will?‹

Ich erhob mich und sagte:

›Warum sollte er einen Haken stehlen oder mehrere oder gar alle zusammen? Am nächsten Tag wäre er ja der Erbe des ganzen Reichtums gewesen!‹

Ich stand da und wartete. Es trat ein langes Schweigen ein, und die vielen Atemströme umwehten mich wie Nebel. Endlich nickten die Ältesten langsam mit ihren Köpfen und murmelten: ›Es liegt Beweiskraft in dem, was das Kind gesagt hat.‹ Oh, die Herzerleichterung, die in diesen Worten lag! Wenn auch nur vorübergehend, aber, oh, so köstlich! Ich setzte mich.

›Wenn einer noch etwas sagen will, soll er es jetzt tun – später mag er den Mund halten‹, erklärte der Vorsitzende.

Mein Vater stand auf und sagte:

›In der Nacht kam im trüben Schein eine Gestalt an mir vorüber. Ich nehme an, es war der Fremde.‹

Oh, ich war einer Ohnmacht nahe! Ich hatte geglaubt, es sei mein Geheimnis; nicht einmal die Hand des großen Eisgottes selber hätte es mir aus dem Herzen reißen können. Der Präsident des Gerichtshofes sagte nun ernst zu meinem Kalula:

›Sprich!‹

Kalula zauderte, dann antwortete er:

›Ich war es! Der Gedanke an die schönen Angelhaken ließ mich nicht schlafen. Ich ging hin und küßte und liebkoste sie, um meinen Geist zu beruhigen und mit einer harmlosen Freude einzuschlafen. Dann legte ich sie wieder zurück. Ich habe vielleicht einen fallen gelassen, aber nicht gestohlen.‹

Oh, welch verhängnisvolles Zugeständnis hatte er jetzt an einem solchen Ort gemacht! Es lag ein schauerliches Schweigen über der Szene. Ich wußte, er hatte sein eigenes Urteil gesprochen, alles war nun verloren. Auf jedem Antlitz konnte man nun die Worte eingegraben lesen: Das ist ein Geständnis! – Und was für ein armseliges, lahmes und durchsichtiges!

Ich saß da und zog meinen Atem in schwachen Zügen ein – und wartete. Plötzlich hörte ich die feierlichen Worte, die kommen mußten; und jedes Wort war ein Messerstich in mein Herz:

›Es ist der Befehl des Gerichtshofes, daß der Angeklagte der Wasserprobe unterworfen werde.‹

Oh, Fluch über das Haupt dessen, der die Wasserprobe in unser Land gebracht hat! Sie kam vor Menschengedenken aus irgendeinem fernen Land, das weiß Gott wo liegt. Zuvor benutzten unsere Väter die Wahrsagerei und andere unsichere Mittel zur Beweisführung in Zweifelsfällen, und ohne Frage kamen ab und zu ein paar arme Geschöpfe trotz ihrer Schuld mit dem Leben davon; aber nicht so ist es mit der Wasserprobe, die eine Erfindung weiserer Männer ist, als wir armen unwissenden Wilden es sind. Durch sie werden die Unschuldigen ohne Zweifel oder Frage als unschuldig erkannt, denn sie gehen unter; und die Schuldigen werden mit derselben Sicherheit für schuldig befunden, denn sie gehen nicht unter. Das Herz im Busen wollte mir brechen, denn ich wußte; er ist unschuldig und wird in den Wogen versinken, und ich werde ihn niemals wiedersehen!

Von da an wich ich nicht mehr von seiner Seite. Ich trauerte in seinen Armen all die kostbaren Stunden lang, und er goß den tiefen Strom seiner Liebe über mich aus, und, ach, ich war so elend und so glücklich! Schließlich rissen sie ihn von mir, und ich folgte ihnen schluchzend und mußte zusehen, wie sie ihn in die See schleuderten – dann bedeckte ich mein Gesicht mit den Händen. In Todesqual! Oh, ich kenne die tiefsten Tiefen dieses Wortes!

Im nächsten Augenblick ertönte ein höhnisches Freudengeschrei, und ich nahm die Hände vom Gesicht, starr vor Schreck! Ach, der bittere Anblick: er schwamm! Sogleich wurde mein Herz zu Stein, zu Eis. Ich sagte: ›Er war schuldig und er belog mich!‹ Voller Verachtung wandte ich den Rücken und ging meines Weges, nach Hause.

Sie fuhren ihn weit hinaus in die See und setzten ihn auf einen Eisberg, der südwärts in die großen Gewässer treibt. Dann kam meine Familie heim, und mein Vater sprach also:

›Dein Dieb sendet dir noch seine Todesbotschaft. Er sagte: ‚Berichte ihr, daß ich unschuldig bin, und alle Tage und alle Stunden und alle Minuten, während ich Hungers sterbe und elendiglich umkomme, werde ich sie lieben und an sie denken und den Tag segnen, der mir den Anblick ihres süßen Antlitzes brachte.' – Ganz nett, geradezu poetisch!‹

Ich sagte: ›Der Schmutzfink, ich will nichts mehr von ihm hören!‹

Und ach, jetzt muß ich mir ein Gewissen machen, denn er war unschuldig!

Vergingen doch neun Monate, neun leere, traurige Monate, und endlich kam der Tag des großen Jahresopfers, wo alle Jungfrauen des Stammes ihr Gesicht waschen und ihr Haar kämmen. Beim ersten Kammstrich kam der verhängnisvolle Angelhaken hervor, kam da heraus, wo er sich verfangen und diese ganzen neun Monate genistet hatte. Ich fiel ohnmächtig in die Arme meines vor Reue zerknirschten Vaters. Stöhnend sagte er: ›Wir mordeten ihn, und ich werde niemals wieder lächeln!‹ Er hat sein Wort gehalten. Und höre: seit diesem Tage bis heute verging kein Monat, daß ich nicht mein Haar kämmte! Aber ach, was hat das jetzt alles noch für einen Sinn!«

Damit endete die bescheidene Geschichte der armen Jungfrau – und wir können daraus lernen, daß, wenn schon hundert Millionen Dollar in New York und zweiundzwanzig Angelhaken am Rande der Arktis dieselbe finanzielle Übermacht ausmachen, ein Mann in bedrängten Verhältnissen ein Tor ist, wenn er in New York bleibt, dieweil er für nur zehn Cents Angelhaken kaufen und damit auswandern kann.

(Deutsch von Marie-Louise Bischof und Ruth Binde)

Ambrose Bierce
Eine Dame aus Redhorse

Coronado, 20. Juni

Ich merke, daß ich mich immer mehr für ihn interessiere. Es ist bestimmt nicht seine – kennst Du ein Hauptwort, das dem Eigenschaftswort ›hübsch‹ entspricht? Man sagt nicht gern, ›seine Schönheit‹, wenn man von einem Mann spricht. Er ist zwar schön, weiß Gott; ich hätte sogar etwas dagegen, Dich mit ihm alleinzulassen – die Du doch die treuste aller Ehefrauen bist –, wenn er sich von seiner besten Seite zeigt (was er eigentlich immer tut). Ich glaube auch nicht, daß seine bezaubernden Umgangsformen viel damit zu tun haben. Du erinnerst Dich wohl, daß der Zauber der Kunst im Undefinierbaren liegt, und für Dich und mich, meine liebe Irene, gibt es in der betreffenden Kunstrichtung beträchtlich weniger Undefinierbares, scheint mir, als für junge Mädchen, die gerade erst in die Gesellschaft eingeführt wurden. Mir scheint, daß ich weiß, wie der gute Mann seine Knalleffekte in Szene setzt, und vielleicht könnte ich ihm einen Wink geben, wie man sie noch verstärkt. Trotzdem – seine Umgangsformen sind wirklich hinreißend. Aber vermutlich interessiert mich am meisten sein Verstand. Seine Konversation ist die beste, die ich je gehört habe, und gänzlich anders als die von jedermann sonst. Er scheint alles zu wissen, sollte er ja auch, denn er ist überall gewesen, hat alles gelesen, hat alles gesehen, was es zu sehen gibt – manchmal glaube ich, sehr viel mehr, als für ihn gut ist –, und er ist mit den *seltsamsten* Menschen bekannt. Und dann seine Stimme – Irene, wenn ich seine Stimme höre, ist mir tatsächlich so zumute, als hätte ich dafür an der Tür Eintrittsgeld zahlen sollen, obwohl es natürlich meine eigene Tür ist.

3. Juli

Ich fürchte, daß meine Bemerkungen über Doktor Barritz ziemlich töricht gewesen sind, weil sie unbesonnen waren, sonst hättest Du nicht so leichtfertig über ihn geschrieben – um nicht zu sagen, so unehrerbietig. Glaube mir, Liebste, er besitzt mehr Würde und Ernst (von der Art, meine ich, die nicht unvereinbar mit einem manchmal fröhlichen und stets charmanten Benehmen ist) als alle Männer, die Du und ich jemals kennengelernt haben. Und der junge Raynor – Du weißt doch, Raynor aus Monterey – sagte mir, daß die Männer ihn alle mögen und daß er überall mit richtigem Respekt behandelt wird. Auch etwas Geheimnisvolles gehört dazu – etwas über seine Beziehung zu der Blavatsky-Gruppe in Nordindien. Einzelheiten darüber wollte oder konnte Raynor mir nicht sagen. Ich schließe daraus, daß Doktor Barritz – lache nicht – für einen Magier gehalten wird. Könnte es etwas Schöneres geben? Ein gewöhnliches Geheimnis ist natürlich nicht so fein wie ein Skandal, aber wenn es mit dunklen und fürchterlichen Praktiken zusammenhängt – mit der Anwendung von übersinnlichen Kräften –, könnte es etwas Pikanteres geben? Es erklärt auch den seltsamen Einfluß, den der Mann auf mich ausübt. Es ist das Undefinierbare seiner Kunst – seiner Schwarzen Magie. Im Ernst, Liebste: ich zittere geradezu, wenn er mir tief in die Augen blickt – noch dazu mit so unergründlichen Augen, die ich Dir bereits vergebens zu beschreiben versuchte. Wie furchtbar, wenn er die Macht besäße, eine Frau in sich verliebt zu machen? Weißt Du, ob die Blavatsky-Leute diese Macht besitzen – außerhalb von Sepoy, meine ich?

16. Juli

Seltsamste Begebenheit! Gestern abend, als Tantchen bei einer der Hotel-Hopsereien mitmachte (die ich verabscheue), besuchte mich Doktor Barritz. Es war anstößig spät – ich glaube tatsächlich, daß er im Ballsaal mit Tantchen gesprochen und von ihr gehört hatte, daß ich allein sei. Ich hatte mir den ganzen Abend vorgenommen, ihm die Wahrheit über seine Verbindung zu der Geheimbande der ›Thugs‹ in Sepoy und überhaupt alles über die Schwarze Magie aus der Nase zu ziehen, doch im Moment, als er seine Blicke auf mich richtete (ich ließ ihn vor, muß ich zu meiner Beschämung gestehen), war ich hilflos. Ich zitterte, ich wurde rot, ich – o Irene, Irene, ich liebe den Mann ganz unsagbar, und Du weißt selbst, wie das ist!

Stell Dir vor! Ich, ein häßliches Entchen aus Redhorse, die Tochter (wie es heißt) vom alten Calamity-Jim, jedenfalls seine Erbin, mit keinem lebenden Verwandten als einer wunderlichen alten Tante, die mich auf tausenderlei Art verwöhnt – völlig ohne Mittel außer einer Million Dollar und einer Hoffnung auf Paris – ich wage es, einen Gott wie ihn zu lieben!

Meine Liebe, wenn ich Dich hier bei mir hätte, könnte ich Dir vor Beschämung die Haare ausreißen!

Ich bin überzeugt, daß er über meine Gefühle Bescheid weiß, denn er blieb nur ein paar Minuten, sagte nichts, als was ein andrer Mann nur halb so gut gesagt hätte, gab vor, eine Verabredung zu haben, und ging. Heute erfuhr ich (ein Vögelchen hat's mir verraten – der Page), daß er sofort schlafen ging. Findest Du nicht auch, daß es ein Beweis für musterhafte Manieren ist?

17. Juli

Das kleine Scheusal, der Raynor, besuchte uns gestern, und sein Gerede hat mich beinah rasend gemacht. Der Stoff geht ihm nie aus, das heißt, wenn er den guten Ruf von ein, zwei Dutzend Mitmenschen mehr oder weniger ausgemerzt hat, macht er keine Pause zwischen einem und dem nächsten. (Übrigens: er hat sich nach Dir erkundigt, und die Beteuerungen seines Interesses für Dich hatten ziemlich viel *vraisemblance*, wie ich gestehen muß.) Mr. Raynor hält keine Jagdgesetze ein; wie der Tod (den er verhängen würde, wenn üble Nachreden tödlich wären), jagt er in jeder Jahreszeit. Aber ich mag ihn gern, denn wir kannten uns schon in Redhorse, als wir Kinder waren. Er hatte damals den Spitznamen Giggles* – und ich, oh, Irene, kannst Du's mir jemals verzeihen? – ich wurde Gunny** genannt, weiß Gott, weshalb – vielleicht um auf den Stoff anzuspielen, aus dem meine Schürzen gemacht waren. Vielleicht auch, weil der Name eine Alliteration zu Giggles ist, denn Giggles und ich waren unzertrennliche Spielkameraden, und die Goldgräber mögen es für eine taktvolle Höflichkeit gehalten haben, eine Beziehung zwischen uns anzuerkennen.

Später nahmen wir noch einen Dritten auf – noch einen aus der Sippschaft der Benachteiligten –, der, wie Garrick zwischen Tragödie und Komödie schwankend, unter dem chronischen Unvermögen litt, sich zwischen den rivalisierenden Anspruchberechtigten *Hunger* und *Kälte* zu entscheiden. Zwischen ihm und dem Elend gab es selten mehr als einen

* Giggles = Kicherer
** Gunny = Sacktuch

einzigen Hosenträger und die Hoffnung auf eine Mahlzeit, die das Leben gleichzeitig erhalten und unhaltbar machen würde. Er pickte sich buchstäblich eine unsichere Existenz für sich und seine betagte Mutter zusammen, indem er auf den Abraumhalden (das heißt, die Goldgräber erlaubten es ihm) nach ›Chloriden schürfte‹ und im Abfallgestein nach Brocken von ertragreichem Erz suchte, das sie übersehen hatten; und er sackte es ein und verkaufte es im Syndikat-Werk. Er wurde von da an ein Mitglied unsrer Firma ›Gunny, Giggles und Dumps*‹ – dank meiner Vermittlung; denn ich konnte weder damals – noch kann ich's heute – gleichgültig gegenüber dem Mut und der Kühnheit sein, mit der er vor Giggles das unsterbliche Recht seines Geschlechts verteidigte, ein fremdes und unbeschütztes weibliches Wesen zu beleidigen (mich nämlich). Nachdem der alte Jim in der Calamity-Grube Erz gefunden hatte und ich anfing, Schuhe zu tragen und in die Schule zu gehen, und Giggles wetteifernd sein Gesicht zu waschen begann und zu Jack Raynor von der Firma Wells, Fargo + Co. wurde und die alte Mrs. Barts zu ihren Vorfahren weggeschürft wurde, verzog sich Dumps nach San Juan Smith und wurde Postkutscher, bis ihn die Straßenräuber umbrachten, und so weiter.

Warum ich Dir das alles erzähle, Liebste? Weil es mir schwer auf dem Herzen liegt. Weil ich durch das ›Tal der Demut‹ wandle. Weil ich mir ständig meine Unwürdigkeit vor Augen halte, Doktor Barritz auch nur die Schuhriemen zu lösen. Weil – o je, o je, weil sich in unserm Hotel ein Vetter von Dumps aufhalten soll. Ich habe nicht mit ihm gesprochen. Ich habe ihn besonders gut gekannt – aber glaubst Du, daß er mich wiedererkannt hat? Bitte, bitte teile mir in Deinem nächsten Brief Deine ehrliche, bombensichere Meinung dar-

* Dumps = Schutthaufen

über mit und sage, daß Du es nicht glaubst. Meinst Du, daß *er* bereits über mich im Bilde ist und daß das der Grund ist, weshalb *er* mich gestern abend verließ, als *er* sah, daß ich rot wurde und vor *seinen* Augen wie eine dumme Gans zitterte? Du weißt ja, daß ich nicht *alle* Zeitungen bestechen kann, und ich kann niemanden verleugnen, der in Redhorse nett zu Gunny war – selbst dann nicht, wenn ich von der feinen Gesellschaft über die Achsel angesehen werde. Das Gespenst rasselt also schon hinter der Tür. Bisher hat es mir nie viel ausgemacht, wie Du ja weißt, aber jetzt – *jetzt* ist es nicht mehr dasselbe. Auf Jack Raynor kann ich mich verlassen – er wird *ihm* nichts verraten. Er scheint sogar so viel Respekt vor *ihm* zu haben, daß er überhaupt nicht mit *ihm* zu sprechen wagt – und so geht es mir erst recht. O je, o je! Ich wünschte, ich hätte noch etwas anderes als bloß eine Million Dollar! Wenn Jack Raynor drei Zoll größer wäre, würde ich ihn auf der Stelle heiraten und nach Redhorse zurückkehren und bis ans Ende meiner unseligen Tage in Sack und Asche gehen.

25. Juli

Gestern abend hatten wir einen geradezu himmlischen Sonnenuntergang, und ich muß Dir mehr darüber berichten. Ich bin Tantchen und allen andern davongelaufen und ging allein am Strand spazieren. Du mußt mir glauben, Du treulose Seele, daß ich *nicht* aus meinem Hotelfenster (mit Meersicht) geschaut habe und *ihn nicht* gesehen habe, als *er* den Strand entlangwanderte. Wenn Dir nicht jedes Gefühl für frauliche Delikatesse abhanden gekommen ist, mußt Du meine Erklärung akzeptieren, ohne sie zu bezweifeln. Ich hatte mir's bald unter meinem Sonnendach bequem gemacht und träumerisch auf das Meer geblickt, als *er* sich näherte – direkt am Saum des Wassers ging *er* – es war Ebbe. Denk nur an, der feuchte Sand glänzte geradezu unter *seinen* Schritten! Als er auf mich zukam, zog er den Hut und fragte: ›Miss Dement, darf ich mich zu Ihnen setzen? Oder wollen Sie mit mir spazierengehen?‹ Die Möglichkeit, daß mir weder das eine noch das andre hätte angenehm sein können, schien ihm gar nicht in den Sinn zu kommen! Hast Du jemals eine derartige Selbstsicherheit erlebt? Sicherheit? Meine Liebe, es war Frechheit, gallebittere *Frechheit*! Immerhin – ich empfand es nicht als Wermutstropfen und erwiderte, während mir mein unverbildetes Redhorse-Herz in die Kehle stieg: ›Mir ist *alles* sehr recht!‹ Konnte man törichter antworten? Ach, liebste Herzensfreundin, meine Dummheit ist abgrundtief!

Er reichte mir lächelnd die Hand, und ohne einen Moment zu zaudern, überließ ich ihm meine Hand, und als seine Finger sie umschlossen, errötete ich im Bewußtsein, daß sie leider zitterte, und wurde so rot wie der Abendhimmel. Ich erhob mich jedoch, und nach einem Weilchen, als ich merkte, daß er sie nicht losließ, zog ich ein bißchen, aber vergebens. Er hielt sie einfach fest und sagte nichts, sondern blickte mit einem Lächeln in mein Gesicht, von dem ich nicht wußte – wie konnte ich wohl! –, ob es herzlich oder spöttisch oder sonst was war, denn ich sah ihn nicht an. Wie schön er war: die feurige Glut des Sonnenuntergangs loderte in der Tiefe seiner Augen! Weißt Du vielleicht, Liebste, ob die Thugs und Experten des Blavatsky-Landes besondere Augen haben? Ach, Du hättest seine herrliche Haltung sehen sollen, und wie göttlich er den Kopf neigte, als er über mir aufragte, nachdem ich mich erhoben hatte! Es war ein erhabenes Bild, aber ich zerstörte es rasch, denn ich begann sofort wieder auf den Boden zu sinken. Für ihn gab es nur eins: er stützte mich, indem er mir den Arm um die Taille legte.

›Miss Dement, sind Sie krank?‹ fragte er.

Es war kein Ausruf und klang weder erschrocken noch besorgt. Hätte er hinzugefügt: ›Vermutlich erwarten Sie diese Frage von mir zu hören?‹, dann hätte er seine Meinung über die Situation nicht deutlicher ausdrücken können. Sein Benehmen erfüllte mich mit Beschämung und Entrüstung, denn ich litt sehr. Ich zog meine Hand aus der seinen, packte den Arm, der mich stützte, und stieß ihn weg, um mich zu befreien; dann plumpste ich auf den Sand und saß hilflos da. Bei diesem Gerangel war mir der Hut vom Kopf gefallen, und die Haare flogen mir äußerst demütigend um mein Gesicht und meine Schultern.

›Gehen Sie weg!‹ rief ich mit erstickter Stimme. ›Oh, bitte, gehen Sie weg, Sie – Sie Thug! Wie können Sie es wagen, *so etwas* zu denken, wenn mir mein Bein eingeschlafen ist?‹

Genau die gleichen blödsinnigen Worte habe ich gesagt! Und dann bin ich zusammengebrochen und habe geweint, Irene, ja, ich habe *geplärrt*! Im Nu änderte er sein Benehmen – ich konnte es sehen, zwischen meinen Fingern und meinen Haaren hindurch. Er fiel neben mir auf ein Knie, schob die Haare auseinander und rief unsagbar zärtlich: ›Mein armes Kind, Gott weiß, daß ich Sie nicht kränken wollte! Wie könnte ich denn? Wo ich Sie so liebe – Sie so geliebt habe seit – seit vielen, vielen Jahren!‹

Er hatte mir die nassen Hände vom Gesicht gezogen und bedeckte sie mit Küssen. Meine Wangen glühten wie Feuer, mein ganzes Gesicht brannte, es muß gedampft haben! Was sollte ich nur tun – ich hab's an seiner Schulter versteckt – das war der einzige Platz. Und, liebste Freundin – wie mein Bein prickelte und kribbelte, und wie gern ich gestrampelt hätte!

So saßen wir lange Zeit. Er hatte die eine meiner Hände losgelassen, um wieder seinen Arm um mich zu legen, und ich erwischte mein Taschentuch und trocknete mir Augen und Nase. Ehe ich das getan hatte, wollte ich nicht aufblicken: er versuchte vergebens, mich ein wenig wegzuschieben und mir ins Gesicht zu schauen. Und dann, als alles in Ordnung war und es dunkel zu werden begann, hob ich den Kopf, blickte ihm fest in die Augen und setzte mein bestes Lächeln auf – mein bestmöglichstes, Liebste.

›Wieso, seit vielen, vielen Jahren‘? Was meinen Sie damit?‹ fragte ich ihn.

›Liebste‹, erwiderte er sehr ernst, sehr feierlich, ›zwar fehlen die hohlen Wangen, die eingesunkenen Augen, das strähnige Haar, der schlaksige Gang, die Lumpen, der Schmutz und die Jugend, aber können Sie denn nicht – wollen Sie denn nicht begreifen? Gunny – ich bin Dumps!‹

Im Nu war ich aufgesprungen, und er ebenfalls. Ich packte ihn bei seinen Rockaufschlägen und starrte in zunehmender Dunkelheit in sein hübsches Gesicht.

Vor Aufregung war ich außer Atem.

›Bist du denn nicht tot und gestorben?‹ fragte ich und wußte kaum, was ich sagte.

›Nur sterblich verliebt, Gunny! Von der Kugel des Straßenräubers habe ich mich erholt – aber das hier ist, fürchte ich, tödlich!‹

›Aber was hat Jack – was hat Mr. Raynor ... weißt du denn nicht ...‹

›Beschämt muß ich gestehen, mein Liebling, daß ich auf den Vorschlag dieses nichtsnutzigen Menschen hierherkam – aus Wien!‹

Irene – sie haben mit dem Lasso eingefangen

Deine Dich liebende Freundin
Mary Jane Dement.

P. S. Und was das schlimmste ist: es gibt gar kein Geheimnis! Das war eine glatte Erfindung von Jack Raynor, um mich neugierig zu machen. James ist *kein* Thug! Er hat feierlich beteuert, daß er trotz all seiner Reisen niemals einen Fuß nach Nord-Indien gesetzt hat.

(Deutsch von Elisabeth Schnack)

O. Henry

Die exakte Wissenschaft von der Ehe

»Wie ich Ihnen schon erzählt habe«, sagte Jeff Peters, »hatte ich nie viel Zutrauen zu der Falschheit der Frauen. Als Partner oder Schülerinnen sind sie nicht mal beim unschuldigsten Schwindel vertrauenswürdig.«

»Das Kompliment verdienen sie«, sagte ich. »Ich glaube, sie können den Anspruch erheben, das ehrliche Geschlecht genannt zu werden.«

»Und warum auch nicht?« sagte Jeff. »Sie lassen ja das andere Geschlecht für sich die krummen Sachen oder die Überstunden machen. Im Geschäft sind sie in Ordnung, bis sie sich mal ihre Gefühle oder ihr Haar zu sehr ondulieren lassen. Dann muß man irgendeinen plattfüßigen, kurzatmigen Mann mit strohblondem Backenbart, fünf Kindern und einer Gebäude- und Darlehenshypothek in Bereitschaft haben, der ihren Platz als Ersatzmann einnimmt. Da war doch mal eine Witwe, die ich und Andy Tucker engagiert hatten. Sie sollte uns bei unserm kleinen Ehevermittlungsschwindel helfen, den wir in Cairo von Stapel ließen.

Hat man genug Kapital für Inserate – sagen wir mal eine Rolle Scheine, so dick wie das schmale Ende einer Wagendeichsel –, dann steckt Geld in Ehevermittlungen. Wir hatten etwa sechstausend Dollar und hofften, sie innerhalb von zwei Monaten zu verdoppeln. Das ist so ungefähr die Zeit, in der man solch ein Geschäft abwickeln kann, ohne daß man sich dafür in New Jersey einen offiziellen Freibrief besorgt.

Wir verfaßten ein Inserat, das ungefähr so lautete:

›Reizende Witwe, hübsch, häuslich, zweiunddreißig Jahre, mit zweitausend Dollar in bar und wertvollem Landbesitz, wünscht sich wieder zu verheiraten. Sie würde armen Mann mit herzlicher Zuneigung zu einer Bemittelten bevorzugen, da sie erkannt hat, daß echte Tugenden am häufigsten in bescheidenen Lebensumständen zu finden sind. Auch älterer Herr oder Herr mit schlichtem Äußeren angenehm, wenn er zuverlässig, treu und in der Lage ist, ein Vermögen zu verwalten und Geld mit Sachkenntnis zu investieren.

In Einsamkeit
z. Hd. v. Peters & Tucker,
Ehevermittlung, Cairo Ill.

›So weit, so schlau‹, sage ich, als wir das Elaborat fertig haben. ›Und nun‹, sage ich, ›wo ist die Dame?‹

Andy betrachtet mich mit stillem Ärger.

›Jeff‹, sagt er, ›ich dachte, du hättest solche Vorstellungen von Realismus in deiner Kunst verloren. Wozu brauchen wir eine Dame? Wenn sie in der Wall Street Grundstücke verkaufen, die in Wirklichkeit unter Wasser stehen, erwartest du dann, daß sich eine Seejungfrau darin findet? Was hat eine Heiratsannonce mit einer Dame zu tun?‹

›Jetzt hör mal zu‹, sage ich. ›Du kennst doch meinen Grundsatz, Andy, daß bei allen meinen illegalen Attacken gegen den Buchstaben des Gesetzes der verkaufte Artikel immer vorhanden, sichtbar und vorzeigbar sein muß. Auf diese Weise und durch sorgfältiges Studium der städtischen Verordnungen und der Fahrpläne habe ich mich immer aus solchen Schwierigkeiten mit der Polizei herausgehalten, die nicht durch einen Fünfdollarschein und eine Zigarre zu erledigen waren. Wenn wir das Ding hier drehen wollen, dann müssen wir unbedingt in der Lage sein, eine reizende Witwe leiblich vorzuzeigen, oder etwas Ähnliches mit oder ohne Schönheit, Liegenschaften und Zubehör, wie dargetan in Katalog und Revisionsbefehl oder später zu entscheiden von einem Friedensrichter.‹

›Na gut‹, sagt Andy, sich anders besinnend, ›vielleicht ist das wirklich sicherer, falls die Post oder die Kriminalpolizei versuchen sollten, unsere Vermittlung unter die Lupe zu nehmen. Aber wo‹, sagt er, ›willst du eine Witwe finden, die ihre Zeit mit einem Eheanbahnungsschwindel verplempert, ohne daß dabei eine Ehe herausspringt?‹

Ich sagte Andy, daß ich eine wüßte, die genau richtig für uns wäre. Ein alter Freund von mir, Zeke Trotter, der in einer Jahrmarktsbude Flaschenkorken und Zähne zog, hatte vor einem Jahr seine Frau zur Witwe gemacht, indem er eine Verdauungsmedizin des alten Doktors trank, statt des Einreibemittels, mit dem er sich sonst immer vollaufen ließ. Ich hatte sie früher oft besucht und glaubte, wir könnten sie überreden, für uns zu arbeiten.

Es waren nur sechzig Meilen bis zu der kleinen Stadt, in der sie wohnte. So fuhr ich also schnell mal raus und fand sie noch im selben Häuschen mit denselben Sonnenblumen und den Haushähnen auf dem Waschfaß. Mrs. Trotter paßte glänzend zu unserer Annonce, mit Ausnahme vielleicht von Schönheit, Alter und Eigentumswerten. Aber sie sah passend und auf den ersten Blick angenehm aus, und es war eine gute Tat in Zekes Gedenken, ihr den Job zu geben.

›Ist das auch keine krumme Sache, die Sie da vorhaben, Mister Peters?‹ fragt sie mich, als ich ihr erzähle, was wir von ihr wollen.

›Aber, Mrs. Trotter‹, sage ich, ›Andy Tucker und ich haben berechnet, daß in diesem großen und schönen Land durch unser Inserat etwa dreitausend Männer versuchen werden, Ihre schöne Hand und vermeintliches Geld und Vermögen zu gewinnen. Davon gedenken so etwa dreißighundert, Ihnen als Gegenwert, falls sie bei Ihnen Erfolg haben sollten, den Kadaver eines faulen und habgierigen Bummlers, einer verkrachten Existenz, eines Schwindlers und zweifelhaften Glücksritters zu geben.

Ich und Andy‹, sage ich, ›haben vor, diesen Schmarotzern der Gesellschaft mal die Leviten zu lesen. Nur mit Mühe haben ich und Andy uns zurückgehalten, einen Konzern mit dem Namen ‚Große moralische, milleniale, mißgünstige Ehevermittlung' zu gründen. Genügt Ihnen das?‹

›Das tut es, Mister Peters‹, sagt sie, ›ich hätte gleich wissen sollen, daß Sie sich auf nichts einlassen, was unpassend ist. Aber was habe ich zu tun? Muß ich diesen dreitausend Schurken, von denen Sie sprechen, einzeln einen Korb geben, oder kann ich sie gleich dutzendweise rauswerfen?‹

›Ihr Job, Mrs. Trotter‹, sage ich, ›besteht praktisch nur darin, ein Anziehungspunkt zu sein. Sie werden in einem ruhigen Hotel wohnen und gar nichts zu tun haben. Andy und ich werden die ganze Post und die geschäftlichen Sachen erledigen.

Natürlich‹, sage ich, ›ist es möglich, daß einige besonders feurige und ungestüme Freier, die das Fahrgeld aufbringen können, nach Cairo kommen, um persönlich Dampf hinter ihre Werbung zu machen. In dem Falle werden Sie wahrscheinlich die lästige Aufgabe haben, sie eigenhändig vor die Tür zu setzen. Wir zahlen Ihnen fünfundzwanzig Dollar die Woche und die Hotelkosten.‹

›Geben Sie mir fünf Minuten‹, sagt Mrs. Trotter, ›ich hole

nur meine Puderdose und lasse den Hausschlüssel bei einer Nachbarin, dann können Sie mein Gehalt ab heute rechnen.‹

Ich verfrachte also Mrs. Trotter nach Cairo und bringe sie in einem Familienhotel unter, das leicht erreichbar, aber doch weit genug von meinem und Andys Quartier entfernt ist, um keinen Argwohn zu erregen; und dann berichte ich Andy.

›Großartig‹, sagt Andy. ›Und jetzt, wo dein Gewissen in bezug auf Greifbarkeit und Nähe des Köders beruhigt ist, mal das Kalbfleisch beiseite; wie wär's, wenn wir uns mit den Fischen befaßten?‹

So begannen wir, unser Inserat in Zeitungen aufzugeben, die im ganzen Lande erschienen. Wir benutzten nur dies eine Inserat. Wir hätten auch gar nicht mehr brauchen können, wenn wir nicht so viele Schreiber und dämliches Drum und Dran einstellen wollten, daß das Geräusch des Kaugummikauens den Postminister belästigt hätte.

Wir ließen Mrs. Trotter in einer Bank zweitausend Dollar gutschreiben und gaben ihr das Buch, damit sie es vorzeigen konnte, falls jemand die Ehrlichkeit und lauteren Absichten unserer Vermittlung in Frage stellen sollte. Ich wußte, Mrs. Trotter war ehrlich und verläßlich, und wir gingen sicher, wenn wir das Geld auf ihren Namen schreiben ließen.

Durch dies einzige Inserat hatten Andy und ich jeden Tag zwölf Stunden zu tun, Briefe zu beantworten.

Ungefähr hundert kamen täglich an. Ich hätte nie gedacht, daß es in dieser Gegend so viele hochherzige, wenn auch bedürftige Männer gab, die bereit waren, eine reizende Witwe zu ehelichen und die Last auf sich zu nehmen, ihr Geld zu investieren.

Die meisten gaben zu, daß sie nicht mehr aufzuweisen hätten als Backenbärte und verlorene Jobs und daß sie von der Welt mißverstanden würden; alle aber behaupteten sie, so randvoll von Zuneigung und männlichen Qualitäten zu sein, daß die Witwe mit ihnen die Wahl ihres Lebens träfe.

Jeder Bewerber bekam von Peters & Tucker ein Antwortschreiben, in dem ihm mitgeteilt wurde, die Witwe sei tief beeindruckt von seinem ehrlichen und interessanten Brief und bitte um einen weiteren, ausführlicheren Brief, möglichst mit Foto. Ferner unterrichteten Peters & Tucker den Bewerber, daß die Gebühr für die Weitergabe des zweiten Briefes an ihre schöne Klientin zwei Dollar betrage, die als Anlage beizufügen seien.

Da haben Sie nun die einfache Schönheit unseres Planes. Etwa neunzig Prozent dieser einheimischen fremden Ritter trieben irgendwie das Geld auf und schickten es. Ja, und das war eigentlich alles. Außer daß ich und Andy mächtig klagten über die Mühe, die Briefumschläge aufzuschlitzen und das Geld herauszunehmen.

Einige wenige Klienten kamen persönlich. Wir schickten sie zu Mrs. Trotter, und die besorgte den Rest, abgesehen von dreien oder vieren, die zurückkamen und uns um das Fahrgeld anpumpten.

Als die Briefe aus den entfernteren Bezirken eintrudelten, nahmen Andy und ich etwa zweihundert Dollar pro Tag ein.

Eines Nachmittags, wir hatten gerade schwer zu tun – ich stopfte die Ein- und Zweidollarscheine in Zigarrenkisten, und Andy pfiff ›Keine Hochzeitsglocken für sie‹ –, da kommt ein kleiner, eleganter Mann herein und beguckt sich die Wände, als ob er hinter ein paar verschwundenen Gainsborough-Bildern her wäre. Sobald ich ihn ansah, fühlte ich Stolz in mir, weil wir unser Geschäft ohne Risiko betrieben.

›Ich sehe, Sie haben heute viel Post‹, sagt der Mann.

Ich griff nach meinem Hut.

›Kommen Sie‹, sage ich. ›Wir haben Sie erwartet. Ich zeige Ihnen, was Sie sehen wollen. Wie ging's Teddy, als Sie in Washington abfuhren?‹

Ich führte ihn ins Hotel ›Flußblick‹ und ließ ihn Mrs. Trotter die Hand schütteln. Dann zeigte ich ihm ihr Sparbuch mit den zweitausend Dollar.

›Scheint in Ordnung zu sein‹, sagt der Geheimkriminale.

›Ganz recht‹, sage ich. ›Und wenn Sie nicht verheiratet sind, dann können Sie sich gern mal ein Weilchen mit der Dame unterhalten. Die zwei Dollar wollen wir dabei nicht erwähnen.‹

›Danke‹, sagt er. ›Wenn ich nicht verheiratet wäre, vielleicht. Guten Tag, Mister Peters.‹

Nach etwa drei Monaten hatten wir einiges über fünftausend Dollar eingenommen, und wir sahen ein, daß es Zeit war, abzuhauen. Eine Menge Leute hatten sich bei uns beschwert, und Mrs. Trotter schien auch keine Lust mehr zu haben. Viele Bewerber hatten sie persönlich sprechen wollen, und das schien ihr gar nicht zu gefallen.

Also beschließen wir, uns davonzumachen, und ich gehe zu Mrs. Trotter ins Hotel, um ihr den letzten Wochenlohn auszuzahlen, auf Wiedersehen zu sagen und den Scheck über die zweitausend Dollar zu holen.

Als ich hinkomme, finde ich sie in Tränen aufgelöst wie ein Kind, das nicht zur Schule gehen will.

›Aber, aber‹, sage ich, ›hat Sie jemand beleidigt, oder haben Sie Heimweh?‹

›Nein, Mister Peters‹, sagt sie. ›Ich will's Ihnen erzählen. Sie sind immer ein Freund von Zeke gewesen, und es ist ja auch egal. Mister Peters, ich habe mich verliebt. Ich liebe einen Mann so sehr, daß ich es einfach nicht ertragen könnte, wenn ich ihn nicht kriegte. Er ist genau das Ideal, das mir schon immer vorgeschwebt hat.‹

›Dann nehmen Sie ihn‹, sage ich, ›das heißt, wenn es auf Gegenseitigkeit beruht. Erwidert er Ihr Gefühl genauso tiefgründig und schmerzlich, wie Sie es beschrieben haben?‹

›Freilich‹, sagt sie. ›Aber er ist einer von den Herren, die mich wegen dem Inserat besucht haben, und er will mich nicht heiraten, wenn ich ihm nicht die zweitausend Dollar gebe. Er heißt William Wilkinson.‹ Und wieder verfällt sie in Gefühlsausbrüche und hysterische Zustände, wie das bei Verliebten so ist.

›Mrs. Trotter‹, sage ich, ›es gibt keinen Menschen, der mehr Verständnis für die Gefühle einer Frau hat, als mich. Außerdem waren Sie einst der Lebenspartner von einem meiner besten Freunde. Wenn es auf mich allein ankäme, dann würde ich sagen, nehmen Sie die zweitausend Dollar und den Mann Ihrer Wahl, und werden Sie glücklich. Wir könnten uns das leisten, weil wir diesen Schmarotzern, die Sie heiraten wollten, über fünftausend Dollar abgeknöpft haben. Aber‹, sage ich, ›ich muß erst Andy Tucker fragen. Er ist ein guter Mensch, aber sehr geschäftstüchtig. Finanziell ist er mein gleichberechtigter Partner. Ich will mit Andy sprechen‹, sage ich, ›und sehen, was sich machen läßt.‹

Ich gehe ins Hotel zurück und erkläre Andy den Fall.

›Auf so was war ich schon die ganze Zeit gefaßt‹, sagt Andy. ›Du kannst eben von einer Frau nicht erwarten, daß sie bei einem Ding mit dir durch dick und dünn geht, wenn ihre Gefühle und Wünsche mit im Spiel sind.‹

›Es ist traurig, Andy‹, sage ich, ›wenn ich bedenke, daß wir die Schuld haben, wenn einer Frau das Herz bricht.‹

›Du hast recht‹, sagt Andy, ›deshalb will ich dir sagen, was ich tun will, Jeff. Du bist immer schon ein gutmütiger und großzügiger Mensch gewesen. Vielleicht war ich zu rauhbeinig und nüchtern und mißtrauisch. Diesmal will ich dir entgegenkommen. Geh hin zu Mrs. Trotter und sage ihr, sie soll die zweitausend Dollar bei der Bank abheben und sie diesem Mann geben, in den sie vernarrt ist, und glücklich werden.‹

Ich mache einen Luftsprung und schüttele Andy fünf Minuten lang die Hand.

Dann gehe ich zurück zu Mrs. Trotter und sage Bescheid, und sie heult nun vor Freude so sehr wie vorher vor Kummer.

Zwei Tage später packen Andy und ich zusammen, um zu verduften.

›Möchtest du nicht wenigstens einmal zu Mrs. Trotter gehen und sie begrüßen, bevor wir abfahren?‹ frage ich ihn. ›Sie würde sich mächtig freuen, dich kennenzulernen und dir ihre Hochachtung und ihren Dank auszusprechen.‹

›Lieber nicht‹, sagt Andy. ›Ich denke, es ist besser, wir beeilen uns, damit wir den Zug noch erwischen.‹

Ich schnalle gerade unser Geld in einem Andenkengürtel um, in dem wir es immer trugen, als Andy einen dicken Packen großer Scheine aus der Tasche zieht und mich auffordert, sie zu den andern zu stecken.

›Was ist denn das?‹ sage ich.

›Das sind die zweitausend von Mrs. Trotter‹, sagt Andy.

›Wieso hast *du* sie?‹ frage ich.

›Sie hat sie mir gegeben‹, sagt Andy. ›Über einen Monat lang habe ich sie an drei Abenden in der Woche besucht.‹

›Dann bist du William Wilkinson?‹ sage ich.

›War ich‹, sagt Andy.«

(Deutsch von Wolfgang Kreiter)

Stephen Crane

Die Braut kommt nach Yellow Sky

I

Der große Pullmanwagen eilte mit einer so würdevollen Bewegung voran, daß man beim Blick durch das Fenster glauben konnte, das texanische Flachland ströme nach Osten. Gewaltige grüne Grasländer, stumpffarbene Mesquit- und Kakteen-Bezirke, kleine Ansammlungen von Holzhäusern, Wälder voll heller und zarter Bäume, alles fegte nach Osten und stürzte sich über den Horizont in den Abgrund.

Ein jungverheiratetes Paar war in San Antonio in den Zug gestiegen. Das Gesicht des Mannes war von vielen Tagen in Wind und Sonne gerötet, und seine neue schwarze Kleidung bewirkte, daß seine ziegelroten Hände sich dauernd auf eine äußerst unbehagliche Weise bewegten. Von Zeit zu Zeit warf er einen respektvollen Blick auf seine Kleider. Er saß da, auf jedem Knie eine Hand, wie ein Mann, der beim Friseur wartet. Die Blicke, die er den anderen Reisenden zuwarf, waren verstohlen und scheu.

Die Braut war nicht hübsch, sie war auch nicht sehr jung. Sie trug ein Kleid aus blauer Kaschmirwolle, hier und da mit Samtbesätzen und reichlich mit Stahlknöpfen versehen. Andauernd verdrehte sie den Kopf, um ihre Puffärmel zu betrachten; sie war sehr steif, aufrecht, mit einem langen Oberkörper. Sie waren ihr peinlich. Es war offensichtlich, daß sie

Küchenarbeit getan hatte und daß sie auch wieder zur Küchenarbeit zurückkehren würde. Das Erröten, das die sorglos prüfenden Blicke einiger Reisender verursacht hatten, nahm sich seltsam auf diesem einfachen Unterklassen-Gesicht aus, das mit stillen, fast fühllosen Strichen gezeichnet war.

Augenscheinlich waren sie sehr glücklich. »Schon mal in so nem Salonwagen gewesen?« fragte er und lächelte vergnügt.

»Nein«, antwortete sie, »noch nie. Schön isses, nicht?«

»Großartig isses! – Und nachher, dann gehen wir nach vorne zum Dinner und kriegen ne große Festtafel. Bestes Essen von der Welt. Sie berechnen einen Dollar.«

»Ach wirklich?« rief die Braut. »Einen Dollar wollen die? Aber das ist zu viel, für uns – oder nicht, Jack?«

»Auf dieser Reise nicht, jedenfalls«, antwortete er tapfer. »Wir leisten uns alles hier.«

Später erklärte er ihr das mit den Zügen. »Verstehst du, es sind tausend Meilen von einem Ende von Texas zum anderen; und dieser Zug geht quer durch und hält bloß viermal an.« Er zeigte den Stolz des Eigentümers. Er wies auf die glänzende Ausstattung des Wagens hin, und wahrhaftig, ihre Augen weiteten sich, als sie den seegrünen Samt betrachtete, das glänzende Messing, das Silber, das Glas und das Holz, das einen dunklen Glanz hatte, als sei es die Oberfläche eines Teiches voll Öl. An dem einen Ende stützte eine stramme Bronzefigur den Zugang zum Nebenraum, und überall an den zugänglichen Stellen waren Fresken in Olivegrün und Silber.

In den Gedanken des Paares spiegelte diese Umgebung die ganze Herrlichkeit ihres Hochzeitsmorgens in San Antonio wieder; dies war nun die Umgebung ihres neuen Ehestandes; vor allem das Gesicht des Mannes strahlte derart in seinem

Hochgefühl, daß er dem schwarzen Schaffner lächerlich vorkam. Der Mensch beobachtete sie mit einem belustigten und überlegenen Grinsen aus der Ferne. Bei anderen Gelegenheiten schikanierte er die beiden geschickt auf eine Weise, daß ihnen nicht ganz klar wurde, daß sie schikaniert wurden. Er ließ raffiniert alle Arten eines ungreifbaren Snobismus an ihnen aus. Er behandelte sie tyrannisch; aber von dieser Art von Tyrannei begriffen sie kaum etwas, und sie vergaßen schnell wieder, wenn ein paar der Reisenden sie hin und wieder mit höhnischer Belustigung bedachten. Von Anfang an war klar, daß ihre Situation etwas unendlich Komisches hatte.

»Um 3:42 sollen wir in Yellow Sky sein«, sagte er und schaute ihr zärtlich in die Augen.

»Ach wirklich?« sagte sie, als sei ihr das noch gar nicht klar gewesen. Es gehörte zu ihrer fraulichen Liebenswürdigkeit, auf eine Bemerkung ihres Gatten Überraschung zu zeigen. Sie zog eine kleine silberne Uhr aus einer Tasche; während sie sie vor sich hielt und sie mit aufmerksamem Stirnrunzeln betrachtete, strahlte das Gesicht des jungen Ehemannes.

»Ich hab sie in San Antonio von einem Freund gekauft«, erzählte er ihr mit glücklicher Miene.

»Es ist siebzehn Minuten nach zwölf«, sagte sie und schaute mit einer Art von scheuer und schwerfälliger Koketterie zu ihm auf. Ein Reisender, der dieses Spielchen beobachtete, wußte sich vor Sarkasmus kaum zu lassen und zwinkerte sich selbst in einem der zahlreichen Spiegel zu.

Schließlich gingen sie zum Speisewagen. Zwei Reihen von schwarzen Kellnern und strahlend weißen Fräcken beobachteten ihren Eintritt mit dem Interesse, aber auch der Gleichgültigkeit von Menschen, die vorgewarnt worden waren. Das Paar fiel in die Hände eines Kellners, dem es nun einmal Spaß machte, ihnen als Führer durch ihre Mahlzeit zu dienen. Er hatte sie im Auge wie ein väterlicher Steuermann, und seine Miene strahlte vor Wohlwollen. Die Herablassung, die hier so eng mit der üblichen Unterwürfigkeit verflochten war, nahmen sie nicht wahr. Und doch hatten ihre Gesichter, als sie in ihr Abteil zurückkehrten, den Ausdruck von glücklich Entkommenen.

Nach links hin, am Fuße einer mehrere Meilen breiten violetten Senke, sah man einen kleinen Dunststreifen, wo der Rio Grande sich dahinschlängelte. Der Zug näherte sich ihm schräg, in einem Winkel, und an der Spitze dieses Winkels lag Yellow Sky. Nun war ersichtlich, daß der Gatte, je mehr die Entfernung bis Yellow Sky sich verkürzte, immer unruhiger wurde. Seine ziegelroten Hände machten sich noch nachdrücklicher bemerkbar. Manchmal war er sogar recht geistesabwesend und in Gedanken, wenn seine Braut sich vorbeugte und ihn ansprach.

Um die Wahrheit zu sagen, fühlte Jack Potter den Schatten einer Untat auf sich lasten wie einen Bleiklotz. Er war Stadtpolizist in Yellow Sky, ein bekannter, beliebter und in dieser Gegend auch gefürchteter Mann, eine angesehene Persönlichkeit – und nun war er nach San Antonio gefahren, hatte das Mädchen getroffen, das er zu lieben glaubte, hatte sie, nach den üblichen Gebeten, tatsächlich dazu gebracht, ihn zu heiraten, ohne jedoch zu irgendeiner Zeit Yellow Sky in sein Vorhaben einzuweihen und um Rat zu fragen. Nun brachte er seine Braut mit, brachte sie mit in eine unschuldige und ahnungslose Gemeinde.

Natürlich heirateten die Leute von Yellow Sky, sofern es mit der allgemeinen Sitte vereinbar war, wie es ihnen gefiel; aber Potters Vorstellung von seiner Pflicht gegen seine Freunde, oder von *ihrer* Vorstellung von dieser Pflicht, oder von einer gewissen unausgesprochenen Höflichkeit, wenn sie auch für Männer in solchen Angelegenheiten nicht verbindlich sein mußte, führte dazu, daß er sich wie ein Bösewicht fühlte. Er hatte ein außerordentliches Verbrechen begangen. Beim Anblick dieses Mädchens in San Antonio, und von einem plötzlichen Impuls angetrieben, hatte er sich Hals über Kopf über die Regeln der Gesellschaft hinweggesetzt. In San Antonio war er wie ein Mensch gewesen, der im Dunkel verborgen ist. Ein Messer, um Freundschaftspflichten zu zerschneiden, war leicht bei der Hand in dieser fernen Stadt. Nun aber rückte die Stunde von Yellow Sky heran – die Stunde des Tagesanbruchs.

Er wußte ganz genau, daß seine Heirat in seiner Stadt eine wichtige Angelegenheit war. Höchstens der Brand des neuen Hotels könnte wichtiger sein. Seine Freunde würden ihm nicht verzeihen können. Er hatte des öfteren überlegt, ob es ratsam wäre, es ihnen in einem Telegramm mitzuteilen; aber eine neue Art von Feigheit hatte ihn da überfallen. Er hatte Angst davor gehabt. Und nun näherte sich der Zug eilends dieser Szene der Verblüffung, der Belustigung und der Vorwürfe. Er schaute durch das Fenster auf den Dunststreifen, der sich in sanfter Kurve auf den Zug zu bewegte.

Yellow Sky hatte eine Art Blaskapelle, die etwas mühsam, aber durchaus zur Freude der Leute spielte. Wenn er daran dachte, mußte er freudlos lachen. Wenn die Mitbürger sich seine Ankunft mit Braut auch nur im Traum ausdenken könnten, würden sie die Kapelle am Bahnhof aufmarschieren lassen und sie beide unter Hochrufen und lachenden Glückwünschen zu seinem Adobe-Ziegelhaus eskortieren.

Die Braut schaute ihn ängstlich an. »Worüber machst du dir Sorgen, Jack?«

Er lachte wieder. »Ich mach mir keine Sorgen, Mädchen; ich denk bloß an Yellow Sky.«

Sie verstand und errötete.

Ein Gefühl gemeinsamer Schuld drängte sich in ihre Gedanken und ließ eine zartere Zuneigung entstehen. Sie schauten einander an, und ihre Augen leuchteten sanft. Aber Potter stieß noch öfters sein nervöses Lachen aus, und die Röte auf dem Gesicht der Braut schien recht dauerhaft anzuhalten.

Der Mann, der die Gefühle von Yellow Sky verletzt hatte, beobachtete mit verkniffenen Augen die rasende Landschaft. »Wir sind fast da«, sagte er.

Nun erschien der Schaffner und verkündete, daß Potters Heimatstadt nahe sei. Er hielt eine Bürste in der Hand, und während sein ganzer luftiger Hochmut verflog, bürstete er Potters neue Kleider, wobei dieser sich hin und her drehte. Potter wühlte nach einer Münze und gab sie dem Schaffner, wie er es von anderen gesehen hatte. Es war ein mühsamer, angestrengter Vorgang, so wie wenn ein Mann sein erstes Pferd beschlägt.

Der Schaffner nahm ihre Tasche, und sie bewegten sich, während der Zug langsamer wurde, zu der überdachten Plattform des Wagens. Und nun eilten die beiden Lokomotiven und die lange Wagenkette in die Bahnstation von Yellow Sky.

»Die müssen hier Wasser übernehmen«, sagte Potter mit eingeschnürter Kehle und trauerndem Tonfall, wie jemand, der eine Todesnachricht überbringt. Noch bevor der Zug angehalten hatte, hatte sein Blick den ganzen Bahnsteig abgesucht, und er war froh und erstaunt, als er sah, daß niemand da war außer dem Stationsvorsteher, der eilig und mit etwas beflissenem Gehabe zu den Wassertanks hinging. Als der Zug hielt, stieg der Schaffner zuerst aus und klappte ein kleines Hilfstrittbrett aus.

»Komm her, Mädchen«, sagte Potter mit heiserer Stimme. Während er ihr herunterhalf, lachten sie beide mit einem falschen Ton. Er nahm von dem Neger die Tasche in Empfang und ließ seine Frau sich bei ihm einhängen. Als sie mit einem schaukelnden Gang forteilten – mit hängenden Köpfen und hündischem Blick –, bemerkte er, daß zwei Schrankkoffer ausgeladen wurden und daß der Stationsvorsteher weit vorne am Gepäckwagen sich umgedreht hatte und gestikulierend auf ihn zulief. Er lachte, er lachte und stöhnte, als er zum ersten Mal den Eindruck bemerkte, den sein eheliches Glück auf Yellow Sky machte. Er packte den Arm seiner Frau fester und zog sie an sich; dann eilten sie davon. Hinter ihnen stand der Schaffner mit albernem Kichern.

II

Der California Expreß der Southern Railway sollte in zwanzig Minuten in Yellow Sky eintreffen. Sechs Männer standen an der Theke des »Weary Gentlemen Saloon«. Einer war ein Trommler, der viel und schnell redete; drei waren Texaner, die im Augenblick nicht reden wollten; zwei waren mexikanische Schafhirten, die im »Weary Gentlemen Saloon« grundsätzlich den Mund nicht auftaten. Der Hund des Wirts lag auf dem Trottoir vor der Tür. Sein Kopf ruhte auf den Pfoten, schläfrig ließ er seine Augen hin und her wandern – mit der Wachsamkeit eines Hundes, der manchmal einen Tritt bekommt. Jenseits der sandigen Straße waren ein paar Rasenflecken von lebhaftem Grün; wunderbar sahen sie aus, mitten zwischen dem Sand und unter der gleißenden Sonne, die darauf herabsengte, daß einem Zweifel kamen; sie sahen genauso aus wie die Grasmatten, die im Theater Rasen vorstellen sollen. Am kühleren Ende der Eisenbahnstation saß ein Mann ohne Jacke auf einem Stuhl, den er nach hinten gekippt hatte, und rauchte seine Pfeife. Das frisch abgemähte Ufer des Rio Grande machte einen Halbkreis um die Stadt, und auf der anderen Seite war weites, pflaumenfarbenes Mesquit-Land zu sehen.

Abgesehen von dem eifrigen Trommler und seinen Genossen im Saloon dämmerte Yellow Sky vor sich hin. Der Neuling lehnte graziös an der Theke und gab mit der Selbstsicherheit eines Sängers in neuer Umgebung viele Geschichten von sich.

»– und in dem Augenblick, wo der alte Mann mit seinem Schreibpult im Arm die Treppe runterrollte, kam die alte Frau mit zwei Eimern Kohle herauf, und natürlich –«

Die Geschichte des Trommlers wurde von einem jungen Mann unterbrochen, der plötzlich in der offenen Tür erschien. Er rief: »Scratchy Wilson is besoffen, un jetz is er raus und knallt beidhändig herum!« Sogleich setzten die beiden Mexikaner ihre Gläser ab und verschwanden durch den Hinterausgang des Saloons.

Darauf sagte der Trommler naiv und scherzhaft: »Na schön, alter Junge. Wird wohl so sein. Dann komm mal rein und trink einen.«

Aber die Nachricht hatte in allen Köpfen im Raum einen tiefen Eindruck gemacht, und der Trommler mußte bemerken, daß sie schwerwiegend war. Augenblicklich waren alle ernst geworden. »Hört mal«, sagte er verwirrt, »was ist denn los?« Seine drei Genossen machten Handbewegungen, mit denen man eine wortreiche Rede einleitet, aber der junge Mann an der Tür kam ihnen zuvor.

»Das heißt, mein Freund«, antwortete er, und trat in den

Saloon ein, »daß die Stadt für die nächsten zwei Stunden kein Kurort sein wird.«

Der Wirt ging zur Tür, schloß sie ab und verriegelte sie; er langte aus dem Fenster, zog die schweren Holzläden zu und verriegelte sie. Es herrschte nun ein feierliches Dämmerlicht im Raum, wie in einer Kapelle. Der Trommler schaute von einem zum anderen.

»Hört mal!« rief er. »Was soll denn das, um Himmels willen? Ihr wollt doch nicht sagen, daß es hier eine Schießerei gibt?«

»Weiß nicht, ob's ne Schießerei gibt oder nicht«, sagte der eine Mann finster. »Aber 's wird geschossen, 's wird ganz nett geschossen.«

Der junge Mann, der sie gewarnt hatte, wedelte mit der Hand herum. »Da gibt's ganz schnell einen Kampf, wenn's jemand drauf anlegt. Jeder kann hier seinen Kampf haben, da draußen auf der Straße. Der wartet bloß drauf.«

Der Trommler schien zwischen der Neugier eines Fremden und dem Gefühl der Gefahr, die ihm drohte, hin- und herzuschwanken.

»Was habt ihr gesagt, wie der heißt?« fragte er.

»Scratchy Wilson«, antworteten sie im Chor.

»Und wird er jemanden umbringen? Was macht ihr denn dann? Passiert das hier öfter? Läuft er jede Woche so Amok? Kann er die Tür hier aufbrechen?«

»Nein, die Tür bricht der nicht auf«, antwortete der Wirt. »Er hat's schon dreimal versucht. Aber leg dich besser auf den Boden, wenn er kommt, Fremder. Er wird bestimmt auf die Tür schießen, und eine Kugel könnte durchgehen.«

Der Trommler heftete seine Augen fest auf die Tür. Noch war es nicht soweit, daß man ihm zurief, in Deckung zu gehen, aber ein wenig vorsorglich rückte er der Wand näher. »Bringt er jemanden um?« fragte er nochmal.

Der Mann lachte tief und verächtlich über die Frage.

»Er will schießen, er will Streit anfangen. Besser, wenn man sich gar nicht mit ihm einläßt.«

»Aber was macht ihr in so einem Fall? Ich meine, was macht ihr?«

Ein Mann antwortete: »Naja, er und Jack Potter –«

Die anderen Männer unterbrachen ihn im Chor: »Aber Jack Potter is in San Antonio!«

»Wer ist denn der? Was hat denn der damit zu tun?«

»Oh, der ist der Stadtpolizist. Er geht raus und trägt es mit Scratchy aus, wenn's den mal wieder juckt.«

»Meine Herrn!« sagte der Trommler und tupfte sich die Stirn ab. »Da hat er ja einen guten Job!«

Die Stimmen waren zu einem bloßen Flüstern abgesunken. Der Trommler, in seiner wachsenden Angst und Verwirrung, wollte weitere Fragen stellen, aber als er dazu ansetzte, schauten ihn die Männer bloß verärgert an und bedeuteten ihm, daß er still sein sollte. Eine Stille des angespannten Wartens hatte sich auf sie gesenkt. Ihre Augen glänzten in den Schattenhöhlen des Raumes, während sie nach Geräuschen von der Straße horchten. Ein Mann machte drei Handbewegungen zu dem Barkeeper hin, und der reichte ihm mit geisterhaften Bewegungen ein Glas und eine Flasche. Der Mann goß sich ein volles Glas Whisky ein und setzte die Flasche fast geräuschlos wieder ab. Er schüttete den Whisky mit einem Schluck in sich rein und wandte sich dann wieder der Tür zu, schweigend und bewegungslos. Der Trommler sah, daß der Barkeeper ohne einen Laut eine Winchester unter der Theke hervorgezogen hatte. Später bemerkte er, daß der Mensch ihn zu sich winkte; er ging auf Zehenspitzen hin.

»Kommen Sie lieber zu mir, hinter die Theke.«

»Nein, danke«, sagte der Trommler schwitzend. »Ich

bleib lieber dort, wo ich durch die Hintertür rauskommen kann.«

Der Herr der Flaschen machte nun eine freundliche, aber entschiedene Handbewegung. Der Trommler befolgte sie nun und sah sich auf einmal auf einer Kiste sitzen, den Kopf unter Thekenhöhe, und der Anblick der verschiedenen Zink- und Kupferarmaturen, die Ähnlichkeit mit einer Rüstung hatten, senkte sich auf seine Seele wie tröstlicher Balsam. Der Barkeeper setzte sich bequem auf eine Kiste daneben.

»Wissen Sie«, flüsterte er, »dieser Scratchy Wilson ist ein Wunderschütze, wirklich, er ist ein Wunderschütze; wenn der auf dem Kriegspfad ist, dann verkriechen wir uns natürlich in unsere Löcher. Er ist so ungefähr der letzte von der alten Bande, die sich hier am Fluß entlang rumgetrieben hat. Ein Schreckensmann, wenn er besoffen ist. Wenn er nüchtern ist, ist er in Ordnung, irgendwie simpel – tät keiner Fliege was zuleid – der netteste Kerl in der Stadt. Aber wenn er besoffen ist – oh je!«

Es folgten Zeiten des Schweigens. »Ich wollte, Jack Potter wäre von San Antonio zurück«, sagte der Barkeeper. »Der hat dem Wilson mal eine verpaßt – ins Bein; der nahm den Stier bei den Hörnern und brachte die Sache in Ordnung.«

Sie hörten jetzt aus der Entfernung einen Schuß knallen, danach drei wilde Juchzer. Das machte die Männer in dem verdunkelten Saloon sofort gelöster. Sie sahen sich an. »Jetzt kommt er«, sagten sie.

III

Ein Mann in einem kastanienbraunen Flanellhemd, so wie es von ein paar Jüdinnen in der New Yorker East Side für Schaufensterdekorationen gemacht wird, kam um die Ecke und marschierte in der Mitte der Main Street von Yellow Sky. In jeder Hand hielt er einen langen, schweren, blauschwarzen Revolver. Hin und wieder brüllte er, und dieses Brüllen schallte durch eine scheinbar verlassene Stadt, es sprang schrill über die Dächer, in einer Lautstärke, die in keinem Verhältnis zu der gewöhnlichen Lautstärke eines Mannes zu stehen schien. Es war, als ob das Schweigen, das ihn umgab, sich wie eine Grabkuppel über ihm wölbte. Die rasenden Herausforderungs-Schreie schallten gegen Mauern des Schweigens. Und seine Stiefel hatten rote Ränder mit Goldprägung, von der Sorte, die bei den Jungen in Neu-England beliebt ist, wenn sie von ihren Hügeln Schlitten fahren.

Im Gesicht des Mannes flammte eine Wut, deren Vater der Whisky war. Seine Augen, die hin und her rollten und doch wachsam nach Hinterhälten forschten, glitten über stille Hauseingänge und Fenster. Er ging mit den schleichenden Bewegungen einer Mitternachtskatze. Wenn ihm was einfiel, dann brüllte er, stieß drohende Ankündigungen aus. Die langen Revolver waren in seinen Händen leicht wie Strohhalme; sie wurden mit einer elektrischen Behendigkeit gehandhabt. Die kleinen Finger der beiden Hände bewegten sich manchmal wie Musikerfinger. Deutlich sah man, wie über dem tiefsitzenden Hemdkragen die Sehnenstricke sich spannten und lockerten, wenn die Raserei ihn packte und losließ. Die einzigen Geräusche waren seine schrecklichen Herausforderungen. Die stillen Backsteinhäuser bewahrten ihre distanzierte

Haltung, während das kleine Ding sich zwischen ihnen in der Straßenmitte vorwärtsbewegte.

Es gab keine Forderung zum Kampf, keine Kriegserklärung. Der Mann schrie zum Himmel. Nichts zog seine Aufmerksamkeit besonders an. Er schäumte und bellte und richtete seine Revolver hierhin, dorthin, überallhin.

Der Hund des Barkeepers des »Weary Gentlemen Saloon« hatte die Entwicklung der Ereignisse noch nicht recht wahrgenommen. Er döste noch immer vor der Tür seines Herrn. Als er den Hund erblickte, blieb der Mann stehen und hob scherzhaft den Revolver. Der Hund sprang auf und lief fort, schräg über die Straße, mißmutig, knurrend. Der Mann schrie, und der Hund fing an zu galoppieren. Als er in eine Seitengasse einbiegen wollte, kam ein lautes Geräusch, ein Pfiff, und irgend etwas prallte gerade vor ihm auf den Boden. Der Hund jaulte, kreiselte in seinem Schrecken, galoppierte kopflos in eine neue Richtung. Noch einmal kam das Geräusch, dieses Pfeifen, und der Sand spritzte bösartig vor ihm auf. Der Hund drehte sich angstvoll wie ein gefangenes Tier. Der Mann stand da und lachte; er hatte seine Waffen auf die Hüften gestemmt.

Schließlich wurde der Mann von der verschlossenen Tür des »Weary Gentlemen Saloon« angezogen. Er ging hin, pochte mit seinem Revolver dran und forderte was zu trinken.

Die Tür blieb unbewegt. Darauf klaubte er einen Fetzen Papier vom Trottoir und nagelte ihn mit seinem Messer an den Türrahmen. Verächtlich kehrte er der beliebten Stätte der Erholung den Rücken zu, wobei er sich mit großer Leichtigkeit rasch auf den Absätzen drehte, und feuerte auf den Fetzen. Er verfehlte ihn um einen Zentimeter. Er fluchte leise und ging fort. Später bombardierte er in aller Seelenruhe die Fenster seines vertrautesten Freundes. Der Mann vergnügte sich mit seiner Stadt; sie war sein Spielzeug.

Noch immer gab es keine Forderung zum Duell. Der Name Jack Potters, seines alten Gegenspielers, kam ihm in den Sinn, und er dachte, was es für ein Spaß wäre, wenn er zu Potters Haus ginge und ihn durch eine Beschießung herauslocken und zu einem Kampf verleiten könnte. Er bewegte sich zu diesem Ziel seiner Wünsche und summte dabei die Skalp-Musik der Apachen.

Als er dort ankam, bot Potters Haus die gleiche ruhige Vorderfront wie die anderen Ziegelhäuser. Der Mann nahm eine strategische Stellung ein und trug brüllend seine Herausforderung vor. Aber das Haus schaute ihn an, wie ein großer Steingötze ihn anschauen würde. Kein Lebenszeichen. Nach einer angemessenen Wartezeit stieß der Mann weitere Beleidigungen aus und versah sie mit ganz wundervollen Beiwörtern.

Nun aber folgte das Schauspiel eines Mannes, der sich über die Ungerührtheit des Hauses in äußerste Wut steigerte. Er schäumte und raste dagegen an, wie der Wintersturm ein Blockhaus in der Prärie des Nordens anfällt. Aus der Entfernung müßte sich der geräuschvolle Tumult wie zweihundert kämpfende Mexikaner angehört haben. Wenn es sich als notwendig erwies, legte er eine Pause ein, um Atem zu schöpfen oder die Revolver aufzuladen.

IV

Potter und seine Braut wanderten eilig, mit unbeholfenem Gang. Ab und zu lachten sie, kicherten sie schamhaft und leise.

»An der nächsten Ecke, Liebes«, sagte er schließlich.

Sie gingen angestrengt, wie ein Paar, das vornübergebeugt gegen einen starken Sturm angeht. Gerade wollte Potter einen Finger ausstrecken, um auf das nun auftauchende Haus zu zeigen, als ihnen an der Ecke plötzlich ein Mann gegenüberstand, der mit fieberhafter Eile Patronenstreifen in einen großen Revolver schob. Augenblicklich ließ der Mann den Revolver zu Boden fallen und riß blitzartig einen anderen aus dem Halfter. Die zweite Waffe wurde auf die Brust des Bräutigams gerichtet.

Ein Schweigen trat ein. Potters Mund schien nur noch das Grab seiner Zunge. Er entzog instinktiv seinen Arm der Umklammerung der Frau und ließ die Reisetasche in den Sand fallen. Was die Braut anging, so war ihr Gesicht so gelb wie altes Leinen geworden. Sie war die Sklavin eines gräßlichen Ritus geworden und starrte die Erscheinung an wie eine Schlange.

Die beiden Männer standen einander mit drei Schritt Entfernung gegenüber. Der Revolvermann lächelte nun ein Lächeln von ruhiger Wildheit.

»Wolltest mir wohl auflauern«, sagte er. »Wollt'st mir auflauern, was?« Seine Augen wurden bösartig. Als Potter eine winzige Bewegung machte, ließ der Mann den Revolver giftig vorwärtsschnellen. »Neinein, tu's nicht, Jack Potter. Du machst keine Bewegung zu deiner Kanone – nicht mit *einem* Finger. Du rührst kein Augenlid. Es ist die Zeit gekommen, daß ich mit dir abrechne, und das mache ich auf meine Art, da kommt mir keiner dazwischen. Also, wenn du nicht willst, daß auf dich abgedrückt wird, dann paß genau auf, was ich dir sage.«

Potter schaute seinen Feind an. »Ich habe keine Kanone bei mir, Scratchy«, sagte er. »Ehrlich, ich habe keine.« Er stand steif und ruhig, aber irgendwo hinten in seinem Kopf, vor seinem inneren Auge schwamm eine Vision des Pullmanwagens: der meergrüne Samt, das schimmernde Messing, Silber, Glas, das Holz, das so einen dunklen Glanz hatte wie die Oberfläche einer Öllache – die ganze Pracht der Heirat, alle Begleitumstände seines neuen Familienstandes. »Wenn es sein muß, kämpfe ich mit dir, Scratchy Wilson, das weißt du; aber ich habe keine Kanone bei mir. Du mußt die ganze Schießerei allein erledigen.«

Das Gesicht seines Feindes wurde blau. Er tat ein paar Schritte auf ihn zu und schwenkte seine Waffe heftig vor Potters Brust. »Erzähl mir nicht, daß du keine Kanone bei dir hast, du Jammerlappen. Erzähl mir nich solche Lügen. In Texas hat dich noch kein Mann ohne Kanone gesehen. Halt mich bloß nicht für so einen Kindskopf!« Seine Augen sprühten Feuer, und seine Kehle arbeitete wie eine Pumpe.

»Ich halt dich für kein' Kindskopf nich«, antwortete Potter. Seine Absätze waren um keinen Zentimeter zurückgewichen. »Ich halte dich für einen Narren. Ich sage dir, ich habe keine Kanone, und ich habe eben keine. Wenn du mich abknallen willst, fang lieber gleich damit an; so eine Chance kriegst du nie wieder.«

Argumente von diesem Gewicht wirkten dämpfend auf Wilsons Wut; er wurde ruhiger. »Wenn du keine Kanone hast, warum hast du dann keine Kanone?« sagte er verächtlich. »Warst du in der Sonntagsschule, oder was?«

»Ich hab keine Kanone, weil ich grade erst mit meiner Frau von San Antonio zurückgekommen bin. Ich bin verheiratet«, sagte Potter. »Und wenn ich dran gedacht hätte, daß sich hier solche Tölpel rumtreiben würden, wenn ich meine Frau nach Hause bringe, dann hätt ich ne Kanone bei mir, da kannst du Gift drauf nehmen.«

»Verheiratet!« sagte Scratchy und verstand überhaupt nichts mehr.

»Ja, verheiratet. Ich bin verheiratet«, sagte Potter nachdrücklich.

»Verheiratet?« sagte Scratchy. Zum ersten Mal, so schien es, bemerkte er nun die wie betäubt zusammengesunkene Frau an der Seite des anderen Mannes. »Nein!« sagte er. Er war wie ein Wesen, dem sich ein Blick in eine andere Welt auftut. Er machte einen Schritt zurück, sein Arm mit dem Revolver sank herab. »Und das ist die Dame?« fragte er.

»Jawohl, das ist die Dame«, antwortete Potter.

Es folgte eine weitere Periode des Schweigens.

»Tja«, sagte Wilson schließlich langsam, »dann wird's jetzt wohl nichts werden.«

»Es wird nichts draus, wenn du es sagst, Scratchy. Du weißt, *ich* hab keinen Streit angefangen.« Potter nahm die Tasche auf.

»Gut, dann sag ich, es ist vorbei«, sagte Wilson. Er schaute zu Boden. »Verheiratet!« Als Kavalier war er nicht stark; es war eben so, daß er angesichts so fremdartiger Umstände zum Kind wurde – zum einfältigen Kind der alten Prärie. Er griff sich seinen Steuerbord-Revolver vom Boden, schob sich die beiden Waffen in die Pistolenhalfter und zog ab. Seine Füße machten trichterförmige Spuren in dem schweren Sand.

(Deutsch von Walter E. Richartz)

Jack London

Der Sohn des Wolfs

Männer schätzen ihre Frauen selten gebührend ein, wenigstens nicht, ehe sie sie verloren haben. Der Mann weiß die wunderbare Atmosphäre nicht zu schätzen, von der die Frau umgeben ist, solange er darin lebt; nimm sie ihm aber, und eine stets wachsende Leere beginnt sich in seinem Dasein zu offenbaren, und ihn überkommt eine Art Hunger, etwas Unbestimmbares, das er nicht ausdrücken kann. Haben seine Kameraden nicht mehr Erfahrung als er selber, so werden sie verständnislos den Kopf schütteln und ihm schwere körperliche Arbeit anraten. Aber der Hunger wird zunehmen; der Mann wird das Interesse für die Begebenheiten des täglichen Lebens verlieren und kränkeln, bis er eines schönen Tages, wenn das Gefühl der Leere unerträglich geworden ist, eine Erleuchtung hat.

Geschieht das im Yukonland, so befrachtet der Mann, wenn es Sommer ist, gewöhnlich einen Prahm oder schirrt, wenn es Winter ist, seine Hunde an und steuert nach Süden. Einige Monate später kehrt er dann, wenn er überhaupt Vertrauen zu dem Lande gewonnen hat, mit einer Frau wieder, die dies Vertrauen oder – was auch vorkommt – die Gefahren und Enttäuschungen mit ihm teilen kann. Dies soll nur dazu dienen, den Egoismus des Mannes zu zeigen. Es bringt uns aber auch auf den Fall des ›Grindigen‹ Mackenzie, der sich in alten Tagen ereignete, ehe das Land von einwandernden *Checha-*

*quas** überschwemmt und verteilt war, und zwar zu einer Zeit, als Klondike einzig Anspruch darauf erhob, daß man von seiner Lachsfischerei Kenntnis nehme.

Dem Grindigen Mackenzie sah man es an, daß er unter der Mühsal des Grenzerlebens geboren war und gelebt hatte. Sein Gesicht war vom fünfundzwanzigjährigen unaufhörlichen Kampf mit den wildesten Launen der Natur gezeichnet, und die wildesten und härtesten Jahre von allen, die beiden letzten, hatte er damit verbracht, nach dem Gold zu graben, das dort in der Finsternis der Eisregionen verborgen liegt. Als die Sehnsucht ihn überkam, war er nicht überrascht, denn er war ein praktischer Mann und hatte andere Männer in der gleichen Lage gesehen. Aber er verheimlichte nach Möglichkeit jedes Zeichen seiner Krankheit. Das einzige, was man merkte, war, daß er schwerer als je arbeitete. Den ganzen Sommer kämpfte er mit den Moskitos und wusch die steilen Sandbänke im Stuart River für doppelten Naturalienlohn aus. Dann flößte er Bauholz den Yukon abwärts nach Forty Mile und baute sich eine so bequeme Hütte, wie sich irgendein Lager ihrer nur rühmen konnte. Sie schien so gemütlich zu werden, daß mancher Mann mit Freuden sein Partner geworden wäre, nur um bei ihm zu wohnen. Aber er vernichtete jede Hoffnung mit derben Worten, barsch und bündig, und kaufte sich doppelten Proviantvorrat.

Wie schon erwähnt, war der Grindige Mackenzie ein praktischer Mann. Wenn er etwas haben wollte, bekam er es meistens, aber er bog nie weiter von seinem Wege ab, als strikte notwendig war. Obwohl er Arbeit und Mühe gewohnt war, scheute er doch eine Reise von sechshundert Meilen übers Eis, zweitausend Meilen übers Meer und noch ein drittes Tausend Meilen, ehe das Ziel erreicht war – alles nur, um sich eine

* Neulinge

Frau zu holen. Das Leben war zu kurz. Daher spannte er seine Hunde vor, verstaute eine merkwürdige Last auf seinem Schlitten und steuerte quer über die Wasserscheide, deren westliche Hänge von den Hauptzuflüssen des Tanana durchfurcht wurden.

Er war ein zäher Reisender, und seine Wolfshunde konnten bei weniger Nahrung schwerer arbeiten und länger laufen als irgendein Gespann in Yukon.

Drei Wochen später fuhr er dann in das Jagdlager am oberen Tanana ein. Die Indianer wunderten sich über seine Unbesonnenheit, denn sie hatten einen schlechten Ruf und waren bekannt dafür, daß sie weiße Männer um unbedeutender Dinge, wie einer geschliffenen Axt oder einer zerbrochenen Büchse willen, töteten. Aber er bewegte sich unbewaffnet, mit einer seltsamen Mischung von Demut, Vertraulichkeit, Kaltblütigkeit und Unverschämtheit unter ihnen. Eine flinke Hand und eine tiefe Kenntnis der Mentalität der Wilden gehörte dazu, um mit Glück so verschiedene Waffen zu handhaben; aber er war ein Meister in dieser Kunst und wußte, wann er schmeicheln und wann er drohen mußte.

Zuerst machte er dem Häuptling Thling-Tinneh seine Aufwartung und überreichte ihm ein paar Pfund schwarzen Tee und Tabak, wodurch er seine äußerste Gewogenheit gewann. Dann mischte er sich unter die Männer und Mädchen und gab ihnen am Abend einen Potlach. Der Schnee wurde festgestampft in einem Oval, das etwa hundert Fuß in der Länge und fünfundzwanzig Fuß in der Breite maß. In der Mitte wurde ein großes Feuer angezündet und der ganze Platz mit Zweigen bedeckt. Die Hütten standen verlassen, und die ungefähr hundert Mitglieder des Stammes sangen zu Ehren ihres Gastes. Der Grindige Mackenzie hatte sich ihren nicht sehr reichen Wortschatz angeeignet und wußte auch in ihren tiefen Kehllauten, ihrer fast japanischen Mundart, ihrem eigenartigen Satzbau und in all ihren ehrenden und schmückenden Ausdrücken zu reden. Er hielt also Reden in ihrem eigenen Stil und befriedigte ihre angeborene Liebe zur Poesie durch unförmliche Bilder. Nachdem Thling-Tinneh und der Schamane geantwortet hatten, schenkte er den Männern Kleinigkeiten, beteiligte sich an ihren Gesängen und erwies sich als ein Meister in ihrem ›Zweiundfünfzig-Stöcke-Spiel‹.

Und sie rauchten seinen Tabak und waren vergnügt. Die jüngeren Männer nahmen jedoch eine herausfordernde Haltung ein und zeigten eine gewisse prahlerische Zudringlichkeit, die dank den deutlichen Hinweisen der zahnlosen Squaws und dem Kichern der jungen Mädchen nicht zu verkennen war. Sie hatten nur einige weiße Männer, ›Söhne des Wolfs‹ gekannt, aber merkwürdige Dinge von ihnen gelernt.

Das entging auch der Aufmerksamkeit des Grindigen Mackenzie nicht, trotz seiner scheinbaren Sorglosigkeit. Als er sich in seinen Schlafsack gewickelt hatte, dachte er ernsthaft darüber nach und rauchte viele Pfeifen, während er seinen Kriegsplan schmiedete. Nur ein Mädchen hatte ihn gefesselt, und das war keine andere als Zarinska, die Tochter des Häuptlings. Ihre Züge, ihre Gestalt und Haltung entsprachen am meisten dem Schönheitstyp des weißen Mannes. Sie wirkte auch unter ihren Stammesschwestern beinahe auffallend. Sie wollte er besitzen, zu seiner Frau machen und sie – ja, er wollte sie Gertrud nennen! Nachdem er diesen Entschluß gefaßt hatte, drehte er sich auf die Seite und schlief ein als der echte Sohn seiner alles besiegenden Rasse.

Es war eine langsame Arbeit und ein schwieriges Spiel, aber der Grindige Mackenzie manövrierte gewandt und mit einer Sorglosigkeit, die die Sticksindianer unsicher machte. Er achtete sorgfältig darauf, daß die Männer ihn als sicheren

Schützen und gewaltigen Jäger kennenlernten, und das Lager widerhallte von Beifallsrufen, als er auf sechshundert Ellen einen Elch erlegte. Abends pflegte er dem Häuptling Thling-Tinneh einen Besuch in seinem Zelt aus Rentierfellen abzustatten, mächtig zu prahlen und freigebig Tabak zu verteilen. Auch den Schamanen vergaß er nicht, denn er kannte den Einfluß des Medizinmannes auf sein Volk und war bestrebt, ihn auf seine Seite zu bekommen. Aber dieser Würdige fühlte sich als großer Mann und wollte sich nicht günstig stimmen lassen, so daß man offenbar mit ihm als einem künftigen Feinde rechnen mußte.

Obgleich sich keine Gelegenheit für ein Gespräch mit Zarinska ergab, warf Mackenzie ihr doch manchen verstohlenen Blick zu und gab ihr seine Absicht deutlich zu erkennen. Und sie verstand sie gut, umgab sich jedoch, wenn die Männer fort waren oder sonst eine Möglichkeit gewesen wäre, mit ihr zu sprechen, kokett mit einem Kreis von Frauen. Aber er hatte keine Eile und wußte zudem, daß sie an ihn dachte und daß einige Tage Denken seinen Absichten nur dienlich sein konnte.

Endlich verließ er eines Abends, als seiner Ansicht nach die Zeit gekommen war, die verräucherte Wohnung des Häuptlings und eilte nach dem benachbarten Zelt. Wie gewöhnlich saß sie von Squaws und Mädchen umgeben da, die alle mit dem Nähen von Mokassins und mit Perlenarbeiten beschäftigt waren. Bei seinem Eintritt lachten sie, und der Klatsch, der ihn mit Zarinska zusammenbrachte, wurde laut. Aber eine nach der andern wurde ohne Umschweife in den Schnee gesetzt, und bald war die Neuigkeit über das ganze Lager verbreitet.

Er führte seine Sache gut in ihrer Sprache, denn sie verstand die seine nicht, und nach zwei Stunden erhob er sich, um zu gehen.

»Zarinska wird also mit in die Wohnung des weißen Mannes kommen? Gut! Ich werde jetzt mit deinem Vater sprechen, denn ihm wird es vielleicht nicht gefallen. Und ich werde ihm viele Geschenke geben; aber er darf nicht zuviel verlangen. Wenn er nein sagt? Gut! Zarinska wird dennoch in die Wohnung des weißen Mannes kommen.«

Er hatte schon den Fellzipfel erhoben, um zu gehen, als ein leiser Ausruf ihn bewog, sich umzudrehen. Zarinska war auf dem Bärenfell in die Knie gesunken, ihr Gesicht strahlte in weiblicher Hingebung, und schamhaft schnallte sie ihm den schweren Gürtel auf. Er sah verwirrt auf sie hinab, mißtrauisch, angestrengt auf den schwächsten Laut von draußen lauschend. Aber ihre nächste Bewegung verscheuchte alle Furcht, und er lächelte froh. Sie nahm aus ihrem Nähbeutel eine Elchfellscheide, die herrlich mit bunten Perlen in phantastischen Mustern verziert war. Sie zog sein großes Jagdmesser, betrachtete ehrfürchtig die scharfe Schneide, schien sie mit dem Daumen probieren zu wollen und schob sie hierauf in ihre neue Hülle. Dann steckte sie ihm die Scheide in den Gürtel, an ihren gewöhnlichen Platz, gerade über der Hüfte. Es war wie eine Szene aus alten Tagen – die Dame und ihr Ritter. Mackenzie hob sie auf und berührte ihre Lippen mit seinem Bart – diese ihr fremde Liebkosung der weißen Männer. Es war eine Begegnung zwischen Steinzeit und Stahlzeit.

Die Luft zitterte von Erregung, als Mackenzie, ein Bündel unter dem Arm, den Zipfel von Thling-Tinnehs Zelt beiseite schlug. Die Kinder liefen draußen herum und sammelten trockenes Holz für den Potlach, ein Gewirr von Weiberstimmen erhob sich, die jungen Männer berieten sich in murrenden Gruppen, und aus der Hütte des Schamanen ertönten die unheimlichen Klänge eines Beschwörungsgesanges.

Der Häuptling war allein mit seinem triefäugigen Weibe,

aber ein Blick genügte, um Mackenzie darüber zu belehren, daß seine Neuigkeit bereits alt war. Er ging daher geradewegs auf die Sache los, indem er die perlengestickte Scheide demonstrativ nach vorn schob, um die Verlobung bekanntzugeben.

»O Thling-Tinneh, du mächtiger Häuptling der Sticks und des Tanana-Landes, du Herrscher über Lachs und Bär, Elch und Rentier! Der weiße Mann steht in einer großen Sache vor dir. Viele Monde hat seine Wohnung leer gestanden, und er ist einsam. Sein Herz hat sich in der Stille verzehrt und hungert nach einem Weibe, das neben ihm in seiner Wohnung sitzen und ihm warmes Feuer und gutes Essen bieten kann, wenn er von der Jagd heimkehrt. Er hat seltsame Dinge gehört. Das Trippeln kleiner Mokassins und den Klang von Kinderstimmen. Und eines Nachts hatte er ein Gesicht, und er sah den Raben, der dein Vater ist, den großen Raben, der der Vater aller Sticks ist. Und der Rabe sprach zu dem einsamen weißen Manne und sagte: ›Binde dir deine Mokassins und schnalle dir deine Schneeschuhe an und belade deinen Schlitten mit Nahrung für viele Tage und mit schönen Geschenken für den Häuptling Thling-Tinneh. Denn du sollst dein Angesicht dorthin wenden, wo die Frühlingssonne hinter dem Land zu versinken pflegt, und nach den Jagdgründen dieses großen Häuptlings ziehen. Dort sollst du ihm reiche Geschenke machen, und Thling-Tinneh, der mein Sohn ist, soll dir ein Vater sein. In seiner Wohnung ist ein Mädchen, dem ich den Atem des Lebens für dich eingehaucht habe. Dieses Mädchen sollst du zum Weibe nehmen.‹ O Häuptling, so sprach der große Rabe; und deshalb lege ich meine Geschenke vor deine Füße, deshalb bin ich gekommen, um deine Tochter zur Frau zu nehmen!«

Der alte Mann wickelte sich mit dem würdigen Bewußtsein seiner Majestät in seine Felle, schob aber die Antwort hinaus, da ein Kind hereinkroch und ihm den Bescheid überbrachte, daß er in den Rat kommen solle, worauf es wieder verschwand.

»Oh, weißer Mann, den wir den Elchtöter genannt haben, auch bekannt als der Wolf und der Sohn des Wolfs! Wir wissen, du kommst von einem mächtigen Volke. Wir sind stolz, daß wir dich als Gast bei unserm Potlach haben; aber der Königslachs paart sich nicht mit dem Hundslachs, und so auch der Rabe nicht mit dem Wolf.«

»Nein, das stimmt nicht!« rief Mackenzie. »Ich habe die Töchter des Raben in den Lagern der Wölfe gefunden – die Squaw von Mortimer, die von Tregidgo und die von Barnaby, der vor zwei Eisbrüchen kam, und ich habe von andern Squaws gehört, wenn meine Augen sie auch nicht sahen.«

»Sohn, deine Worte sind wahr; aber sie passen schlecht zusammen, wie Wasser und Sand, wie die Schneeflocken und Sonne. Hast du aber Mason und seine Squaw getroffen? Nein? Er kam vor zehn Eisbrüchen – der erste aller Wölfe. Und mit ihm kam ein mächtiger Mann, rank wie ein Weidenzweig, groß und stark wie der graue Bär, mit einem Herz wie der Sommermond; sein –«

»Oh!« unterbrach ihn Mackenzie, der sich der wohlbekannten Gestalt erinnerte – »Malemute Kid!«

»Ja, er war ein mächtiger Mann. Aber sahst du die Squaw? Sie war Zarinskas Schwester.«

»Nein, Häuptling, aber gehört habe ich von ihr. Mason – fern, fern im Norden zerschmetterte ihn eine Kiefer, schwer von Jahren. Aber seine Liebe war groß, und er hatte viel Gold. Mit dem und mit ihrem Knaben reiste sie zahllose Schläfe der Mittagssonne des Winters zu, und dort lebt sie noch – kein schneidender Frost, kein Schnee, keine Mitternachtssonne, keine Winternacht.«

Ein zweiter Bote unterbrach sie mit einer gebieterischen Aufforderung des Rates. Als Mackenzie ihn in den Schnee hinausjagte, sah er einen Augenblick schwankende Gestalten vor dem Ratsfeuer, hörte die tiefen Baßtöne vom rhythmischen Gesang der Männer und wußte, daß der Schamane den Zorn des Volkes entfachte. Eile tat not. Er wandte sich an den Häuptling.

»Ich will dein Kind haben, und sieh, hier ist Tabak, Tee, hier sind viele Tassen Zucker, warme Decken, große und gute Tücher. Und hier, sieh, hier ist eine treffliche Büchse mit vielen Kugeln und viel Pulver.«

»Nein«, antwortete der alte Mann und wehrte sich gegen die großen Reichtümer, die vor ihm ausgebreitet waren. »In diesem Augenblick hat mein Volk sich versammelt. Es will nichts von dieser Heirat wissen.«

»Du bist der Häuptling!«

»Aber meine jungen Männer sind wütend, weil die Wölfe ihnen ihre Mädchen genommen haben, so daß sie nicht heiraten können.«

»Höre mich, o Thling-Tinneh! Ehe die Nacht dem Tage weicht, wird der Wolf seine Hunde nach den Bergen des Ostens wenden und in das Land des Yukons ziehen. Und Zarinska wird seinen Hunden den Weg bahnen.«

»Und ehe die Nacht halb vergangen ist, werfen meine jungen Männer vielleicht das Fleisch des Wolfes den Hunden vor, und seine Knochen liegen im Schnee verstreut, bis der Frühling sie bloßlegt.«

Das war eine unverhohlene Drohung. Mackenzies Bronzegesicht färbte sich dunkelrot. Er erhob seine Stimme. Die alte Squaw, die bis jetzt als passive Zuhörerin dabeigesessen hatte, versuchte, an ihnen vorbei zur Tür zu kriechen. Der Gesang der Männer brach ab, und man hörte laute Stimmen;

Mackenzie warf die alte Frau unsanft auf ihr Fellager zurück.

»Noch einmal rufe ich: Höre mich, o Thling-Tinneh! Der Wolf stirbt mit zusammengebissenen Zähnen, und mit ihm werden zehn deiner stärksten Männer zur Ruhe gehen – Männer, die man vermissen wird, denn die Jagd hat längst begonnen, und es dauert nicht viele Monde, bis der Fischfang beginnt. Was nützt es euch, daß ich sterbe? Ich kenne die Gebräuche deines Volkes. Dein Anteil an meinem Reichtum wird nur sehr klein sein. Gibst du mir dein Kind, so ist alles dein. Noch eines: meine Brüder werden kommen, und ihrer sind viele, und ihre Bäuche sind nie gefüllt; und die Töchter des Raben werden Kinder in den Wohnungen des Wolfes gebären. Mein Volk ist größer als dein Volk. Das ist die Bestimmung. Willige ein, und all diese Reichtümer sind dein.«

Mokassins knirschten draußen im Schnee. Mackenzie spannte den Hahn seiner Büchse und lockerte die beiden Revolver im Gürtel. »Sag ja, o Häuptling!«

»Aber mein Volk wird nein sagen.«

»Sag ja, und alles dies ist dein. Mit deinem Volke werde ich später abrechnen.«

»Der Wolf will es so. Schön, ich nehme seine Geschenke – aber ich habe ihn gewarnt.«

Mackenzie reichte ihm die Sachen, doch er hatte dafür gesorgt, daß der Patronenauswerfer der Büchse vernagelt war. Als Zugabe erhielt der Häuptling noch ein in den buntesten Farben strahlendes seidenes Taschentuch. Der Schamane trat jetzt mit einem Dutzend junger Leute ein, aber der Weiße drängte sich kühn zwischen ihnen hindurch und verließ das Zelt.

»Pack ein!« lautete sein lakonischer Gruß, als er an Zarinskas Zelt vorbeikam; dann eilte er, um seine Hunde anzuschirren.

Wenige Minuten später bog er an der Spitze seines Gespanns, das Weib an seiner Seite, auf dem Rastplatz ein. Er setzte sich an das obere Ende des Kreises neben den Häuptling. Neben ihm, etwas zurück, saß Zarinska – wie es sich ziemte; außerdem war die Lage gefährlich, und er mußte sich den Rücken decken.

Zu beiden Seiten saßen die Männer zusammengekauert am Feuer und sangen ein Lied ihres Volkes aus längst entschwundener Zeit. Voll von eigenartigen, langgezogenen Kadenzen und immer neuen Wiederholungen, klang es nicht gerade schön. ›Schrecklich‹ war die beste Bezeichnung dafür. Am unteren Ende tanzten ein Dutzend Weiber unter den Augen des Schamanen. Wer sich nicht ganz der Ekstase der Beschwörung hingab, bekam schwere Vorwürfe von ihm zu hören. Halb verborgen unter der Masse des rabenschwarzen, gelösten Haares, das ihnen bis zur Hüfte reichte, schwankten sie langsam hin und her, und ihre Leiber wogten nach dem wechselnden Rhythmus.

Es war eine unheimliche Szene, ein Überspringen der Zeiten. Im Süden ging das neunzehnte Jahrhundert zur Neige, und hier lebten Urmenschen, nur wenig verschieden von den vorhistorischen Höhlenbewohnern, der vergessene Rest einer älteren Welt. Die lohfarbenen Wolfshunde saßen zwischen ihren fellbekleideten Herren oder kämpften miteinander um Platz, und der Widerschein des Feuers leuchtete in ihren roten Augen und ihren geifernden Fängen, die Wälder lagen in geisterhafter Ruhe, finster und teilnahmslos. Das weiße Schweigen, das vor einer Stunde nach dem Waldessaume zurückgetrieben worden war, schien jetzt wieder vorzudringen. Die Sterne tanzten mit großen Sprüngen am Himmel, wie sie zu tun pflegen, wenn die Kälte am schlimmsten ist. Polargeister schleppten ihre Feuergewänder über den Himmel.

Als der Grindige Mackenzie seinen Blick über die pelzbekleideten Reihen schweifen ließ, um Gesichter zu suchen, die er vermißte, kam ihm die wilde Größe des finsteren Auftritts zum Bewußtsein. Sein Blick weilte einen Augenblick auf einem neugeborenen Kinde, das an der nackten Brust seiner Mutter saugte. Es war sehr kalt – mehr als siebzig Grad Fahrenheit. Er dachte daran, wie empfindlich gegen die Kälte die Frauen seiner eigenen Rasse waren, und lächelte finster. Und doch war er den Lenden eines so zarten Weibes mit einem so königlichen Erbe entsprungen – einem Erbe, das ihm die Herrschaft über Land und Meer, über Tiere und Völker aller Zonen verlieh. Ein einzelner gegen hundert, vom arktischen Winter umgeben, fern von den Seinen, fühlte er den Drang, das Erbe zu heben, den Wunsch, zu besitzen, die wilde Liebe zur Gefahr, die Lust zum Kampf, die Fähigkeit zu siegen oder zu sterben.

Singen und Tanzen hörte auf, und der Schamane entwickelte eine wilde Beredsamkeit. Mit allen Mitteln seiner wüsten Mythologie bearbeitete er klug die Leichtgläubigkeit seines Volkes. Seine Stellung war stark. Indem er das gute, schöpferische Prinzip als in der Krähe und im Raben verkörpert hinstellte, brandmarkte er Mackenzie als den Wolf, das streitbare, vernichtende Prinzip. Der Kampf zwischen diesen Mächten war nicht allein geistig, Mann gegen Mann kämpften sie ihn, jeder unter seinem Totem. Sie waren die Kinder von Jelchs, dem Raben, dem Feuerbringer; Mackenzie war ein Kind des Wolfs oder, mit anderen Worten, des Teufels. Für sie war es Verrat und Gotteslästerung schlimmster Art, in diesem ewigen Kampf Waffenstillstand zu schließen, ihre Töchter dem Erbfeind zu vermählen. Kein Ausdruck war zu stark, keine Bezeichnung gehässig genug, um Mackenzie als Meuchelfeind und Sendling des Satans zu brandmarken. Als er in seiner

Rede so weit gelangt war, hörte man aus den Reihen seiner Zuhörer ein wütendes unterdrücktes Knurren.

»Ja, meine Brüder, Jelchs ist allmächtig! Brachte er uns nicht das himmlische Feuer, damit wir uns wärmen konnten? Zog er nicht Sonne, Mond und Sterne aus ihren Höhlen, damit wir sehen konnten? Lehrte er uns nicht, mit den Geistern des Hungers und des Frostes zu kämpfen? Aber jetzt ist Jelchs zornig auf seine Kinder, und sie sind hingeschwunden bis auf eine Handvoll, und er will ihnen nicht mehr helfen. Denn sie haben ihn vergessen und sind böse Wege gewandert. Sie haben seine Feinde in ihre Hütten eingelassen und ihnen erlaubt, an ihren Feuern zu sitzen. Und der Rabe trauert über die Sünden seiner Kinder; wenn sie sich aber erheben und zeigen, daß sie sich besonnen haben, dann wird er aus der Finsternis kommen und ihnen helfen. Oh, Brüder! Der Feuerbringer hat euerm Schamanen eine Botschaft zugeflüstert, und ihr sollt sie hören. Laßt die jungen Männer die jungen Weiber in ihre Hütten führen. Laßt sie dem Wolf an die Kehle fahren; laßt ihre Feindschaft nicht sterben. Dann sollen ihre Weiber fruchtbar werden, und sie sollen zu einem mächtigen Volk aufwachsen! Und der Rabe wird den großen Stamm ihrer Väter und ihrer Väter Väter aus dem Norden herbeiführen. Und sie werden die Wölfe zurücktreiben, bis sie wie das Lagerfeuer verschwundener Jahre sind, und wir werden wieder über alles Land herrschen! Das ist die Botschaft von Jelchs, das Wort des Raben.«

Diese Verheißung vom Kommen eines Messias ließ die Sticks aufspringen und in ein heiseres Heulen ausbrechen. Mackenzie zog vorsichtig die Daumen aus den Fausthandschuhen und wartete, was da kommen sollte. Ein Geschrei erhob sich, man rief nach dem Fuchs, bis einer der jungen Männer vortrat und sprach:

»Brüder! Der Schamane hat weise gesprochen. Die Wölfe haben unsere Weiber genommen, und unsere Männer sind kinderlos. Wir sind zu einer Handvoll zusammengeschmolzen. Die Wölfe haben unsere warmen Felle genommen und uns böse Geister dafür gegeben, die in Flaschen wohnen, und Kleider, die nicht vom Biber oder vom Dachs kommen, sondern aus Gras gemacht sind. Und sie sind nicht warm, und unsere Männer sterben an seltsamen Krankheiten. Ich, der Fuchs, habe mir kein Weib genommen, und weshalb? Zweimal sind die Mädchen, die mir gefielen, in das Lager der Wölfe gegangen. Und jetzt habe ich Felle von Biber, Elch und Rentieren gesammelt, um die Gunst Thling-Tinnehs zu gewinnen, daß er mir Zarinska, seine Tochter, gebe. Aber jetzt hat sie Schneeschuhe an den Füßen, um den Hunden des Wolfs den Weg zu bahnen. Ich rede nicht für mich allein. Wie mir, so ist es auch dem Bären ergangen. Auch er möchte gern der Vater ihrer Kinder sein, und viele Felle hat er dazu gesammelt. Ich spreche für alle jungen Männer, die keine Frau haben. Die Wölfe sind immer hungrig. Immer nehmen sie das Beste, die Raben bekommen nur den Abfall.

Seht Gugkla!« rief er, indem er brutal auf eine Frau wies, die verkrüppelt war. »Ihre Beine sind krumm wie die Spanten eines Birkenkanus. Sie kann weder Holz sammeln noch den Jägern das Fleisch tragen. Haben die Wölfe sie gewählt?«

»Nein! Nein!« brüllten die Stammesgenossen.

»Und Moyri, deren Augen der böse Geist schielend gemacht hat! Selbst die kleinen Kinder werden bang, wenn sie sie ansehen, und man sagt, daß sogar der graue Bär ihr ausweicht. Wurde sie gewählt?«

Wieder erscholl grausamer Beifall.

»Und dort sitzt Pischet. Sie hört meine Worte nicht. Nie

hat sie das Gespräch der Frauen, die Stimme ihres Mannes und das Plaudern ihres Kindes gehört. Sie wohnt im weißen Schweigen. Machen die Wölfe sich etwas aus ihr? Nein! Sie nehmen sich das Beste von der Beute; uns bleibt nur der Abfall. Brüder! So soll es nicht bleiben! Die Wölfe sollen nicht mehr um unser Lagerfeuer schleichen. Die Zeit ist gekommen!«

Ein Nordlicht schoß purpurn, grün und gelb über den Zenit, baute eine Brücke von Horizont zu Horizont. Den Kopf zurückgeworfen und die Arme ausgestreckt, stand der junge Indianer da; seine Rede hatte ihren Höhepunkt erreicht.

»Seht! Die Geister unserer Väter haben sich erhoben, und große Taten sollen heute nacht verrichtet werden!«

Er trat zurück, und ein anderer junger Mann trat, etwas unsicher und von seinen Kameraden getrieben, vor. Er überragte sie um Haupteslänge, mit seiner breiten Brust bot er der Kälte Trotz. Unsicher trat er von einem Fuß auf den andern. Er konnte kein Wort herausbringen, und ihm war schlecht zumute. Sein Gesicht war schrecklich anzusehen, denn es war einmal durch einen furchtbaren Schlag halb zerrissen worden. Endlich schlug er sich mit der geballten Faust auf die Brust, schnaufte wie ein Trommelwirbel, und seine Stimme erscholl wie die Brandung gegen Klippen.

»Ich bin der Bär – Silberspitze und der Sohn von Silberspitze! Als meine Stimme noch die eines Mädchens war, tötete ich schon Luchs, Elch und Rentier. Als sie wie der Schrei des Vielfraßes unter einem Steinhaufen erklang, ging ich südwärts über die Berge und tötete drei Männer vom Stamme des weißen Flusses. Als sie wie das Brüllen des Sturmes wurde, begegnete ich dem grauen Bären, aber ich wich ihm nicht aus.«

Hier hielt er inne, und seine Hand fuhr bedeutungsvoll über die furchtbare Narbe.

»Ich bin nicht wie der Fuchs. Meine Zunge ist gefroren wie der Fluß. Ich kann nicht reden. Meiner Worte sind wenige. Der Fuchs sagt, heute nacht sollen große Taten ausgeführt werden. Gut! Die Rede fließt von seiner Zunge wie die Ströme im Frühling, aber er ist sparsam mit Taten. Heute nacht will ich mit dem Wolfe kämpfen. Ich will ihn töten, und Zarinska soll an meinem Feuer sitzen. Der Bär hat gesprochen.«

Obgleich alle Geister der Hölle ihn umtosten, hielt der Grindige Mackenzie stand. Da er wußte, wie wenig ihm seine Büchse im Nahkampf nützen konnte, schob er beide Revolver im Gürtel so hin, daß er sie mit einem einzigen Griff erreichen konnte, und zog die Fäustlinge halb aus. Er wußte, daß es keine Hoffnung gab, wenn sie ihn gesammelt angriffen, aber seinem Worte getreu, bereitete er sich vor, mit zusammengebissenen Zähnen zu sterben. Der Bär jedoch hielt seine Genossen zurück, indem er die eifrigsten mit seiner furchtbaren Faust vertrieb. Als der Lärm sich zu legen begann, blickte Mackenzie sich nach Zarinska um. Sie sah prachtvoll aus. Mit halbgeöffneten Lippen und zitternden Nüstern bog sie sich, wie ein Tiger im Sprunge, auf den Schneeschuhen vor. Ihre großen schwarzen Augen hefteten sich in Furcht und Trotz auf ihre Stammesgenossen. So stark war ihre Spannung, daß sie zu atmen vergaß. Die eine Hand krampfhaft gegen die Brust gedrückt, die andere um die Hundepeitsche gepreßt, schien sie zu Stein verwandelt. Als er sie ansah, ließ ihre Spannung nach. Ihre Muskeln erschlafften; mit einem tiefen Seufzer sank sie zurück und warf ihm einen Blick zu, der mehr als Liebe enthielt.

Thling-Tinneh versuchte zu reden, aber sein Volk schrie

ihn nieder. Da trat Mackenzie vor. Der Fuchs öffnete den Mund zu einem durchdringenden Schrei, aber so wild sprang Mackenzie auf ihn los, daß er zurückwich und der Schrei in seiner Kehle erstickte. Sein Erschrecken wurde mit schallendem Gelächter begrüßt, und Mackenzie bekam einen Augenblick Ruhe zum Sprechen.

»Brüder! Der weiße Mann, den ihr den Wolf zu nennen beliebt, kam mit aufrichtigen Worten zu euch. Er war nicht wie der Innuit. Er sprach keine Lügen. Er kam als Freund und wollte euer Bruder sein. Aber eure Männer haben gesprochen, und die Zeit der sanften Worte ist vorbei. Zunächst will ich euch sagen, daß der Schamane eine böse Zunge hat und ein falscher Prophet ist und daß die Botschaft, die er brachte, nicht vom Feuerbringer ist. Seine Ohren sind der Stimme der Raben verschlossen, und in seinem eigenen Kopfe hat er listige Pläne erdacht und euch zum Narren gehalten. Er hat keine Macht. Als eure Hunde verzehrt wurden, als euer Magen schwer war von ungegerbten Häuten und Mokassinstreifen, als die alten Männer starben, als die alten Frauen starben und als die Säuglinge an den vertrockneten Brüsten der Mütter starben, als das Land finster war und ihr zugrunde ginget wie der Lachs in der Falle, ja, als die Hungersnot unter euch herrschte, brachte da der Schamane euern Jägern Glück? Brachte er euerm Magen Fleisch? Ich sage euch, der Schamane hat keine Macht. Seht, ich speie ihm ins Gesicht!«

Trotz aller Bestürzung über die Lästerung war kein Laut zu hören. Einige der Frauen waren zwar entsetzt, aber unter den Männern war nur eine Spannung zu spüren, als erwarteten sie ein Wunder. Aller Augen richteten sich auf die Hauptdarsteller. Der Priester war sich klar, daß ein kritischer Augenblick gekommen war, er fühlte seine Macht wanken, öffnete den Mund zu Drohungen, wich aber vor dem furchtbaren

Vorrücken Mackenzies, seiner erhobenen Faust und seinen flammenden Blicken zurück. Mackenzie lächelte höhnisch und fuhr fort:

»Bin ich getroffen? Hat der Blitz mich verbrannt? Sind die Sterne vom Himmel gefallen und haben mich zerschmettert? Pah! Mit dem Hund bin ich fertig! Und jetzt will ich euch von meinem Volk erzählen, dem mächtigsten aller Völker, die auf Erden herrschen. Zuerst jagen wir, wie ich jage – allein. Dann aber jagen wir in Rudeln, und zuletzt wimmelt das ganze Land von uns wie von den Rentieren. Wen wir in unsere Wohnungen nehmen, der lebt. Wer nicht kommen will, stirbt. Zarinska ist ein schönes Mädchen, aufrecht und stark – wohlgeeignet, die Mutter von Wölfen zu werden. Selbst wenn ich sterbe, wird sie es werden; denn meiner Brüder sind viele, und sie werden der Spur meiner Hunde folgen. Hört das Gesetz des Wolfes: Wer das Leben eines Wolfes nimmt – zehn von seinem Volke sollen mit ihrem Leben dafür büßen. In vielen Ländern ist der Preis bezahlt worden, in vielen Ländern wird er bezahlt werden.

Laßt mich wieder zurückkommen auf den Bären und den Fuchs. Es schien, als hätten sie beide ihr Auge auf das Mädchen geworfen. Aber seht, ich habe sie gekauft! Thling-Tinneh stützt sich auf die Büchse, die andern Waren liegen an seinem Feuer. Doch ich will den jungen Männern entgegenkommen. Dem Fuchs, dessen Zunge trocken von vielen Worten ist, will ich fünf lange Rollen Tabak geben. Dann kann sein Mund wieder feucht werden und seine Zunge im Rate lärmen. Dem Bären aber, auf den ich stolz bin, will ich zwei Decken, zwanzig Tassen Mehl und ebensoviel Tabak wie dem Fuchs geben. Und wenn er mit mir über die Berge im Osten zieht, dann will ich ihm eine Büchse geben, wie Thling-Tinneh sie bekam. Wenn nicht? Gut! Der Wolf ist der Worte müde.

Doch noch einmal will er die Worte des Gesetzes sagen: Wer das Leben eines Wolfes nimmt – zehn von seinem Volke sollen mit ihrem Leben dafür büßen.«

Mackenzie trat lächelnd auf seinen Platz zurück, aber im Innern war er unruhig. Die Nacht war noch finster. Das Mädchen trat zu ihm, und er hörte genau zu, wie sie ihm von den Kunstgriffen des Bären im Messerkampf erzählte.

Die Entscheidung fiel für den Kampf. Im Handumdrehen waren Dutzende von Mokassins dabei, den in den Schnee gestampften Platz um das Feuer zu erweitern. Es wurde viel über die Niederlage des Schamanen gesprochen. Manche behaupteten, er hätte nur seine Macht zurückgehalten, während andere sich an frühere Begebenheiten erinnerten und dem Wolf recht gaben. Der Bär trat in die Mitte des Kampfplatzes, ein langes entblößtes Jagdmesser russischer Arbeit in der Hand. Der Fuchs machte darauf aufmerksam, daß Mackenzie Revolver hätte. Daher nahm er seinen Gürtel ab und schnallte ihn Zarinska um, deren Händen er auch seine Büchse anvertraute. Sie schüttelte den Kopf. Sie konnte nicht schießen – für ein Weib bestand wenig Aussicht, solch feine Dinge zu gebrauchen.

»Wenn mir Gefahr von hinten droht, so rufe laut: ›Mein Gatte!‹ Nein, so: ›Mein Gatte!‹«

Er lachte, als sie es wiederholte, kniff sie in die Wange und trat wieder in den Kreis. Nicht allein an Reichweite und Größe war der Bär ihm überlegen, seine Klinge war auch um gut zwei Zoll länger. Mackenzie hatte schon Männern in die Augen gesehen, und daher wußte er, daß er einem Manne gegenüberstand.

Immer wieder wurde er bis an den Rand des Feuers oder in den tiefen Schnee hinausgedrängt, und immer wieder arbeitete er sich mit der Taktik des geübten Faustkämpfers in die

Mitte zurück. Nicht eine Stimme erhob sich, um ihn anzufeuern, während sein Gegner Beifall, Winke und Warnungen erhielt. Aber er biß die Zähne zusammen, während die Messer klirrten; und er stieß und parierte mit einer Kaltblütigkeit, die er der Kenntnis seiner eignen Kraft verdankte. Anfangs fühlte er Sympathie für seinen Feind; aber sie mußte bald dem Lebensinstinkt in seiner ursprünglichsten Form weichen, und an dessen Stelle trat wieder die Lust zu töten. Die Kultur von Jahrtausenden war von ihm abgestreift, er war ein Höhlenbewohner, der um sein Weibchen kämpfte.

Zweimal traf er den Bären und sprang selbst unbeschädigt zurück; das drittemal aber verfing sich sein Messer, und sie blieben aneinander hängen. Jetzt begann er die furchtbare Kraft seines Gegners zu spüren. Seine Muskeln spannten sich zu schmerzenden Knoten, die Sehnen drohten zu zerreißen, aber immer näher kam der russische Stahl. Er versuchte loszukommen, ermattete sich aber nur dadurch. Der in Pelze gekleidete Kreis schloß sich immer dichter in der sicheren Erwartung eines entscheidenden Stoßes. Aber mit einem Ringergriff machte er eine halbe Seitwärtsdrehung und stieß nach seinem Gegner. Unwillkürlich bog sich der Bär nach hinten und kam dadurch aus dem Gleichgewicht. Da warf Mackenzie sich vor und schleuderte ihn außerhalb des Kreises in den tiefen Schnee. Der Bär taumelte und kam im Sprung zurück.

»Oh, mein Gatte!« Die Stimme Zarinskas zitterte vor Angst.

Ein Bogenstrang schwirrte, Mackenzie duckte sich blitzschnell, ein Pfeil mit einer Knochenspitze fuhr über ihn hinweg und bohrte sich in die Brust des Bären, der mitten im Sprunge war und nun über seinen zusammengekauerten Feind taumelte. Im nächsten Augenblick stand Mackenzie auf den Beinen und hatte sich umgedreht. Der Bär lag unbeweglich da, aber auf der andern Seite des Feuers stand der Schamane und legte einen neuen Pfeil auf den Bogen.

Mackenzies Messer kreiste durch die Luft. Er hatte die schwere Klinge an der Spitze gegriffen. Sie funkelte im Feuerschein, als das Messer über die Flammen schwirrte. Der Schamane schwankte einen Augenblick und stürzte dann nach vorn in die Gluten. Das Messer saß bis zum Schaft in seiner Kehle.

Klick! Klick! – Der Fuchs hatte sich der Büchse Thling-Tinnehs bemächtigt und versuchte vergeblich, eine Patrone hineinzuschieben, ließ sie aber fallen, als er das Lachen Mackenzies hörte.

»Der Fuchs weiß wohl noch nicht mit dem Spielzeug umzugehen? Er ist nur ein Weib. Komm her! Gib sie her, dann will ich es dir zeigen.«

Der Fuchs zögerte.

»Komm, sage ich!«

Wie ein Hund kroch der Indianer vorwärts.

»So und so, und jetzt ist es in Ordnung.«

Eine Patrone flog an ihren Platz, der Hahn war gespannt, und Mackenzie hob die Büchse an die Schulter.

»Der Fuchs hat gesagt, heute nacht sollen große Taten verrichtet werden, und er sprach die Wahrheit, große Taten sind getan, aber die des Fuchses war die kleinste. Ist er noch entschlossen, Zarinska heimzuführen? Will er vielleicht den Weg beschreiten, den der Schamane und der Bär geebnet haben? Nicht? Gut!«

Mackenzie wandte sich verächtlich ab und zog sein Messer aus der Kehle des Priesters.

»Gibt es noch andere junge Männer, die dergleichen im Sinn haben? Dann will der Wolf sie zu zweit oder zu dritt auf einmal nehmen, bis keiner mehr da ist. Nein? Gut! Thling-

Tinneh, hier gebe ich dir deine Büchse zum zweitenmal. Wenn du einmal ins Land des Yukons kommst, so wisse, daß immer ein Platz und viel Essen für dich am Feuer des Wolfes ist. Die Nacht weicht jetzt dem Tage. Ich gehe, aber vielleicht komme ich wieder. Und noch einmal: Denkt an das Gesetz des Wolfes!«

Als er zu Zarinska trat, war er in ihren Augen ein übernatürliches Wesen. Sie nahm ihren Platz an der Spitze des Gespanns ein, und die Hunde zogen an. Wenige Augenblicke später war sie von dem dunklen Walde verschlungen. Darauf hatte Mackenzie gewartet. Jetzt schnallte er sich die Schneeschuhe an, um ihr zu folgen.

»Hat der Wolf die fünf langen Rollen vergessen?«

Mackenzie wandte sich wütend gegen den Fuchs. Dann überkam ihn die Komik der Situation.

»Ich will dir eine kurze Rolle geben.«

»Wie der Wolf will«, antwortete der Fuchs demütig und streckte die Hand aus.

(Deutsch von Erwin Magnus)

Sherwood Anderson

Keime

Er war ein kleiner, sehr nervöser Mann und trug einen Bart. Ich erinnere mich noch deutlich, wie die Sehnenstränge an seinem Hals hervortraten.

Jahrelang hatte er versucht, Kranke nach der Methode zu heilen, die man Psychoanalyse nennt. Diese Idee war die große Leidenschaft seines Lebens. »Ich bin hierher gekommen, weil ich müde bin«, sagte er niedergeschlagen. »Nicht körperlich müde, nein – aber da drinnen, innerlich, ist etwas alt und verbraucht. Ich sehne mich nach Freude. Nur ein paar Tage oder Wochen lang möchte ich einmal alles vergessen, Männer und Frauen und alle die Ursachen, durch die sie zu seelischen Krüppeln werden.«

Wirklicher, tiefer Überdruß gibt der menschlichen Stimme einen ganz bestimmten Klang; man hört ihn gleich heraus. Er ist ein Zeichen dafür, daß ein Mensch mit ganzem Herzen und ganzer Seele sich bemüht hat, auf einem schwer gangbaren Gedankenweg zum Ziel zu kommen. Plötzlich merkt er dann, daß er nicht weiterkann. Irgend etwas in ihm stockt. Und dann gibt es so etwas wie eine kleine Explosion. Manchmal stammelt er völlig sinnlose Worte und Sätze. Kleine Verzweigungen seines Wesens, von deren Vorhandensein er gar nichts wußte, machen sich geltend und wirken sich aus. In solchen Augenblicken prahlt er, wirft mit großen Worten um sich, macht sich regelrecht zum Narren.

So ging es auch mit dem Doktor: er wurde unangenehm laut. Er sprang von seinem Sitz auf der Treppenstufe auf, lief herum und redete. »Sie kommen aus dem Westen. Sie haben sich von den Menschen ferngehalten. Sie haben sich behütet – der Teufel hol Sie dafür! Ich habe das nicht getan –« Ja, nun wurde seine Stimme richtig gellend. »Ich bin in das Leben anderer eingedrungen. Ich habe dem Leben von Männern und Frauen unter die Haut geguckt. Besonders die Frauen habe ich studiert – unsere Frauen meine ich, hier in Amerika.«

»Sie haben sie geliebt?« forschte ich vorsichtig.

»Ja«, sagte er. »Ja, da haben Sie recht. Das hab ich getan. Das ist für mich das einzige Mittel, um an die Dinge heranzukommen. Ich muß versuchen, sie zu lieben. Begreifen Sie, wie das ist? Es ist das einzige Mittel. Liebe muß bei mir am Anfang aller Dinge stehen.«

Ich begann zu ermessen, wie tief sein Überdruß war. »Kommen Sie mit zum See, wir wollen schwimmen«, drängte ich.

»Danke für die verdammte Schinderei! Ich will nicht schwimmen. Ich will herumrennen und brüllen. Eine kurze Weile, ein paar Stunden lang will ich wie ein welkes Blatt sein, das der Wind über die Hügel wirbelt. Ich habe nur einen Wunsch – einen einzigen – mich frei zu machen.«

Wir gingen auf einer staubigen Landstraße dahin. »Sie sind nicht mehr und nicht besser als ich«, sagte ich. »Sie sind wie ein Hund, der sich im Dreck gewälzt hat, und weil Sie eben doch kein Hund sind, ist Ihnen der Geruch Ihres eigenen Fells zuwider.«

Und nun wurde ich meinerseits laut. »Blinder Narr, der Sie sind!« rief ich ungeduldig. »Narren seid ihr, Sie und Ihresgleichen. Auf diesem Weg kommt ihr nicht zum Ziel. Kein Mensch wird jemals die menschliche Seele völlig erforschen können.«

Ich geriet ernstlich in Hitze. »Die Krankheit, die Sie zu heilen glauben, ist die Krankheit aller«, sagte ich. »Was Sie erreichen wollen, kann kein Mensch erreichen. Narr – glauben Sie denn wirklich, daß Liebe mit dem Verstand erfaßt werden kann?«

Wir standen auf der Landstraße und sahen einander ins Gesicht. Die Andeutung eines spöttischen Zuckens spielte um seine Mundwinkel. Er legte seine Hand auf meine Schulter und schüttelte mich. »Wie tüchtig sind wir doch! Wie fein wissen wir mit den Dingen fertig zu werden!«

Er spie diesen Satz von sich; dann drehte er sich um und trat ein paar Schritte von mir weg. »Sie meinen wunder wie klug Sie sind, aber Sie wissen gar nichts!« schrie er. »Es kann nicht erreicht werden, sagen Sie? Doch, es kann! Sie sind ein Lügner. Sie könnten nicht so bestimmt auftreten, wenn Ihnen nicht ein unbestimmtes Etwas, eine letzte Feinheit fehlte. Sie übersehen und verkennen das Wesentliche. Das Leben der Menschen gleicht jungen Bäumen im Wald. Sie werden erdrosselt von kletternden Ranken. Und diese Ranken – das sind gedachte Gedanken und geglaubte Lehren, eingepflanzt von vergangenen Geschlechtern. Auch ich bin bedeckt mit kriechenden, kletternden Ranken, die mich erdrosseln.«

Er lachte bitter. »Das ist der Grund, weswegen ich herumrenne und spielen will«, sagte er. »Ich möchte ein Blatt sein, das der Wind über die Hügel dahinträgt. Ich möchte sterben und wiedergeboren werden – und ich bin doch nur ein Baum, von Ranken überwuchert, der langsam abstirbt. Ich bin des Treibens müde, sehen Sie, und möchte rein und frei werden. Ich bin Forscher aus Liebhaberei, der zaghaft in das Leben anderer eindringt«, schloß er. »Ich bin müde und möchte unschuldig und frei werden. Ich bin bedeckt mit kriechendem, kletterndem Wucherwerk.«

Ein Mädchen aus Iowa kam nach Chicago und mietete sich in einem Haus auf der Westseite ein Zimmer. Sie war etwa siebenundzwanzig Jahre alt und wollte in der Großstadt die fortgeschrittenen Methoden der Musikpädagogik studieren.

Der junge Mann, von dem ich reden will, wohnte ebenfalls in dem Haus auf der Westseite. Sein Zimmer lag im zweiten Stock an einem langen Korridor; das Zimmer des Mädchens mündete, dem seinigen gegenüber, auf denselben Flur.

Das Wesen des jungen Mannes ist sehr fein und zart. Er ist Maler, aber ich spürte schon oft den Wunsch, er könnte sich entschließen, Schriftsteller zu werden. Was er sagt, zeugt von Verständnis, aber seine Malerei ist nicht gerade hervorragend.

Das Mädchen aus Iowa wohnte also ebenfalls in dem Haus auf der Westseite und kam jeden Nachmittag aus der Stadt heim. Sie sah aus wie tausend andere Frauen auch, denen man täglich in den Straßen begegnet. Das einzige, was sie vom großen Haufen der andern unterschied, war dies, daß sie ein wenig behindert war. Ihr rechter Fuß war etwas verkrüppelt, und sie hinkte. Drei Monate lebte sie in dem Haus, in dem sie mit Ausnahme der Wirtin das einzige weibliche Wesen war; und da begannen sich die Gedanken und Wünsche der männlichen Bewohner mit ihr zu beschäftigen.

Die Männer sagten alle dasselbe, wenn sie von ihr sprachen. Bei Begegnungen mit ihr unten im Korridor blieben sie stehen, lachten und tuschelten. »Sie wünscht sich einen Liebhaber«, sagten sie und zwinkerten vielsagend. »Sie weiß es vielleicht selbst nicht, aber was sie braucht, ist ein Liebhaber.«

Wer Chicago und die Männer in Chicago kennt, möchte wohl meinen, daß dies ein leicht erfüllbarer Wunsch ist. Ich lachte darum, als mein Freund – LeRoy heißt er – mir die Geschichte erzählte; aber er blieb ernst. Er schüttelte den

Kopf. »So leicht war es gar nicht«, sagte er. »Wenn die Sache so einfach läge, wäre es keine Geschichte.«

LeRoy versuchte es mir zu erklären. »Immer wenn ein Mann sich ihr nahte, geriet sie in Aufregung«, sagte er. »Ständig lächelten sie ihr zu und sprachen sie an. Sie luden sie zum Dinner und zum Theater ein, aber nichts in der Welt konnte sie dahin bringen, daß sie in Gesellschaft eines Mannes über die Straße ging. Sie verließ nach Dunkelwerden überhaupt niemals das Haus. Wenn ein Mann auf dem Flur stehenblieb und sie ins Gespräch zu ziehen versuchte, schlug sie die Augen nieder und lief in ihr Zimmer. Ein junger Verkäufer aus einem Kurzwarengeschäft aber brachte sie eines Tages so weit, daß sie sich mit ihm auf die Treppenstufen vor dem Haus setzte.

Er war ein gefühlvoller junger Mann und ergriff ihre Hand. Als sie hierauf zu weinen begann, verlor er die Fassung und stand auf. Er legte ihr die Hand auf die Schulter und wollte ihr sein Verhalten erklären, aber unter der Berührung seiner Finger bebte ihr ganzer Körper vor Schrecken. ›Fassen Sie mich nicht an!‹ schrie sie. ›Berühren Sie mich nicht mit Ihren Händen!‹ Sie erhob ein gellendes Geschrei; draußen auf der Straße blieben die Leute stehen und horchten. Der Verkäufer rannte fassungslos die Treppe hinauf und in sein Zimmer. Er verriegelte die Tür und lauschte. Es ist eine Finte, sagte er sich mit bebender Stimme. Sie will einen Skandal verursachen. Ich habe ihr nichts getan. Es war der reine Zufall. Was ist denn eigentlich los? Ich habe doch nur eben ihren Arm berührt, weiter nichts.«

Wohl ein dutzendmal hatte LeRoy mir von den Erlebnissen des Mädchens aus Iowa in dem Haus auf der Westseite erzählt. Die Männer begannen sie zu hassen. Obwohl sie nichts mit ihnen zu schaffen haben wollte, ließ sie ihnen keine Ruhe:

Auf hundert Arten reizte sie sie beständig zu Annäherungsversuchen, die sie, wenn sie wirklich gemacht wurden, zurückwies. Wenn sie nackt im Badezimmer stand, ließ sie die Tür zum Korridor, wo die Männer auf und ab gingen, einen Spalt weit offen. Unten im Wohnzimmer stand ein Sofa; wenn Männer im Zimmer waren, kam sie manchmal herein und warf sich, ohne ein Wort zu sprechen, vor ihren Augen auf dieses Sofa. Ihre Lippen waren ein wenig geöffnet, wenn sie so dalag. Ihre Augen waren starr zur Decke emporgerichtet. Ihr ganzes körperliches Sein schien in gespannter Erwartung. Ihr sinnliches Verlangen erfüllte spürbar die Luft des Raumes. Die Männer standen da und taten, als sähen sie nichts. Sie redeten laut. Ihre Sicherheit geriet ins Wanken, und einer nach dem andern schlich still hinaus.

Eines Nachmittags wurde dem Mädchen das Zimmer gekündigt. Irgendwer, vielleicht der Verkäufer aus dem Kurzwarenladen, hatte etwas zur Wirtin gesagt, und diese zögerte nicht lange. LeRoy hörte, wie sie zu dem Mädchen sagte: »Es ist am richtigsten, Sie ziehen gleich heute abend aus, meine ich.« Sie stand auf dem Korridor vor dem Zimmer des Mädchens. Ihre Stimme gellte durch das ganze Haus.

LeRoy, der Maler, ist lang und dünn; sein ganzes Leben hatte er Ideen gewidmet. Die Leidenschaften des Geistes haben bei ihm die Leidenschaften des Körpers aufgezehrt. Er verdient nur wenig und ist unverheiratet. Vielleicht hat er nie eine Geliebte gehabt. Er ist wohl nicht frei von körperlichen Wünschen, aber sie sind ihm nicht das Wichtigste im Leben.

An jenem Abend, als dem Mädchen aus Iowa das Zimmer gekündigt wurde, geschah folgendes: Sie wartete, bis die Wirtin die Treppe hinuntergegangen war, und kam dann in LeRoys Zimmer. Es war ungefähr acht Uhr abends; er saß am Fenster und las in einem Buch. Sie öffnete die Tür, ohne anzuklopfen. Sie sprach kein Wort, lief zu seinem Platz am Fenster und kniete sich vor ihn nieder. LeRoy sagte, mit ihrem verkrüppelten Fuß habe sie sich wie ein verwundeter Vogel bewegt; ihre Augen brannten, und ihr Atem ging in kurzen keuchenden Stößen. »Nimm mich!« sagte sie; dabei legte sie ihr Gesicht auf seine Knie und zitterte heftig. »Nimm mich! Rasch! *Einmal* muß ein Anfang gemacht werden. Ich kann das Warten nicht mehr aushalten. Nimm mich doch! Jetzt gleich!«

Es ist sicher, daß LeRoy über alles dies höchst verblüfft war. Aus seinen Worten entnahm ich, daß er bis zu diesem Abend das Mädchen kaum bemerkt hatte. Von allen Männern im Haus, vermute ich, war er ihr gegenüber am gleichgültigsten geblieben. Und dann geschah noch etwas anderes. Die Wirtin war dem Mädchen gefolgt, als sie zu LeRoy lief, und nun hatte er es mit beiden Frauen zu tun. Das Mädchen aus Iowa kniete zitternd und verängstigt zu seinen Füßen. Die Wirtin war empört. LeRoy handelte ganz ohne Bedenken. Es kam wie eine Eingebung über ihn. Er faßte die Kniende an der Schulter und schüttelte sie derb. »Komm, nimm dich zusammen!« sagte er rasch. »Ich halte mein Versprechen ja.« Dann wandte er sich zu der Wirtin und lächelte. »Wir waren verlobt und wollten heiraten«, sagte er. »Aber wir haben uns gezankt. Sie zog hierher, um mir nahe zu sein. Sie fühlte sich krank und war aufgeregt. Ich bringe sie weg. Nehmen Sie es bitte nicht weiter übel. Ich bringe sie weg.«

Als das Mädchen mit LeRoy das Haus verließ, hörte sie auf zu weinen und legte ihre Hand in die seine. Alle ihre Ängste waren verflogen. Er machte für sie ein Zimmer in einem andern Haus ausfindig; dann gingen die beiden in einen Park und setzten sich auf eine Bank.

Alles, was LeRoy mir von diesem Mädchen erzählte, bestärkte mich in dem Glauben an den Satz, den ich an jenem Tag in den Bergen dem Doktor entgegenhielt: Man kann in das Leben anderer nicht mit Forschungen eindringen. Die beiden, LeRoy und das Mädchen, saßen da auf der Bank bis Mitternacht und redeten, und auch später sah und sprach er sie noch oft. Zu etwas anderem kam es nicht zwischen ihnen. Später kehrte sie vermutlich nach dem Westen zurück.

In ihrem Heimatstädtchen war sie Musiklehrerin gewesen. Sie war eine von vier Schwestern, die alle denselben Beruf hatten und die, wie LeRoy sagte, alle vier ruhige, begabte Mädchen waren. Ihr Vater war gestorben, noch bevor die Älteste zehn Jahre alt wurde, und fünf Jahre später starb auch ihre Mutter. Die Mädchen besaßen ein Haus und einen Garten. Ich weiß nicht, was es mit der Veranlagung und der Art der Mädchen für eine Bewandtnis hatte; eines steht jedenfalls fest: alle ihre Gespräche und Gedanken gingen immer nur um Frauenangelegenheiten. Keine von ihnen hatte je einen Liebhaber gehabt. Jahre hindurch näherte sich kein Mann dem Haus.

Einzig und allein die jüngste von ihnen, eben die, welche nach Chicago kam, wurde von dieser ganz auf Weibliches beschränkten Lebensführung sichtlich im Wesen getroffen. Es hatte Folgen für ihr Leben. Tagaus, tagein gab sie kleinen Mädchen Klavierunterricht und ging dann nach Hause zu den Schwestern. Als sie fünfundzwanzig Jahre alt war, begann sie an Männer zu denken und von Männern zu träumen. Den ganzen Tag und den ganzen Abend sprach sie mit Frauen über Frauendinge – und sehnte sich dabei unablässig und verzweiflungsvoll danach, von einem Mann geliebt zu werden. Mit dieser Hoffnung im Herzen kam sie nach Chicago. LeRoy erklärte ihr Verhalten gegenüber Männern und ihr sonderbares Benehmen damit, daß sie zuviel gedacht und zuwenig gehandelt habe. »Die Lebenskraft in ihr wurde aus der Bahn gedrängt und zerrissen«, erläuterte er. »Was sie ersehnte, konnte sie nicht bekommen. Der Lebenswille in ihr konnte keinen Ausdruck finden. Und da er sich auf dem normalen Weg nicht Luft machen konnte, bahnte er sich einen anderen. Der Geschlechtstrieb breitete sich über ihren ganzen Körper aus. Er durchdrang jede Faser ihres Wesens. Schließlich war sie die verkörperte, die verdichtete und sozusagen unpersönlich gewordene Geschlechtlichkeit. Gewisse Worte, die Berührung durch eine männliche Hand, manchmal sogar der Anblick eines Mannes auf der Straße – alles das brachte sie aus der Fassung.«

Gestern sah ich LeRoy wieder, und er sprach wieder von dem seltsamen und schrecklichen Schicksal dieses Mädchens. Wir gingen durch die Anlagen am See. Während wir so dahinschritten, stand mir die Gestalt des Mädchens unablässig vor Augen. Mir kam ein Einfall.

»Sie hätten sie zur Geliebten machen können«, sagte ich. »Das war möglich. Vor Ihnen hatte sie keine Scheu.«

LeRoy blieb stehen. Und er machte es genauso wie der Doktor, der sich seiner Fähigkeit, in das Leben anderer einzudringen, so sicher fühlte: er wurde ärgerlich und wütend. Einen Augenblick sah er mich starr an, und dann geschah etwas Merkwürdiges: Die Worte, die damals der andere auf der staubigen Landstraße im Hügelland gesprochen hatte, kamen auch aus LeRoys Lippen und wurden wieder gesprochen. Die Andeutung eines spöttischen Zuckens spielte um seine Mundwinkel. »Wie tüchtig sind wir doch! Wie fein wissen wir mit den Dingen fertig zu werden!« sagte er.

Die Stimme des jungen Mannes, der in der großen Stadt mit mir durch den Park am See ging, nahm einen schrillen

Klang an. Ich spürte die Müdigkeit und den Überdruß in ihm. Dann aber lachte er und sagte ganz ruhig und sanft: »Es ist nicht so einfach. Sie mit ihrer Selbstsicherheit sind in Gefahr, den Duft und Zauber alles Lebendigen zu verlieren. Sie übersehen und verkennen das Wesentliche. Nichts Lebendiges kann mit solcher Bestimmtheit erfaßt und abgetan werden. Das Mädchen, sehen Sie – das Mädchen war wie ein junger Baum, den eine kletternde Schlingpflanze erstickt hatte. Und dieses Ding, das sie umklammert hielt, hatte sie vom Licht des Tages abgeschlossen. Sie war eine wunderliche Mißbildung, wie manche Bäume im Walde. Sie war ein so schwieriges Problem, daß die Grübelei darüber die Richtung meines ganzen Lebens verändert hat. Zuerst dachte ich wie Sie. Ich war meiner Sache ganz sicher. Sie würde meine Geliebte werden, meinte ich, und dann wäre die ganze Geschichte in Ordnung.«

LeRoy wandte sich und trat ein paar Schritte von mir weg. Dann kam er zurück und packte meinen Arm. Er war besessen von einem leidenschaftlichen Ernst. Seine Stimme bebte. »Sie brauchte einen Liebhaber, ja, da hatten die Männer im Hause ganz recht«, sagte er. »Sie brauchte einen Liebhaber – und doch wiederum war ein Liebhaber nicht das, was sie brauchte. Das Bedürfnis nach einem Liebhaber war letzten Endes von ganz untergeordneter Bedeutung. Sie brauchte Liebe – lebenslange, ruhige, geduldige Liebe. Sie war eine komische Mißbildung, ja, gewiß – aber dann sind alle Menschen auf der Welt komische Mißbildungen. Wir alle brauchen Liebe. Was für jenes Mädchen das Heilmittel wäre, würde es für uns andern alle miteinander ebenfalls sein. Die Krankheit, an der sie leidet, sehen Sie, ist die Krankheit aller. Wir brauchen Liebe, aber die Beschaffung der Liebespartner für uns ist im Plan der Welt nicht vorgesehen.«

LeRoys Stimme sank tonlos herab, und er schritt schweigend neben mir dahin. Wir wandten uns vom See ab und gingen unter den Bäumen weiter. Ich sah ihn fest an. Die Sehnenstränge an seinem Hals traten hervor. »Ich habe dem Leben unter die Haut gesehen, und mir graut davor«, sagte er nachdenklich. »Ich bin bedeckt mit kriechendem, kletterndem Wucherwerk. Ich kann nicht Liebespartner sein. Ich bin nicht feinsinnig und nicht geduldig genug dafür. Ich zahle alte Schulden ab. Gedachte Gedanken und geglaubte Lehren – Keime, eingepflanzt von vergangenen Geschlechtern –, alles das wuchert in meiner Seele und erdrosselt mich.«

Lange Zeit gingen wir so dahin, und LeRoy redete, gab den Gedanken Worte, die ihm in den Sinn kamen. Ich hörte stumm zu. Aus seinem Grübeln klang als Kehrreim wieder, was damals der andere in den Bergen gesagt hatte. »Ich möchte auch so ein totes, verdorrtes Ding sein«, sagte er leise und sah die Blätter an, die im Gras verstreut lagen. »Ich möchte ein Blatt sein, das der Wind dahinwirbelt.« Er hob den Kopf und blickte dahin, wo zwischen den Stämmen der Bäume der See herüberschimmerte. »Ich bin des Treibens müde und möchte rein und frei werden. Aber ich bin bedeckt von kriechendem, kletterndem Wucherwerk. Ich wollte, ich wäre tot, und der Wind trüge mich dahin über die unendlichen Gewässer«, sagte er. »Dieses eine wünsche ich mir, dieses eine vor allem andern in der Welt – rein und frei zu sein.«

(Deutsch von Karl Lerbs und Helene Henze)

Ring Lardner

Lächeln konnte sie

An der belebten Kreuzung Fünfte Avenue und Sechsundvierzigste Straße stand letzten Sommer ein Verkehrspolizist, bei dem man das Gefühl hatte, er sei mit seinem Posten eigentlich nicht unzufrieden. Andern Verkehrspolizisten macht es offenbar Freude, einen mit Schmähungen zu überhäufen – eine sadistische Gemütsverfassung, die davon herrührt, daß sie schlechtem Wetter und noch schlechteren Fahrern ausgesetzt sind, und vielleicht auch brutalen Gattinnen. Ben Collins jedoch schien die Sache Spaß zu machen, ob er einen nun schalt oder nicht; sein breites, sommersprossiges Gesicht strahlte vor Gemütlichkeit und wollte sich auch unter den widrigsten Verhältnissen nie umwölken.

Man lebte auf, wenn man ihn nur anschaute. Es war ein Vergnügen, ihn reden zu hören. Was er sagte, war vielleicht nicht immer so witzig; es war die Art, wie er es sagte.

Ben war rund dreißig Jahre alt, eins neunzig groß und wog achtundneunzig Kilo. Das trifft auf ungefähr vier Fünftel aller Verkehrspolizisten zwischen der Zweiunddreißigsten Straße und dem Zentralpark zu. Aber Ben zeichnete sich vor den andern durch seine unverwüstliche gute Laune aus und durch etwas, das man wohl seine verblümte Ausdrucksweise nennen muß.

In Fällen, wo jeder andere sich begnügte mit dem üblichen

»He! Hier haben Sie nichts zu suchen!« oder »Wo zum Teufel wollen Sie denn hin?« machte Ben das viel feiner.

»Wie geht's, Barney?« sagte er zum Beispiel zu einem, den er angehalten hatte.

»Ich heiße nicht Barney.«

»Ach, Verzeihung. So wie Sie drauflosrasten, dachte ich, Sie seien Barney Oldfield.«

(›Barney Oldfields Wettrennen mit dem Tode‹ war damals ein bekannter Film.)

Oder er sagte: »Sie haben wohl das rote Licht nicht gesehen?«

»Nein.«

»Und die andern Wagen? Warum standen die alle still? Dachten Sie vielleicht, denen sei miteinander das Benzin ausgegangen?«

Oder: »Was sind Sie von Beruf?«

»Bauunternehmer.«

»Ein ehrenwerter Beruf, und wenn ich Sie wäre, würde ich mich dessen nicht schämen. Ich würde jedenfalls nicht so tun, als sei ich bei der Feuerwehr.«

Oder: »Wie gefällt Ihnen London?«

»Mir? Ich war noch gar nie dort.«

»Ich dachte nur, von dorther hätten Sie die Gewohnheit, auf der falschen Straßenseite zu fahren.«

Wenn man den Verkehr nicht ernsthaft gefährdete, kam man an Bens Straßenkreuzung meist mit einem solchen schiefen Verweis davon, der zudem auf eine so freundliche Art erteilt wurde, daß man beinahe froh war, einen Verstoß begangen zu haben.

Außer Dienst war er ›ein großer, gutmütiger Junge‹, immer bereit, mit Grace ins Kino zu gehen, oder zu den Arnolds, um Karten zu spielen, oder auch zu Hause zu bleiben und nichts zu tun.

Und dann eines Vormittags im September kam ein funkelnagelneuer Sportwagen, ein Cadillac, blau mit gelben Zutaten, von Norden heruntergerast, unter völliger Mißachtung sämtlicher Vorschriften des gesunden Menschenverstandes und des Staates sowie der Stadt New York. Zuruf und Trillerpfeife an der Achtundvierzigsten und der Siebenundvierzigsten Straße vermochten ihn in seiner rasenden Fahrt nicht aufzuhalten. Ben stellte sich ihm mit seiner massigen Gestalt zuerst direkt in den Weg, so daß der Fahrer nur die Wahl hatte, die Geschwindigkeit herabzusetzen oder ihn zu überfahren, und sprang dann mit erstaunlicher Behendigkeit zur Seite und aufs Trittbrett und brachte so den Wagen halbwegs zwischen seinem Posten und der Fünfundvierzigsten Straße wohl oder übel zum Stehen.

Schon wollte er seinem Ärger in unmißverständlichen Worten Ausdruck geben, als ihm das Gesicht der Übeltäterin auffiel. Es war das hübscheste Gesicht, das er je gesehen hatte, mit einem höchst unverschämten, unangebrachten, unwiderstehlichen Lächeln, einem Lächeln, das einem alle andern Arten des Lächelns ein für allemal verleidete.

»Na –«, begann Ben stockend und faßte sich dann einigermaßen. »Wo ist Ihr Helm?« fragte er.

Sie gab keine Antwort, lächelte aber weiter.

»Wenn Sie bei der Feuerwehr sind«, sagte Ben, »dann sollten Sie einen Helm tragen und ein Abzeichen. Oder ihren Wagen rot anstreichen und eine Sirene anschaffen.«

Immer noch keine Antwort.

»Vielleicht sehe ich aus wie ein Bobby. Vielleicht dachten Sie, Sie seien in London, wo man auf der linken Straßenseite fährt.«

»Sie sind geistreich«, sagte sie, und ihre Stimme war so berückend wie ihr Lächeln. »Den ganzen Vormittag könnte ich hier bleiben und Ihnen zuhören. Das heißt, ich könnte, aber es geht nicht. Ich habe eine Verabredung an der Achten Straße unten und bin jetzt schon verspätet. Und Sie haben sicher auch viel zu tun. Wir dürfen einander nicht länger aufhalten. Aber ich möchte gerne einmal alles hören, was Sie zu sagen haben.«

»Ach nein!«

»Wo wohnen Sie?«

»Zu Hause.«

»Nicht sehr höflich, wie? Ich dachte, Sie wohnen vielleicht in der Bronx –«

»Da wohne ich auch.«

»– und das liegt am Weg nach Rye, wo ich wohne, ich könnte Sie also mitnehmen.«

»Danke. Ich möchte lieber an Altersschwäche sterben.«

»Ach, ich fahre eigentlich nicht schlecht. Schnell vielleicht, aber doch vorsichtig. In Buffalo, wo wir vorher wohnten, wußten alle Polizisten, daß ich vorsichtig bin, und ließen mich meistens so schnell fahren, wie ich wollte.«

»Wir sind hier nicht in Buffalo. Auch ist das hier keine Rennbahn. Wenn Sie schnell fahren wollen, vermeiden Sie die Fünfte Avenue.«

Das schöne Kind sah ihm in die Augen. »Möchten Sie das?«

»Nein«, sagte Ben.

Sie lächelte ihn abermals an. »Wann haben Sie Feierabend?«

»Um vier.«

»Na also, vielleicht fahre ich einmal um diese Zeit nach Hause.«

»Ich habe Ihnen doch gesagt, ich denke noch nicht ans Sterben.«

»Ich würde ganz besonders vorsichtig fahren.«

Plötzlich merkte Ben, daß sich all das vor einer Menge gespannter Zuschauer abspielte und daß er zur Abwechslung einmal nicht der Star war.

»Zufahren!« sagte er in seinem schroffsten Ton. »Ich lasse Sie sausen, weil Sie hier fremd sind, aber das nächste Mal geht es nicht mehr so glimpflich ab.«

»Ich bin Ihnen sehr, sehr dankbar«, sagte das schöne Kind, »aber fremd, nein, das möchte ich nicht sein. Hoffentlich lassen Sie mich nicht mehr aus diesem Grunde sausen.«

Eine Bemerkung, begleitet von ihrem strahlenden Lächeln, die Ben Collins, bisher nur Badewannensänger, für den Rest der Arbeitszeit laut vor sich hin trällern ließ – muntere Melodien von einer Platte, die seine Frau abends zuvor immer wieder aufgelegt hatte.

Seine Ablösung, Tim Martin, stellte sich prompt um vier Uhr ein, aber Ben schien es nicht eilig zu haben, nach Hause zu kommen. Er tat, als höre er sich zwei neue Witze an, die Tim unterwegs aufgeschnappt hatte, einen von einem Schotten und gewissen Hotel-Handtüchern, und einen von zwei Hebräern in einem Nachtlokal. Er brachte es zwar fertig, an der richtigen Stelle zu lachen, aber seine Aufmerksamkeit galt dem nach Norden gehenden Verkehr, der ihn eigentlich nichts mehr anging.

Zwanzig Minuten nach vier verabschiedete er sich von Martin und schlenderte auf dem östlichen Gehsteig südwärts, bis zur Sechsunddreißigsten Straße, leider vergeblich. Meistens ließ er sich von einem in der gleichen Gegend wohnenden Automobilisten nach Hause fahren, doch jetzt war er zu spät dran und mußte seine Torheit büßen, indem ihm nichts anderes übrigblieb, als zur U-Bahn zu eilen.

›Dummkopf, der ich war‹, dachte er. ›Sie ist wohl absichtlich durch eine andere Straße gefahren, um mir aus dem Weg zu gehen. Oder vielleicht ist sie erst eingeschwenkt, nachdem ich an der betreffenden Ecke schon vorbei war. Ich hätte noch länger an der Vierundvierzigsten warten sollen. Möglicherweise hat ein anderer seine Pflicht getan und sie eingesperrt. Wenn sie ihn angelächelt hat, dann allerdings nicht.‹

Aber sie lächelte doch sicher nicht jeden so an. Ihn hatte sie angelächelt, weil sie ihn sympathisch fand, weil sie ihn wirklich geistreich fand. Oder am Ende doch? War das ihre Masche? Sicher hatte sie damit auch seine Kollegen in Buffalo bearbeitet. ›Geistreich!‹ Ein feines Wort, auf einen menschlichen Wolkenkratzer angewandt. Sie hatte nur Spaß gemacht. Nein, doch nicht ganz. Er hatte ihr gefallen, wie schon vielen andern, und das, was er von der Feuerwehr und von London sagte, hatte sie vielleicht lustig gefunden.

Jedenfalls hatte er das wunderbarste Lächeln der Welt gesehen, und es wirkte noch in ihm nach, als er nach Hause kam, so sehr, daß er seine Frau mit einer Inbrunst küßte, die sie erstaunte.

Wenn Ben tagsüber Dienst hatte, unterhielt er Grace manchmal beim Abendessen mit lachhaften Erlebnissen, die er gehabt hatte. Manchmal waren die Geschichten glattweg erfunden, was ihr nicht entging, aber wenn schon! Es waren Dinge, die sich hätten ereignen sollen, auch wenn das nicht der Fall gewesen war.

Bei dieser Gelegenheit nun brannte er darauf, ihr von der Schönen aus Rye zu erzählen, aber er hatte die Erfahrung gemacht, daß Grace für Geschichten von schönen Frauen nicht viel übrig hatte. So erzählte er ihr statt dessen, wie er schußlige Fahrer männlichen Geschlechts abgefertigt hatte, ohne sich genau an Tatsachen zu halten.

»Da kam einer in einem Buick, Modell 1922, und das Licht wechselte, und als es wieder grün wurde, dachte er, er sei im zweiten Gang, hatte aber den Rückwärtsgang drin, so daß er mit einem Straßenkreuzer aus Greenwich zusammenprallte. Diesem konnte er allerdings nichts anhaben, bloß er selbst war etwas verbeult. Aber die beiden hätten den Verkehr zehn Minuten lang aufgehalten, wenn ich nicht gekommen wäre.

Ich winkte den Buick an den Straßenrand rüber und sagte: ›Was soll das? Haben Sie Heimweh?‹ Er sagte natürlich, wieso Heimweh, und ich sagte: ›Sie hatten es so eilig, dorthin zurückzukommen, wo Sie herkamen, daß Sie nicht einmal Zeit hatten, zu wenden.‹

Dann suchte er mir zu erklären, wie es dazu gekommen sei, als ob ich das nicht gewußt hätte. Er sagte, er fahre zum erstenmal einen Buick und sei an den üblichen Gangwechsel gewöhnt.

Ich sagte: ›Schön und gut, aber hier ist keine Fahrschule. Wenn Sie üben wollen, dann am besten vier Straßen weiter unten, an der Zweiundvierzigsten. Dort finden Sie noch mehr Verkehr und doppelt so viele Fußgänger und Polizisten, und außerdem gibt es da auch noch die Straßenbahn, um rückwärts in sie hineinzufahren.‹

Ich sagte: ›In einer Einöde wie hier werden Sie nie was lernen.‹ Du hättest hören sollen, wie die Leute lachten.«

»Ich kann es mir denken«, meinte Grace.

»Dann war da ein Jordan und ein alter Krauter mit einem grauen Bart. Er wollte gerade vor Kaskels Laden parken. Es gehe nicht länger als eine halbe Stunde, meinte er. Ich sagte: ›Ach, das ist aber schade! Könnten Sie nicht das Wochenende hier verbringen?‹ Und dann sagte ich noch: ›Wenn Sie uns benachrichtigt hätten, wer weiß, vielleicht hätten wir ein Fest für Sie veranstaltet.‹ Darauf sagte er: ›Ich habe Lust, Beschwerde gegen Sie einzureichen wegen Frechheit.‹

So sagte ich denn: ›Wenn Sie das tun, Sie Lustknabe, dann

laß ich Sie verhaften, weil Sie ohne Einwilligung Ihrer Eltern fahren.‹ Du hättest die Zuschauer hören sollen.«

»Die haben sicher gelacht«, meinte Grace.

Ben versank in ein langes, ungewohntes Schweigen.

»Woran denkst du denn?«

Unwillkürlich rückte er heraus damit. »Da war ein junges Ding in einem Cadillac.«

»Ach, sieh mal an. Was war mit ihr?«

»Nichts. Sie benahm sich, als ob die Avenue ihr gehöre, und ich sagte ihr meine Meinung.«

»Was hast du ihr gesagt?«

»Ich weiß nicht mehr.«

»War sie hübsch?«

»Ist mir nicht aufgefallen. Ich hatte eine Wut.«

»Du!«

»Sie hat mich fast überfahren.«

»Und du hast sie wahrscheinlich bloß angelächelt.«

»Nein, das Lächeln besorgte sie. Sie lächelte –« Er brach ab und stand vom Tisch auf. »Komm, Liebling, wir gehen ins Kino. Im Franklin ist Joe Frisco. Und ein Chaplinfilm.«

Ben sah den blauen Cadillac und seine Besitzerin diese Woche nicht wieder, gab sich aber bei seinen Verwarnungen alle Mühe, ihren Glauben, er sei ›geistreich‹, zu rechtfertigen. Als sie dann am folgenden Dienstagnachmittag plötzlich auftauchte, war er zu aufgeregt, um etwas zu sagen. Er schaute bloß hin und hätte die Gelegenheit, ihre bezaubernde Stimme zu hören, sicher verpaßt, wenn sie nicht von sich aus gehandelt hätte. Sie war in nördlicher Richtung unterwegs und hielt ein paar Meter nach seiner Kreuzung an und winkte ihm.

»Es ist vier Uhr durch«, sagte sie. »Kann ich Sie nach Hause bringen?«

So ein Pech. Diese Woche hatte er Spätdienst.

»Ich habe meinen Dienst erst angetreten. Vor Mitternacht bin ich nicht frei.«

»Das ist gemein! Sie haben mir nicht gesagt, daß ein Wechsel bevorsteht.«

»Es wechselt jede Woche. Letzte Woche, acht bis vier. Diese Woche, vier bis zwölf.«

»Und nächste Woche acht bis vier?«

»Jawohl.«

»Dann muß ich eben warten.«

Er brachte kein Wort heraus.

»Nächsten Montag?«

Er gab sich einen Ruck. »Wenn Sie noch am Leben sind.«

Sie lächelte dieses Lächeln. »Ich werde am Leben sein«, versicherte sie. »Schließlich habe ich ein Motiv.«

Sie setzte ihre Fahrt fort, und Ben kehrte auf seinen Posten zurück, ganz wirblig im Kopf.

»Motiv, Motiv, Motiv«, sagte er sich vor, um sich das Wort einzuprägen; aber als er um halb zwei nach Hause kam, konnte er es in dem kleinen Wörterbuch seiner Frau nicht finden.

Die längste Woche seit Menschengedenken ging zu Ende. Am Montag, etwas vor zwölf, sauste der Cadillac in südlicher Richtung an ihm vorbei, und er schnappte noch das Wort ›später‹ auf. Nach Feierabend, als Tim Martin eben dabei war, ihm den neuesten von zwei oder mehr Hebräern zu erzählen, wurde Ben plötzlich inne, daß sie gerade neben ihm angehalten hatte und den Verkehr behinderte, während sie auf ihn wartete.

Dann war er in ihrem Wagen, wo er sich dünn machen mußte, und lachte hellauf über Tims verdutzte Miene.

»Weshalb lachen Sie?«

»Ach nichts. Aus Freude.«

»Freuen Sie sich, daß Sie frei sind?«

»Ja, heute.«

»Sonst nicht?«

»Meistens ist es mir gleich.«

»Das glaube ich nicht. Ich glaube, Sie tun Ihre Arbeit gern. Dabei ist sie doch sicher sehr anstrengend. Sie müssen mir davon erzählen, sobald wir aus diesem Schlamassel raus sind.«

Ein rotes Licht hielt sie an der Einundfünfzigsten Straße auf, und sie wandte sich nach ihm um.

»Nur gut, daß das Verdeck nicht zu ist«, sagte sie belustigt. »Sonst wäre es noch unbequemer für Sie.«

»Wenn ich mir einen Wagen anschaffe«, bemerkte er, »dann muß es ein Mack sein, und auch dann muß ich mir einen anstellen, der ihn fährt.«

»Warum nicht eine?«

»Frauen fahren unvernünftig.«

»Ich nicht. Haben wir den kleinsten Zusammenstoß gehabt?«

»Wir sind ihm mehrmals mit knapper Not entgangen. Sie fahren zu schnell und verlassen sich zu sehr auf Ihr Glück. Aber das wußte ich, bevor ich einstieg, ich kann deshalb nicht strampeln.«

»Dazu ist sowieso zuwenig Platz. Wollen Sie aussteigen?«

»Nein.«

»Könnten Sie wohl gar nicht. Wo wohnen Sie?«

»An der Hundertvierundsechzigsten.«

»Wie kommen Sie gewöhnlich hin?«

»So wie jetzt.«

»Und ich dachte, ich hätte Ihnen die lästige U-Bahn erspart. Ich hätte ja wissen können, daß es Ihnen nicht an Einladungen fehlt, wie?«

»Fast nie.«

»Man fragt Sie wohl alles mögliche?«

»Gewiß.«

»Schade. Ich wollte Sie auch allerhand fragen, und jetzt kann ich das nicht mehr.«

»Warum nicht?«

»Sie haben es sicher satt, Antwort zu geben.«

»Ich gebe nicht immer dieselbe Antwort.«

»Heißt das, daß Sie den Leuten Märchen erzählen, zum Spaß?«

»Manchmal.«

»Ach, großartig! Erzählen Sie mir auch welche. Ich stelle Ihnen Fragen, vermutlich dieselben Fragen, die jeder stellt, und Sie antworten nach Belieben. Wollen Sie?«

»Ich will's versuchen.«

»Also, Augenblick mal. Was soll ich Sie als erstes fragen? Ach ja, müssen Sie im Winter nicht furchtbar frieren?«

Er gab zur Antwort, was er einmal einer älteren Dame gesagt hatte, die offenbar fremd war in der Stadt und ihn an einem der belebtesten Tage mehr als zwanzig Minuten lang ins Verhör genommen hatte.

»Nein«, sagte er. »Wenn mir kühl ist, halte ich einen Wagen an und lehne mich gegen den Kühler.«

Die gegenwärtige Fragestellerin war freigebig mit ihrem Lachen.

»Wunderbar«, bemerkte sie. »Und wenn Sie an den Ohren frieren, dann halten Sie wohl einen andern Wagen und borgen sich die Haube aus.«

»Den muß ich mir merken.«

»Und als nächstes: Werden Sie je angefahren?«

»Ständig, aber nur gestreift. Überfahren werde ich eigentlich selten.«

»Bringt es Sie nicht fast um, den ganzen Tag auf den Beinen zu sein?«

»Nicht halb so schlimm, als wenn ich auf den Händen stehen müßte. Im Ernst, ich habe mich so daran gewöhnt, daß ich nachts in dieser Stellung schlafe.«

»Und die Auspuffgase, wird Ihnen nicht übel davon?«

»Früher ja, aber jetzt kann ich gar nicht mehr leben ohne. Ich wohne neben einer öffentlichen Garage, damit ich jederzeit hinüberlaufen und Auspuff tanken kann.«

»Wie groß sind Sie eigentlich?«

»Fast zwei Meter.«

»Na, so was!«

»Sie glauben es nicht, wie? Ich bin eins neunzig, aber wenn Frauen mich fragen, sage ich, was mir gerade in den Sinn kommt. Und die Antwort ist immer, ›du meine Güte!‹«

»Wer macht Ihnen mehr zu schaffen, die Frauen am Steuer oder die Männer?«

»Die Männer.«

»Wirklich?«

»Gewiß. Es gibt deren fünfzigmal soviel.«

»Werden Sie häufig ausgefragt?«

»Nein, Sie sind die erste.«

»Waren Sie mir böse, damals, weil ich Sie geistreich nannte?«

»Ihnen könnte ich nicht böse sein.«

Mehrere Block weit herrschte Schweigen. Sie fuhr wirklich schnell, und Ben wäre vielleicht ängstlicher gewesen, wenn er nach vorn geschaut hätte, aber sein Blick ruhte meistens auf ihrem Profil, das fast so reizend war wie ihr Lächeln.

»Wo sind wir denn schon?« rief sie, als sie sich der Fordham Road näherten. »Und dabei wohnen Sie an der Hundertvierundsechzigsten! Warum haben Sie nichts gesagt?«

»Ich hab es gar nicht gemerkt.«

»Nicht aussteigen. Ich fahre Sie zurück.«

»Nein, nein. Ich finde schon jemand, der mich mitnimmt. Es wohnt da einer in der Gegend, mit dem ich sprechen möchte.«

»Es war nett von Ihnen, es mit mir zu riskieren, ohne ängstlich zu tun. Fahren Sie wieder mal mit?«

»Wann immer Sie wollen.«

»Ich fahre einmal wöchentlich in die Stadt, um meine Schwester in Greenwich Village zu besuchen. Meistens am Montag.«

»Nächsten Montag habe ich Spätdienst.«

»Dann also am übernächsten Montag?«

»Das dauert aber lange.«

»Die Zeit vergeht. Das hat sie so an sich.«

Sie verging, aber so mühsam! Und als der Tag herankam, sah es so regnerisch aus, daß Ben befürchtete, sie könnte am Ende nicht kommen. Später, als der Regen einsetzte und die Gefahr auf den glitschigen Straßen sich verdreifachte, befürchtete er, sie könnte kommen. Vorsicht gehörte, wie er wußte, nicht zu ihren Eigenschaften, und wenn sie eine Verabredung mit ihrer Schwester hatte, konnte sie höchstens eine Überschwemmung davon abhalten.

Kurz vor der Mittagspause kam der Cadillac vorbei, in Richtung Süden. Das Verdeck war zu, und der Scheibenwischer pendelte hin und her. Durch den Regen sah er sie lächeln und ihm kurz zuwinken. Der Verkehr war dicht und unberechenbar, und beide hatten sie gerade genug damit zu tun.

Es nieselte immer noch, als sie um vier Uhr wieder auftauchte und für ihn anhielt.

»Ist das nicht ein gräßlicher Tag?« sagte sie.

»Jetzt nicht mehr.«

Sie lächelte, und im Nu hatte er all den Ärger und die Ungemütlichkeit der vergangenen Stunden vergessen.

»Wenn wir das Verdeck zulassen, kriegen Sie einen krummen Rücken, und wenn wir es aufmachen, werden wir klitschnaß.«

»Lassen Sie es zu. Es geht schon.«

»Macht es Ihnen etwas aus, wenn wir nicht viel reden? Es ist mir nicht ums Reden.«

Er enthielt sich der Antwort, und so wurde nicht gesprochen, bis sie beim Mount Morris Park nach Osten abschwenkten.

»Ihren Namen könnte ich ausfindig machen«, sagte sie, »indem ich mir Ihre Nummer merke und von jemand nachschlagen lasse. Sie können mir die Mühe ersparen, indem Sie ihn mir sagen.«

»Ich heiße Ben Collins. Und Ihren Namen könnte ich erfahren, indem ich Sie auffordere, mir Ihren Fahrausweis zu zeigen.«

»Um Himmels willen, nur das nicht! Ich habe gar keinen. Aber mein Name ist Edith Dole.«

»Edith Dole. Edith Dole«, sagte Ben.

»Gefällt er Ihnen?«

»Es ist ein hübscher Name.«

»Eine komische Zusammenstellung. Edith bedeutet Glück, und Dole bedeutet Kummer.«

»Na ja«, meinte Ben, »Kummer werden Sie noch genug haben, wenn Sie ohne Ausweis fahren. Und überhaupt, wenn Sie so schnell fahren auf solchen Straßen. Bei der Schleudergefahr.«

Sie befanden sich im oberen Teil der Madison Avenue, und die Verkehrsverhältnisse waren tückisch. Aber das war nicht der einzige Grund, warum er wollte, daß sie langsamer fahre.

Wiederum Schweigen, bis sie in seine Gegend kamen.

»Sind Sie eigentlich verheiratet?« fragte sie unvermittelt.

»Nein«, log er. »Und Sie?«

»Ich werde es bald sein.«

»Mit wem?«

»Mit einem aus Buffalo.«

»Das tönt nicht gerade begeistert.«

»Ich weiß nicht. Er will mich haben, und mein Vater will, daß er mich nimmt.«

»Werden Sie nach Buffalo ziehen?«

»Nein. Er zieht hierher, als Partner meines Vaters.«

»Und als der Ihre.«

»Ja. Herrje, da ist schon die Hundertvierundsechzigste. Ich darf Sie nicht darüber hinausfahren, bei diesem Wetter. Glauben Sie, Sie kommen klar?«

Mit einiger Mühe brachte er es fertig.

»Die nächsten vierzehn Tage sehe ich Sie wohl nicht?«

»Leider«, sagte sie.

Er würgte die Worte hinunter, die ihm auf der Zunge schwebten. »Fräulein Dole«, sagte er, »hören Sie auf meinen Rat und schinden Sie keine Rekorde auf der Heimfahrt. Bummeln Sie gemütlich nach Hause, und Sie sind immer noch eine Stunde vor dem Abendessen dort. Nicht? Um Ihres Bräutigams willen.«

»Ja.«

»Und auch um meinetwillen.«

Ach, was für ein unvergeßliches Lächeln!

›Nur schön langsam nach Hause‹, sagte er sich selber, damit er sich beruhigen konnte, bevor er Grace gegenübertrat. Warum hatte er behauptet, er sei nicht verheiratet? Was lag ihr schon daran.

Zu Hause wurde er mit strengen Anweisungen begrüßt.

»Nimm sofort ein heißes Bad! Und behalte nachher den Bademantel an! Heute gehen wir nicht aus.«

Sie war mit Mary Arnold in Mount Vernon bei einer Bridgepartie gewesen. Auf dem Heimweg waren sie tropfnaß geworden. Während des ganzen Abendessens erzählte sie davon, Gott sei Dank.

Nach dem Essen versuchte er zu lesen, kam aber nicht weit. Eine Zeitlang hörte er sich die Platte an, von der seine Frau nicht genug bekommen konnte. Schließlich ging er zu Bett, um womöglich zu schlafen und zu träumen, womöglich die nächsten vierzehn Tage zu verschlafen.

Er war früh wieder auf, früh genug, um vor dem Frühstück einen Blick in die Zeitung werfen zu können. ›FRAU AM STEUER TÖDLICH VERUNGLÜCKT.‹ Es flimmerte ihm vor den Augen, als er las: ›Edith Dole, zweiundzwanzig, aus Rye, fand augenblicklich den Tod, als der Wagen, den sie steuerte, ins Schleudern kam und gestern nachmittag kurz nach vier Uhr dreißig an der Kreuzung Fordham Road und Webster Avenue mit einer Straßenbahn zusammenprallte.‹

»Grace«, sagte er in einem fremdartigen Ton, »ich hab das vergessen. Ich muß heute um sieben Uhr antreten. Eine Art Inspektion.«

Draußen auf der Straße, als er allein war, sprach er laut vor sich hin, zum erstenmal seit Kindestagen.

»Es kann mir unmöglich so schlimm zumute sein, wie mir vorkommt. Ich habe sie ja nur vier- oder fünfmal gesehen. So schlimm kann das für mich nicht sein.«

Und dann, an einem Nachmittag zwei oder drei Wochen später, geschah es, daß einer namens Hughes, aus White Plains, der einen Studebaker fuhr, bei der Sechsundvierzigsten

Straße nicht richtig einspurte und schroff angewiesen wurde, am Straßenrand zu halten.

»Sie haben's wohl eilig?« fragte der grimmig aussehende Verkehrspolizist. »Wo zum Teufel wollen Sie denn hin? Was fällt Ihnen eigentlich ein, Sie So-und-so!«

»Ich hab nicht richtig aufgepaßt. Entschuldigen Sie«, sagte Hughes. »Wenn Sie es mir durchlassen, nehme ich Sie auf der Rückfahrt mit und bringe Sie nach Hause. Wissen Sie noch, ich brachte Sie doch letzten Monat einmal nach Hause. Wissen Sie noch? Das heißt, es war einer, der so aussah wie Sie. Ich meine, er sah Ihnen ähnlich. Ich sehe jetzt, das waren nicht Sie. Es war ein ganz anderer.«

(Deutsch von Fritz Güttinger)

Raymond Chandler

Ein Schriftstellerpaar

1

Ganz gleich, wie betrunken er am Abend zuvor gewesen war, Hank Bruton stand immer sehr früh auf und lief dann mit nackten Füßen im Haus herum, bis der Kaffee kochte. Er schloß die Tür von Marions Zimmer, indem er einen Finger gegen die sich schließende Kante streckte, um sie zu bremsen, wenn sie auf den Rahmen traf, und die Klinke mit großer Behutsamkeit freigab, damit sie kein Geräusch machte. Es kam ihm ziemlich sonderbar vor, daß er imstande war, dies zu tun, und daß seine Hände vollkommen ruhig dabei blieben, wo die Muskeln seiner Beine und Schenkel zu gleicher Zeit doch so schlimm schmerzten und er immer noch mit den Zähnen mahlen mußte und dies gräßliche Gefühl in der Magengrube hatte. Auf seine Hände schien es sich nie im geringsten auszuwirken, eine Eigentümlichkeit, die sonderbar war und angenehm, und im übrigen konnte ihm das alles gestohlen bleiben.

Während der Kaffee kochte und Stille herrschte im Haus und auch unter den Bäumen draußen kein Laut zu vernehmen war, außer gelegentlich dem Ruf eines fernen Vogels oder dem noch ferneren Rauschen des Flusses, ging er zur Gazetür und blieb dort stehen und sah zu Phoebus hinaus, dem großen roten Kater, der auf dem Vorplatz saß und die Tür beobachtete. Phoebus wußte, es war noch nicht Essenszeit und Hank würde ihn nicht einlassen, und vermutlich wußte er auch, warum: wenn er hineinkam, würde er anfangen zu schreien, und er konnte so gellend schreien wie ein Eisenbahnschaffner, und dann war Marions Morgenschlaf ruiniert. Nicht daß Hank Bruton sich um ihren Morgenschlaf sonderliche Sorgen machte. Er hatte nur gern den frühen Morgen für sich, still, ohne Stimmen – speziell ohne Marions Stimme.

Er sah auf den Kater nieder, und Phoebus gähnte und gab einen mürrischen Ton von sich, nicht allzu laut, nur eben laut genug, um zu zeigen, daß ihn keiner zum Narren halten konnte.

»Halt's Maul«, sagte Hank.

Phoebus setzte sich, streckte ein Hinterbein steil in die Luft und machte sich daran, sich das Fell zu putzen. Mitten in dieser Tätigkeit hielt er inne, das Bein immer noch in der Luft, und starrte Hank mit vorsätzlich beleidigendem Ausdruck an.

»Olle Kamellen«, sagte Hank. »Das machen Katzen schon seit zehntausend Jahren so.«

Trotzdem wirkte es. Vielleicht mußte man absolut schamlos sein, um einen guten Komödianten abzugeben. Das war ein Gedanke. Er sollte ihn sich vielleicht notieren. Ach, hatte ja doch keinen Zweck. Wenn Hank Bruton etwas einfiel, hatte jemand das bestimmt schon längst getan. Er nahm den Cory von der Asbestplatte und wartete, daß er anfing zu brodeln. Dann goß er sich eine Tasse ein, fügte etwas kaltes Wasser hinzu und trank sie herunter. In die nächste Tasse tat er Sahne und Zucker und schlürfte sie langsam. Das nervöse Gefühl in seinem Magen wurde besser, aber seine Beinmuskeln machten ihm immer noch höllisch zu schaffen.

Er drehte die Flamme unter der Asbestplatte sehr klein und stellte den Kaffeetopf wieder darauf. Er verließ das Haus durch die Vordertür, trat barfuß vom hölzernen Portikus in den Garten und schritt seitwärts über das taunasse Gras. Es war ein altes Haus ohne besondere Merkmale, aber es hatte viel Gras um sich herum, das dringend gemäht werden mußte, und das Gras wieder war von einer Menge nicht sehr hoher Fichten umgeben, mit Ausnahme der Seite, die zum Fluß hin abfiel. Kein besonderes Haus, und verteufelt weit weg von überall, aber für fünfunddreißig Dollar im Monat war es schon ein Fund. Sie hielten doch besser daran fest. Wenn sie überhaupt etwas zustande brachten, dann bestimmt noch am ehesten hier.

Über den Wipfeln der Fichten konnte er den Halbkreis der niedrigen Berge sehen, die bis zur halben Höhe Nebel einhüllte. Da würde die Sonne bald Abhilfe schaffen. Die Luft war kalt, aber es war eine milde Kälte, die einem nicht gleich durch Mark und Bein ging. Hier ließ sich's schon leben, dachte Hank. Mehr als gut genug jedenfalls für ein Paar Möchtegern-Schriftsteller, die, was das Talent betraf, nicht eben auf Rosen gebettet waren, und sonst folglich auch nicht. Ein Mann sollte doch eigentlich imstande sein, hier zu leben, ohne sich jeden Abend sinnlos zu besaufen. Vermutlich konnte ein Mann das auch. Aber ein Mann wäre vermutlich gar nicht erst hergekommen. Auf dem Weg zum Fluß hinunter versuchte er sich zu erinnern, was am Abend zuvor denn eigentlich Ungewöhnliches geschehen war. Es fiel ihm nichts ein, aber er hatte eine Art unbestimmtes Gefühl, daß es eine Art Krise gegeben hatte. Vielleicht hatte er irgendwas über Marions zweiten Akt gesagt, aber er konnte sich nicht entsinnen, was es gewesen war. Schmeichelhaft war es sicher nicht gewesen. Was hatte es denn aber auch für einen Zweck, ihr Unehrlichkeiten zu sagen über ihr verdammtes Stück? Die ewige Flickerei machte es auch nicht besser. Ihr zu erzählen, es wäre gut, wenn es doch keinen Schuß Pulver wert war, brachte sie kein bißchen weiter. Schriftsteller müssen sich offen ins Auge sehen, und wenn das, was sie da sehen, nichts taugt, dann müssen sie das ebenso offen sagen.

Er blieb stehen und rieb sich die Magengrube. Er konnte das stahlgraue Wasser jetzt durch die Bäume schimmern sehen, und der Anblick tat ihm gut. Er schauderte ein bißchen zusammen, denn er wußte, wie kalt es sein würde, und wußte auch, daß eben dies es war, was ihm daran so gefiel. Für ein paar Sekunden brachte es einen um, aber es tötete nicht, und hinterher fühlte man sich wundervoll, wenn auch nicht lange genug.

Er erreichte das Ufer, warf das Handtuch und die Turnschuhe hin, die er in der Hand getragen hatte, und streifte sich das Hemd ab. Es war einsam hier unten. Das leise Rauschen des Wassers war der einsamste Laut in seiner Welt. Wie immer wünschte er sich, er hätte einen Hund, der ihm um die Beine tollte und bellte und mit ihm schwimmen ging, aber neben Phoebus ging das nicht, der zu alt war und zu ruppig, um einen Hund in seiner Nähe zu dulden. Entweder würde er den Hund ganz elend zurichten, oder der Hund würde ihn in einem schwachen Moment erwischen und ihm das Genick brechen. Und dann müßte es auch ein sehr ungewöhnlicher Hund sein, wenn man ihn dazu bringen wollte, mit in dieses eisige Wasser zu gehen. Hank würde ihn hineinwerfen müssen. Und der Hund würde Angst bekommen und Schwierigkeiten mit der Strömung haben, und Hank würde ihn wieder herausziehen müssen. Es gab Zeiten, wo er alle seine Kräfte zusammenreißen mußte, um selber wieder herauszukommen.

Er zog die Hose aus und sprang flach ins Wasser, gegen die Strömung. Eine wütende Riesenhand packte seine Brust und preßte die Luft aus ihm heraus. Eine andere Riesenhand riß seine Beine in die falsche Richtung, und er schwamm stromab statt aufwärts, völlig außer Atem, und versuchte zu schreien, war aber nicht imstande, auch nur einen Laut von sich zu geben. Er drosch wild in die Wellen und brachte sich herum, und nach einem kurzen Augenblick konnte er sich sogar gegen die Strömung halten, und als er dann alle Kraft, die er hatte, ins Schwimmen legte, holte er ein wenig auf. Er gewann das Ufer, wenn er's auch nicht mehr ganz bis zu der Stelle schaffte, an der er hineingesprungen war. Das war ihm jetzt schon ein ganzes Jahr nicht mehr gelungen. Es mußte der Whisky sein. Na schön, das war kein allzu hoher Preis dafür. Und wenn er's eines schönen Morgens überhaupt nicht mehr schaffte, sondern fortgerissen und gegen einen Stein geschleudert und bewußtlos wurde und ertrank –

»Na hör mal«, sagte er laut, immer noch ein bißchen außer Atem, »so fangen wir aber den Tag nicht an! So ganz bestimmt nicht!«

Er ging vorsichtig das steinige Ufer entlang, nahm sein Handtuch und rubbelte sich heftig die Haut, und langsam bekam sie ein warmes und ausgeruhtes und schlaffes Gefühl. Die Würmer in den Muskeln waren verschwunden. Der Solarplexus verhielt sich ruhig wie ein Eierpudding.

Er zog seine Sachen wieder an und die Turnschuhe und machte sich auf den Rückweg, den Hügel hinauf. Unterwegs begann er ein Thema aus einem Symphonie-Satz zu pfeifen. Dann versuchte er sich zu erinnern, woraus es war, und als es ihm einfiel, dachte er über den Komponisten nach, über das Leben, das er geführt hatte, seine Kämpfe, sein Elend, und jetzt war er tot und verfault, wie so viele Männer, die Hank Bruton bei der Army gekannt hatte.

Ganz wie ein lausiger Schriftsteller, dachte er. Nie die Sache selbst, immer nur das billige Gefühl, das sie auslöst.

11

Phoebus saß immer noch auf dem rückwärtigen Vorplatz, aber er schrie jetzt, als ginge es um Kopf und Kragen, und das bedeutete, daß Marion auf war. Sie stand in der Küche, in Straßenkleidung, über die sie eine lohbraune Kittelschürze gezogen hatte.

Hank sagte: »Warum hast du nicht gewartet, bis ich zurück war? Ich hätte dir den Kaffee raufgebracht.«

Sie antwortete ihm weder direkt, noch bekam er einen direkten Blick von ihr. Sie sah an ihm vorbei in eine Ecke, als hätte sie dort eine Spinnwebe entdeckt. »War's schön beim Schwimmen?« fragte sie abwesend.

»Phantastisch. Aber kalt ist das Flüßchen, das muß man schon sagen.«

»Schön«, sagte Marion. »Phantastisch. Wundervoll. Unwahrscheinlich belebend. Selbst wenn's nach einer Weile doch verdammt eintönig wird. Füttere den verdammten Kater, ja?«

»Also, in drei Teufels Namen«, sagte Hank, »wieso ist denn der arme alte Phoebus auf einmal ein verdammter Kater? Ich dachte, er wäre unser Spitzenstar hier. Weil er sich prinzipiell nie besäuft.«

»›Sagte er mit gewinnendem Lächeln‹«, höhnte Marion.

Hank sah sie gedankenvoll an. Sie hatte kurzes schwarzes Haar, das straff an ihrem Kopf anlag. Ihre Augen waren von einem viel dunkleren Blau als die Hanks. Sie hatte einen kleinen hübschen Mund, den er als provozierend bezeichnet hatte, bevor ihm langsam aufging, daß er eher launisch und mutwillig war. Sie war ein sehr adrettes, sehr gut gebautes Mädchen, mehr vom fragilen Typ. Fragil wie eine Bergziege, dachte Hank.

»Ich bin der Dorothy-Parker-Typ – nur ohne ihren Verstand«, hatte sie Hank verkündet, als sie sich kennenlernten. Er fand das sehr bezaubernd damals.

Keiner von ihnen beiden war sich im klaren darüber, daß es sogar stimmte.

Hank machte die Gazetür auf, und Phoebus kam herein und zerriß mit seinem Dschungelgeheul die Atmosphäre. Hank öffnete eine Dose Katzenfutter, häufte eine Untertasse voll und setzte sie vor die Spüle auf den Boden. Ohne ein Wort stellte Marion ihre Kaffeetasse hin, nahm die Untertasse und tat die Hälfte des Futters wieder zurück. Sie machte die Gazetür auf und setzte die Untertasse draußen nieder. Phoebus stürzte sich auf die Untertasse, als wollte er ein Tor schießen. Marion knallte die Gazetür zu.

»Okay«, sagte Hank. »Nächstesmal denke ich dran.«

»Nächstesmal«, sagte Marion, »kannst du ihn füttern, wo du willst. Ich bin dann nicht mehr da.«

»Verstehe«, sagte Hank langsam. »War ich so schlimm?«

»Nicht schlimmer als sonst«, antwortete sie. »Und vielen Dank, daß du nicht ›wieder‹ gesagt hast. Als ich das letztemal weggegangen bin –«, sie brach ab; ihre Stimme schwankte ein wenig. Hank wollte auf sie zugehen, aber sie hatte sich sofort wieder gefaßt. »Du kannst dir selber Frühstück machen. Ich muß fertigpacken. Das meiste habe ich heute nacht schon gemacht.«

»Wir sollten doch sprechen darüber«, sagte Hank ruhig.

Sie drehte sich in der Tür um. »Ah ja, natürlich.« Ihre Stimme war so hart wie ein Stiefelabsatz. »Wir können ganz reizende zehn Minuten damit zubringen, wenn du dich beeilst.« Sie ging hinaus. Ihre Schritte raschelten auf der Treppe, als sie hinaufstieg.

›Sagte sie, indem sie sich in der Tür umdrehte‹, sann Hank und blickte ihr nach.

Er wandte sich abrupt um und ging aus dem Haus. Phoebus schnuffelte um die Untertasse herum nach den Futterbrocken, die er über den Rand geschoben hatte. Hank bückte sich und half sie ihm aufsammeln. Er kraulte Phoebus den eisernen alten Kopf. Phoebus unterbrach seine Mahlzeit und wartete starr, daß Hank seine Hand wegnahm. Als das geschehen war, machte er sich wieder an sein Futter.

Hank stieß die Schwingtür der Garage auf und untersuchte den Ford, ob er einen Platten hätte. Die Reifen waren völlig abgefahren, hielten aber noch die Luft. Der Wagen war ziemlich staubig. Ich bin Schriftsteller, dachte Hank. Ich habe keine Zeit für so niedrige Dienste. Er ging um den Kühler herum in die dunkle Ecke, wo ein Stapel Säcke lag. Unter den Säcken steckte eine Korbflasche, halb voll Maiswhisky. Hank zog den fetten Korken aus dem Hals und hob die schwere Flasche in geübter Weise mit dem gewinkelten Arm. Er stand da mit der Flasche, ausbalanciert wie ein Gewichtheber. Dann tat er einen tiefen Zug, senkte die Flasche, verkorkte sie wieder und stellte sie zurück unter die Säcke.

Eigentlich habe ich kein bißchen davon nötig, sagte er zu sich selbst und glaubte es auch fast. Aber es wird ihr Befriedigung bereiten, wenn sie's mir anriecht. Marion ist ein Mädchen, das gerne recht behält.

Er stand mitten im Wohnzimmer, als sie die Treppe herunterkam. Sie hatte eine Zigarette im Mund. Sie zeigte ein sehr kühles Gesicht. Sie machte sogar einen richtig tüchtigen Eindruck, aber die Möbel im Wohnzimmer schlossen sich dieser Diagnose nicht an. Sie standen beide da und musterten sich gegenseitig, während Hank sich eine Pfeife stopfte und anzündete.

»Na, mal wieder einen gezwitschert?« fragte Marion milde.

Er nickte und zündete sich die Pfeife an. Ihre Augen trafen sich wieder über dem Abgrund aus stiller Luft. Marion setzte sich langsam auf die Armlehne einer Korbbank. Es knarrte ein bißchen. Draußen vor dem Haus schwirrte jäher Vogelgesang auf und ging dann in wütendes Zirpen über, was wohl Phoebus galt, der auf seinem Morgenspaziergang in die Nähe eines Nests gekommen war.

»Der Wagen ist in Ordnung«, sagte Hank. »Willst du den zehn Uhr fünf erreichen?«

»Zehn Uhr elf«, verbesserte ihn Marion. »Ja. Den will ich erreichen. Es hat keinen Sinn, noch groß zu sagen, daß es mir leid tut. Es tut mir nicht leid. Je weiter ich von hier wegkomme, desto besser wird's mir gefallen. Jede Meile ist ein Stück Erleichterung mehr.«

Hank sah sie mit leerem Blick an. »Ich will nichts von diesem Krempel hier«, sagte Marion und streifte mit einem flüchtigen Blick das altmodische, gebraucht gekaufte Mobiliar, das sie gerade noch hatten bezahlen können. »Ich will überhaupt nichts aus dem Haus hier. Nur meine Kleider. Meine Kleider, und weg.« Ihre Augen wanderten zu dem Arbeitstisch in der Ecke, einem massiven Ding aus rohem Holz mit zwei mal vier Zoll starken Beinen und einer Rupfendecke, die mit Reißnägeln auf den Brettern befestigt war, die seine Platte bildeten. Sie sah auf die alte Underwood und den Stoß weißen Papiers und die Bleistifte und den kremfarbenen, rot beschrifteten Karton, der das enthielt, was von Hanks Roman fertig geworden war.

»Ganz besonders will ich den da nicht«, sagte Marion und zeigte auf den Tisch. »Den kannst du dir aufheben. Wenn du das Buch fertig hast, können sie ein Bild von diesem eleganten Stück Neanderthaler Chippendale auf den Schutzumschlag setzen statt deiner Fotografie. Weil man von dir dann wahrscheinlich kein besonders gutes Foto mehr zustande bringt. Es sei denn, man könnte deinen Atem fotografieren. Das gäbe ein wirklich lebensnahes Porträt von dir, wenn man das hinkriegte.« Sie strich sich rasch mit einer Hand über die Stirn. »Ich quatsche schon wieder Literatur«, murmelte sie und machte eine Bewegung, aus der man Verzweiflung hätte lesen können, wäre sie nicht so selbstbewußt gewesen.

»Ich könnte mit dem Whiskytrinken Schluß machen«, sagte Hank langsam, durch einen Stoß Qualm.

Sie sah ihn mit straffem Lächeln an. »Ah ja, sicher. Und was dann? Du bist kein Mann. Du bist nur ein körperlich vollkommenes Exemplar der Gattung alkoholischer Eunuch. Du bist ein Schwachkopf in Spitzen-Kondition. Du bist ein toter Mann mit absolut normalem Blutdruck.«

»Das solltest du dir notieren«, sagte Hank.

»Keine Bange. Werde ich.« Ihre Augen waren jetzt hart und glänzend. Es schien überhaupt kein Blau mehr in ihnen zu sein. »Und mach dir bloß um mich keine Gedanken, um Himmels willen. Ich finde schon Arbeit. In der Werbung, bei der Zeitung, egal was. Ich kann immer was kriegen. Ich könnte sogar das Stück schreiben, von dem ich geglaubt habe, ich krieg es hier zustande, in diesen unsagbar schönen Wäldern mit der unsagbar schönen Stille rund um mich rum, wo mich nichts stört, was lauter ist als das ständige Gluckern einer Whiskyflasche.«

»Er stinkt«, sagte Hank.

Ihre Augen blitzten ihn an. »Wer?«

»Der Dialog. Außerdem ist er zu lang«, sagte Hank. »Und die Schauspieler reden heutzutage nicht mehr das Publikum an. Sie reden miteinander.«

»Ich rede mit dir«, sagte Marion.

»In Wirklichkeit nicht«, sagte Hank. »In Wirklichkeit durchaus nicht.«

Sie tat es mit einem Achselzucken ab. Hank war nicht sicher, ob sie überhaupt mitbekam, was er sagte, ob sie verstand, daß er ihr, wie so oft schon, indirekt sagte, daß ausgetüftelte Szenen heutzutage kein Stück mehr ergaben. Jedenfalls keins, das auch aufgeführt wurde.

»Kein Mensch könnte hier ein Stück schreiben«, sagte Marion. »Nicht einmal Eugene O'Neill. Nicht einmal Tennessee Williams. Nicht einmal Sardou. Los, nenn mir doch mal jemanden, der hier ein Stück schreiben könnte. Egal wen. Nenn ihn mir, und ich nenne dich einen Lügner.«

Hank warf einen Blick auf seine Armbanduhr. »Du hast mich nicht geheiratet, um ein Stück zu schreiben«, sagte er milde. »So wenig wie ich dich geheiratet habe, um einen Roman zu schreiben. Und dann hast du ja selber auch ganz schön den Ellbogen gewinkelt damals, erinnerst du dich? Zum Beispiel in der Nacht, wo du total blau warst und ich dich ausziehen und ins Bett bringen mußte.«

»Mußte?«

»Na schön«, sagte Hank. »Wollte.«

»Damals habe ich dich für einen ganz tollen Kerl gehalten, oder nicht?« Die romantische Erinnerung, falls es eine war, machte nicht mehr Eindruck auf sie, als ein Schritt auf den Fußboden macht. »Du hattest Witz und Phantasie und die Fröhlichkeit eines Freibeuters. Aber ich mußte auch nicht zusehen, wie dir der Verstand absoff, und nachts wachliegen und dir zuhören, wie du das Haus aus den Fugen schnarchtest.« Ihre Stimme wurde ein bißchen atemlos. »Und was das Schlimmste von allem ist – oder fast das Schlimmste –«

»Wir sind Schriftsteller, wir müssen alles qualifizieren«, murmelte Hank in seine Pfeife.

»– du bist am Morgen dann nicht einmal reizbar. Du wachst nicht mit glasigen Augen auf und einem Kopf wie ein Faß. Du lächelst einfach und machst in aller Ruhe da weiter, wo du aufgehört hast. Was dich als den typischen ewigen Säufer kennzeichnet, der im Alkoholdunst geboren ist und darin lebt wie der Salamander im Feuer.«

»Ich glaube, vielleicht solltest du den Roman schreiben und ich das Stück«, sagte Hank.

Ihre Stimme verschärfte sich, steigerte sich zur Hysterie. »Weißt du eigentlich, was aus Männern wie dir wird? Eines schönen Tages zerfliegen sie in tausend kleine Stücke, wie wenn eine Granate sie getroffen hätte. Jahre und Jahre lang ist überhaupt kein Anzeichen des Verfalls zu sehen. Sie betrinken sich jeden Abend, und jeden Morgen fangen sie wieder an, sich zu betrinken. Sie fühlen sich wundervoll. Es beeinträchtigt sie nicht im mindesten. Und dann kommt der Tag, wo alles auf einmal passiert, was bei einem normalen Menschen langsam passieren sollte, schrittweise, innerhalb vernünftiger Zeit. Diese Minute noch siehst du aus wie ein ganz gesunder Mann, und in der nächsten schon bist du ein verschrumpeltes Horrorwesen, das nach Whisky stinkt. Glaubst du etwa, ich habe Lust, darauf zu warten?«

Er zuckte leicht die Achseln, gab aber keine Antwort. Was sie gesagt hatte, schien überhaupt keine Bedeutung für ihn zu haben, ja er schien sich nicht einmal angesprochen zu fühlen. Es war wie ein monotones Geräusch in der Dunkelheit, jenseits der Bäume, die Rede eines unsichtbaren Fremden, den er nie zu sehen bekommen würde. Er sah wieder auf seine Armbanduhr, und sie drückte ihre Zigarette aus und stand auf.

»Ich hole den Wagen«, sagte Hank und ging aus dem Zimmer. Sie hatte ihren Text aufgesagt, das war die Hauptsache. Sie hatte in der Nacht wach gelegen und alles ausphantasiert und in Worte gebracht, und dann hatte sie's einstudiert und im stillen geprobt, und jetzt hatte sie's vom Stapel gelassen, und die Szene war im Kasten. Sie hätte vielleicht ein bißchen besser ausfallen können, diese Szene, dachte er, wie sie auch durchaus kürzer hätte sein dürfen, aber zum Teufel damit, sie waren eben ein Schriftstellerpaar.

III

Er hob noch einmal die Flasche, bevor er den Ford rückwärts aus der Garage fuhr. Als er damit vor dem Haus anlangte, stand Marion an einer der Außenecken des Portikus und sah über die Bäume hinüber. Die Sonne lag auf den Hängen der Berge, und der Nebel war fort. Aber es war immer noch ein bißchen kalt in dieser Höhe. Marion trug einen kleinen Hut auf ihrem dunklen Haar, der ihr gar nicht stand, und ihre Lippen waren fest zusammengepreßt um eine Zigarette, wie eine Kneifzange, die das Ende eines Bolzens hält. Hank ging ohne ein Wort ins Haus. Oben standen die beiden Reisekoffer, das Handköfferchen, die Hutschachtel und der kleine grüne Kabinenkoffer mit den gerundeten Messingecken. Er trug sie alle die Treppe hinunter und verstaute sie hinten im Wagen. Marion war bereits eingestiegen.

Hank setzte sich neben sie hinters Steuer und startete, und sie fuhren den Kiesweg hinunter zur Landstraße, die sich sechs Meilen am Fluß entlangwand und dann abbog und den Berghang hinunter zu der kleinen Stadt führte, die an der Eisenbahnlinie lag. Marion starrte auf den Fluß und sagte:

»Du kämpfst gerne mit ihm, nicht? Ist er gefährlich?«

»Nicht, wenn man ein gesundes Herz hat.«

»Warum kämpfst du nicht mal gegen etwas an, was sich lohnt?«

»O mein Gott«, sagte Hank.

Marion sah ihn scharf an, dann sah sie starr geradeaus durch die staubige Windschutzscheibe.

»In einem Jahr spätestens habe ich vergessen, daß du überhaupt je existiert hast«, sagte sie. »Es ist ja doch ein bißchen traurig. Aber ewig kann ein Mann wie du das Leben einer Frau ja doch nicht vergeuden, oder was glaubst du?«

Sie schluchzte. Er streckte die Hand aus und tätschelte ihr die Schulter. »Nimm's nicht so schwer«, sagte er. »Eines Tages packst du's alles in ein Buch.«

»Ich weiß nicht mal, wo ich hingehen soll«, schluchzte sie.

Er tätschelte ihr wieder die Schulter und sagte diesmal nichts. Keiner von ihnen sprach ein Wort, bis sie den Bahnhof erreichten. Hank trug das Gepäck hinüber und setzte es neben den Gleisen ab. Er wollte den Kabinenkoffer aufgeben, aber Marion sagte, das würde sie selber machen.

»Also dann«, sagte Hank. »Ich bleibe im Wagen sitzen, bis du abdampfst.« Er drückte ihren Arm, und sie wandte sich ab und ging von ihm weg. Er saß eine ziemlich lange Zeit im Wagen, bis der Zug kam. Er bekam langsam Bedürfnis nach einem Schluck. Er dachte, Marion würde zu ihm hinübersehen und wenigstens winken, wenn sie in den Zug stieg. Aber das tat sie nicht. Er hätte gar nicht zu warten brauchen. Er hätte schon längst wieder zu Hause sein und sich über die Flasche hermachen können. Es war eine leere Geste, das Warten hier. Noch schlimmer als das, es hatte nicht einmal Stil. Er sah dem Zug nach, bis er verschwunden war, und kein Muskel bewegte sich an ihm. Und auch das war nutzlos und ohne Stil.

IV

Als er zum Haus zurückkam, war die Sonne heiß, und auch die schwache Brise, die über das Gras strich, war warm. Die Bäume flüsterten in der Hitze; sie sprachen zu ihm, sagten ihm, daß es ein herrlicher Tag sei. Er ging langsam ins Haus und stand da und wartete, daß die Stille ihn überwältigen würde. Aber das Haus wirkte nicht leerer als zuvor. Eine Fliege summte, und ein Vogel pochte in einem Baum. Er blickte aus dem Fenster, um zu sehen, was für ein Vogel es war. Er war Schriftsteller und hätte es eigentlich wissen müssen, aber er sah den Vogel nicht, und es war ihm sowieso schnurzegal.

»Wenn ich nur einen Hund hätte«, sagte er laut und wartete auf das trauervolle Echo. Er ging hinüber an den massiven Arbeitstisch, nahm den Deckel vom Karton und las die oberste Seite seines Skripts, ohne sie herauszunehmen.

»Abklatsch und Nachahmung«, sagte er düster. »Alles, was ich schreibe, klingt so, daß ein richtiger Schriftsteller es wegwerfen würde.«

Er verließ das Haus, um den Wagen in die Garage zurückzubringen, doch eigentlich tat er das nur, weil die Whiskyflasche dort war. Er trug die Korbflasche mit dem Maisschnaps ins Haus und stellte sie auf den Arbeitstisch. Er holte sich ein Glas und setzte es neben die Flasche. Dann setzte er sich selber davor und starrte sie an. Sie stand zur Verfügung, und aus diesem Grund vielleicht mußte er jetzt nicht gleich zugreifen. Er fühlte sich leer, aber es war nicht die Leere, die man mit Schnaps ausfüllen konnte.

Ich liebe sie nicht einmal, dachte er. Und sie liebt mich auch nicht. Nichts von Tragödie, nicht einmal von richtigem

Schmerz, nur flaue Leere. Die Leere eines Schriftstellers, der an nichts denken kann, was sich aufschreiben ließe, und das ist eine ziemlich gräßliche, schmerzhafte Leere, aber aus irgendeinem Grund wird nie auch nur annähernd eine Tragödie daraus. Jesus, wir sind die nutzlosesten Leute auf der Welt. Es muß eine ganz schauderhafte Menge von uns geben, alle einsam, alle leer, alle arm, alle zermürbt von kleinen, gemeinen Sorgen, die keine Würde haben. Alle krampfhaft bemüht, festen Boden unter die Füße zu bekommen, wie Leute, die in einen Sumpf geraten sind, und dabei wissen wir die ganze Zeit, daß es im Grunde drecksegal ist, ob wir es schaffen oder nicht. Wir sollten uns einmal irgendwo zu einer Versammlung treffen, an einem Ort wie Aspen, Colorado, an irgendeinem Ort, wo die Luft sehr klar ist und scharf und anregend und wir unser bißchen abgeleitete Intelligenz gegen den harten kleinen Verstand anderer prallen lassen können. Vielleicht hätten wir dann immerhin für ein Weilchen das Gefühl, wirklich Talent zu haben. Sämtliche Möchtegern-Schriftsteller der Welt, die Burschen und Mädchen alle, die Bildung haben und Willenskraft und Sehnsüchte und Hoffnung und sonst nichts. Sie wissen alles, was man darüber wissen kann, wie man's schafft, nur daß sie's eben nicht schaffen können. Sie haben im Schweiß ihres Angesichts studiert und auf Deubel komm raus jeden imitiert, der es nur je zu was gebracht hat.

Was für ein reizendes Klübchen Nullen wir da sein würden, dachte er. Wir würden uns gegenseitig die Messer wetzen. Die Luft würde knistern vom Funkenregen unserer Träume. Aber der Haken ist, es hätte keine Dauer. Auf einmal wäre die schöne Versammlung wieder zu Ende, und wir müßten nach Hause zurück und uns vor dies verdammte Metallding setzen, das die Worte aufs Papier bringt. Tja, und da würden wir dann sitzen und warten – wie jemand, der in der Todeszelle wartet.

Er hob mit der gewohnten Gewichthebertechnik die Flasche und trank, ohne an das Glas zu denken, direkt aus dem Hals. Der Schnaps schmeckte warm und sauer, aber er tat ihm diesmal nicht besonders gut. Er mußte weiter darüber nachdenken, wie das war, ein Schriftsteller ohne Talent zu sein. Nach einer ganzen Weile brachte er die Korbflasche in die Garage zurück und versteckte sie wieder unter dem Säckestapel. Phoebus kam um die Ecke, eine große, schmutzig aussehende Heuschrecke im Maul. Er gab ein Geräusch der Unzufriedenheit von sich. Hank bückte sich, zog Phoebus die Kinnbacken auseinander und ließ die Heuschrecke frei, die eines Beines verlustig gegangen, aber immer noch voll Wanderlust war. Phoebus blickte zu Hank auf und gab zu verstehen, daß er Hunger habe. Also ließ Hank ihn in die Küche.

»Setz dich irgendwo«, sagte Hank zu dem Kater. »Das Haus ist dein.« Er bot Phoebus etwas Futter an, aber er wußte, Phoebus wollte nichts, und er wollte auch wirklich nichts. Also ging Hank hinüber, setzte sich an den Arbeitstisch und spannte einen Bogen in die Schreibmaschine. Nach einer Weile sprang Phoebus neben ihm auf den Tisch und sah aus dem Fenster.

»Man arbeitet nicht an dem Tag, wo die Frau einen verlassen hat, was, Phoebus? Man macht blau.«

Phoebus gähnte. Hank kraulte ihm dicht hinter einem Ohr den Kopf, und Phoebus schnurrte knirschend. Hank strich ihm mit den Fingern das Rückgrat hinunter, und Phoebus bäumte sich mit überraschender Kraft gegen die Hand auf.

»Du bist ein richtig zäher alter Knabe, was, Phoebus? Ich sollte eine Geschichte über dich schreiben.«

Langsam verging der Nachmittag. Schließlich neigte er sich der Dämmerung zu, und die Leere war immer noch da. Phoebus hatte sein Futter bekommen und sich auf der Korbbank zur Ruhe begeben. Hank saß auf dem Portikus und sah ein paar Mücken zu, die in einem Streif späten Sonnenlichts tanzten. Als eben die Zeit für die Moskitos kommen wollte, hörte er den Wagen kommen. Der Motor lief ziemlich rauh. Er klang nach dem Chevvy des alten Simpson. Und dann sah Hank ihn in der Ferne drüben auf der Landstraße heranzockeln, und er hatte recht. Er konnte ihn an dem kaputten Kotflügel erkennen. Und es überraschte ihn nicht einmal, als er in die Zufahrt einbog und schwerfällig die Kurve zog, bis er vor dem Eingang stand. Der alte Simpson saß reglos drin, die knotigen Hände auf dem Steuer und die wäßrigen Augen geradeaus gerichtet. Seine Kinnbacken bewegten sich, und er spuckte aus. Er sagte kein Wort. Er wandte nicht einmal den Kopf, als Marion aus dem Chevvy stieg.

»Ich habe Mr. Simpson bezahlt«, sagte Marion.

Hank hob ihre Sachen aus dem Wagen, ohne daß der alte Simpson ihm half. Als alles draußen war, legte der alte Simpson den Gang ein und fuhr davon, ohne auch nur ein Wort gesagt oder einen von ihnen angesehen zu haben.

»Weswegen ist er denn so sauer?« fragte Hank.

»Er ist nicht sauer. Er mag uns nur einfach nicht. Es tut mir leid, daß ich das Geld verplempert habe, Hank.« Ihr Gesicht wirkte niedergeschlagen. »Du bist vermutlich nicht überrascht, mich wieder hier zu sehen?«

»Ich war nicht ganz sicher.« Er schüttelte unbestimmt den Kopf. Sie fing hemmungslos an zu weinen, und er legte ihr den Arm um die Schultern.

»Mir fiel einfach kein einziger Ort ein, wo ich hinwollte«, flennte sie. »Es kam mir alles so sinnlos vor.« Sie stieß sich den

Hut vom Kopf und lockerte sich das Haar. »So völlig ohne Sinn und Verstand überhaupt. Keine Höhepunkte, keine Tiefpunkte, bloß eine Unmasse schales Gefühl.«

Hank nickte und sah zu, wie sie sich die Augen wischte und krampfhaft ein steifes, ein wenig verwirrtes Lächeln auf ihr Gesicht brachte.

»Hemingway hätte gewußt, wohin«, sagte sie.

»Sicher. Er hätte nach Afrika gehen können und einen Löwen schießen.«

»Oder nach Pamplona, um einen Stier zu schießen.«

»Oder nach Venedig, um einen Bock zu schießen«, sagte Hank, und sie grinsten beide. Er griff sich zwei von den Koffern und ging die Stufen hinauf.

»Wo ist Phoebus?« rief sie hinter ihm her.

»An meinem Arbeitstisch«, sagte Hank. »Er schreibt eine Story. Bloß was ganz Kurzes – damit wir die Miete bezahlen können.«

Sie lief die Stufen hinauf und zog seinen Arm von der Tür weg. Er setzte mit einem Seufzer die Koffer ab und wandte sich ihr zu. Er wollte nett zu ihr sein, aber er wußte, daß nichts, was sie in der Vergangenheit gesagt hatten oder jetzt und in Zukunft noch sagen würden, irgendeine Bedeutung mehr hatte in Wirklichkeit. Es war alles nur noch Echo.

»Hank«, sagte sie verzweifelt. »Ich fühle mich gräßlich. Was soll nun mit uns werden?«

»Nicht viel«, sagte Hank. »Warum sollte es auch? Wir können uns noch sechs Monate halten.«

»Ich meine nicht das Geld. Dein Roman – mein Stück. Was soll *damit* werden, Hank?«

Irgend etwas drehte sich ihm im Magen um, denn er kannte die Antwort, und Marion kannte die Antwort auch, und es hatte absolut keinen Sinn mehr, noch so zu tun, als wäre das ein ungelöstes Problem. Das Problem war nie, wie man etwas bekam, von dem man wußte, daß man es nicht bekommen konnte. Es bestand darin, sich nicht länger mehr so aufzuführen, als warte es nur hinter der Ecke, daß man es fand, als habe es sich hinter einem Busch oder unter einem Haufen welker Blätter versteckt, sei aber da, tatsächlich, wirklich. Es war nicht da, und es würde nie da sein. Warum also tat man weiter so, als wäre es anders?

»Mein Roman stinkt«, sagte er ruhig. »Und dein Stück auch.«

Sie schlug ihm mit aller Kraft ins Gesicht und lief ins Haus. Sie kam fast zu Fall, als sie die Treppe hinaufhetzte. Wenn er aufmerksam horchte, würde er jetzt gleich ihr Schluchzen hören. Er hatte keine Lust dazu, und so ging er die Stufen wieder hinab und zur Garage hinüber und zog die Korbflasche unter dem Säckestapel hervor. Er tat einen langen, tiefen Zug, senkte die Flasche vorsichtig, verkorkte sie und schob sie wieder unter die Säcke.

Er schloß die Garagentür und schob den hölzernen Riegel vor. Es war jetzt ganz dämmrig geworden, und unter den Bäumen lagen tiefe, schwarze Schatten.

»Ich wünschte, ich hätte einen Hund«, sagte er in die Nacht. »Warum wünsche ich mir das eigentlich immerzu? Wahrscheinlich brauche ich jemand, der mich bewundert.«

Drinnen im Haus lauschte er, aber er konnte kein Schluchzen hören. Er ging die Treppe halb hinauf und sah das Licht angehen, und so wußte er, daß wieder alles mit ihr stimmte. Als er in der Tür des Zimmers erschien, war sie gerade dabei, ihr Handköfferchen auszupacken. Sie pfiff sehr leise zwischen den Zähnen.

»Du hast wieder einen Schluck getrunken, oder?« sagte sie, ohne aufzublicken.

»Bloß einen. Ich mußte einen Trinkspruch ausbringen. Aufs Wohl eines gebrochenen Herzens!«

Sie streckte sich scharf in die Höhe und starrte ihn an unter dem aufgeplusterten dunklen Haar. »Das ist ja reizend«, sagte sie kalt. »Deines Herzens – oder meines?«

»Weder noch«, sagte Hank. »Es war nur ein Titel, der mir zufällig einfiel.«

»Ein Titel für was – eine Story?«

»Für den Roman, den ich nicht schreiben werde«, sagte Hank.

»Du bist betrunken«, sagte Marion.

»Ich habe nichts zum Lunch gehabt.«

»Tut mir leid, daß ich dich geschlagen habe, Hank.«

»Ist schon gut«, sagte Hank. »Ich hätt's selber getan, wenn ich drauf gekommen wäre.«

Er drehte sich auf dem Absatz um und ging die Treppe hinunter, behutsam, Schritt für Schritt, ohne das Geländer zu berühren, dann durch die Halle und zur Tür hinaus, die er leise hinter sich zufallen ließ, dann die Stufen hinunter, eine nach der andern, vorsichtig, festen Schritts, und dann um die Hausecke, und seine Schuhe knirschten im Kies, auf seiner endlosen, vorherbestimmten Reise zurück zu der Korbflasche unter dem Säckestapel.

(Deutsch von Hans Wollschläger)

Dorothy Parker

Groß und blond

I

Hazel Morse war eine üppige Frau von jenem hellen Typus, der die meisten Männer, wenn sie das Wort »Blondine« aussprechen, veranlaßt, genießerisch mit der Zunge zu schnalzen und kennerisch den Kopf zu wiegen. Sie war stolz auf ihre kleinen Füße und litt für ihre Eitelkeit, indem sie sie in zu enge Sandalen mit hohen Absätzen und zu kurzen Kappen zwängte. Das Sonderbarste an ihr waren ihre Hände, die in einem merkwürdigen Kontrast zu den fleischigen, weißen, mit blaßbraunen Flecken gesprenkelten Armen standen. Lange, nervöse Hände mit schmalen, gewölbten Nägeln. Schade, daß sie sie mit wertlosem Schmuck verunzierte.

Sie war keine Frau, die für Erinnerungen viel übrig hatte. In der Mitte der Dreißiger erschien ihr die Vergangenheit als eine verschwommene Folge von Tagen, als ein unvollständiger Film, der vom Leben einer Unbekannten handelte.

Als sie zwanzig war, hatte sie nach dem Tode einer, wie es schien, verwitweten Mutter eine Anstellung als Mannequin in einem Konfektionshaus angenommen; damals war noch die Zeit der molligen Frauen, und sie hatte hübsche Farben, eine gute Haltung und einen schönen Busen. Ihre Arbeit war nicht schwierig. Sie lernte eine Menge Männer kennen, verbrachte viele Abende mit ihnen, lachte zu ihren Witzen und sagte ihnen, daß ihre Krawatten ihr gefielen. Die Männer mochten sie gern, und für sie stand fest, daß die Sympathie der Männer eine außerordentlich erstrebenswerte Sache sei und aller Anstrengungen wert, die man machen mußte, um bei ihnen beliebt zu sein. Sie hatten, einen gern, weil man lustig war, und wenn sie einen gern hatten, führten sie einen aus, und man hatte es gut. So war sie eben lustig, und das mit Erfolg. Sie war ein guter Kamerad, und die Männer haben gute Kameraden gern.

Nie kam ihr in den Sinn, daß es eine andere Form der Zerstreuung, einfacherer oder komplizierterer Art, geben könnte. Nie dachte sie darüber nach, ob sie sich nicht lieber mit etwas anderem beschäftigen sollte. Ihre Ansichten, oder besser das, was sie als solche ansah, entsprachen genau denen der anderen Blondinen, die ihre Freundinnen waren.

Als sie einige Jahre in dem Konfektionshaus gearbeitet hatte, lernte sie Herbie Morse kennen. Er war schlank, flink, hübsch, mit einem schlauen Ausdruck in seinen hellbraunen Augen und hatte die Gewohnheit, die Fingernagelhäutchen abzubeißen, wenn er zornig war. Er trank viel, was sie unterhaltend fand. Gewöhnlich war ihre Begrüßung eine Anspielung auf seinen Zustand vom Abend vorher.

»Oh, was hast du für einen sitzen gehabt«, sagte sie meistens mit ihrem leichten Lachen, »ich bin fast umgefallen, als du den Kellner immer wieder aufgefordert hast, mit dir zu tanzen.«

Er gefiel ihr gleich, als sie ihn kennenlernte. Sein schnelles, verhaspeltes Sprechen und seine Gewohnheit, Sätze aus Operetten und komischen Couplets in die Konversation einzuflechten, amüsierte sie sehr. Es überrieselte sie bei der Berührung seines sehnigen Armes, wenn er sie unterhalb ihres Ärmels fest anpackte; sie hatte den Wunsch, über sein glattes, glänzendes Haar zu streichen. Er war ebenso rasch von ihr eingenommen, und sechs Wochen, nachdem sie sich kennengelernt hatten, waren sie verheiratet.

Der Gedanke, junge Frau zu sein, entzückte sie; sie kokettierte und spielte mit ihm. Man hatte ihr zwar schon viele Anträge gemacht, doch kamen sie alle von untersetzten, ernsten Männern, die das Konfektionshaus als Käufer besucht hatten. Männer aus Des Moines und Houston und Chicago und – wie sie sich ausdrückte – von noch komischeren Orten. Ihr schien es immer rasend komisch zu sein, anderswo als in New York zu leben. Sie konnte es nicht als seriösen Antrag auffassen, wenn man ihr einen westlichen Wohnsitz vorschlug.

Sie hatte immer gerne heiraten wollen. Nun näherte sie sich den Dreißig, und die Jahre schlugen ihr nicht gut an. Sie ging etwas auseinander, und das Nachdunkeln ihres Haares verführte sie zu ungeschickten Versuchen mit Wasserstoffsuperoxyd. Zeitweise wurde sie von plötzlicher Angst gepackt um ihren Posten. Und außerdem hatte sie gut zweitausend Abende hinter sich, an denen sie für ihre männlichen Bekannten den lustigen Kameraden gespielt hatte. Allmählich tat sie es mehr aus Pflichtgefühl als aus Vergnügen.

Herbie verdiente genug, und sie nahmen eine kleine Wohnung hoch oben in der Stadt. Sie hatten ein Speisezimmer mit Kombibüfett und einen kugelförmigen Beleuchtungskörper aus braunem Glas über dem runden Eßtisch. Im Wohnzimmer gab es ein mit Damast bezogenes Placement, ein Farnbukett aus Boston und eine Reproduktion von Henners ›Magdalena‹ mit rotem Haar und blauem Faltenwurf. Das Schlafzimmer war in grau und altrosa Schleiflack. Auf Hazels Toilettetisch stand Herbies Fotografie und auf Herbies Schreibtisch das Bild von Hazel.

Sie kochte – und sie kochte gut – und kaufte ein und schwatzte mit den Ausläufern und der schwarzen Wäscherin.

Sie liebte ihre Wohnung, sie liebte ihr Leben, sie liebte Herbie. In den ersten Monaten ihrer Ehe gab sie ihm alle Leidenschaft, deren sie fähig war.

Sie war sich nicht bewußt gewesen, wie müde sie war. Es war ein Vergnügen, ein neues Spiel, ein Urlaub, nicht mehr der lustige Kumpan sein zu müssen. Wenn sie Kopfweh hatte oder Kreuzschmerzen, jammerte sie wie ein krankes Kind. Wenn sie Ruhe haben wollte, sprach sie nicht. Wenn ihr Tränen in die Augen kamen, ließ sie sie laufen.

Im ersten Jahre ihrer Ehe verfiel sie schnell in die Gewohnheit, zu weinen. Selbst in ihren Lustigen-Kumpan-Tagen war sie dafür bekannt gewesen, daß sie gelegentlich heftig und grundlos in Tränen ausbrach. Ihr Benehmen im Theater war ein ständiger Spaß für ihre Freunde. Sie konnte in einem Stück über alles weinen – über zarte Gewänder, unerwiderte oder erwiderte Liebe, Verführung, Keuschheit, treue Diener, Ehe oder die alte Dreieck-Kombination.

»Schaut euch die Hazel an«, sagten dann ihre Freunde, »die hat's wieder mal gepackt.«

Als sie verheiratet war, ließ sie sich gehen und weinte reichlich. Für sie, die so viel gelacht hatte, war Weinen köstlich. Alle Kümmernisse wurden zu den ihren. Sie war die Rührung selbst. Sie weinte oft und sanft über Zeitungsberichte von entführten Babys, verlassenen Frauen, arbeitslosen Männern, verlaufenen Katzen, heldenhaften Hunden. Selbst wenn die Zeitung nicht mehr vor ihr lag, kreisten ihre Gedanken um diese Dinge, und rhythmisch flossen die Tränen über ihre vollen Backen.

»Du lieber Gott, mit was für traurigen Dingen doch die Welt voll ist ...« pflegte sie zu Herbie zu sagen.

»Ja, ja«, murmelte Herbie zerstreut.

Sie vermißte niemand. Alles, was früher gewesen war, die

Leute, die sie und Herbie zusammengebracht hatten, verschwanden aus ihrem Leben. Wenn sie überhaupt darüber nachdachte, dann fand sie es nur richtig. Das war die Ehe. Das war Frieden.

Nur daß es Herbie keinen Spaß machte.

Eine Zeitlang genoß er es, mit ihr allein zu sein. Er fand die freiwillige Abgeschlossenheit neu und reizvoll. Dann – mit grausamer Plötzlichkeit – wirkte es nicht mehr. Es war, als ob er eines Nachts, als er mit ihr im behaglich geheizten Wohnzimmer saß, nichts mehr zu fragen hätte. Am nächsten Abend war er mit der ganzen Angelegenheit fertig.

Ihre nebelhaften Melancholien begannen ihn zu langweilen. Anfangs, wenn er sie beim Heimkommen leicht ermüdet und etwas launisch vorfand, küßte er sie in den Nacken, streichelte ihre Schulter und bat sie, sie solle doch ihrem Herbie sagen, was ihr fehle. Sie liebte das. Doch mit der Zeit entdeckte er, daß sie niemals eine wirkliche, ernsthafte Ursache hatte.

»Du meine Güte«, sagte er dann, »wird schon wieder geraunzt. Schön, bleib zu Haus und raunz dich aus. Ich gehe aus.«

Und dann ging er, schlug die Tür hinter sich zu und kam spät und sehr betrunken nach Hause.

Sie war völlig verwirrt über das, was aus ihrer Ehe geworden war. Erst waren sie ein Liebespaar gewesen; dann wurden sie, wie es schien, ohne jeden Übergang Feinde. Sie hatte es nie begriffen.

Die Zeit zwischen dem Verlassen des Bureaus und seiner Ankunft in der Wohnung wurde täglich länger. Sie litt Todesqualen bei der Vorstellung, er könnte überfahren worden sein und läge blutüberströmt oder tot, mit einem Tuch bedeckt, auf der Straße. Dann hörte sie auf, um sein Leben zu zittern und wurde traurig und mürrisch. Wenn jemand

Gesellschaft wünschte, war er sofort zur Stelle. Verzweifelt wünschte sie, daß er wünschen möge, mit ihr zu sein; sie selbst zählte die Stunden bis zu seinem Kommen. Häufig kam er jetzt erst um neun Uhr zum Abendessen. Immer hatte er schon einige Drinks gehabt, und wenn ihre Wirkung abgeklungen war, wurde er laut, unangenehm und streitsüchtig.

Er sagte, daß er zu nervös sei, um einen Abend lang herumzusitzen und nichts zu tun. Er rühmte sich – wahrscheinlich war es nicht ganz aufrichtig –, in seinem Leben noch kein Buch gelesen zu haben.

»Was willst du eigentlich von mir – soll ich den ganzen Abend hier stumpfsinnig herumhocken?« fragte er gereizt. Und weg war er.

Sie wußte nicht, was sie tun sollte. Sie wurde einfach nicht fertig mit ihm. Sie war ihm nicht gewachsen.

Eine Art Kampf entbrannte. Ein erschreckender Hang zur Häuslichkeit war über sie gekommen, und sie verteidigte ihn mit Nägeln und Zähnen. Sie wollte etwas haben, was sie ein »nettes Heim« nannte. Sie wollte einen nüchternen, zärtlichen Gatten, pünktlich bei der Arbeit und pünktlich beim Essen. Sie wollte schöne, behagliche Abende. Der Gedanke an Beziehungen zu anderen Männern war ihr schrecklich, und die Vorstellung, daß Herbie bei anderen Frauen seine Unterhaltung suchen könnte, machte sie verrückt.

Es schien ihr, als ob fast alles, was sie las – Romane aus der Leihbibliothek, Geschichten in Magazinen und Frauenseiten der Zeitungen –, von Frauen handelte, die die Liebe ihrer Männer verloren hatten. Trotzdem las sie lieber solche Geschichten als Erzählungen von sauberen, kameradschaftlichen Ehen und glücklichem Zusammenleben bis zum Tod.

Sie war völlig erschreckt. Einige Male fand Herbie sie bei seiner Heimkehr am Abend zum Ausgehen angezogen – sie hatte ihre älteren Kleider weiter machen müssen – und hergerichtet.

»Wollen wir bummeln gehen heute, was meinst du?« begrüßte sie ihn dann. »Man hat genug Zeit, faul herumzukugeln und nichts zu tun, wenn man tot ist.«

So gingen sie denn aus, in kleine Restaurants und billige Kabaretts. Aber es kam nicht viel dabei heraus. Es machte ihr keinen Spaß mehr, Herbie beim Trinken zuzusehen. Sie konnte über seine Witze nicht lachen, weil sie nervös seine Drinks zählte. Und sie konnte die Vorwürfe nicht zurückhalten. »Komm, Herbie, jetzt ist es genug. Du wirst dich morgen wieder gräßlich fühlen.«

Sofort wurde er zornig. Gut, gut, nörgle nur. Nörgeln, nörgeln, nörgeln, das war alles was sie konnte. Was für ein schäbiger Kumpan sie war! Dann gab es Szenen und sie oder er standen auf und gingen wütend fort.

Sie konnte sich nicht genau des Tages erinnern, an dem sie selbst zu trinken angefangen hatte. Ihre Tage unterschieden sich durch nichts. Wie Regentropfen auf einer Fensterscheibe rannen sie zusammen und davon. Sie war sechs Monate verheiratet, dann ein Jahr, dann drei Jahre.

Früher hatte sie nie daran gedacht zu trinken. Sie konnte fast eine ganze Nacht an einem Tisch sitzen, an dem die anderen tranken, und nie ließ ihr Aussehen oder ihre Laune nach, noch langweilte sie das Treiben der Leute rings um sie. Daß sie selbst einmal einen Cocktail nahm, war so ungewöhnlich, daß es zwanzig Minuten lang Anlaß zu scherzhaften Kommentaren gab. Jetzt aber fraß die Angst an ihr. Oft blieb Herbie nun nach einem Streit die Nacht über fort, und sie konnte nicht erfahren, wo er die Zeit zugebracht hatte. Ihr Herz war wund und müde, und ihre Gedanken kreisten wie ein Ventilator.

Schnaps konnte sie nicht leiden. Von Gin, gleichgültig ob er rein war oder gemischt, wurde ihr übel. Nach einigen Versuchen fand sie, daß Whisky für sie das Beste war. Sie nahm ihn ohne Wasser, weil so die Wirkung am schnellsten kam.

Herbie zwang sie dazu. Er war froh, wenn sie trank. Sie glaubten beide, es würde ihre gute Laune wieder herstellen und ihnen die schöne Zeit ihrer ersten Gemeinsamkeit zurückbringen.

»Prachtsmädel«, lobte er sie dann. »Paß auf, du wirst noch eine ganz tüchtige Säuferin, Baby.«

Doch brachte es sie einander keineswegs näher. Wenn sie mit ihm trank, gab es zwar erst ein paar Augenblicke voller Heiterkeit, aber dann waren sie sofort – und sonderbarerweise ohne rechten Übergang – mitten in einem wüsten Streit. Morgens erwachten sie, nicht ganz klar über das, was vorgefallen oder gesagt worden war, tief verletzt und verbittert. Dann folgten Tage gehässigen Schweigens.

Es hatte Zeiten gegeben, da sie ihre Streitigkeiten beilegten, gewöhnlich im Bett. Da siegten Küsse und Kosenamen und Versicherungen, daß nun alles anders würde. »O Herbie, es wird alles wieder gut. Wir werden es wunderbar haben. Ich war unausstehlich. Wahrscheinlich war ich müde. Es wird alles wunderbar werden. Du wirst sehen.«

Aber jetzt gab es keine liebevollen Versöhnungen mehr. Ihre freundlichen Beziehungen, nur durch die Anfangswirkung des Alkohols herbeigeführt, waren von kurzer Dauer und stürzten sie in neue Schlachten. Die Szenen wurden heftiger. Es fielen laute Schimpfworte und manchmal heftige Schläge. Einmal hatte sie ein blaues Auge. Am nächsten Tag war Herbie entsetzt. Er ging nicht ins Bureau, wich nicht von seiner Frau, schleppte Heilmittel herbei und fühlte sich als reuiger Sünder. Doch nach einigen Drinks – »um sich zusammenzurütteln« – machte sie so viele boshafte Anspielungen, daß er sie anschrie, davonstürzte und zwei Tage fortblieb.

Jedes Mal, wenn er wütend wegstürzte, drohte er, nicht wiederzukommen. Sie glaubte ihm nicht. Sie dachte nie an Trennung. Irgendwo in ihrem Kopf oder in ihrem Herzen war die träge, nebelhafte Hoffnung, daß sich die Dinge ändern und sie und Herbie plötzlich in einem ruhigen Eheleben landen würden. Hier war ihr Heim, hier waren ihre Möbel, ihr Mann, ihr Platz. Eine andere Lösung hielt sie für ausgeschlossen.

Sie kramte und tändelte nicht mehr in der Wohnung herum. Sie hatte keine Tränen des Mitleids mehr; die heißen Tropfen, die sie vergoß, galten nun ihr selbst. Ohne Unterlaß ging sie durch die Zimmer, und ihre Gedanken kreisten mechanisch um Herbie. In diesen Tagen begann ihre Abneigung gegen das Alleinsein, die sie nie mehr überwinden lernte. Man konnte allein sein, wenn alles in Ordnung war, doch wenn es einem schlechtging, bekam man das heulende Elend.

Sie begann, allein zu trinken. Kleine Drinks zu allen Tageszeiten. Nur in Herbies Gesellschaft machte der Alkohol sie nervös und ausfallend. Wenn sie allein trank, glättete er alle Kanten. Sie lebte in einem ständigen Alkoholnebel. Ihr Leben bekam etwas Traumhaftes. Nichts mehr war erstaunlich.

In die gegenüberliegende Wohnung war eine Mrs. Martin eingezogen. Eine große blonde Frau von vierzig, die aussah, wie Mrs. Morse einmal aussehen würde. Sie lernten einander kennen und waren bald unzertrennlich. Mrs. Morse verbrachte ihre Tage in Mrs. Martins Wohnung. Tagsüber tranken sie miteinander, um sich von den Drinks der vorhergehenden Abende zu erholen.

Nie vertraute sie Mrs. Martin ihren Kummer wegen Herbie an. Das Ganze war für sie viel zu verwirrend, als daß sie in einem Gespräch Trost gefunden hätte. Sie ließ durchblicken, daß die Geschäfte ihres Mannes ihn viel fernhielten. Der Sache wurde keine große Beachtung geschenkt. Ehemänner als solche spielten im Kreis von Mrs. Martin nur eine schattenhafte Rolle.

Mrs. Martin hatte keinen sichtbaren Gatten; es blieb einem zur eigenen Entscheidung überlassen, ob er tot war oder nicht. Sie hatte einen Verehrer, Joe, der sie fast jeden Abend besuchte. Oft brachte er verschiedene Freunde mit, die man »die Boys« nannte. Die Boys waren große, rote, lustige Männer, vielleicht fünfundvierzig, vielleicht fünfzig Jahre alt. Mrs. Morse war froh, wenn man sie zu den Parties einlud – Herbie war nun abends kaum je mehr zu Hause. Wenn er zu Hause war, besuchte sie Mrs. Martin nicht. Zwar bedeutete ein Abend mit Herbie allein unvermeidlich Streit. Trotzdem blieb sie mit ihm. Immer war der dumme, unausgesprochene Gedanke da, daß ab heute abend die Dinge vielleicht doch wieder in Ordnung kommen könnten.

Die Boys brachten immer eine Menge Schnaps mit. Wenn sie mit ihnen trank, wurde Mrs. Morse munter, gutartig und sogar kühn. Schnell war sie in Mrs. Martins Kreis beliebt. Wenn sie so viel getrunken hatte, daß ihre jüngste Schlacht mit Herbie in einem Nebel versank, wurde sie durch die allgemeine Anerkennung fröhlich. *Sie* sollte eine Nörglerin sein? Eine schlechte Kameradin? Na, da gab's einige, die anders dachten!

Ed war einer der Boys. Er lebte in Utica – hatte sein »eigenes Geschäft« dort, wie der respektvolle Bericht lautete –, doch kam er fast jede Woche nach New York. Er war verheiratet. Er zeigte Mrs. Morse die Fotografien seiner Kinder, und sie lobte sie überschwenglich und aufrichtig. Bald stand es bei den andern fest, daß Ed ihr besonderer Freund sei.

Er hielt ihre Sätze, wenn sie Poker spielten, saß neben ihr und rieb gelegentlich während des Spiels sein Knie an ihrem. Sie spielte meist mit Glück. Oft ging sie mit einem Zwanzig- oder Zehn-Dollar-Schein oder einer Handvoll zerknitterter Dollar heim und freute sich darüber. Herbie wurde, wie sie sich ausdrückte, in Geldsachen ziemlich schäbig. Es gab sofort Krach, wenn sie ihn um Geld bat.

»Was zum Teufel machst du mit der Pinke?« knurrte er. »Schmeißt wohl alles für Whisky hinaus?«

»Mit was, glaubst du eigentlich, daß ich diesen Haushalt halbwegs anständig führe?« antwortete sie gewöhnlich. »Soll wohl von der Luft leben, was? Natürlich, seine Lordschaft darf mit so was nicht belästigt werden.«

Wiederum konnte sie den Tag nicht genau bestimmen, an dem Eds Ansprüche legitim zu werden begannen. Es war zu einer Gewohnheit geworden, daß er sie beim Kommen und Gehn auf den Mund küßte und sie auch den ganzen Abend über mit kleinen, flüchtigen Küssen des Wohlgefallens bedachte. Es war ihr nicht unangenehm. Aber sie dachte nie an seine Küsse, wenn sie nicht mit ihm war.

Manchmal ließ er seine Hand zärtlich über ihre Schultern und den Nacken gleiten. »Süße, blonde Puppe«, sagte er, »süßes Püppchen«.

Eines Nachmittags kam sie von Mrs. Martin heim und fand Herbie im Schlafzimmer. Er war einige Tage fortgewesen – offensichtlich an einer ausgedehnten Sauferei. Sein Gesicht war grau, und seine Hände bewegten sich ruckweise, als hingen sie an Drähten. Auf dem Bett lagen zwei alte vollgepackte Handtaschen, und die weit offenen Türen seines

Schrankes zeigten nichts als Kleiderhaken. Nur ihre Fotografie stand noch auf seinem Schreibtisch.

»Ich hau ab«, sagte er. »Habe genug von der Arbeit hier. Hab einen Posten in Detroit bekommen«.

»Einen guten Posten?« fragte sie.

»Tja«, sagte er. »Scheint in Ordnung.« Er schloß die Tasche und fluchte leise vor sich hin.

»In der Bank ist etwas Pinke«, sagte er. »Das Checkbuch ist dort in der obersten Lade. Du kannst die Möbel und das Zeugs da haben.«

Er sah sie an und runzelte die Stirn.

»Verdammt nochmal, ich hab's satt, verstehst du«, schrie er. »Ich hab's satt.«

»Gut, gut. Brüll nicht so. Ich bin nicht taub.«

Sie sah ihn an, als ob er am einen Ende einer Röhre sei und sie am andern. Ihr Kopf begann schmerzhaft zu klopfen und ihre Stimme hatte einen traurigen, müden Klang. Sie hätte sie nicht erheben können.

»Einen Drink, bevor du gehst?« fragte sie.

Wieder sah er sie an, und um seinen Mund zuckte es. »Froh über jeden Anlaß, was? So ist's recht. Also, hol schon zwei Gläser.«

Sie ging zur Anrichte, mischte ihm einen steifen Cocktail, goß sich selbst ein halbes Glas Whisky ein und trank es in einem Zug aus. Dann schenkte sie sich nochmals ein und brachte die Gläser ins Schlafzimmer. Er hatte beide Taschen zugeschnürt und war schon in Hut und Mantel.

Er nahm seinen Koffer.

»Na«, sagte er und lachte kurz und etwas unsicher auf, »Hals- und Beinbruch.«

Sie tranken. Er setzte sein Glas nieder und nahm die schweren Taschen auf.

»Mein Zug geht gegen sechs.«

Sie folgte ihm in die Halle. Ein Lied, das Mrs. Martin ständig auf ihrem Grammophon spielte, dröhnte in ihrem Kopf. Sie hatte es nicht gemocht.

Haben bei Tag und Nacht
Immerzu nur gelacht.
Ist nicht das Leben ein herrlicher Spaß?

An der Tür setzte er die Taschen ab und wandte sich ihr zu.

»Also paß auf dich auf. Und mach's gut. Ja?«

»Bestimmt«, sagte sie.

Er öffnete die Tür, dann kehrte er zu ihr zurück und hielt ihr die Hand hin.

»Adieu, Hazel. Alles Gute.«

Sie nahm seine Hand und schüttelte sie.

»Entschuldige meinen nassen Handschuh«, sagte sie.

Als die Tür sich hinter ihm geschlossen hatte, ging sie zur Anrichte zurück.

Sie war lebhaft und angeregt, als sie an diesem Abend zu Mrs. Martin hinüberging. Die Boys waren da und Ed unter ihnen. Er war froh, in der Stadt zu sein, und laut und munter und voller Späße. Aber einen Augenblick lang sprach sie sehr ruhig mit ihm.

»Herbie ist heute abgedampft. Will im Westen leben.«

»So?« Er sah sie an und spielte mit der Füllfeder in seiner Westentasche.

»Glaubst du, daß er für immer weg ist?« fragte er.

»Ja. Oh ja.«

»Wirst du drüben bleiben in der Wohnung?« fragte er weiter. »Weißt du schon, was du tun wirst?«

»Weiß noch gar nichts. Ist mir auch verdammt egal.«

»Ach komm, so redet man nicht«, sagte er, »was du brauchst – was du dringend brauchst, ist ein kleiner Aufmunterer, was meinst du?«

»Gut. Aber einen festen.«

Sie gewann dreiundvierzig Dollar im Poker. Als das Spiel zu Ende war, brachte Ed sie in ihre Wohnung hinüber.

»Kann ich einen kleinen Kuß haben?« fragte er.

Er nahm sie in die Arme und küßte sie heftig. Sie war völlig passiv. Er hielt sie von sich weg und sah sie an.

»Ein bißchen blau, Kleines?« fragte er besorgt. »Es wird dir doch nicht schlecht werden?«

»Mir? Keine Rede. Mir geht's famos.«

11

Als Ed am nächsten Morgen fortging, nahm er ihre Fotografie mit, er sagte, er wolle ihr Bild haben, um es in Utica ansehen zu können. »Du kannst das vom Schreibtisch nehmen«, sagte sie.

Sie legte Herbies Bild in eine Lade, um es aus den Augen zu haben. Sie meinte, es zerreißen zu müssen, wenn sie es ständig vor sich hätte. Mit großer Mühe gelang es ihr, nicht ununterbrochen an Herbie zu denken. Der Whisky half ihr dabei. In ihrem Alkoholnebel war sie zeitweise fast glücklich.

Ihre Beziehung zu Ed nahm sie kritiklos und ohne Begeisterung hin. Wenn er fort war, dachte sie fast nie an ihn. Er war gut zu ihr, beschenkte sie häufig und gab ihr eine regelmäßige Rente. Sie konnte sogar etwas ersparen. Zwar lebte sie planlos in den Tag hinein, doch war sie ziemlich bedürfnislos. Man konnte das Geld ebensogut in eine Bank tun, als es in der Wohnung herumliegen lassen.

Als der Mietsvertrag ihrer Wohnung abgelaufen war, riet Ed zum Umzug. Seine Freundschaft mit Mrs. Martin und Joe hatte durch eine Meinungsverschiedenheit beim Poker etwas gelitten, und es sah aus, als ob es jeden Augenblick zum Streit kommen würde.

»Zum Teufel, schauen wir, daß wir hier herauskommen«, sagte Ed. »Mach's mir bequemer. Nimm doch eine Wohnung beim Grand Central.«

So nahm sie also eine kleine Wohnung zwischen der Vierzigsten und Fünfzigsten Straße. Eine farbige Bedienerin kam jeden Tag zum Aufräumen und Frühstückkochen – sie hatte genug von dem öden Haushaltsquatsch, erklärte sie, und Ed, der zwanzig Jahre mit einer leidenschaftlich häuslichen Frau verheiratet war, bewunderte diese romantische Drohnenexistenz und fühlte sich doppelt als Mann von Welt, indem er ihr dazu verhalf.

Der Frühstückskaffee war alles, was sie bis zum Abendessen, zu dem sie regelmäßig ausging, zu sich nahm, doch der Alkohol ließ sie rundlich bleiben. Für sie war die Prohibition nichts anderes als ein Ausgangspunkt für zahllose Witze. Immer bekam man alles, was man haben wollte. Nie war sie merklich betrunken und selten ganz nüchtern. Sie brauchte eine größere Tagesration, um sich in ihrem Nebelzustand zu erhalten. Eine etwas kleinere – und sie wurde tief melancholisch.

Ed brachte sie zu Jimmy. Mit dem Stolz des Durchreisenden, der für einen Einheimischen gehalten werden möchte, rühmte er sich mit seiner Kenntnis kleiner, neuer Restaurants, die in den Souterrains schäbiger Backsteinhäuser untergebracht waren. Orte, in denen man nach Nennung des Namens eines Stammgastes ziemlich sonderbaren Whisky und frischen Gin in vielen Abarten bekommen konnte. Jimmys Bude war sein Lieblingslokal.

Hier lernte Mrs. Morse durch Ed viele Männer und Frauen kennen und schloß zahlreiche Freundschaften. Die Männer führten sie aus, wenn Ed in Utica war. Er war stolz auf ihre Beliebtheit.

Von jetzt ab ging sie immer zu Jimmy, wenn sie keine andere Verabredung hatte. Dort war sie sicher, jederzeit Bekannte zu treffen, denen sie sich anschließen konnte. Jimmys Bude war für sie und ihre Freunde ein Klub geworden.

Die Frauen bei Jimmy sahen einander auffallend ähnlich, und dies war um so merkwürdiger, als der Personenbestand der Gruppe durch Fehden, Wegzug und Gelegenheiten zu einträglicheren Verbindungen ständig wechselte. Doch immer sahen die Neuankommenden fast genau so aus wie die, die sie ersetzten. Alle waren sie große, volle Frauen, breitschultrig und üppig, mit fleischigen Wangen und lebhaften Farben. Sie lachten viel und laut und zeigten dabei untadelige Zähne, die wie Porzellan glänzten. Man hatte das Gefühl, daß Kraft und Gesundheit von ihnen ausging, doch auch die leicht ungesunde Empfindung von zu beharrlicher Konservierung. Sie konnten sechsunddreißig oder fünfundvierzig oder irgend etwas dazwischen sein.

Sie setzten ihre Namen aus ihren eigenen Vornamen und den Familiennamen ihrer Gatten zusammen – Mrs. Florence Miller, Mrs. Vera Riley, Mrs. Lilian Block. Das verlieh ihnen gleichzeitig die Solidität der Ehe und den Glanz der Freiheit. Doch waren nur eine oder zwei von ihnen tatsächlich geschieden. Die meisten erwähnten ihre ihnen irgendwie abhanden gekommenen Ehemänner nie; einige, die erst seit kurzem getrennt waren, beschrieben die eben in Verlust geratenen Gatten in biologisch äußerst interessanten Ausdrükken. Einige waren Mütter, aber jede nur von einem Kind – einem Knaben, der irgendwo in einer Schule war, oder einem Mädchen, für das eine Großmutter sorgte. Häufig, meist gegen Morgen, wurden Fotos herumgezeigt und Tränen vergossen.

Es waren bequeme Frauen, warmherzig und aufrichtig und von einer nicht zu unterdrückenden Matronenhaftigkeit. Sie besaßen die Gnade der Leichtlebigkeit. Fatalistisch geworden, machten sie sich keine Sorgen, am wenigsten in Geldsachen. Wann immer ihre Mittel bedrohlich zu schrumpfen begannen, erschien ein neuer Gönner auf dem Plan; so war es immer gewesen. Das Ziel einer jeden war, einen festen Freund zu haben – einen ständigen Freund, der ihre Rechnungen bezahlte; für einen solchen hätten sie sofort sämtliche andern Verehrer aufgegeben und ihn vermutlich ehrlich liebgewonnen; denn bereits weit entfernt davon, anspruchsvoll zu sein, waren sie ruhig geworden und leicht zu befriedigen. Doch dieses Ziel erwies sich mit jedem Jahr schwieriger. Mrs. Morse galt allgemein als Glückspilz.

Ed hatte ein gutes Jahr, erhöhte ihre Rente und schenkte ihr einen Sealskinmantel. Doch mußte sie sich ihrer Stimmungen wegen bei ihm in acht nehmen. Er bestand eisern auf Heiterkeit. Trauer- und Schmerzensergüssen hörte er nicht zu.

»He, du«, sagte er dann, »ich hab meine eigenen Sorgen, und nicht zu knapp. Niemand interessiert sich für die Sorgen anderer Leute, Süße. Du mußt ein guter Spielkamerad sein und sie vergessen. Verstanden? Mach sofort ein munteres Gesicht. So ist's recht! So gefällt mir mein Mädel!«

Er interessierte sie nicht genug, um mit ihm zu streiten, wie sie es mit Herbie getan hatte, doch legte sie Wert auf das

Privilegium, gelegentlich Kummer bei ihm abladen zu dürfen. Es war sonderbar: die andern Frauen ihres Kreises mußten ihre schlechte Laune nicht unterdrücken. Da war zum Beispiel Mrs. Florence Miller, die regelmäßig Weinkrämpfe bekam und von den Männern aufgeheitert und getröstet wurde. Die andern verbrachten ganze Abende mit kummervollen Erzählungen über ihre Sorgen und Krankheiten, und ihre Begleiter zollten ihnen tiefes Mitleid, sie aber war sofort unerwünscht, wenn sie in schlechter Stimmung war. Als sie sich einmal bei Jimmy gar nicht mehr aufrappeln konnte, war Ed ärgerlich fortgegangen und hatte sie allein gelassen.

»Bleib zu Hause, zum Kuckuck, und verdirb uns nicht den Abend«, hatte er geknurrt.

Sogar die flüchtig Bekannten waren gereizt, wenn sie nicht lustig war.

»Was ist denn los mit dir?« fragten sie dann, »benimm dich doch nicht wie ein altes Weib. Trink etwas und reiß dich zusammen.«

Als ihr Verhältnis mit Ed fast drei Jahre gedauert hatte, zog er nach Florida. Er verließ sie sehr ungern, gab ihr einen großen Check und einige solide Aktien, und seine blassen Augen waren feucht, als er ihr Adieu sagte. Sie trauerte ihm nicht nach. Hie und da, vielleicht zwei- oder dreimal im Jahr, kam er nach New York und eilte vom Zug aus direkt zu ihr. Sie freute sich immer, wenn er kam, und war nie traurig, wenn er ging.

Charley, einem Bekannten von Ed, den sie bei Jimmy kennengelernt hatte, gefiel sie schon seit langem. Er hatte immer versucht, sie zu berühren oder sich an sie zu schmiegen, wenn er mit ihr sprach. Wiederholt fragte er alle ihre Freunde, ob sie je ein so hübsches Lachen gehört hätten wie ihres. Nachdem Ed gegangen war, wurde Charley die Hauptfigur ihres Lebens. Sie klassifizierte ihn und sprach von ihm als »nicht so übel«. Es folgte fast ein Jahr Charley; dann teilte sie ihre Zeit zwischen ihm und Sydney, einem andern von Jimmys Stammgästen. Dann entschwand Charley gänzlich.

Sydney war ein hellgekleideter, gewandter, kleiner Jude. Mit ihm kam sie vielleicht dem Zustand der Zufriedenheit am nächsten. Er amüsierte sie wirklich, und ihr Lachen war nie erzwungen.

Er bewunderte sie schrankenlos. Ihre Weichheit und Größe entzückten ihn. Oft sagte er ihr, er finde sie grandios, weil sie heiter und fröhlich blieb, selbst wenn sie betrunken war.

»Einmal hatte ich eine«, erzählte er, »die wollte sich immer aus dem Fenster stürzen, wenn sie einen sitzen hatte. Großer Gott«, fügte er gefühlvoll hinzu.

Dann heiratete Sydney ein reiches und eifersüchtiges Mädchen, und dann kam Billy. Nein – nach Sydney kam Fred, dann erst Billy. In ihrem Nebel erinnerte sie sich nie, wie die Männer in ihr Leben traten und es wieder verließen. Es gab keine Überraschungen. Ihr Kommen war keine Sensation und ihr Gehen kein Kummer. Ihre Gabe, Männer anzuziehen, blieb unverändert. Keiner war so reich wie Ed, aber innerhalb ihrer Mittel waren sie alle freigebig.

Einmal hörte sie von Herbie. Sie traf Mrs. Martin bei Jimmy, und die alte Freundschaft wurde stürmisch erneuert. Joe, der immer noch ihr Verehrer war, hatte Herbie auf einer Geschäftsreise getroffen. Er hatte sich in Chicago niedergelassen, sah prima aus und lebte mit irgendeiner Frau zusammen, in die er toll verliebt zu sein schien. An diesem Tag hatte Mrs. Morse stark getrunken. Sie hörte dem Bericht schwach-interessiert zu, so wie man sexuelle Details über einen Menschen anhört, an dessen Namen man sich nach einigem Nachdenken erinnert.

»Muß bald an die sieben Jahre her sein, seit ich ihn gesehen habe«, bemerkte sie. »Denkt nur, sieben Jahre.«

Ihre Tage verloren mehr und mehr an Individualität. Nie wußte sie das Datum, selten den Wochentag.

»Mein Gott, ist das schon wieder ein Jahr her!« pflegte sie auszurufen, wenn im Gespräch ein Ereignis erwähnt wurde.

Meistens war sie müde. Müde und elend. Fast alles machte sie heulen. Die alten Pferde, die sie auf der Sechsten Avenue gesehen hatte, wie sie sich stolpernd auf dem Fahrdamm plagten oder an einer Ecke standen und die Köpfe bis zu den müden Knien hängen ließen. Die immer lockersitzenden Tränen rollten ihr aus den Augen, wenn sie auf schmerzenden Füßen in ihren kurznasigen, champagnerfarbenen Sandalen vorübertrippelte.

Der Gedanke an den Tod kam und blieb und gewährte ihr eine Art von unklarem Trost. Tot zu sein mußte angenehm sein, angenehm, nett und geruhsam.

Es war kein bestimmter, entsetzensvoller Augenblick, als sie das erstemal daran dachte, sich das Leben zu nehmen. Es schien ihr, als ob sie sich schon immer mit Selbstmordgedanken getragen hätte. Sie stürzte sich auf die Selbstmordberichte in den Zeitungen. Es war, als herrschte eine Selbstmordepidemie – oder fand sie die vielen Berichte nur deshalb, weil sie emsig nach ihnen suchte...?

Es erweckte ein Gefühl von Selbstsicherheit, diese Berichte zu studieren; sie empfand eine warme Solidarität mit der großen Schar derjenigen, die freiwillig aus dem Leben schieden.

Sie schlief, durch Whisky unterstützt, bis tief in den Nachmittag hinein, dann blieb sie, eine Whiskyflasche und ein Glas in Reichweite, im Bett, bis es Zeit war, sich für das Abendessen anzuziehen. Sie begann, gegen den Alkohol ein leicht irritiertes Mißtrauen zu hegen, wie einem alten Freund gegenüber, der einem einen einfachen Dienst abschlägt. Zwar übte der Whisky immer noch seine beruhigende Wirkung aus, doch gab es plötzliche, unerklärliche Augenblicke, da die Wolken verräterisch von ihr wichen und sie von der Trauer, der Verwirrung und der Nutzlosigkeit alles Lebens gepackt wurde. Wollüstig spielte sie mit dem Gedanken eines Rückzugs auf immer. Religiöse Bedenken bekümmerten sie ebensowenig wie die Vision eines Lebens nach dem Tode. Am Tag träumte sie davon, nie mehr enge Schuhe anziehen, nie mehr lachen, zuhören und bewundern, nie mehr ein flotter Kamerad sein zu müssen. Nie mehr...

Aber wie sollte man es machen? Der Gedanke, sich von irgendwo herunterzustürzen, verursachte ihr Übelkeit. Einem Revolver fühlte sie sich nicht gewachsen. Wenn im Theater einer der Schauspieler einen Revolver zog, bohrte sie sich die Finger in die Ohren und konnte erst wieder auf die Bühne schauen, wenn der Schuß abgefeuert war. Gas gab es in ihrer Wohnung nicht. Lange blickte sie auf die hellblauen Adern an ihren Gelenken – ein Schnitt mit einer Rasierklinge, und alles wäre vorüber. Doch würde es weh tun, verdammt weh sogar, und man würde Blut sehen. Gift – etwas ohne Geschmack, rasch und schmerzlos wirkend – das war es. Doch man bekam es der Gesetze wegen wohl nicht in der Drogerie...

Von nun an hatte sie kaum mehr einen anderen Gedanken.

Es gab jetzt einen neuen Mann – Jeff. Er war klein, dick, anspruchsvoll und schwer zu ertragen, wenn er betrunken war. Doch vor ihm war sie eine Zeitlang von Hand zu Hand gegangen und daher jetzt froh über ein wenig Stabilität. Außerdem mußte Jeff ab und zu für einige Wochen verreisen, um Seide zu verkaufen, und das war ausruhend. Sie war überzeugend lustig mit ihm, obwohl es sie sehr anstrengte.

»Der beste Kamerad der Welt«, flüsterte er ihr ins Ohr. »Der beste Kamerad der Welt.«

Eines Abends, als sie wieder einmal bei Jimmy waren, ging sie mit Mrs. Florence Miller in die Garderobe. Während sie sich kunstvoll geschwungene Lippen in die Gesichter malten, tauschten sie ihre Erfahrungen über Schlaflosigkeit aus.

»Wenn ich nicht bis an den Rand mit Whisky angefüllt ins Bett gehe«, sagte Mrs. Morse, »kann ich überhaupt kein Auge zumachen. Ich liege da und wälze mich von einer Seite auf die andere. Schauderhaft! Schauderhaft, wenn man so daliegt und nicht schlafen kann.«

»Verlaß dich darauf, Hazel«, sagte Mrs. Miller, »verlaß dich darauf, daß ich ohne Veronal ein Jahr lang wach sein würde. Aber mit dem Zeug schlafe ich wie ein Murmeltier.«

»Ist das nicht Gift oder so was Ähnliches?« fragte Mrs. Morse.

»Ah, ja, wenn du zuviel nimmst, kann's leicht mit dir aus sein«, erklärte Mrs. Miller. »Ich nehme nur drei Tabletten, man kriegt es in Tabletten. Ich hätte Angst, Unsinn damit zu machen. Aber drei Tabletten, und du duselst wunderbar ein.«

»Bekommt man's überall?« Mrs. Morse kam sich ganz machiavellistisch vor.

»In Jersey kriegst du, soviel du willst«, sagte Mrs. Miller. »Hier gibt man's dir nicht ohne Rezept. Bist du fertig? Gehn wir zurück und schauen wir, was die Boys machen.«

An diesem Abend verließ Jeff Mrs. Morse an ihrer Wohnungstür; seine Mutter war in der Stadt. Mrs. Morse war noch nüchtern, und zufällig war kein Whisky im Schrank. Sie lag im Bett und schaute zur schwarzen Decke hinauf.

Für ihre Verhältnisse ungewohnt früh stand sie am nächsten Morgen auf und fuhr nach New Jersey. Sie hatte noch niemals die Untergrundbahn genommen und kannte sich mit ihr nicht recht aus. Daher ging sie zur Pennsylvania-Station und kaufte ein Eisenbahnbillet nach Newark. Sie dachte an nichts Besonderes bei diesem Ausflug. Sie blickte auf die langweiligen Hüte der Frauen ringsum und sah durch die schmierigen Fenster auf flache, sandige Gegend.

In Newark verlangte sie im ersten Drugstore, den sie betrat, eine Büchse Talkum-Puder, eine Nagelbürste und eine Schachtel Veronaltabletten; das Puder und die Bürste sollten den Kauf des Schlafmittels möglichst harmlos erscheinen lassen. Der Verkäufer war völlig unberührt. »Wir haben es nur in Röhrchen«, sagte er und packte ihr eine kleine Glasphiole mit zehn weißen Tabletten ein.

Sie ging in einen zweiten Drugstore, kaufte einen Waschlappen, ein Orangenholzstäbchen und ein Röhrchen Veronal. Auch hier war der Verkäufer vollkommen uninteressiert.

»Schön, ich glaube, jetzt habe ich genug, um einen Ochsen umzubringen«, dachte sie und ging zur Station zurück.

Zu Hause legte sie die kleinen Röhrchen in ihre Toilettentischlade und stand träumerisch davor.

»Da sind sie, Gott segne sie«, murmelte sie zärtlich und küßte ihre Fingerspitzen und die beiden Röhrchen.

Das schwarze Dienstmädchen war im Wohnzimmer beschäftigt.

»He, Nettie«, rief Mrs. Morse. »Sei ein Engel und lauf zu Jimmy hinüber und hol mir einen Liter Scotch.«

Während sie auf die Rückkehr des Mädchens wartete, summte sie leise vor sich hin.

In den nächsten Tagen leistete ihr der Whisky ebenso zärtliche Dienste wie in der allerersten Zeit, als sie zu ihm Zuflucht genommen hatte. Allein war sie still und benebelt, bei Jimmy die lustigste von allen. Jeff war entzückt.

Eines Abends war sie mit Jeff zu einem frühen Dinner verabredet. Gleich nachher sollte er wieder einmal für eine Woche auf Geschäftsreisen gehen. Mrs. Morse hatte den ganzen Nachmittag getrunken. Während sie sich anzog, fühlte sie, wie sich ihre Umnebelung in gute Laune verwandelte, doch als sie auf die Straße kam, ließ sie die Wirkung des Whiskys plötzlich im Stich, und ein Gefühl langsam bohrenden Elends überfiel sie so schrecklich, daß sie wankend auf dem Trottoir stand und einen Augenblick lang unfähig war weiterzugehen. Es war eine graue Nacht mit abscheulichem Schneegestöber, und die Straßen waren dunkel und vereist. Als sie langsam die Sechste Avenue überquerte und behutsam einen Fuß vor den andern setzte, stürzte ein großes, abgeschundenes Pferd, das vor einen gebrechlichen Lastwagen gespannt war, keuchend vor ihr in die Knie. Der Kutscher fluchte und schrie und schlug unmenschlich auf das Tier ein, wobei er die Peitsche bei jedem Schlag über die Schulter hob, während das Pferd sich abmühte, auf dem rutschigen Asphalt wieder auf die Füße zu kommen. Eine Gruppe von Menschen betrachtete den Vorgang mit Interesse.

Jeff wartete schon, als Mrs. Morse bei Jimmy ankam.

»Was ist los mit dir, um Gottes Willen?« war seine Begrüßung.

»Ich habe ein Pferd gesehen. Ach Gott, ich – ich bin so unglücklich über die armen Pferde. Es – es ist nicht nur wegen – wegen der Pferde. Alles auf der Welt ist so entsetzlich traurig, nicht? Ich kann doch nichts dafür, wenn ich ganz kaputt bin.«

»Ach was, kaputt, du lieber Himmel«, knurrte er. »Was ist

das für ein lächerliches Getue? Was hast *du* denn für einen Anlaß, kaputt zu sein?«

»Ich kann mir nicht helfen.«

»Ach, du meine Güte, so versuch dir eben zu helfen. Reiß dich zusammen, verstanden? Komm her und setz dich und mach sofort ein anderes Gesicht.«

Sie trank eifrig und nahm sich zusammen, konnte aber ihre Melancholie nicht überwinden. Andere kamen an ihren Tisch und machten sich über ihre Stimmung lustig, aber sie brachte nicht mehr als schwaches Lächeln auf. Zeitweilig fuhr sie sich mit dem Taschentuch heimlich über die Augen und hoffte, daß man sie nicht beobachtete, doch Jeff ertappte sie einige Male dabei, machte ein böses Gesicht und rutschte ungeduldig auf seinem Sessel hin und her.

Als es Zeit für ihn war, zum Zug zu gehen, sagte sie, sie wolle auch nach Hause gehen.

»Keine schlechte Idee«, meinte er. »Schau zu, daß du deinen Katzenjammer ausschläfst. Wir sehen uns Donnerstag wieder. Versuch dann lustiger zu sein, um Gottes Willen.«

»Ja, ja, ich will's versuchen.«

In ihrem Schlafzimmer entkleidete sie sich hastig, ganz im Gegensatz zu ihrer sonstigen langsamen Unentschlossenheit. Sie zog ihr Nachthemd an, nahm das Haarnetz ab und fuhr mit dem Kamm flüchtig durch ihr strohiges, verschieden getöntes Haar. Dann nahm sie die beiden kleinen Röhrchen aus der Lade und trug sie ins Badezimmer. Das aufreibende Elendsgefühl war verschwunden, und sie empfand die freudige Erregung eines Menschen, der im Begriff ist, ein lange erwartetes Geschenk in Empfang zu nehmen.

Sie öffnete die Röhrchen, goß Wasser in ein Glas und stellte sich, eine Tablette zwischen den Fingern, vor den Spiegel.

Plötzlich verbeugte sie sich graziös vor ihrem Spiegelbild und hob ihm das Glas entgegen.

»Hals- und Beinbruch!«

Die Tabletten waren unangenehm zu nehmen. Sie waren trocken, pulverig und blieben hartnäckig auf dem halben Weg im Schlund stecken. Sie brauchte eine ziemliche Zeit, bis sie alle zwanzig geschluckt hatte.

Sie stand da, betrachtete mit tiefem, unpersönlichem Interesse ihr Spiegelbild und studierte die Schluckbewegungen des Halses. Wieder sprach sie laut: »Wir sehen uns Donnerstag wieder. Versuch dann lustiger zu sein, um Gottes Willen. Na schön, ich weiß, was er mich kann ... er und die ganze Bande...«

Sie hatte keine Ahnung, wie lang die Wirkung auf sich warten lassen würde.

Als sie die letzte Tablette genommen hatte, stand sie unsicher und verwundert da, immer noch mit dem höflichen, unpersönlichen Interesse, ob der Tod sie wohl vom Fleck holen würde. Sie fühlte sich in keiner Weise anders als sonst. Nur ein leichter Brechreiz war da, von der Anstrengung des Tablettenschluckens. Auch ihr Spiegelbild sah nicht im geringsten verändert aus. Also würde es wohl nicht plötzlich kommen, es konnte vielleicht noch eine Stunde oder sogar länger dauern.

Sie streckte die Arme aus und gähnte ausgiebig.

»Ich glaub, ich geh ins Bett. Uff, ich bin fast tot.«

Über diesen Satz mußte sie lachen. Sie löschte die Lichter im Badezimmer aus, ging ins Zimmer und legte sich zu Bett. Die ganze Zeit über kicherte sie leise in sich hinein.

»Uff, ich bin fast tot«, wiederholte sie. »Das ist kein schlechter Witz.«

III

Nettie, das farbige Mädchen, das spät am nächsten Nachmittag erschien, um die Wohnung sauberzumachen, fand Mrs. Morse im Bett. Dies war nichts Ungewöhnliches. Meistens wurde sie erst durch die Geräusche des Reinemachens geweckt. Mrs. Morse wachte nicht gern auf, und Nettie, die ein freundliches Mädchen war, hatte gelernt, ihre Arbeit leise zu verrichten.

Doch als sie mit dem Wohnzimmer fertig war und sich in das kleine Schlafzimmer geschlichen hatte, um es in Ordnung zu bringen, konnte sie beim Abstauben der Gegenstände auf dem Toilettentisch ein leichtes Geklapper nicht vermeiden. Unwillkürlich wagte sie einen Blick auf die Schläferin, und ein unerklärliches Angstgefühl stieg in ihr auf. Sie trat ans Bett und starrte auf die schlafende Frau.

Mrs. Morse lag auf dem Rücken, den schlaffen weißen Arm erhoben, das Handgelenk an die Stirne gepreßt. Das steife Haar stand wirr um ihren Kopf. Die Bettdecke war fortgerutscht und gab den Blick auf ihren üppigen Nacken, ihr verwaschenes rosa Nachthemd und die schweren Brüste frei, die nun aller Hüllen ledig unter den Achseln herabfielen. Sie gab unregelmäßig schnarchende Laute von sich, und aus einem Winkel ihres offenen Mundes zog sich ein Streifen getrockneten Speichels zu ihrem schwammigen Kinn herunter.

»Miss Morse«, rief Nettie. »Oh, Miss Morse, es sein schrecklich spät.«

Mrs. Morse rührte sich nicht.

»Miss Morse«, sagte Nettie. »Hören Sie, Miss Morse. Wie sollen ich das Bett da machen?«

Panische Angst hatte das Mädchen erfaßt. Aufgeregt packte sie die Frau an der Schulter.

»Oh, aufwachen, bitte!« jammerte sie. »Oh, bitte aufwachen!«

Plötzlich machte das Mädchen kehrt, rannte in die Halle zur Lifttür und drückte so lange ihren Daumen auf den schwarzen, glänzenden Knopf, bis der ältliche Kasten und der ihn bedienende Neger vor ihr standen. Sie überfiel den Burschen mit einem Schwall von Worten und schleppte ihn mit sich in die Wohnung. Mit quietschenden Schuhen trat er auf den Zehenspitzen an das Bett. Erst zaghaft, dann mit solchem Genuß, daß es Spuren in dem schlaffen Fleisch hinterließ, kniff er die bewußtlose Frau.

»He da!« schrie er und lauschte angespannt wie auf ein Echo.

»Jesses. Ausgegangen wie ein Licht«, bemerkte er dann.

Angesichts seines Interesses an dem Fall verließ auch Nettie die Panik. Beide kamen sich ungeheuer wichtig vor. Hastig, in geflüsterten, nie zu Ende gesprochenen Sätzen redeten sie aufeinander ein, bis schließlich der Boy vorschlug, den jungen Arzt zu holen, der im Parterre wohnte. Nettie eilte mit ihm davon. Der Glanzeffekt ihrer Neuigkeit, die Sensation, etwas Angenehm-Unangenehmes mitteilen zu können, entzückte sie. Mrs. Morse war der Mittelpunkt einer Tragödie geworden. Ohne ihr Böses zu wünschen, hofften sie, daß ihr Zustand möglichst ernst sei und daß Mrs. Morse sie nicht damit blamieren möge, bei ihrer Rückkehr bereits wieder wach und gesund zu sein. Eine kleine Angst davor zwang sie, aus ihrem gegenwärtigen Zustand möglichst viel Kapital zu schlagen. »Sache von Leben und Tod« war ein schöner Satz, der Nettie aus ihrer geringen Lesetätigkeit in

Erinnerung geblieben war. Sie beschloß, den Arzt mit dieser Phrase zu überfallen.

Der Arzt war zu Hause und über die Störung nicht gerade erbaut. Er trug einen gelb- und blaugestreiften Schlafrock, lag auf dem Sofa und unterhielt sich mit einem dunklen Mädchen, das auf der Sessellehne saß und deren Gesicht durch einen billigen, viel zu hellen Puder merkwürdig gefleckt aussah. Ihr Hut und ihr Mantel waren sorgfältig aufgehängt, und halb geleerte Whiskygläser standen neben ihnen, was den gemütlichen Eindruck eines längeren Besuchs hervorrief.

»Zum Kuckuck«, brummte der Doktor. »Nicht einmal nach einem harten Tag darf man seine Ruhe haben.« Doch steckte er einige Flaschen und Instrumente in einen Koffer, vertauschte den Schlafrock mit einem Rock und ging mit den Negern hinaus.

»Mach schnell, alter Junge«, rief ihm das Mädchen nach, »bleib nicht die ganze Nacht aus.«

Der Arzt trat, von Nettie und dem Liftboy gefolgt, lärmend in Mrs. Morses Wohnung und in ihr Schlafzimmer. Mrs. Morse hatte sich nicht bewegt. Ihr Schlaf, nun lautlos, war unverändert tief. Der Arzt sah sie scharf an, dann drückte er mit ganzer Kraft seinen Daumen in die Höhlen über ihren Augenballen. Nettie ließ einen lauten Schrei des Entsetzens ertönen.

»Schau, wie er versuchen, sie direkt aus dem Bett werfen«, sagte der Boy kichernd.

Aber Mrs. Morse rührte sich trotzdem nicht. Plötzlich gab es der Doktor auf und warf mit einer raschen Bewegung die Decken ans Fußende des Bettes. Mit einer zweiten schob er ihr Nachthemd zurück und hob die dicken, weißen Beine hoch, die von einem Netzwerk zarter blauer Adern überzogen waren. Wiederholt kniff er sie lange und grausam in die Kniekehlen. Sie wachte nicht auf.

»Was hat sie getrunken?« fragte er Nettie.

Mit dem sicheren Instinkt eines Menschen, der weiß, wo man anpacken muß, ging Nettie in das Badezimmer und direkt zum Schrank, wo Mrs. Morse ihren Whisky aufbewahrte. Doch beim Anblick der beiden Röhrchen, die mit ihren rot-weißen Etiketten vor dem Spiegel lagen, blieb sie stehen. Sie brachte sie dem Arzt.

»Um Himmels willen!« rief er aus. Er ließ Mrs. Morses Beine fallen und schob sie ärgerlich quer über das Bett.

»Zu was hat sie denn diesen Dreck eingenommen? Verdammte Sauerei! Jetzt müssen wir ihr den Magen auspumpen und den ganzen üblichen Quatsch machen. Ein Unsinn, so was! Da sieht man, was dabei herauskommt. He, George, bring mich hinunter, und Sie warten hier.«

»Sie wird doch nicht sterben, hier mit mir?« kreischte Nettie.

»Nein«, sagte der Doktor. »Bei Gott, nicht. Nicht einmal mit einem Beil können Sie die erschlagen.«

IV

Nach zwei Tagen kam Mrs. Morse zur Besinnung. Erst war sie zu benommen, um zu begreifen, was vorgefallen war, doch nach und nach erfaßte sie grenzenloser Jammer.

»O Gott, o Gott«, stöhnte sie, und Tränen des Mitleids mit sich selbst und mit dem Leben überhaupt flossen ihr über die Wangen.

Auf das Geräusch hin kam Nettie herein. Zwei Tage lang hatte sie sich ununterbrochen mit der unerfreulichen Pflege der Bewußtlosen geplagt, zwei Nächte nur stundenweise auf der Couch im Wohnzimmer geschlafen. Sie schaute kalt auf die große, gedunsene Frau im Bett.

»Was sie versuchen zu tun, Miss Morse? Das keine Art, dieses abscheuliche Zeug da nehmen.«

»O Gott«, stöhnte Mrs. Morse wieder und versuchte, sich die Augen mit den Armen zu bedecken. Doch die Gelenke waren steif und spröde, und sie schrie vor Schmerz auf.

»Das keine Art sein, diesen Pillen nehmen», sagte Nettie. »Sie Himmel danken können, daß überhaupt noch da sein. Wie Sie sich jetzt fühlen?«

»Oh, mir geht's grandios. Mir könnte es gar nicht besser gehen.«

Ihre Tränen flossen, als ob sie nie mehr aufhören wollten.

»Keinen Sinn so weinen«, sagte Nettie, »nach dem, was Sie haben getan. Der Doktor sagen, er hätte sie können arretieren für so was. Er immer wie angewachsen hier.«

»Warum hat er mich nicht in Ruhe gelassen?« jammerte Mrs. Morse. »Warum zum Teufel hat er mich nicht in Ruhe gelassen!«

»Das schrecklich, Miss Morse, so fluchen und so reden, nach allem, was wir für Sie getan haben. Ich nicht schlafen zwei Nächte und absagen müssen alle meine andern Ladies.«

»O Nettie, das tut mir schrecklich leid. Du bist ein Engel. Es tut mir so leid, daß ich dir soviel Mühe gemacht habe. Ich mußte es einfach tun. Ich war einfach fertig. Hast du noch nie so was machen wollen? Wenn alles so ganz lausig aussieht?«

»Ich mich nicht erinnern», erklärte Nettie. »Sie sich müssen aufrappeln. Das Sie müssen tun. Jeder seine Sorgen haben.«

»Ja, ich weiß«, sagte Mrs. Morse.

»Eine schöne Ansichtskarte für Sie gekommen. Vielleicht das Sie trösten.«

Sie reichte Mrs. Morse eine Postkarte. Mrs. Morse mußte ein Auge zuhalten, um sie lesen zu können. Ihre Augen funktionierten noch nicht richtig.

Die Karte war von Jeff. Auf der Rückseite einer Ansicht des Detroit-Athletikklubs stand geschrieben: »Grüße und gute Wünsche. Hoffe, daß Du wieder munter bist. Sei lustig und laß Dir keine falschen Dollar anhängen. Wiedersehen Donnerstag.«

Sie ließ die Karte zu Boden fallen. Zentnerschwer lag der Jammer auf ihr. Eine endlose Kette von Tagen zog vor ihren Augen vorbei: Tage, an denen sie in ihrer Wohnung liegen würde, Abende bei Jimmy, an denen sie als guter Kamerad zu Jeffs und anderer Jeffs Witzen lachen und girren würde; sie sah eine lange Parade geschundener Pferde, frierender Bettler, geschlagener, getriebener, strauchelnder Kreaturen. Ihre Füße schmerzten, als ob sie sie in die stumpfnasigen, champagnerfarbenen Sandalen gezwängt hätte. Ihr Herz schien zu schwellen und zu versteinern.

»Nettie«, rief sie, »bring mir einen Drink, um Himmels willen!«

Das Mädchen blickte zweifelnd drein.

»Ja aber, Miss Morse, Sie wissen, Sie gewesen nahe bei Tod. Ich nicht wissen, ob der Doktor Sie lassen etwas trinken jetzt.«

»Kümmer dich nicht um den Doktor. Bring mir einen Drink und bring mir die Flasche. Und hol dir selbst ein Glas.«

»Schön«, sagte Nettie.

Sie schenkte zwei Gläser voll und ließ das ihre respektvoll im Badezimmer, um es später allein zu trinken, dann brachte sie Mrs. Morse den Drink ans Bett.

Mrs. Morse sah in das Glas und schauderte vor dem Geruch zurück. Aber vielleicht würde es doch nützen ... Vielleicht würde einen der erste Drink aufmuntern, nachdem man zwei Tage auf der Nase gelegen hatte ... Vielleicht würde der Whisky wieder ein Freund werden. Sie betete, ohne sich an einen Gott zu wenden, ohne einen Gott zu kennen. Ach bitte, laß mich wieder betrunken sein, laß mich immer wieder betrunken sein.

Sie hob das Glas.

»Danke, Nettie«, sagte sie, »Hals- und Beinbruch!«

Das Mädchen gluckste. »So ist's recht, Miss Morse. Jetzt Sie werden wieder lustig.«

»Ja«, sagte Mrs. Morse. »Bestimmt.«

(Deutsch von Eva Roeder)

Katherine Anne Porter

Oma Weatherall, die man sitzenließ

Sie zog ihr Handgelenk schnell und geschickt aus Doktor Harrys dicklichen, behutsamen Fingern und deckte sich mit dem Laken zu bis zum Kinn. Der Knirps sollte Kniehosen tragen. Doktert im Lande rum mit einem Kneifer auf der Nase! »Fort mit dir, nimm deine Schulbücher und geh. Es ist alles in Ordnung mit mir.«

Doktor Harry legte seine warme Hand wie ein Kissen auf ihre Stirn, wo eine sich gabelnde grüne Ader pulsierte und ihre Augenlider zucken ließ. »Nun, nun, seien Sie ein braves Mädchen, und Sie werden bald wieder aufstehen können.«

»Das ist keine Art und Weise, mit einer fast achtzigjährigen Frau zu sprechen, nur weil sie im Bett liegt. Sie sollten mehr Respekt vor älteren Leuten haben, junger Mann.«

»Jawohl, Missy, verzeihn Sie.« Doktor Harry tätschelte ihre Wange. »Aber es ist doch meine Pflicht, Sie zu warnen, nicht wahr? Sie sind zwar ein medizinisches Wunder, aber Sie müssen vorsichtig sein, sonst wird es Ihnen ziemlich schlecht gehen.«

»Erzählen Sie mir nicht, wie es mir gehen wird. Ich bin wohlauf, ehrlich gesagt. Es ist wegen Cornelia. Ich mußte mich ins Bett legen, um sie loszuwerden.«

Es war ihr, als ob ihre Knochen sich lockerten und in ihrer Haut wanderten, und auch Doktor Harry schwebte wie ein Ballon um das Fußende des Bettes herum. Er schwebte, zog seine Weste straff und schwenkte seinen Kneifer, der an einer Schnur hing. »Nun schön, bleiben Sie liegen, es kann Ihnen nicht schaden.«

»Gehen Sie nur und behandeln Sie Ihre Kranken«, erwiderte Oma Weatherall. »Aber lassen Sie eine gesunde Frau in Ruhe. Ich lasse Sie holen, wenn ich Sie brauche ... Wo waren Sie vor vierzig Jahren, als ich Wasser im Bein hatte und eine doppelseitige Lungenentzündung durchgemacht habe? Da waren Sie noch nicht einmal geboren. Lassen Sie sich von Cornelia nicht an der Nase herumführen«, schrie sie, weil Doktor Harry aufwärts zur Decke und hinauszuschweben schien. »*Ich* zahle meine Rechnungen, und ich werfe mein Geld nicht für Unsinn raus!«

Sie wollte zum Abschied winken, aber es war zu anstrengend. Ihre Augen schlossen sich von selbst. Das Bett schien von einem dunklen Vorhang umgeben zu sein. Ihr Kissen hob sich und schwebte unter ihr, es war ein angenehmes Gefühl wie in einer Hängematte im sanften Wind. Sie lauschte auf die Blätter, die draußen vor dem Fenster raschelten. Nein, jemand knisterte mit der Zeitung: nein, Cornelia und Doktor Harry flüsterten zusammen. Sie wurde plötzlich hellwach, weil sie glaubte, sie flüsterten in ihr Ohr.

»So ist es ihr noch nie ergangen, noch *nie* zuvor!« – »Nun, was können wir noch erwarten?« – »Ja, achtzig Jahre alt ...«

Na und, wenn sie so alt ist? Sie konnte immer noch gut hören. Es paßte zu Cornelia, hinter Türen zu flüstern. Immer behielt sie vertrauliche Dinge auf diese schwatzhafte Art für sich. Immer war sie taktvoll und freundlich gewesen. Cornelia war pflichtgetreu; das war der Ärger mit ihr. Pflichtgetreu und gut: »So gut und pflichtgetreu«, sagte Oma, »daß ich sie prügeln möchte.« Sie sah sich im Geiste Cornelia prügeln und sich ein Vergnügen draus machen.

»Was hast du gesagt, Mutter?«

Oma fühlte, wie sich auf ihrem Gesicht harte Knoten bildeten.

»Soll man jetzt nicht mal mehr nachdenken dürfen?«

»Ich dachte, du wolltest vielleicht etwas haben.«

»Das stimmt. Ich will eine ganze Reihe von Dingen. Zuerst weg. Geh fort und flüstre nicht.«

Sie lag und schlummerte und hoffte im Schlaf, daß die Kinder draußen bleiben und sie eine Weile in Ruhe lassen würden. Es war ein langer Tag gewesen. Nicht daß sie müde war. Aber es war immer wohltuend, dann und wann für einen Augenblick ein Nickerchen zu machen. Es gab auch immer so viel zu tun, also, was sollte morgen drankommen?

Ach, das lag in so weiter Ferne, und man brauchte sich jetzt darüber noch nicht den Kopf zu zerbrechen. Irgendwie wurden die Dinge schon erledigt, wenn es soweit war. Gott sei Dank blieb aber auch immer noch eine kleine Spanne zur Besinnung übrig: dann konnte der Mensch seinen Plan für das Leben vor sich ausbreiten und die Ränder fein säuberlich einfassen. Es war gut, alles sauber gefaltet weggelegt zu wissen; oben auf der weiß bestickten Wäsche standen in Reih und Glied die Haarbürsten und Flaschen mit den Haarstärkungsmitteln; dann konnte der Tag ohne Aufregung beginnen, und auf den Regalen der Vorratskammer waren die Geleegläser, die braunen Krüge und die weißen Steingutdosen mit den blau gemalten Schnörkeln und Beschriftungen: Kaffee, Tee, Zucker, Ingwer, Zimt und Nelkenpfeffer gespeichert, und die Bronzeuhr mit dem Löwen war sauber abgestaubt. Wie staubig der Löwe innerhalb eines Tages wurde! Und der Karton auf dem Dachboden mit all den gebündelten Briefen, na ja, die konnte sie ja morgen durchgehen. All die Briefe – Georges Briefe, Johns Briefe und ihre eigenen Briefe, die sie an beide geschrieben hatte –, sie würden von den Kindern gefunden werden, und dieser Gedanke war ihr unbehaglich. Ja, das war morgen zu erledigen. Warum sollten die Kinder erfahren, wie albern sie einst gewesen war.

Während sie so alles durchstöberte, begegnete sie in sich dem Tod, und sie empfand ihn als kalt und fremd. Sie hatte so viel Zeit darauf verwandt, sich auf den Tod vorzubereiten, daß es nicht nötig war, sich erneut mit ihm auseinanderzusetzen. Er soll sich jetzt mit sich selbst befassen. Als sie sechzig war, hatte sie sich sehr alt gefühlt, am Ende, und sie war umhergereist, um ihre Kinder und Enkelkinder zu besuchen, wobei sie den geheimen Gedanken hatte: das ist das allerletzte Mal, Kinder, daß ihr eure Mutter seht! Dann hatte sie ihr Testament gemacht und mußte sich mit schwerem Fieber ins Bett legen. Das alles war jedoch nur eine fixe Idee wie eine Reihe anderer Dinge, aber etwas Gutes hatte es doch gehabt, denn lange Zeit war der Gedanke an das Sterbenmüssen von ihr gewichen. Das konnte sie jetzt nicht bedrücken. Sie hoffte, daß sie jetzt mehr Verstand hatte. Ihr Vater war hundertzwei Jahre alt geworden und hatte an seinem letzten Geburtstag einen Viertelliter steilen heißen Grog getrunken. Er hatte den Zeitungsreportern erzählt, das wäre seine tägliche Gewohnheit und er verdanke dieser Gewohnheit sein langes Leben. Er hatte einen richtigen Skandal verursacht und freute sich sehr darüber. Sie glaubte Cornelia jetzt ein bißchen quälen zu müssen.

»Cornelia! Cornelia!« Keine Schritte, aber plötzlich eine Hand an ihrer Wange. »Da bist du ja, wo warst du denn?«

»Hier, Mutter.«

»Gut, Cornelia, ich möchte einen heißen Grog haben.«

»Ist dir kalt, Schatz?«

»Mich fröstelt, Cornelia. Wenn man im Bett liegt, stockt

der Kreislauf. Aber das hab ich dir bestimmt schon tausendmal gesagt.«

Nun, sie konnte im Geist schon hören, wie Cornelia ihrem Mann erzählte, daß Mutter ein wenig kindisch werde und daß man ihr ihren Willen lassen müsse. Die Sache, die sie am meisten ärgerte, war, daß Cornelia dachte, sie sei taub, habe die Sprache verloren und sei blind. An ihrem Bett und über ihren Kopf hinweg wurden kurze hastige Blicke getauscht und kaum merkliche Handbewegungen gemacht, die besagen sollten: »Kommt ihr nicht in die Quere, laßt ihr ihren Willen, sie ist achtzig Jahre alt«, und sie saß da, als befände sie sich in einem dünnwandigen Glaskäfig. Manchmal entschloß sich Oma schon fast, ihre Sachen zu packen und wieder in ihr eigenes Haus zu ziehen, wo niemand sie jede Minute daran erinnern konnte, daß sie alt war. Warte, warte nur, Cornelia, bis deine eigenen Kinder hinter deinem Rücken flüstern!

Zu ihrer Zeit hatte sie ihren Haushalt besser geführt und hatte mehr Arbeit geleistet. Immerhin war sie nicht zu alt, als daß Lydia nicht achtzig Meilen weit fuhr, um sich bei ihr Rat zu holen, wenn eines der Kinder ausgerissen war; und Jimmy kam immer noch und besprach alles mit ihr: »Nun, Mammi, du bist eine gute Geschäftsfrau, ich möchte gern wissen, wie du darüber denkst? ...«

Alt. Cornelia konnte nicht einmal die Möbel anders hinstellen, ohne zu fragen. Die Kleinen, ach die Kleinen! Sie waren so niedlich, als sie noch klein waren. Oma wünschte, die vergangenen Tage kehrten noch einmal zurück, die Kinder wären wieder klein, und es würde alles noch einmal von vorn beginnen. Es hatte zwar viel Mühe gemacht, aber ihr war es nicht zuviel gewesen. Wenn sie daran dachte, wieviel Essen sie gekocht, wie viele Kleider sie zugeschnitten und genäht, wie viele Gärten sie in Ordnung gebracht hatte – nun gut, die Kinder bewiesen es ja. Sie waren da – von ihr geboren und großgezogen –, und das konnten sie ja nicht leugnen. Manchmal wünschte sie, John noch einmal zu sehen, um auf die Kinder zeigen und sagen zu können: »Nun, ich habe es doch nicht ganz schlecht gemacht, nicht wahr?« Aber das hatte noch Zeit. Das kam morgen dran. Wenn sie an ihn dachte, dachte sie immer an einen Mann, aber jetzt waren alle Kinder schon älter als ihr Vater, und neben ihr würde er jetzt wie ein Kind wirken, wenn sie ihn sehen könnte. Es schien absonderlich, und irgend etwas daran stimmte nicht. Wirklich, er könnte sie vielleicht gar nicht wiedererkennen. Sie hatte einst Hunderte von Quadratmetern Land eingezäunt, hatte selbst die Pfostenlöcher gegraben und den Draht mit Krampen befestigt, wobei ihr nur ein Negerjunge half. Das verändert eine Frau. John würde sich nach einer jungen Frau umsehen, die einen spitzen spanischen Kamm im Haar trägt und einen bemalten Fächer hat. Pfostenlöcher graben verändert eine Frau. Dazugekommen war, daß sie im Winter über Landstraßen fahren mußte, wenn Frauen Kinder bekamen, nächtelang bei kranken Pferden, Negern und Kindern saß und kaum jemals eins nicht durchbrachte. John, ich habe kaum jemals eins von ihnen verloren! John würde das sofort einsehen, das war etwas, das er verstehen konnte, sie würde nichts zu erklären brauchen!

Sie hatte Lust, die Ärmel hochzukrempeln und die ganze Wohnung wieder in Ordnung zu bringen. Ungeachtet dessen, daß Cornelia überall gleichzeitig sein wollte, blieben doch eine Menge Dinge liegen. Sie wollte morgen damit anfangen, sie zu erledigen. Es war gut, wenn man genügend Kräfte hatte, um alles tun zu können, selbst wenn alles Getane zuletzt doch wieder unter den Händen wegschmolz, sich änderte und entglitt, so daß man am Ende vergaß, wozu man eigentlich gearbeitet hatte. ›Was war es noch, was ich machen wollte?‹ fragte sie beflissen sich selbst, aber sie hatte es vergessen. Nebel stieg aus dem Tal auf, sie sah ihn über den Bach kriechen und die Bäume verschlingen, danach zog er wie eine Armee von Geistern den Hügel hoch. Bald würde er den Saum des Obstgartens erreicht haben, und dann war es Zeit, ins Haus zu gehen und die Lampen anzuzünden. Kommt rein, Kinder, bleibt nicht draußen in der kalten Nachtluft.

Das Anzünden der Lampen war schön gewesen. Die Kinder drängten sich zu ihr hin und keuchten wie kleine Kälber, die in der Dämmerung vor dem Gatterbalken warteten. Ihre Augen folgten dem Streichholz und beobachteten, wie die Flamme aufleuchtete und dann ruhig als blauer Bogen brannte. Danach ließen sie wieder von ihr ab. Die Lampe brannte, sie brauchten sich nicht länger zu ängstigen und an Mutters Rock zu hängen. Nie, nie, nie mehr. Lieber Gott, ich bin dir dankbar mein Leben lang. Ohne dich, lieber Gott, hätte ich es niemals geschafft. Gegrüßt seist du, Maria, voller Gnaden …

Ich will, daß ihr dieses Jahr alles Obst aberntet, und ich möchte nicht erleben, daß irgend etwas verdirbt. Es gibt immer jemanden, der es noch gebrauchen kann. Laßt nur nichts Gutes schlecht werden, weil ihr im Augenblick keine Verwendung dafür habt. Wer gute Nahrung verderben läßt, verschwendet das Leben. Laßt nichts umkommen. Es ist bitter, Dinge zu verlieren. Nun, laßt mich doch nicht so viel denken, nicht, wenn ich müde bin und vor dem Essen ein kleines Nickerchen mache …

Das Kissen kam um ihre Schultern herum und drückte gegen ihr Herz, so daß Erinnerungen herausgepreßt wurden: oh, jemand soll das Kissen hinunterdrücken, es würde sie ersticken, wenn sie es festzuhalten versuchte. Solch ein frischer Wind blies heute, und der Tag war so grün, ohne jede Bedrohung. Aber er war wieder nicht gekommen, immer das gleiche. Was fängt eine Frau an, wenn sie für einen Mann den weißen Schleier anlegt, die weiße Torte bereithält, und der Mann kommt nicht? Sie versuchte sich zu erinnern. Nein, ich schwöre, daß er mir, außer mit dieser Sache, nie ein Leid zugefügt hat. Er hat mir nie ein Leid zugefügt, außer damals... und was, wenn er es getan hat? Da war der Tag, der Tag, aber ein Wirbel dunklen Rauches stieg auf und verhüllte ihn, der Rauch kroch herauf und hinüber in die hellen Felder, wo alles so sorgfältig in ordentlichen Reihen angepflanzt war. Das war die Hölle, sie erkannte es, als sie die Hölle sah. Seit sechzig Jahren hatte sie gebetet, daß die Erinnerung an ihn nicht auftauchen und sie ihre Seele nicht im tiefen Abgrund der Hölle verlieren möge, und jetzt mischte sich beides zu *einer* Sache, und der Gedanke an ihn war eine Rauchwolke aus der Hölle, die sich näherte und in ihren Kopf kroch, wo sie doch gerade Doktor Harry losgeworden war und versuchte, eine Weile zu ruhen. Verletzte Eitelkeit, Ellen, sagte eine scharfe Stimme in ihrem Innern. Laß deine verletzte Eitelkeit nicht die Oberhand über dich gewinnen. Viele Mädchen werden sitzengelassen. Du bist sitzengelassen worden, nicht wahr? Dann zeige dich dem gewachsen. Ihre Augenlider flatterten und ließen Strahlen graublauen Lichtes wie Seidenpapier auf ihre Augen fallen. Sie mußte aufstehen und die Rollos herunterziehen, oder sie würde niemals schlafen können. Sie war wieder im Bett, und die Rollos waren nicht heruntergezogen. Wie konnte das geschehen? Besser, sich umdrehn und sich vor dem Licht schützen; wenn man im Licht schläft, bekommt man Alpträume. »Mutter, wie fühlst du dich jetzt?« wurde sie gefragt, und eine unangenehme Nässe war auf ihrer Stirn zu spüren. Aber ich mag doch nicht, daß man mir das Gesicht mit kaltem Wasser wäscht!

Hapsy? George? Lydia? Jimmy? Nein, Cornelia, und ihre Gesichtszüge waren geschwollen und voller kleiner Pusteln. »Sie kommen, Liebling, sie werden alle bald hier sein.« Geh, Kind, und wasch dir das Gesicht, du siehst komisch aus.

Anstatt zu gehorchen, kniete Cornelia nieder und legte ihren Kopf auf das Kissen. Sie schien zu sprechen, aber es war nichts zu hören. »Nun, bist du stumm? Wer hat Geburtstag? Willst du eine Feier machen?«

Cornelias Mund bewegte sich sonderbar affektiert. »Laß das, du quälst mich, Tochter.«

»O nein, Mutter. O nein ...«

Unsinn. Es war merkwürdig mit Kindern. Sie widersprachen einem bei jedem Wort. »Was ›nein‹, Cornelia?«

»Hier ist Doktor Harry.«

»Ich will den Jungen nicht wieder sehen. Er ist doch gerade vor fünf Minuten erst gegangen.«

»Das war heute morgen, Mutter. Es ist jetzt schon Abend. Hier ist die Krankenschwester.«

»Hier ist Doktor Harry, Mrs. Weatherall. Ich habe Sie noch nie so jung und glücklich gesehen!«

»Ach, ich will nie mehr jung sein – aber ich wäre froh, wenn man mich in Frieden liegen ließe und Ruhe gäbe.«

Sie glaubte, laut gesprochen zu haben, aber niemand antwortete. Etwas Warmes legte sich auf ihre Stirn, dann spürte sie ein warmes Armband an ihrem Handgelenk, und ein flüsternder Hauch ertönte, der Versuch, ihr etwas mitzuteilen. Eine Handvoll Laub in Gottes ewiger Hand, *Er* blies darüber hin, und die Blätter bewegten sich und raschelten. »Mutter, mach dir nichts draus, wir werden dir eine kleine Spritze geben.« – »Sieh hier, meine Tochter, wie kommen Ameisen ins Bett? Ich habe gestern Zuckerameisen gesehen.« Hast du auch Hapsy holen lassen?

Es war Hapsy, die sie eigentlich sehen wollte. Sie mußte einen langen Weg zurückgehen, durch eine große Anzahl von Räumen, um Hapsy zu finden mit einem Baby auf dem Arm. Sie schien selbst auch Hapsy zu sein, und das Baby auf Hapsys Arm war alles zugleich: Hapsy und es und sie, und in dieser Vereinigung lag gar nichts Außergewöhnliches. Dann zerging Hapsy von innen heraus und wurde durchlässig wie graue Gaze, und das Baby war ein Gazeschatten, und Hapsy trat näher und sagte: »Ich dachte, du würdest niemals kommen.« Und Hapsy sah sie sehr prüfend an und bemerkte: »Du hast dich nicht ein bißchen verändert!« Sie neigten sich einander zu, um sich zu küssen, da flüsterte Cornelia aus weiter Ferne: »Oh, möchtest du mir irgend etwas sagen? Kann ich irgend etwas für dich tun?«

Ja, sie hatte ihre Meinung geändert nach sechzig Jahren, und sie würde George gern sehen. Ich möchte, daß du George suchst. Such ihn, und versäume nicht, ihm zu sagen, daß ich ihn vergessen habe. Er soll wissen, daß ich wie jede andere Frau meinen Mann und meine Kinder und mein Haus hatte. Ein schönes Haus und einen guten Mann, den ich liebte, und nette Kinder von ihm. Es ging mir besser, als ich es erhoffte. Erzähl ihm, ich hätte alles wiederbekommen, was er genommen hat, und noch mehr. O nein, o Gott, nein, außer dem Haus, dem Mann und den Kindern gab es noch etwas anderes. Oh, es gab doch bestimmt noch etwas anderes? Was war es dann? Etwas, was sie nicht wiederbekommen hatte ... Ihr Atem staute sich unter ihren Rippen und wuchs zu einer monströsen, furchterregenden Gestalt mit scharfen Kanten; sie bohrte sich in ihren Kopf, und die Qual war unglaublich: ja, John, hol den Arzt jetzt, meine Stunde ist gekommen.

Wenn dies eine noch geboren ist, soll es das letzte gewesen sein. Das letzte. Es hätte zuerst geboren werden sollen, denn dieses hatte sie sich wirklich gewünscht. Alles kam zur rechten Zeit. Nichts wurde ausgelassen, erspart. Sie war stark, in drei Tagen würde es ihr wieder so gut gehen wie immer. Besser sogar. Eine Frau mußte Milch haben, um bei voller Gesundheit zu sein.

»Mutter, hörst du mich?«

»Ich habe dir gesagt –«

»Mutter, Pater Connolly ist da.«

»Ich bin erst letzte Woche zur heiligen Kommunion gegangen. Sag ihm, daß ich nicht so viele Sünden begehe.«

»Der Pater will dich ja nur sprechen.«

Er konnte sprechen, soviel er wollte. Es sah ihm wirklich ähnlich, daß er einfach plötzlich auftauchte, um sich nach ihrem Seelenleben zu erkundigen, als wäre es ein zahnendes Baby, und dann zu einer Tasse Tee, einer Runde Karten und etwas Klatsch zu bleiben. Er wußte immer irgendeine komische Geschichte, gewöhnlich von einem Iren, der seine kleinen Sünden beging und sie beichtete, und die Pointe bestand dann aus einer Absurdität, mit der der Held im Beichtstuhl herausplatzte und die sein Ringen zwischen angeborener Frömmigkeit und der Erbsünde erläuterte. Oma fühlte sich wegen ihrer Seele unbeschwert. Cornelia, wo sind deine Manieren? Biete Pater Connolly einen Stuhl an. *Sie* hatte ihre geheime bequeme Verständigung mit ein paar Lieblingsheiligen, die ihr einen direkten Zugang zu Gott verschafften. Alles so sicher verbrieft und versiegelt wie die Papiere zu den neuen vierzig Morgen Land. Auf immer ... Erben und Treuhänder auf immer. Seit dem Tage, da die Hochzeitstorte nicht angeschnitten und fortgeworfen wurde. Der ganze Grund der Welt versank, und sie: blind, schwitzend, unter den Füßen keinen Halt, während rings die Wände einstürzten. Seine Hand hatte sie unterhalb der Brust aufgefangen, sie war nicht hingefallen, der frisch gebohnerte Fußboden mit dem grünen Teppich war genau so da wie vorher. Er hatte wie der Papagei eines Matrosen geflucht und gesagt: »Ich werde ihn für dich umbringen.« Tu ihm nichts, um meinetwillen, überlaß die Strafe Gott. »Nun, Ellen, du mußt glauben, was ich dir erzähle ...«

So gab es nichts, nichts mehr, worüber man sich noch aufregte, es sei denn, eins der Kinder schrie in der Nacht, wenn es einen Alptraum hatte, und dann stürzten sie beide wankend aus dem Bett, um ein Streichholz zu suchen, wobei sie riefen: »Sei still, wart einen Augenblick, wir kommen ja schon!« John, hol den Arzt jetzt, Hapsys Zeit ist gekommen. Aber da stand Hapsy mit einer weißen Kappe neben dem Bett. »Cornelia, sag Hapsy, sie soll ihre Kappe abnehmen. Ich kann sie nicht richtig erkennen.«

Sie öffnete ganz weit ihre Augen, und das Zimmer nahm deutlich Gestalt an wie ein Bild, das sie schon irgendwo gesehen hatte. Dunkle Farben stiegen mit den Schatten im spitzen Winkel zur Decke auf. Auf der großen schwarzen Frisierkommode leuchtete nur Johns Bild – die Vergrößerung eines kleinen Bildes –, und Johns Augen waren sehr schwarz, obwohl sie hätten blau sein müssen. Du hast ihn doch nie gesehen, also woher weißt du, wie er ausgesehen hat? Aber der Mann bestand darauf, daß das Porträt ähnlich war, daß es sehr kostbar und hübsch sei. Als Bild ja, aber es ist nicht mein Mann. Auf dem Tisch neben dem Bett lag eine Leinendecke, auf der eine Kerze und ein Kruzifix standen. Das Licht hatte einen blauen Schimmer von Cornelias seidenem Lampenschirm. Richtiges Licht war es überhaupt nicht, sondern reine Spielerei. Man mußte vierzig Jahre mit Kerosinlampen gelebt haben, um die achtbare Elektrizität schätzen zu können. Sie fühlte sich sehr kräftig, und sie sah Doktor Harry von einem rosa Heiligenschein umgeben.

»Sie sehen wie ein Heiliger aus, Doktor Harry, und ich schwöre, ähnlicher werden Sie einem Heiligen nie werden.«

»Sie sagt etwas.«

»Ich habe dich gehört, Cornelia. Was soll all das Getue?«

»Pater Connolly sagt –«

Cornelias Stimme schwankte und klang holprig wie ein Wagen auf einer schlechten Straße. Er fuhr um irgendwelche Ecken, kam wieder zurück und gelangte nirgendwohin. Oma bestieg den Wagen ohne alle Mühe und griff nach den Zügeln, aber neben ihr saß ein Mann, der den Wagen lenkte, und sie erkannte ihn an seinen Händen. Sie sah ihm nicht ins Gesicht, denn sie kannte es, ohne hinzusehen, sondern blickte statt dessen auf die Straße, wo sich die Bäume neigten und zueinander bogen, während im Geäst tausend Vögel eine Messe sangen. Sie hatte Lust, auch zu singen, aber sie fuhr mit ihrer Hand in den Ausschnitt ihres Kleides und holte einen Rosenkranz hervor, und Pater Connolly murmelte mit sehr feierlicher Stimme etwas auf lateinisch und kitzelte ihre Füße. Mein Gott, lassen Sie doch diesen Unsinn! Ich bin eine verheiratete Frau. Was, wenn er wirklich fortrannte und mich mit dem Priester allein ließ? Ich fand einen anderen, tausendmal besseren. Ich würde meinen Mann gegen niemanden eingetauscht haben, außer gegen den heiligen Michael selbst, und du kannst ihm das an meiner Statt mit meinem besten Dank erzählen.

Licht blitzte über ihre geschlossenen Augenlider, und ein tiefes Grollen erschütterte sie. Cornelia, sind das Blitze? Ich höre Donner. Es zieht ein Sturm herauf. Schließ alle Fenster. Rufe die Kinder herein ... »Mutter, hier sind wir alle.« – »Bist du das, Hapsy?« – »O nein, ich bin Lydia. Wir sind so schnell gefahren, wie es nur ging.« Die Gesichter bewegten sich über ihr und huschten fort. Der Rosenkranz entfiel ihrer Hand, und Lydia gab ihn ihr zurück. Jimmy versuchte zu helfen, ihre Hände tasteten zueinander, und Oma umfaßte mit zwei Fingern den Daumen Jimmys. Ein Rosenkranz genügte nicht, es mußte etwas Lebendiges sein. Sie war so verblüfft, daß sich ihre Gedanken immerzu im Kreise bewegten. So, lieber Gott, dies ist mein Tod, und ich habe nicht einmal daran gedacht. Meine Kinder sind gekommen, um mich sterben zu sehen. Aber ich kann nicht, meine Stunde ist noch nicht da. Oh, ich habe Überraschungen immer gehaßt. Ich wollte Cornelia den Amethystschmuck geben – Cornelia, du bekommst den Amethystschmuck, aber Hapsy darf ihn tragen, wenn sie will, Doktor Harry, seien Sie endlich ruhig. Niemand hat Sie gerufen. Oh, lieber Gott, warte noch eine Minute. Ich wollte über die vierzig Morgen Land noch bestimmen, Jimmy braucht sie nicht, und Lydia wird sie später brauchen, bei dem nichtsnutzigen Mann, den sie hat. Ich wollte die Altardecke noch fertigmachen und Schwester Borgia für ihre Verstopfung sechs Flaschen Wein schicken. Ich will Schwester Borgia noch sechs Flaschen Wein schicken, Pater Connolly, daß ich es nicht vergesse.

Cornelias Stimme bebte, überschlug sich und brach. »O Mutter, o Mutter, o Mutter ...«

»Ich gehe noch nicht, Cornelia. Es ist zu überraschend. Ich kann nicht gehen.«

Du wirst Hapsy wiedersehen. Was ist mit ihr los? »Ich dachte, du würdest niemals kommen.« Oma unternahm draußen eine lange Reise, um nach Hapsy zu sehen. Was aber, wenn ich sie nicht finde? Was dann? Ihr Herz sank tief und tiefer, der Tod war bodenlos, sie gelangte zu keinem Grund. Das blaue Licht von Cornelias Lampenschirm zog sich zu einem winzigen Punkt im Zentrum ihres Gehirns zusammen, es flackerte und blinzelte wie ein Auge, es zitterte ruhig und schwand. Oma lag in sich zusammengekrümmt, erstaunt und beobachtend starrte sie auf den Lichtpunkt, der sie selber war; ihr Körper war jetzt nur ein dunklerer Schattenkomplex in einer endlosen Finsternis, und diese Finsternis krümmte sich um das Licht und verschlang es. Gott, gib ein Zeichen!

Zum zweitenmal blieb das Zeichen aus. Wieder kein Bräutigam, und der Priester im Haus. Eine andere Sorge tauchte in ihrer Erinnerung nicht auf, weil dieses Leid alle anderen Sorgen überschattete. O nein, es gibt nichts Grausameres als dies – niemals werde ich es verzeihen. Mit einem tiefen Atemzug streckte sie sich und blies das Licht aus.

(Deutsch von Joachim Uhlmann)

Francis Scott Fitzgerald

Die letzte Schöne des Südens

I

Nachdem Atlanta seinen vollendeten und theatralischen südlichen Charme entfaltet hatte, unterschätzten wir alle Tarleton. Es war dort noch etwas heißer als überall sonst, wo wir gewesen waren – ein Dutzend Rekruten brach am ersten Tag in der Sonne Georgias zusammen –, und wenn man die Kuhherden durch die Geschäftsstraßen trotten sah, von farbigen Treibern mit »Hi-ja« angetrieben, verfiel man in der heißen Helle in eine Art Trance – man hätte gern eine Hand oder einen Fuß bewegt, um sich zu vergewissern, daß man lebendig war.

Also blieb ich im Lager draußen und ließ mir von Leutnant Warren erzählen, was mit den Mädchen los war. Das ist jetzt fünfzehn Jahre her, und ich habe vergessen, was ich damals empfand, außer daß die Tage einer nach dem andern dahingingen, besser als heute, und daß mein Herz leer war, denn oben im Norden feierte sie, deren Abglanz ich drei Jahre lang geliebt hatte, Hochzeit. Ich sah die Zeitungsausschnitte und die Zeitungsfotos. Es war »eine romantische Kriegstrauung«, alles sehr prunkvoll und traurig. Deutlich spürte ich das dunkle Strahlen des Himmels, unter dem das Ereignis stattfand, und da ich ein junger Snob war, empfand ich im Grunde mehr Neid als Trauer.

Eines Tages ging ich nach Tarleton, um mir dort die Haare schneiden zu lassen, und traf zufällig einen netten Jungen namens Bill Knowles, der zu meiner Zeit in Harvard gewesen war. Er hatte zu der Abteilung der Nationalgarde gehört, die vor uns im Lager war; im letzten Augenblick aber war er zur Luftwaffe übergewechselt und zurückgelassen worden.

»Freut mich, daß ich dich getroffen habe, Andy«, sagte er mit übertriebenem Ernst. »Bevor ich nach Texas gehe, werde ich dich über alles informieren, was ich weiß. Es gibt wirklich nur drei Mädchen hier ...«

Ich war interessiert; das mit den drei Mädchen hatte etwas Mystisches.

»... und das ist eine von ihnen.«

Wir standen vor einem Drugstore, und er schob mich hinein und stellte mich einer junge Dame vor, die ich sogleich verabscheute.

»Die beiden andern sind Ailie Calhoun und Sally Carrol Happer.«

Die Art, wie er Ailie Calhouns Namen aussprach, ließ mich vermuten, daß er sich für sie interessierte. Der Gedanke, was sie wohl anfangen würde, wenn er fort war, beschäftigte ihn; wenn es nach ihm ginge, sollte die Zeit für sie still und ereignislos vergehen.

In meinem Alter zögere ich nicht, zu gestehen, daß gänzlich unritterliche Bilder von Ailie Calhoun – welch reizender Name! – vor mir aufstiegen. Ein schönes Mädchen, auf das ein anderer ältere Rechte hat – so etwas gibt es nicht für einen Dreiundzwanzigjährigen; doch wenn Bill mich gefragt hätte, hätte ich zweifellos allen Ernstes geschworen, daß Ailie mir wie eine Schwester teuer sei. Er fragte nicht; er machte gerade laut seinem Ärger darüber Luft, daß er jetzt fort mußte. Drei Tage später rief er mich an und sagte mir, am nächsten Morgen sei es soweit, und er werde mich am Abend zu ihr mitnehmen.

Wir trafen uns vor dem Hotel und gingen in die Stadt durch die blütenreiche, heiße Dämmerung. Die vier weißen Säulen des Calhounschen Hauses waren der Straße zugewandt, und die Terrasse dahinter mit den herabhängenden, ineinander verflochtenen, emporkletternden Weinranken war so dunkel wie eine Höhle.

Als wir den Gartenweg entlangschritten, stürzte ein Mädchen in einem weißen Kleid mit dem Ruf aus der Tür: »Es tut mir leid, daß ich mich so verspätet habe!«, und als sie uns erblickte, fügte sie hinzu: »Ach, ich dachte, ich hätte euch schon vor zehn Minuten kommen hören ...«

Sie hielt inne, als ein Stuhl knarrte und ein dritter Mann, ein Flieger aus dem Lager Harry Lee, aus der Dunkelheit der Terrasse trat.

»Ach, Canby!« rief sie. »Wie geht's?«

Er und Bill Knowles warteten so gespannt wie zwei Prozeßgegner.

»Canby, ich möchte Ihnen etwas zuflüstern, mein Lieber«, rief sie gleich darauf. »Du entschuldigst uns doch, Bill.«

Sie gingen ein paar Schritte beiseite. Gleich darauf sagte Leutnant Canby höchst ungehalten in grimmigem Ton: »Dann also Donnerstag, aber dabei bleibt es.« Mit einem kaum wahrnehmbaren Kopfnicken zu uns herüber ging er davon, den Gartenweg hinunter, und die Sporen, mit denen er vermutlich sein Flugzeug zur Eile antrieb, funkelten im Lampenlicht.

»Kommen Sie doch – ich kann mich im Augenblick nicht auf Ihren Namen besinnen ...«

Da war er – der Mädchentyp des amerikanischen Südens in seiner ganzen Reinheit. Ich hätte Ailie Calhoun erkannt, auch wenn ich nie Ruth Draper gehört und nie Marse Chan gelesen hätte. Sie besaß die mit reizender, zungenfertiger Unkompliziertheit überzuckerte Gewandtheit, die Andeutung eines Hintergrunds von liebevollen Vätern, Brüdern und Verehrern, der bis in das heroische Zeitalter des Südens zurückreichte, die makellose Kühle, die man im unaufhörlichen Kampf mit der Hitze erlangt. In ihrer Stimme gab es Töne, mit denen Sklaven Befehle erteilt wurden, Töne, die Yankee-Hauptleuten alle Kraft nahmen, und dann wieder sanfte, schmeichelnde Klänge, die ungewohnt lieblich mit der Nacht verschmolzen.

In der Dunkelheit konnte ich sie kaum erkennen, aber als ich aufstand und gehen wollte – es war klar, daß meine Anwesenheit nicht länger erwünscht war –, stand sie in dem orangefarbenen Lichtschein, der aus der Tür kam. Sie war klein und sehr blond; sie hatte zu viel fieberrotes Rouge im Gesicht, was noch durch eine clownhaft weißgepuderte Nase unterstrichen wurde, aber sie leuchtete durch dies alles hindurch wie ein Stern.

»Wenn Bill fort ist, werde ich Abend für Abend allein hier sitzen. Vielleicht begleiten Sie mich zu den Tanzveranstaltungen im Landklub.« Diese rührende Prophezeiung ließ Bill auflachen. »Warten Sie einen Augenblick«, sagte Ailie leise. »Ihre Gewehre sitzen schief.«

Sie rückte das Abzeichen auf meinem Spiegel gerade und sah eine Sekunde lang mit einem Blick zu mir auf, in dem mehr als Neugier lag. Es war ein suchender Blick, als frage sie: Könntest du es sein? Wie Leutnant Canby schritt ich widerwillig davon in den plötzlich schal gewordenen Abend.

Zwei Wochen später saß ich mit ihr auf demselben Portikus oder vielmehr lag sie halb in meinen Armen und berührte mich doch kaum – wie sie das fertigbrachte, weiß ich nicht mehr. Ich versuchte ohne Erfolg, sie zu küssen – ich hatte das bereits seit fast einer Stunde versucht. Wir führten ein scherzhaftes Streitgespräch darüber, daß ich es nicht aufrichtig meinte. Meine Theorie lautete, daß ich mich in sie verlieben würde, wenn sie mir erlaubte, sie zu küssen. Sie behauptete dagegen, daß ich offensichtlich nicht ganz aufrichtig sei.

In der Pause zwischen zwei solchen Auseinandersetzungen erzählte sie mir von ihrem Bruder, der in seinem letzten Studienjahr in Yale gestorben war. Sie zeigte mir sein Bild – es war ein hübsches, ernstes Gesicht mit einer Leyendecker-Stirnlocke – und erklärte mir, falls sie jemand kennenlernte, der ihm gleichkomme, würde sie heiraten. Ich fand diesen Familienidealismus entmutigend; trotz meines verwegenen Selbstvertrauens fühlte ich mich nicht stark genug, den Wettkampf mit dem Toten aufzunehmen.

So verstrich dieser Abend und andere Abende, und es endete damit, daß ich mit der Erinnerung an den Duft von Magnolienblüten und in einer Stimmung vager Unzufriedenheit ins Lager zurückkehrte. Ich küßte sie niemals. Sonnabendabends gingen wir zu Vaudevillevorstellungen und in den Landklub, wo sie nur selten zehn Schritte hintereinander mit ein und demselben Mann tanzte, und sie nahm mich mit zu Gartenfesten, wo ganze Tiere im Freien am Spieß gebraten wurden, und zu wilden Wassermelonenparties, und niemals hielt sie es der Mühe wert, meine Gefühle für sie in Liebe zu verwandeln. Heute weiß ich, daß das nicht schwierig gewesen wäre, aber sie war eine kluge Neunzehnjährige, und sie hatte wohl erkannt, daß wir gefühlsmäßig nicht zusammenpaßten. So wurde ich statt dessen ihr Vertrauter.

Wir sprachen über Bill Knowles. Sie zog Bill ernsthaft in Betracht, denn obwohl sie es nicht zugeben wollte, hatten ein Winter in einer New Yorker Schule und ein Ball in Yale bewirkt, daß sich ihre Blicke nach Norden richteten. Sie sagte, sie glaube nicht, daß sie einen Mann aus dem Süden heiraten würde. Und allmählich sah ich, daß sie bewußtseins- und willensmäßig anders war als die anderen Mädchen, die Niggerlieder sangen und in der Bar des Landklubs das Würfelspiel Craps spielten. Deshalb fühlten Bill und ich und andere uns zu ihr hingezogen. Wir erkannten sie an.

Im Juni und Juli, als Gerüchte von Schlachten und Schrecknissen in Übersee undeutlich und wirkungslos zu uns drangen, schweiften Ailies Augen hier und dort über die Tanzfläche des Landklubs, auf der Suche nach etwas Besonderem unter den hochgewachsenen jungen Offizieren. Sie zog einige in ihren Bann, die sie mit unfehlbarem Scharfblick auswählte – abgesehen von Leutnant Canby, den sie angeblich verachtete, mit dem sie sich aber dennoch verabredete, »weil er es so aufrichtig meinte« –, und den ganzen Sommer lang teilten wir ihre Abende unter uns auf.

Eines Tages sagte sie alle ihre Verabredungen ab – Bill Knowles hatte Urlaub und würde nach Tarleton kommen. Wir erörterten das Ereignis mit wissenschaftlicher Unpersönlichkeit – würde er sie zu einer Entscheidung bewegen können? Leutnant Canby hingegen benahm sich gar nicht unpersönlich; er machte sich lästig. Er sagte ihr, wenn sie Knowles heiratete, würde er in seinem Flugzeug zweitausend Meter hoch aufsteigen, den Motor abstellen und abstürzen. Er machte ihr Angst – mein letztes Rendezvous mit ihr vor Bills Ankunft mußte ich an ihn abtreten.

Eines Sonnabendabends kam sie mit Bill Knowles in den Landklub. Sie waren ein schönes Paar, und wieder empfand ich Neid und Trauer. Als sie zusammen tanzten, spielte die Drei-Mann-Kapelle ›After you've gone‹ so schmerzlich und unvollkommen, daß ich es noch heute hören kann – als tropfe aus jedem Takt eine kostbare Minute jener Zeit. Ich wußte nun, daß mir Tarleton ans Herz gewachsen war, und ich schaute mich halb in Panik um, ob nicht aus der warmen, singenden Dunkelheit draußen, die Paar um Paar in Organdy und olivfarbenem Tuch freigab, irgendein Gesicht auf mich zukäme. Es war eine Zeit der Jugend und des Krieges, und niemals wieder gab es so viel Liebe ringsumher.

Als ich mit Ailie tanzte, schlug sie plötzlich vor, wir sollten hinausgehen und uns in ein Auto setzen. Sie wollte wissen: Warum bemühten sich die Männer heute abend nicht um sie? Glaubten sie, sie sei bereits verheiratet?

»Wirst du heiraten?«

»Ich weiß nicht, Andy. Manchmal, wenn er mich behandelt, als sei ich etwas Heiliges, durchschauert es mich.« Ihre Stimme klang gedämpft und wie aus weiter Ferne. »Und dann ...«

Sie lachte. Ihr Körper, der so zart und zerbrechlich war, berührte meinen, ihr Gesicht war zu mir emporgewandt, und jetzt auf einmal, wo Bill Knowles nur zehn Meter entfernt war, hätte ich sie endlich küssen können. Unsere Lippen berührten sich leicht, versuchsweise; dann bog ein Fliegeroffizier um die Ecke der Säulenterrasse, neben der wir standen, spähte in unsere Dunkelheit und zögerte.

»Ailie.«

»Ja.«

»Wissen Sie schon, was heute nachmittag passiert ist?«

»Was?« Sie beugte sich vor; schon ihre Stimme verriet ihre Spannung.

»Horace Canby ist abgestürzt. Er war sofort tot.«

Sie stand langsam auf und stieg aus dem Wagen.

»Sie meinen, er war tot?« sagte sie.

»Ja. Man weiß nicht, was los war. Sein Motor ...«

»Oh!« Ihr rauhes Flüstern drang durch die Hände, die plötzlich ihr Gesicht bedeckten. Wir betrachteten sie hilflos, als sie den Kopf auf den Rand des Autos legte und krampfhaft schluchzte, ohne Tränen zu vergießen. Nach einer Minute holte ich Bill, der verlassen dastand und besorgt nach ihr Ausschau hielt, und sagte ihm, sie wolle nach Hause fahren.

Ich setzte mich draußen auf die Stufen. Ich hatte Canby nicht leiden können, aber sein schrecklicher, sinnloser Tod hatte mehr Wirklichkeit für mich als der tägliche Tod von Tausenden in Frankreich. Nach ein paar Minuten kamen Ailie und Bill heraus. Ailie wimmerte ein wenig, doch als sie mich sah, blieb ihr Blick auf mir haften, und sie trat schnell zu mir.

»Andy«, sie sprach mit rascher, leiser Stimme, »natürlich darfst du zu niemand ein Wort über das verlauten lassen, was ich dir gestern von Canby erzählt habe. Was er gesagt hat, meine ich.«

»Natürlich nicht.«

Sie sah mich noch einen Augenblick länger an, wie um ganz sicherzugehen. Endlich war sie sicher. Dann stieß sie einen so sonderbaren kleinen Seufzer aus, daß ich meinen Ohren kaum traute, und ihre Augenbrauen hoben sich in gespielter Verzweiflung – jedenfalls kann man es nur so nennen.

»An-dy.«

Ich blickte beunruhigt zu Boden, denn ich merkte, daß sie mich auf die unheilvolle Wirkung aufmerksam machen wollte, die sie ungewollt auf Männer ausübte.

»Gute Nacht, Andy!« rief Bill, als sie in ein Taxi stiegen.

»Gute Nacht«, sagte ich, und beinahe hätte ich hinzugefügt: »Du armer Narr.«

II

Natürlich hätte ich, wie das Leute in Büchern tun, eine jener schönen moralischen Entscheidungen fällen und sie verachten sollen. Im Gegenteil – ganz ohne Zweifel hätte sie mich immer noch haben können, wenn sie nur mit dem kleinen Finger gewinkt hätte.

Ein paar Tage später machte sie es wieder gut, indem sie nachdenklich sagte: »Ich weiß, du findest, es war scheußlich von mir, in einem solchen Augenblick an mich zu denken, aber es war so ein grauenvoller Zufall.«

Mit dreiundzwanzig hatte ich noch keine festen Überzeugungen außer der einen, daß einige Menschen stark und anziehend waren und tun konnten, was sie wollten, während andere erwischt wurden und Schande auf sich luden. Ich hoffte, daß ich zur ersten Gruppe gehörte. Bei Ailie war ich mir dessen sicher.

Andere Vorstellungen, die ich mir von ihr machte, mußte ich revidieren. Als ich einmal mit einem Mädchen eine lange Diskussion über Küssen hatte – damals sprachen die Leute noch mehr vom Küssen, als daß sie tatsächlich küßten –, erwähnte ich, daß Ailie nur zwei oder drei Männer geküßt hätte, und das nur dann, wenn sie glaubte, sie habe sich verliebt. Ich war ziemlich fassungslos, als das Mädchen vor Lachen buchstäblich auf dem Fußboden lag.

»Aber es ist die Wahrheit«, versicherte ich ihr und wußte plötzlich, daß es nicht die Wahrheit war. »Sie hat es mir selber erzählt.«

»Ailie Calhoun! Du lieber Gott! Na, voriges Jahr auf der Frühlingsparty im Technischen Institut ...«

Das war im September. Wir konnten jede Woche nach

Übersee abkommandiert werden, und aus dem vierten Ausbildungslager traf ein letzter Schub Offiziere ein, um uns auf Kriegsstärke zu bringen. Das vierte Lager war nicht wie die ersten drei – die Offiziersanwärter kamen aus der Mannschaft, ja sogar aus den Reihen der Eingezogenen. Sie hatten merkwürdige Namen ohne Vokale darin. Und abgesehen von ein paar jungen Milizionären war es keineswegs selbstverständlich, daß sie überhaupt irgendeine Erziehung genossen hatten. Unsere Kompanie bekam Leutnant Earl Schoen aus New Bedford in Massachusetts dazu – physisch ein Prachtexemplar, wie ich kaum je eins gesehen habe. Er war eins fünfundachtzig groß, hatte schwarzes Haar, eine frische Gesichtsfarbe und glänzende dunkelbraune Augen. Er war nicht sehr klug und ganz gewiß ungebildet, aber er war ein guter Offizier, hochmütig und achtunggebietend und mit jenem kleidsamen Anflug von Eitelkeit, der dem Militär wohl ansteht. Ich vermutete, daß New Bedford eine Landstadt war, und führte seine Anmaßung und Aufgeblasenheit darauf zurück.

Zwei Offiziere mußten sich nun immer ein Zimmer teilen, und er kam in meinen Barackenraum. Binnen einer Woche wurde das Privatfoto eines Mädchens aus Tarleton brutal an die Bretterwand genagelt.

»Sie ist kein Ladenmädel oder so was. Sie kommt aus der Gesellschaft, verkehrt mit den besten Leuten hier.«

Am nächsten Sonntagnachmittag lernte ich die Dame kennen – am Rande eines beinahe privaten Schwimmbassins irgendwo auf dem Lande. Als Ailie und ich erschienen, hob sich Schoens muskulöser Körper in einem Badeanzug am anderen Ende des Schwimmbassins wellenschlagend halb aus dem Wasser.

»He, Leutnant!«

Als ich zurückwinkte, lächelte er, zwinkerte mit den Augen

und deutete mit einer Kopfbewegung auf das Mädchen neben ihm. Dann versetzte er ihr einen Rippenstoß und machte eine Kopfbewegung zu mir hin. Es war eine Art Vorstellung.

»Wer ist der Mann da neben Kitty Preston?« fragte Ailie, und als ich es ihr sagte, behauptete sie, er sähe wie ein Straßenbahnschaffner aus, und tat, als suche sie ihr Umsteigebillett.

Gleich darauf kraulte er kraftvoll und anmutig durch das Bassin und kletterte an unserem Ende aus dem Wasser. Ich stellte ihn Ailie vor.

»Wie gefällt Ihnen mein Mädchen, Leutnant?« fragte er. »Ich habe Ihnen doch gesagt, daß sie in Ordnung ist, was?« Er machte eine Kopfbewegung zu Ailie hin, diesmal um anzudeuten, daß sein Mädchen und Ailie in den gleichen Kreisen verkehrten. »Wie wär's, wenn wir einen Abend alle zusammen ins Hotel essen gehen?«

Gleich darauf überließ ich die beiden sich selbst. Es amüsierte mich, zu sehen, daß Ailie sichtbar zu dem Schluß gelangt war, dies sei jedenfalls nicht der ideale Mann. Aber es war nicht so einfach, Leutnant Earl Schoen loszuwerden. Er ließ seinen Blick heiter und harmlos über ihre hübsche, feingliedrige Gestalt gleiten und entschied, daß Ailie sogar noch besser sei als die andere. Zehn Minuten später sah ich sie zusammen im Wasser. Ailie schwamm mit verbissenen kleinen Stößen los, und Schoen platschte geräuschvoll vor ihr her und um sie herum, hielt manchmal inne und starrte sie fasziniert an, etwa wie ein Junge, der eine Seemannspuppe betrachtet.

Den Rest des Nachmittags blieb er an ihrer Seite. Schließlich kam Ailie zu mir herüber und flüsterte lachend: »Er hängt sich an mich. Er glaubt, ich habe kein Fahrgeld bezahlt.«

Sie drehte sich rasch um. Miss Kitty Preston stand mit merkwürdig rotem und heißem Gesicht vor uns.

»Ailie Calhoun, ich dachte nicht, daß du alles dransetzen würdest, einem anderen Mädchen den Mann auszuspannen.« Etwas wie Angst ob der drohenden Szene malte sich auf Ailies Gesicht. »Ich dachte, du bist dir zu gut für so was.«

Miss Prestons Stimme war leise, aber sie hatte jene Schärfe, die man auf größere Entfernung eher fühlen als hören kann, und ich sah, wie Ailies klare schöne Augen in Panik hierhin und dorthin blickten. Glücklicherweise schlenderte jetzt Earl selber heiter und unschuldig auf uns zu.

»Wenn dir etwas an ihm liegt, solltest du dich vor ihm wirklich nicht kleiner machen, als du bist«, erwiderte Ailie sofort mit hocherhobenem Kopf.

Ihr Wissen um die traditionelle Verhaltensweise stand gegen Kitty Prestons naive, leidenschaftliche Besitzgier oder, wenn man so lieber will, Ailies »gute Erziehung« gegen die »Gewöhnlichkeit« der anderen. Sie wandte sich ab.

»Warten Sie einen Augenblick, Kindchen!« rief Earl Schoen. »Was ist mit Ihrer Adresse? Vielleicht würde ich Sie gerne mal anrufen.«

Sie sah ihn auf eine Art an, die Kitty ihren völligen Mangel an Interesse hätte deutlich machen sollen.

»Diesen Monat bin ich beim Roten Kreuz sehr beschäftigt«, sagte sie, und ihre Stimme war so kühl wie ihr glatt zurückgekämmtes blondes Haar. »Auf Wiedersehen.«

Auf dem Heimweg lachte sie. Bisher hatte sie ein Gesicht gemacht, als sei sie unwissentlich in eine zweifelhafte Affäre verwickelt worden; dieser Ausdruck verschwand nun.

»Sie wird diesen jungen Mann nie halten können«, sagte sie. »Er will jemand Neues.«

»Offenbar will er Ailie Calhoun.«

Der Gedanke erheiterte sie.

»Er könnte mir seine Knipszange zum Anstecken geben

wie die Anstecknadel einer Studentenverbindung. Wie komisch! Wenn Mutter je so was wie ihn unser Haus betreten sähe, würde sie sich ganz einfach hinlegen und sterben.«

Und um Ailie Gerechtigkeit widerfahren zu lassen: Es dauerte volle vierzehn Tage, bis Earl Schoen einen Besuch bei ihr machte, obwohl er sie bei dem nächsten Tanzvergnügen im Landklub derart bestürmte, daß sie tat, als sei sie verärgert.

»Er ist ein ganz rüder Bursche, Andy«, flüsterte sie mir zu. »Aber er meint es so aufrichtig.«

Sie gebrauchte das Wort »rüde« ohne die Verurteilung, die darin gelegen hätte, wäre Earl Schoen ein junger Mann aus dem Süden gewesen. Sie kannte es nur mit dem Verstand, ihr Ohr konnte keine Yankeestimme von der anderen unterscheiden. Und aus irgendeinem Grunde starb Mrs. Calhoun nicht, als Earl auf der Schwelle stand. Die anscheinend so unausrottbaren Vorurteile von Ailies Eltern erwiesen sich als ein bequemes Phänomen, das auf ihren Wunsch hin verschwand. Diesmal waren es ihre Freunde, die staunten. Ailie die sich stets ein wenig erhaben über Tarleton gedünkt hatte, Ailie, deren Verehrer stets so sorgfältig ausgewählt und stets die »nettesten« Männer des Lagers waren – Ailie und Leutnant Schoen! Ich bekam es satt, allen Leuten zu versichern, daß sie lediglich Zerstreuung suchte, und in der Tat hatte sie jede Woche jemand anderen – einen Marinefähnrich aus Pensacola, einen alten Freund aus New Orleans –, aber in den Zwischenzeiten war stets Earl Schoen an ihrer Seite.

Es kam der Befehl, daß sich eine Vorausabteilung von Offizieren und Unteroffizieren zum Hafen begeben und nach Frankreich einschiffen sollte. Mein Name stand auf der Liste. Ich war eine Woche lang auf dem Schießplatz gewesen, und als ich ins Lager zurückkehrte, wurde ich sogleich von Earl Schoen am Rockaufschlag festgehalten.

»Wir veranstalten eine kleine Abschiedsparty in der Offiziersmesse. Nur du, ich, Hauptmann Craker und drei Mädchen.«

Earl und ich sollten die Mädchen heranschaffen. Wir wählten Sally Carrol Happer und Nancy Lamar aus und gingen dann zu Ailies Haus. An der Tür empfing uns der Butler mit der Ankündigung, sie sei nicht zu Hause.

»Nicht zu Hause?« wiederholte Earl verblüfft. »Wo ist sie denn?«

»Hat nicht gesagt, wo, hat nur gesagt, ist nicht zu Hause.«

»Das ist doch aber verdammt komisch!« rief Earl. Er schritt auf der wohlbekannten dunklen Terrasse hin und her, während der Butler an der Tür wartete. Plötzlich kam ihm ein Gedanke. »Weißt du«, sagte er zu mir, »weißt du, ich glaube, sie ist beleidigt.«

Ich wartete. Er wandte sich streng an den Butler: »Sagen Sie ihr bitte, daß ich sie ganz kurz sprechen muß.«

»Wie soll ich ihr was sagen, wo sie nicht zu Hause ist?«

Wieder schritt Earl nachdenklich auf der Terrasse hin und her. Dann nickte er ein paarmal und sagte: »Sie ist beleidigt wegen etwas, was in der Stadt passiert ist.«

Mit ein paar Worten erklärte er mir die Sache.

»Paß auf, du wartest im Auto«, sagte ich. »Vielleicht kann ich das in Ordnung bringen.« Und als er sich zögernd entfernte: »Oliver, bitte richten Sie Miss Ailie aus, daß ich sie unter vier Augen zu sprechen wünsche.«

Nach kurzer Diskussion überbrachte der Butler die Botschaft, und einen Augenblick später kam er mit der Antwort zurück: »Miss Ailie sagt, den andern Herrn will sie nie wiedersehen. Sie sagt, Sie sollen hereinkommen, wenn Sie wollen.«

Sie war in der Bibliothek. Ich hatte erwartet, ein Bild kühler, beleidigter Würde zu erblicken, aber sie sah aufgelöst, verwirrt, verzweifelt aus. Ihre Augen waren rot gerändert, als habe sie seit Stunden langsam und qualvoll geweint.

»Ach, guten Tag, Andy«, sagte sie gebrochen. »Ich habe dich schon so lange nicht gesehen. Ist er weg?«

»Also, Ailie ...«

»Also, Ailie!« rief sie. »Also, Ailie! Er hat mit mir gesprochen, verstehst du. Er hat den Hut gezogen. Er stand drei Meter von mir entfernt, mit dieser gräßlichen – dieser gräßlichen Frau – hatte sie untergehakt und redete auf sie ein, und dann, als er mich sah, zog er den Hut. Andy, ich wußte nicht, was ich tun sollte. Ich mußte in den Drugstore gehen und um ein Glas Wasser bitten, und ich hatte solche Angst, er könnte hinterherkommen, daß ich Mr. Rich bat, er soll mich durch die Hintertür hinauslassen. Ich möchte ihn niemals wiedersehen und niemals wieder etwas von ihm hören.«

Ich redete. Ich sagte das, was man in solchen Fällen sagt. Ich redete eine halbe Stunde lang. Ich konnte sie nicht umstimmen. Ein paarmal antwortete sie, indem sie irgend etwas über seine mangelnde »Aufrichtigkeit« murmelte, und zum vierten Mal fragte ich mich, was dieses Wort für sie bedeutete. Gewiß nicht Beständigkeit, vielmehr, vermutete ich fast, eine besondere Art, in der sie betrachtet werden wollte.

Ich stand auf und wollte gehen. Und dann hupte es draußen unglaublicherweise dreimal ungeduldig. Es war verblüffend. Das Hupen sagte so klar, ols ob Earl im Zimmer stünde: Also gut, scher dich zum Teufel! Ich denke nicht daran, die ganze Nacht hier zu warten.

Ailie sah mich entgeistert an. Und plötzlich trat ein sonderbarer Ausdruck in ihr Gesicht, breitete sich darauf aus, flakkerte und löste sich in einem weinerlichen hysterischen Lächeln auf.

»Ist er nicht grauenvoll?« rief sie in hilfloser Verzweiflung. »Ist er nicht fürchterlich?«

»Beeil dich!« sagte ich rasch. »Nimm dein Cape. Das heute ist unser letzter Abend.«

Und immer noch kann ich diesen Abend ganz genau nachempfinden: das Kerzenlicht, das über die nackten Bretter der Baracke zuckte, in der die Offiziersmesse untergebracht war, über die ramponierten Papierdekorationen, die von der Party der Nachschubkompanie übriggeblieben waren, die traurige Mandoline irgendwo in einer Kompaniestraße, die in der allumfassenden Wehmut des scheidenden Sommers immer wieder ›My Indiana Home‹ spielte. Die drei Mädchen, verloren in dieser geheimnisvollen Männerstadt, empfanden auch etwas – eine flüchtige Verzauberung, als säßen sie auf einem Zauberteppich, der im ländlichen Süden niedergegangen war, und jeden Augenblick konnte ihn der Wind erfassen und fortwehen. Wir tranken auf uns und auf den Süden. Dann ließen wir unsere Servietten und leeren Gläser und ein bißchen von der Vergangenheit auf dem Tisch zurück und schritten Hand in Hand ins Mondlicht hinaus. Man hatte bereits den Zapfenstreich gespielt; alles war still bis auf das weit entfernte Wiehern eines Pferdes und ein lautes, hartnäckiges Schnarchen, über das wir lachten, und das Knacken des ledernen Schulterriemens, als der Wachposten am Schilderhaus sein Gewehr mit beiden Händen schräg vor der Brust hielt. Craker hatte Dienst; wir anderen stiegen in ein bereitstehendes Auto und setzten Crakers Mädchen in Tarleton ab.

Dann fuhren Ailie und Earl, Sally und ich, zwei Paare auf dem breiten Rücksitz, jedes Paar vom anderen abgewandt, flüsternd und mit sich beschäftigt, in die weite, ebene Dunkelheit hinaus.

Wir fuhren durch Fichtenwälder, deren Boden dicht mit

Flechten und spanischem Moos bedeckt war, und zwischen den blaßgelben Baumwollfeldern eine Straße entlang, die so weiß war wie der Rand der Welt. Wir parkten unterm Sprenkelschatten einer Mühle, wo wir das Geräusch von fließendem Wasser hörten und das unruhige Piepen der Vögel, und über allem lag ein Glanz, der überall einzudringen versuchte – in die verfallenen Niggerhütten, in das Auto, in die schnellen Schläge unserer Herzen. Der Süden sang uns zu – ich hätte gern gewußt, ob sie sich noch daran erinnern. Ich erinnere mich – die kühlen, bleichen Gesichter, die schläfrigen, verliebten Augen und die Stimmen:

»Fühlst du dich wohl?«

»Ja; du auch?«

»Ganz bestimmt?«

»Ja.«

Plötzlich wußten wir, daß es spät war und daß nichts mehr kommen würde. Wir fuhren nach Hause.

Am nächsten Tag brach unsere Abteilung nach Camp Mills auf, aber ich kam zu guter Letzt doch nicht nach Frankreich. Wir verbrachten einen kalten Monat auf Long Island, marschierten, den Helm an der Seite festgeschnallt, an Bord eines Truppentransporters und marschierten dann wieder herunter. Der Krieg war vorbei. Ich hatte den Krieg verpaßt. Als ich nach Tarleton zurückkam, versuchte ich alles, um aus der Armee entlassen zu werden, aber ich hatte ein reguläres Offizierspatent, und so dauerte es fast den ganzen Winter. Earl Schoen aber war einer der ersten, die demobilisiert wurden. Er wollte sich eine gute Stellung suchen, »solange man noch die Auswahl hat«. Ailie wollte sich nicht festlegen, aber sie hatten vereinbart, daß er zurückkommen solle.

Im Januar verschwanden die Lager bereits, die zwei Jahre lang die kleine Stadt beherrscht hatten. Nur noch der anhaltende Gestank des Verbrennungsofens erinnerte einen an das geschäftige Treiben. Die Leute, die noch übriggeblieben waren, konzentrierten sich verbittert um das Hauptquartier der Division mit den mißmutigen Berufsoffizieren, die den Krieg ebenfalls verpaßt hatten.

Und nun kamen die jungen Männer von Tarleton aus allen Teilen der Welt zurück – einige in kanadischer Uniform, einige mit Krücken oder leeren Ärmeln. Ein zurückgekehrtes Bataillon der Nationalgarde marschierte zu Ehren seiner Toten in offener Formation durch die Straßen und ließ dann die Romantik für immer hinter sich – bald verkauften sie in den Geschäften der Stadt Waren über den Ladentisch. Bei den Tanzveranstaltungen im Landklub mischten sich nur wenige Uniformen unter die Smokings.

Kurz vor Weihnachten traf unerwartet Bill Knowles ein und reiste am nächsten Tag wieder ab – entweder hatte er Ailie ein Ultimatum gestellt, oder sie hatte sich endlich entschlossen. Ich sah sie manchmal, wenn sie nicht von heimgekehrten Helden aus Savannah und Augusta mit Beschlag belegt war, aber ich kam mir vor wie ein altmodisches Überbleibsel – und das war ich auch. Sie wartete auf Earl Schoen mit so großer Unsicherheit, daß sie nicht gern darüber sprach. Drei Tage vor meiner endgültigen Entlassung kam er.

Das erste Mal begegnete ich ihnen, als sie zusammen die Market Street entlanggingen, und ich glaube, nie in meinem Leben hat mir ein Paar so leid getan, obwohl sich das gleiche vermutlich in jeder Stadt wiederholte, in der es Militärlager gegeben hatte. Alles nur Erdenkliche war falsch an Earls Äußerem. Sein Hut war grün, mit einer übertriebenen Feder darauf, sein Anzug hatte Schlitze und war mit Tresse eingefaßt, einer grotesken Mode gehorchend, der die Modeinserate und der Film ein Ende gemacht hatten. Offensichtlich war er bei seinem alten Friseur gewesen, denn sein Haar fiel locker auf seinen sauber rasierten rosa Hals. Nicht daß er schäbig und armselig gewirkt hätte, aber man spürte sofort das Milieu von Fabrikstadttanzsälen und Ausflugslokalen – oder vielmehr Ailie spürte es. Denn sie hatte sich die Wirklichkeit niemals richtig vorstellen können; in dieser Kleidung war selbst die natürliche Anmut seines prachtvollen Körpers verschwunden. Zuerst prahlte er mit seiner guten Stellung; sie würden ganz leidlich auskommen, bis er eine Gelegenheit sah, »leicht Geld zu machen«. Aber von dem Augenblick an, als er in ihre Welt zurückkehrte und sich deren Bedingungen unterwarf, muß er gewußt haben, daß die Sache hoffnungslos war. Ich weiß nicht, was Ailie sagte, oder wie schwer ihr Kummer gegenüber ihrer Bestürzung wog. Sie handelte schnell – drei Tage nach seiner Ankunft fuhren Earl und ich zusammen im Zug nach Norden.

»Na, das ist nun zu Ende«, sagte er schwermütig. »Sie ist ein fabelhaftes Mädel, aber viel zu intellektuell für mich. Ich meine, sie sollte einen reichen Mann heiraten, der ihr eine großartige gesellschaftliche Stellung bieten kann. So was Hochgestochenes ist nichts für mich.« Und dann, etwas später: »Sie sagte, ich soll in einem Jahr wiederkommen und sie besuchen, aber ich fahre nie wieder hin. Dieses ganze aristokratische Gehabe ist gut, wenn du das Geld dafür hast, aber ...«

»Aber es war alles nicht echt«, wollte er schließen. Die Provinzgesellschaft, in der er sich sechs Monate lang mit so großer Genugtuung bewegt hatte, erschien ihm jetzt affektiert, geziert und künstlich.

»Sag mal, hast du gesehn, was da vorhin eingestiegen ist?« fragte er mich nach einer Weile. »Zwei fabelhafte Mädels, und ganz allein. Weißt du was, wir ziehen in den nächsten

Wagen und laden sie zum Essen ein. Ich nehme die in Blau.« Als er schon durch den halben Wagen hindurch war, drehte er sich plötzlich zu mir um. »Sag mal, Andy«, fragte er stirnrunzelnd, »eine Frage – was glaubst du, woher wußte sie, daß ich Straßenbahnschaffner war? Ich hab ihr das doch nie gesagt.«

»Keine Ahnung.«

III

Diese Erzählung ist nun an einer der großen Lücken angelangt, die mich anstarrten, als ich begann. Sechs Jahre lang, während ich in Harvard mein Jurastudium beendete und Verkehrsflugzeuge baute und Straßenpflaster, das unter Lastwagen zerbröckelte, mit einem festen Unterbau versah, war Ailie Calhoun kaum mehr als ein Name auf einer Weihnachtskarte; etwas, das an warmen Abenden, wenn ich mich an die Magnolienblüten erinnerte, sacht in mein Gemüt wehte. Gelegentlich fragte mich ein Bekannter aus meiner Armeezeit: »Was ist eigentlich aus dem blonden Mädchen geworden, das so beliebt war?«, aber ich wußte es nicht. Eines Abends traf ich im ›Montmartre‹ in New York zufällig Nancy Lamar und erfuhr, daß Ailie sich mit einem Mann in Cincinnati verlobt hatte, daß sie in den Norden gefahren war, um seine Familie zu besuchen, und dann die Verlobung gelöst hatte. Sie war so hübsch wie nur je und hatte immer einen oder zwei leidenschaftliche Verehrer. Aber weder Bill Knowles noch Earl Schoen waren je wiedergekommen.

Etwa um dieselbe Zeit hörte ich, daß Bill Knowles ein Mädchen geheiratet hatte, das er auf einem Schiff kennengelernt hatte. Da hat man's – nicht viel, um sechs Jahre wiedergutzumachen.

Seltsamerweise kam ich beim Anblick eines Mädchens in der Dämmerung auf einem kleinen Bahnhof in Indiana auf die Idee, in den Süden zu fahren. Das Mädchen in steifem rosa Organdy schlang ihre Arme um einen Mann, der aus unserem Zug ausstieg, und zog ihn zu einem bereitstehenden Auto, und ich fühlte so etwas wie einen stechenden Schmerz. Es schien mir, als entführe sie ihn in die verlorene Mittsommerwelt meiner frühen zwanziger Jahre, als die Zeit stillgestanden hatte und wo reizende Mädchen, nur undeutlich sichtbar wie die Vergangenheit selber, immer noch durch die im Dämmerlicht liegenden Straßen schlenderten. Ich glaube, Poesie ist der Traum, den ein Mann aus dem Norden vom Süden träumt. Aber erst Monate später schickte ich Ailie ein Telegramm und folgte ihm sogleich nach Tarleton.

Es war Juli. Das Jefferson-Hotel sah merkwürdig schäbig und muffig aus – ein Förderungsverein stimmte im Speisesaal, den meine Erinnerung so lange Offizieren und Mädchen zugeeignet hatte, in Abständen Lieder an. Ich erkannte den Taxichauffeur wieder, der mich zu Ailies Haus fuhr, doch sein »Natürlich erinnere ich mich, Leutnant« klang nicht sehr überzeugend. Ich war nur einer von zwanzigtausend.

Es waren sonderbare drei Tage. Ich glaube, etwas von Ailies erstem Jugendglanz muß den Weg alles Irdischen gegangen sein, aber ich kann das nicht mit Sicherheit sagen. Sie war physisch immer noch so anziehend, daß man gern die Persönlichkeit berührt hätte, die auf ihren Lippen zitterte. Nein – die Veränderung ging tiefer.

Ich sah sofort, daß sie sich jetzt anders gab. Die Töne des Stolzes, die Andeutungen, daß sie die Geheimnisse einer strahlenderen, schöneren Vorkriegszeit kannte, waren aus ihrer Stimme verschwunden; es war keine Zeit mehr dafür, als sie jetzt in der halb lachenden, halb verzweifelten neckischen Art des neueren Südens drauflosplapperte. Und alles wurde in dieses neckische Geplauder hineingestopft, damit nur ja keine Pause entstand und man keine Zeit zum Nachdenken hatte – die Gegenwart, die Zukunft, sie selbst, ich. Wir gingen zusammen zu einer Rowdy-Party im Hause eines jungen Ehepaares, und sie war der nervöse, strahlende Mittelpunkt des Festes. Schließlich war sie nicht mehr achtzehn, und sie war so anziehend wie nie zuvor in der Rolle des unbekümmerten Clowns.

»Hast du irgendwas von Earl Schoen gehört?« fragte ich sie am zweiten Abend, auf dem Weg zum Tanz im Landklub.

»Nein.« Sie war einen Augenblick lang ernst. »Ich denke oft an ihn. Er war der...« Sie zögerte.

»Sprich weiter.«

»Ich wollte sagen, der Mann, den ich am meisten liebte, aber das stimmt ja nicht. Ich liebte ihn niemals wirklich, sonst hätte ich ihn trotz allem geheiratet, nicht wahr?« Sie sah mich fragend an. »Zumindest hätte ich ihn nicht so behandelt, wie ich es getan habe.«

»Es war unmöglich.«

»Natürlich«, pflichtete sie mir unsicher bei. Ihre Stimmung schlug um; sie wurde frivol: »Wie die Yankees uns arme kleine Mädchen aus dem Süden betrogen haben! Mein Gott!«

Als wir den Landklub betraten, tauchte sie wie ein Chamäleon in der Menschenmenge unter, die mir fremd war. Es war eine neue Generation auf der Tanzfläche, die weniger Würde hatte als jene, die ich gekannt hatte, aber niemand war so sehr ein Teil ihres trägen, fieberischen innersten Wesens wie Ailie. Möglicherweise hatte sie begriffen, daß sie in ihrer ursprünglichen Sehnsucht, der Provinzatmosphäre von Tarleton zu entfliehen, eine Einzelgängerin gewesen war – daß sie einer Generation folgte, deren Schicksal es war, keine Nachfolger zu haben. Wo sie die Schlacht verloren hatte, die hinter den weißen Säulen ihrer Terrasse geschlagen wurde, wußte ich nicht. Aber sie hatte sich verrechnet, hatte irgendwo falsch gesetzt. Ihre wilde Lebhaftigkeit, die selbst jetzt noch genug Männer anzog – selbst die jüngsten und frischesten Mädchen hatten nicht mehr Verehrer als sie –, war ein Eingeständnis ihrer Niederlage.

Ich verließ ihr Haus, wie ich es so oft in jenem entschwundenen Juni verlassen hatte, in einer Stimmung vager Unbefriedigung. Erst Stunden später, als ich mich in meinem Hotelbett hin und her wälzte, begriff ich, was los war, was immer mit mir los gewesen war – daß ich leidenschaftlich und unheilbar in sie verliebt war. Trotz aller Gegensätze zwischen uns war sie für mich immer noch das anziehendste Mädchen, das ich je gekannt hatte, und würde es stets bleiben. Ich sagte ihr das am nächsten Nachmittag. Es war einer jener heißen Tage, die ich so gut kannte, und Ailie saß neben mir in der abgedunkelten Bibliothek auf einer Couch.

»Nein, ich könnte dich nicht heiraten«, sagte sie beinahe erschreckt, »ich liebe dich doch gar nicht auf diese Weise ... das habe ich nie getan. Und du liebst mich auch nicht. Ich wollte es dir eigentlich nicht jetzt erzählen – ich heirate nächsten Monat. Wir geben es nicht mal vorher bekannt, weil ich das schon zweimal getan habe.« Plötzlich fiel ihr ein, daß ich vielleicht verletzt sein mochte. »Andy, das war doch nur so ein Einfall von dir, nicht wahr? Du weißt doch, daß ich nie einen Mann aus dem Norden heiraten könnte.«

»Wer ist es?« fragte ich.

»Ein Mann aus Savannah.«

»Bist du verliebt in ihn?«

»Natürlich.« Wir lächelten beide. »Natürlich. Was willst du denn von mir hören?«

Es gab keine Zweifel, wie es sie in bezug auf andere Männer gegeben hatte. Sie konnte es sich nicht leisten, Zweifel zu haben. Ich wußte das, weil sie schon lange aufgehört hatte, mir irgend etwas vorzumachen. Ich begriff, daß sie deshalb so natürlich war, weil sie in mir keinen Bewerber sah. Unter der Maske des seinem Instinkt gehorchenden Vollbluts war sie sich stets über sich selbst im klaren gewesen, und sie konnte nicht glauben, daß jemand, der sie nicht kritiklos anbetete, sie wirklich lieben konnte. Das nannte sie »es aufrichtig meinen«; sie fühlte sich sicherer mit Männern wie Canby und Earl Schoen, die nicht imstande waren, Urteile über das scheinbar so aristokratische Herz zu fällen.

»Also gut«, sagte ich, als habe sie mich um die Erlaubnis gebeten zu heiraten. »Würdest du mir einen Gefallen tun?«

»Alles.«

»Fahr mit mir zum Lager.«

»Aber da steht doch nichts mehr, mein Lieber.«

»Das ist mir egal.«

Wir gingen in die Stadt. Der Taxichauffeur vor dem Hotel wiederholte Ailies Einwand. »Da ist nichts mehr, Captain.«

»Macht nichts. Fahren Sie trotzdem hin.«

Zwanzig Minuten später hielt er auf einer weiten, fremd aussehenden Ebene, die mit neuen Baumwollfeldern übersät und durch einzelne Fichtengruppen gekennzeichnet war.

»Wollen Sie dort rüber, wo man den Rauch sieht?« fragte der Fahrer. »Das ist das neue Staatsgefängnis.«

»Nein. Fahren Sie nur diesen Weg entlang. Ich möchte die Stelle finden, wo ich mal gewohnt habe.«

Die verfallene Tribüne einer alten Rennstrecke, die in der großen Zeit des Lagers gar nicht aufgefallen war, erhob sich in der Einöde. Vergeblich versuchte ich mich zurechtzufinden.

»Fahren Sie diesen Weg weiter, bis hinter die Baumgruppe dort, und biegen Sie dann nach rechts ab – nein, nach links.«

Er gehorchte mit berufsmäßigem Widerwillen.

»Du findest dort gar nichts mehr, Lieber«, sagte Ailie. »Die Bauunternehmer haben alles abreißen lassen.«

Wir fuhren langsam an den Feldern entlang. Hier konnte es gewesen sein...

»Gut. Ich möchte aussteigen«, sagte ich plötzlich.

Ich ließ Ailie im Auto zurück. Sie sah sehr schön aus, als der warme Wind mit ihrem langen, lockigen Haar spielte.

Das da konnte die Kompaniestraße gewesen sein und dort, genau gegenüber, die Baracke der Offiziersmesse, wo wir an jenem Abend gegessen hatten.

Der Taxifahrer betrachtete mich nachsichtig, während ich hier und da in dem kniehohen Gestrüpp herumstolperte und in einer Schindel oder einem Stück Dachpappe oder einer rostigen Tomatenbüchse nach meiner Jugend suchte. Ich versuchte eine Baumgruppe anzuvisieren, die mir irgendwie bekannt vorkam, aber es wurde jetzt dunkler, und ich war mir nicht sicher, ob es die richtigen Bäume waren.

»Die alte Rennstrecke wird wieder hergerichtet«, rief Ailie vom Wagen her. »Tarleton wird ganz mondän auf seine alten Tage.«

Nein. Genauer betrachtet, waren es doch nicht die richtigen Bäume. Fest stand nur das eine: daß dieser Ort, einst so voller Leben und Bemühen, verschwunden war, als habe es ihn nie gegeben, und daß Ailie in einem Monat verschwunden sein würde und der Süden für immer leer für mich.

(Deutsch von Elga Abramowitz)

William Faulkner
Eine Rose für Emily

I

Als Miss Emily Grierson starb, ging unser ganzes Städtchen zum Begräbnis: die Männer aus einer Art verehrungsvoller Anhänglichkeit an ein gestürztes Monument, die Frauen meistens aus Neugier, um das Innere des Hauses zu sehen, das in den letzten zehn Jahren niemand außer einem alten Diener – der gleichzeitig Koch und Gärtner war – gesehen hatte.

Es war ein großes, fast quadratisches Holzhaus, das, ehemals weiß, mit Kuppeln und Spitztürmchen und verschnörkelten Balkonen im überladen eleganten Stil der siebziger Jahre verziert war, und es lag an einer Straße, die sich einst als unsre vornehmste präsentiert hatte. Aber Garagen und Baumwollmühlen hatten selbst die erlauchten Namen jener Gegend verdrängt und ausgelöscht; einzig Miss Emilys Haus war übriggeblieben und erhob sich in all seinem Verfall hartnäckig und kokett über die Baumwollwagen und Benzinpumpen – ein Schandfleck unter Schandflecken. Und nun war Miss Emily verschieden, um sich zu den Trägern der erlauchten Namen auf dem von nachdenklichen Zedern bestandenen Friedhof zu gesellen, wo sie zwischen den Gräbern der unionistischen und konföderierten Offiziere und unbekannten Soldaten lagen, die in der Schlacht von Jefferson gefallen waren.

Zu ihren Lebzeiten war Miss Emily eine Tradition, eine Pflicht und eine Sorge gewesen, eine Art erblicher Verpflichtung unseres Städtchens, die von jenem Tag im Jahre 1894 datierte, da der Oberst Sartoris, unser Bürgermeister – es war der gleiche, von dem die Verfügung stammte, daß keine Negerin ohne Schürze auf der Straße erscheinen dürfe –, ihr die Steuern erließ, und diese Dispensation galt vom Tode ihres Vaters an auf ewige Zeiten. Nicht etwa, daß Miss Emily Wohltaten empfangen hätte. Oberst Sartoris erfand eine verwickelte Geschichte, die dahin lautete, daß Miss Emilys Vater der Stadt Geld geliehen habe, das die Stadt aus geschäftlichen Gründen auf diese Weise zurückzuzahlen vorzog. Nur ein Mann von Oberst Sartoris' Generation und Denkart hätte so etwas erfinden und nur eine Frau hätte es glauben können.

Als die nächste Generation mit ihren moderneren Ideen zu Bürgermeistern und Stadtverordneten aufrückte, erregte das Abkommen leisen Unwillen. Am Ersten des Jahres schickten sie ihr mit der Post einen Steuerzettel zu. Der Februar kam, aber keine Antwort. Sie schrieben ihr einen formellen Brief mit der Bitte, zu einer ihr passenden Stunde im Büro des Sheriffs vorzusprechen. Eine Woche drauf schrieb ihr der Bürgermeister persönlich und bot ihr an, sie aufzusuchen oder sie in seinem Wagen abholen zu lassen; darauf erhielt er auf einem Briefblatt von altmodischem Format mit verblaßter Tinte in feiner, flüssiger Handschrift die Antwort, daß sie überhaupt nie mehr ausginge. Der Steuerzettel lag bei, ohne irgendwie erwähnt worden zu sein.

Daraufhin wurden die Stadtverordneten zu einer Sondersitzung zusammengerufen. Eine Abordnung suchte Miss Emily auf und klopfte an die Haustür, durch die kein Besucher mehr gegangen war, seit sie vor acht oder zehn Jahren aufgehört hatte, Unterricht in Porzellanmalerei zu erteilen. Der alte

Neger ließ sie in einen dunklen Flur eintreten, von dem eine Treppe zu noch dunkleren Schatten emporführte. Es roch nach Staub und unbenützten Räumen – ein dumpfiger, modriger Geruch. Der Neger führte sie in einen Salon mit schweren Ledermöbeln. Als er die Stores an einem Fenster hochzog, konnten sie sehen, wie brüchig das Leder war, und als sie sich niederließen, stieg um ihre Schenkel ein feiner, träger Staub auf und kreiselte mit langsamen Sonnenstäubchen durch den einzigen Sonnenstrahl. Vor dem Kamin stand ein Pastellbildnis von Miss Emilys Vater auf einer schwarz angelaufenen vergoldeten Staffelei.

Sie erhoben sich, als sie eintrat – eine kleine, fette Frau in Schwarz mit einer feinen Goldkette, die bis zur Taille niederhing und in ihrem Gürtel verschwand; sie stützte sich auf einen Ebenholzstock mit blindem Goldknauf. Ihr Knochengerüst war fein und schmächtig; das war vielleicht der Grund, weshalb das, was bei einer andern Frau nur rundlich gewesen wäre, bei ihr als aufgeschwemmt wirkte. Ihre Haut sah aufgedunsen aus wie bei einer Leiche, die lange in stagnierendem Wasser gelegen hat, und zeigte die gleiche Blässe. Ihre Augen, die sich in den Fettpolstern ihres Gesichts verkrochen, sahen wie zwei in einen Teig gedrückte Kohlestückchen aus, als sie von einem Gesicht zum andern wanderten, während die Besucher sich ihres Auftrags entledigten.

Sie forderte sie nicht zum Sitzen auf. Sie stand einfach in der Tür und hörte stumm zu, bis der Sprecher der Abordnung stockte. Dann konnten sie die unsichtbare Uhr am Ende der goldenen Kette ticken hören.

Ihre Stimme war trocken und kalt. »Ich bin in Jefferson nicht steuerpflichtig. Oberst Sartoris hat es mir erklärt. Vielleicht kann einer von Ihnen Einblick in die Akten der Stadt nehmen und sich davon überzeugen.«

»Aber das haben wir getan! Wir verkörpern die städtische Behörde, Miss Emily! Haben Sie den Brief vom Sheriff nicht erhalten, den er selbst unterschrieben hat?«

»Ich habe ein Papier bekommen, doch«, sagte Miss Emily. »Vielleicht hält er sich für den Sheriff. Ich bin in Jefferson nicht steuerpflichtig.«

»Aber das geht aus den Büchern nicht hervor. Wir müssen uns nach dem richten, was...«

»Sprechen Sie mit Oberst Sartoris! Ich bin in Jefferson nicht steuerpflichtig!« (Oberst Sartoris war seit beinahe zehn Jahren tot.) »Tobe!« Der Neger erschien. »Begleite die Herren hinaus!«

II

Sie siegte also auf der ganzen Linie – genau wie sie vor dreißig Jahren ihre Väter besiegt hatte, als es um den Geruch ging. Es war zwei Jahre nach ihres Vaters Tod gewesen und kurz nachdem ihr Liebhaber – von dem wir geglaubt hatten, er würde sie heiraten – sie sitzengelassen hatte. Nach ihres Vaters Tod ging sie nur sehr wenig aus; nachdem ihr Liebhaber fort war, sah man sie fast nie mehr. Ein paar Damen besaßen die Dreistigkeit, ihr eine Visite zu machen, aber sie wurden nicht empfangen, und das einzige Anzeichen von Leben auf dem Anwesen war der Neger – damals noch ein junger Mann –, der mit einem Marktkorb ein und aus ging.

»Als ob ein Mann – egal, wer – eine Küche instand halten könnte!« sagten die Damen; sie waren daher nicht überrascht, als der Geruch auftrat. Es war ein neues Bindeglied zwischen der vulgären, wimmelnden Welt und den hochmütigen, stolzen Griersons.

Eine Nachbarin beschwerte sich beim Bürgermeister, Richter Stevens, der damals achtzig Jahre alt war.

»Aber was meinen Sie denn, Madam, was ich in der Sache tun soll?« fragte er.

»Oh, schreiben Sie ihr, es müsse aufhören«, sagte die Frau. »Wir haben doch schließlich Gesetze!«

»So weit brauchen wir sicher nicht gleich zu gehen«, sagte Richter Stevens. »Wahrscheinlich handelt es sich nur um eine Schlange oder Ratte, die ihr Nigger im Hof totgeschlagen hat. Ich kann ja mit ihm darüber reden.«

Am nächsten Tag wurden ihm zwei weitere Beschwerden vorgetragen, die eine von einem Mann, der mit einer bescheidenen, aber flehentlichen Bitte kam. »Wir müssen wirklich etwas dagegen tun, Richter Stevens! Ich bin gewiß der letzte, der Miss Emily belästigen will, aber wir müssen etwas dagegen tun!« Am Abend traten die Stadtverordneten zusammen, drei Graubärte und ein jüngerer Mann – einer von der kommenden Generation.

»Ist doch ganz einfach«, sagte er. »Geben Sie ihr Anweisung, ihr Haus säubern zu lassen! Räumen Sie ihr eine bestimmte Frist ein, und wenn sie es nicht tut...«

»Verdammt noch mal, Sir«, sagte Richter Stevens, »wollen Sie einer Dame ins Gesicht sagen, daß es bei ihr schlecht riecht?«

Also schlichen sich am folgenden Abend bald nach Mitternacht vier Männer über Miss Emilys Rasen und wie Einbrecher ums Haus: sie schnupperten am Backsteinfundament und an den Kellerluken, während einer mit gleichmäßiger, säender Gebärde seiner Hand etwas aus dem an seiner Schulter hängenden Sack holte. Sie brachen die Kellertür auf und streuten dort und in allen Nebengebäuden Kalk aus. Als sie den Rasen wieder überqueren wollten, war ein Fenster, das vorher dunkel gewesen war, erleuchtet: Miss Emily saß dort, hinter sich das Licht, und so gerade und reglos wie ein Götzenbild. Sie schlichen leise über den Rasen und in den Schatten der Akazien, die längs der Straße wuchsen. Nach ein oder zwei Wochen war der Geruch verschwunden.

Damals war's, als die Leute anfingen, sie richtig zu bedauern. In unserm Städtchen erinnerte man sich daran, wie ihre Großtante, die alte Dame Wyatt, auf ihre alten Tage vollkommen verrückt wurde, und man fand, die Griersons seien mehr als nötig von sich eingenommen. Keiner von den jungen Männern erschien Miss Emily gut genug und so weiter. Lange Zeit hatten wir sie uns wie ein Bild vorgestellt, Emily im Hintergrund, eine schlanke Gestalt in Weiß, ihr Vater breitbeinig im Vordergrund sitzend, den Rücken ihr zugekehrt, die Reitpeitsche in der Hand, und beide eingerahmt von der weit geöffneten Haustür. Als sie daher auf die Dreißig zuging und immer noch ledig war, empfanden wir nicht gerade Schadenfreude, aber immerhin Genugtuung: selbst wenn sie Wahnsinn in der Familie hatten, hätten sie kaum jede Heiratsaussicht ausgeschlagen, falls sie tatsächlich feste Form angenommen hätte.

Als ihr Vater starb, sprach es sich herum, das Haus sei alles, was er ihr hinterlassen habe, und irgendwie waren die Leute froh darüber. Endlich konnten sie Miss Emily bemitleiden. Jetzt war sie alleinstehend und verarmt und dadurch menschlicher geworden. Jetzt würde auch sie die alte Erfahrung machen und um einen Penny mehr oder weniger zittern oder verzweifeln.

Am Tage nach ihres Vaters Tod schickten sich alle Damen

an, einen Besuch bei ihr abzustatten und ihr Trost und Hilfe anzubieten, wie das bei uns Sitte ist. Miss Emily empfing sie an der Haustür, alltäglich gekleidet und ohne eine Spur von Trauer im Gesicht. Sie sagte ihnen, ihr Vater sei nicht tot. Das machte sie drei Tage lang, während Pfarrer und Ärzte kamen und sie zu überreden versuchten, den Leichnam herauszugeben. Erst als sie auf Gewalt und Gesetz zurückgreifen wollten, brach sie zusammen, und der Vater wurde schleunigst begraben.

Damals sagten wir nicht, sie sei verrückt. Wir glaubten, sie müsse so handeln. Wir erinnerten uns an all die jungen Leute, die ihr Vater verscheucht hatte, und wir wußten, daß sie sich nun, da ihr nichts mehr geblieben war, an den klammerte, der sie beraubt hatte, denn so geht es eben zu.

III

Lange Zeit war sie krank. Als wir sie wiedersahen, war ihr Haar kurzgeschnitten, wodurch sie wie ein junges Mädchen aussah und entfernt an die Engel auf bunten Kirchenfenstern erinnerte – durch eine gewisse tragische Gelassenheit.

Die Stadt hatte gerade die Kontrakte zur Pflasterung der Bürgersteige abgeschlossen, und im Sommer nach ihres Vaters Tode wurde mit der Arbeit begonnen. Die Baugesellschaft kam mit Niggern und Maultieren und Maschinen und einem Vorarbeiter namens Homer Barron, einem großen, dunklen, gewandten Yankee mit voller Stimme und Augen, die heller als sein Gesicht waren. Die kleinen Jungen liefen ihm in Scharen nach, um ihn über die Nigger fluchen und die Nigger im Takt zum Auf und Ab der Spitzhacke singen zu hören. Bald kannte er jedermann in der Stadt. Sooft man irgendwo auf dem Square schallendes Gelächter hörte, war Homer Barron der Mittelpunkt der Gruppe. Bald sahen wir dann, wie er und Miss Emily an den Sonntagnachmittagen mit dem gelbrädrigen Buggy und den Braunen, einem Passer-Gespann aus dem Mietstall, zusammen ausfuhren.

Zuerst waren wir froh, daß Miss Emily wieder etwas Interesse zeigte, denn alle Damen sagten: »Natürlich kann eine Grierson nicht im Ernst an einen Nordstaatler denken, und noch dazu einen Arbeiter!« Aber es waren auch andre da, ältere Leute, die meinten, nicht einmal Kummer dürfe eine wahre Dame dahin bringen, daß sie das *noblesse oblige* vergäße – natürlich bezeichneten sie es nicht als *noblesse oblige*. Sie sagten einfach: »Die arme Emily! Ihre Verwandten sollten herkommen!« Sie hatte Verwandte in Alabama, aber ihr Vater hatte sich schon vor Jahren wegen des Vermögens der Dame Wyatt, der verrückten Alten, mit ihnen zerstritten, und zwischen den beiden Familien bestand keine Verbindung mehr; sie waren nicht einmal bei der Beerdigung vertreten.

Und sobald die alten Leute sagten: »Arme Emily!«, da begann auch schon das Getuschel: »Glauben Sie, daß es wirklich so ist?« fragte einer den andern. »Natürlich! Was sonst könnte...« Das raunte man hinter der vorgehaltenen Hand; dann das Rascheln von hälsereckenden Seiden- und Atlaskleidern hinter Jalousien, die gegen die sonntagnachmittägliche Sonne heruntergelassen waren, während das helle, flinke ›Trapp, trapp, trapp‹ des Gespanns vorübertrabte. »Arme Emily!«

Sie trug ihren Kopf hoch genug – sogar, als wir glaubten, sie sei gefallen. Es war, als verlange sie mehr denn je die Anerkennung ihrer Würde als der letzten Grierson; als habe es noch dieses Kontakts mit dem Weltlichen bedurft, um ihre Unantastbarkeit erneut zu bekräftigen. So wie damals, als sie das Rattengift kaufte, das Arsen.

Es war über ein Jahr her, seit sie begonnen hatten, »Arme Emily!« zu sagen, und um die Zeit, als die zwei Basen zu Besuch kamen.

»Ich möchte ein Gift haben«, sagte sie zum Apotheker. Sie war damals über dreißig, noch immer eine schmächtige Frau, jedoch magerer als sonst, mit kalten, hochmütigen schwarzen Augen in einem Gesicht, dessen Fleisch sich über die Schläfen und um die Augenhöhlen spannte – etwa so, wie man sich das Gesicht eines Leuchtturmwärters vorstellen mag. »Ich möchte ein Gift haben«, sagte sie.

»Gern, Miss Emily. Was für eine Art Gift? Gegen Ratten und dergleichen? Ich empfeh...«

»Ich möchte das beste haben. Die Art ist mir gleich.«

Der Apotheker nannte mehrere Gifte. »Damit kann man alles umbringen, sogar Elefanten! Was Sie aber brauchen, ist...«

»Arsen«, sagte Miss Emily. »Ist das gut?«

»Ob ... Arsen? Ja, Ma'am. Was Sie aber brauchen...«

»Ich brauche Arsen.«

Der Apotheker blickte auf sie herunter. Sie erwiderte seinen Blick mit erhobenem Kopf und einem Gesicht wie ein straffgespanntes Banner. »Gewiß«, sagte der Apotheker. »Wenn Sie gerade das wollen. Aber es ist gesetzliche Vorschrift, daß man angibt, wofür man es verwenden will.«

Miss Emily hatte den Kopf so weit in den Nacken gelegt, daß sie ihm fest ins Auge blicken konnte, und starrte ihn einfach an, bis er wegsah und fortging, um das Arsen zurechtzumachen und einzuwickeln. Der farbige Austräger übergab ihr das Päckchen; der Apotheker erschien nicht wieder. Als sie das Päckchen zu Hause öffnete, stand auf der Schachtel unter dem Totenkopf und den gekreuzten Knochen: ›Gegen Ratten.‹

IV

Am folgenden Tag sagten wir alle: »Sie will sich umbringen!«, und wir fanden, es wäre das beste für sie. Als sie sich zuerst mit Homer Barron blicken ließ, hatten wir gesagt: »Sie will ihn heiraten.« Dann hatten wir gesagt: »Sie wird ihn schon noch einfangen«, denn Homer hatte selbst erklärt (er ging gern unter Männer, und es war bekannt, daß er im Elch-Klub mit jungen Leuten zechte), er tauge nicht für die Ehe. Später – wenn sie am Sonntagnachmittag im glitzernden Buggy vorbeifuhren, Miss Emily mit hocherhobenem Haupt und Homer Barron mit schief aufgesetztem Hut und einer Zigarre zwischen den Zähnen und Zügel und Peitsche im gelben Handschuh – sagten wir hinter den Jalousien: »Die arme Emily!«

Dann sagten allmählich ein paar Damen, es sei eine Schande für die Stadt und ein schlechtes Beispiel für die Jugend. Die Männer wollten sich nicht einmischen, aber schließlich zwangen die Damen den Baptistenpfarrer – Miss Emilys Familie gehörte der Episkopalkirche an –, sie aufzusuchen. Er wollte nie enthüllen, was bei dem Besuch geschah, weigerte sich jedoch, ihn zu wiederholen. Am nächsten Sonntag fuhren die beiden wieder durch die Straßen, und am Tage drauf schrieb die Frau des Pfarrers an Miss Emilys Verwandte in Alabama.

Sie hatte also wieder Verwandte unter ihrem Dach, und wir warteten die Entwicklung der Dinge ab. Dann gelangten wir zu der Überzeugung, daß sie heiraten wollten. Wir hörten, daß Miss Emily beim Juwelier gewesen und eine silberne Herren-Toilettengarnitur mit dem Monogramm H. B. auf jedem Stück bestellt hatte. Zwei Tage später erfuhren wir, daß sie eine vollständige Herrengarderobe einschließlich Nachthemd gekauft habe, und wir sagten: »Sie sind verheiratet!« Wir freuten uns gewaltig darüber. Wir freuten uns nämlich deshalb, weil die beiden Basen noch viel mehr Grierson waren, als es Miss Emily je gewesen.

Daher wunderten wir uns also nicht, daß Homer Barron nicht mehr da war (die Straßen waren schon seit einiger Zeit fertig). Wir waren ein bißchen enttäuscht, daß kein öffentlicher Abschied stattfand, aber wir glaubten, er sei weggefahren, um Miss Emilys Einzug vorzubereiten oder ihr Gelegenheit zu geben, die beiden Basen loszuwerden. (Es war mittlerweile zu einem Komplott gekommen, und wir waren samt und sonders auf Miss Emilys Seite und halfen ihr, die Basen hinters Licht zu führen.) Tatsächlich reisten sie nach einer weiteren Woche ab. Und, wie wir es längst erwartet hatten: innerhalb von drei Tagen war Homer Barron wieder in der Stadt. Ein Nachbar hatte gesehen, wie der farbige Diener ihn eines Abends in der Dämmerstunde zur Küchentür einließ.

Und das war das letzte, was wir von Homer Barron zu sehen bekamen. Und eine Zeitlang auch von Miss Emily. Der Neger ging mit dem Marktkorb ein und aus, aber die Haustür blieb geschlossen. Dann und wann sahen wir sie wohl einen Augenblick am Fenster – so wie die Männer in der Nacht, als sie den Kalk streuten –, aber fast ein halbes Jahr lang erschien sie nicht auf der Straße. Dann begriffen wir; auch das war zu erwarten gewesen; es war, als ob die Eigenart ihres Vaters, der ihr Leben als Frau vereitelt hatte, zu kräftig und zu wild gewesen sei, um sterben zu können.

Als wir Miss Emily dann wiedersahen, war sie dick geworden, und ihr Haar fing an zu ergrauen. Während der nächsten Jahre wurde es immer grauer, bis es ein gleichmäßiges Eisengrau geworden war und aufhörte, sich noch zu verändern. Bis zu ihrem Sterbetag in ihrem vierundsiebzigsten Lebensjahr blieb es das gleiche kräftige Eisengrau – wie das Haar eines rüstigen Mannes.

Von jener Zeit an blieb ihre Haustür verschlossen, ausgenommen eine kurze Zeit von sechs oder sieben Jahren, als sie etwa vierzig war und Unterricht in Porzellanmalerei erteilte. In einem Zimmer im Erdgeschoß richtete sie ein Atelier ein, wohin die Töchter und Enkelinnen der Zeitgenossen Oberst Sartoris' mit der gleichen Regelmäßigkeit und aus der gleichen Gesinnung geschickt wurden, wie man sie sonntags mit einem Fünfundzwanzig-Cent-Stück für die Kollekte in die Kirche schickte. Inzwischen waren ihr die Steuern erlassen worden.

Dann wurde die jüngere Generation Rückgrat und Seele unserer Stadt, und die Malschülerinnen wurden älter und blieben fort und schickten ihr auch nicht ihre Kinder mit Farbkästen und langweiligen Pinseln und den aus Damenzeitschriften ausgeschnittenen Bildchen. Die vordere Haustür schloß sich hinter der letzten Schülerin und blieb endgültig geschlossen. Als die Stadt freie Postzustellung für jedes Haus erhielt, weigerte sich einzig Miss Emily, ein metallenes Nummernschild und einen Briefkasten an der Haustür anbringen zu lassen. Davon wollte sie nichts wissen.

Tag um Tag, Monat um Monat und Jahr um Jahr sahen wir den Neger grauer werden und gebückter mit seinem

Marktkorb ein und aus gehen. Ende Dezember schickten wir ihr alljährlich einen Steuerzettel, der eine Woche später mit dem Vermerk ›Unbestellbar‹ durch die Post zurückgeschickt wurde. Hin und wieder sahen wir sie an einem der unteren Fenster – offenbar hatte sie das Obergeschoß abgeschlossen –, sahen sie wie den Torso eines gemeißelten Götzenbildes in einer Nische; ob sie uns anblickte oder nicht, konnten wir nie sagen. So gelangte sie von Generation zu Generation: teuer, unvermeidbar und unantastbar, unangefochten und verschroben.

Und so starb sie. Wurde krank in dem Haus voller Staub und Schatten, in dem nur ein zitteriger Neger zu ihrer Bedienung da war. Wir wußten nicht einmal, daß sie krank war; wir hatten es längst aufgegeben, aus dem Neger eine Auskunft herauszuholen. Er sprach mit niemand, wahrscheinlich auch nicht mit ihr, denn seine Stimme klang harsch und verrostet, als ob sie seit Jahren nicht gebraucht worden war.

Sie starb in einem der unteren Zimmer in einem schweren Nußbaumbett mit Vorhängen, den grauen Kopf gegen ein Kissen gelehnt, das vor Alter und Lichtmangel gelb und stockfleckig war.

V

Der Neger empfing die ersten Damen an der Haustür, ließ sie ein mit ihren gedämpften, zischelnden Stimmen und den raschen, neugierigen Blicken – und verschwand. Er ging schnurstracks durchs Haus und zur Hoftür hinaus und ward nie mehr gesehen.

Die beiden Basen kamen umgehend. Die Trauerfeier fand zwei Tage darauf statt, und das ganze Städtchen erschien, um Miss Emily unter einer Fülle von gekauften Blumen liegen zu sehen, während das kreidige Gesicht ihres Vaters gedankenverloren auf die Bahre blickte und die Damen unheimlich wisperten; und die sehr alten Männer – manche noch in ihrer frisch ausgebürsteten Konföderierten-Uniform – standen auf der Veranda und auf dem Rasen und sprachen von Miss Emily, als ob sie aus ihrer Generation stammte, und waren überzeugt, mit ihr getanzt und vielleicht geflirtet zu haben, und brachten die Zeit mit ihrem mathematischen Vorrücken durcheinander – ganz nach alter Leute Art, denen die Vergangenheit nicht eine schmaler werdende Straße, sondern im Gegenteil eine weite Wiese ist, die kein Winter je ganz berührt und von der sie jetzt nur durch den Engpaß des allerletzten Jahrzehnts getrennt sind.

Wir wußten bereits, daß sich in den oberen Regionen des Hauses ein Zimmer befand, das seit vierzig Jahren kein Mensch betreten hatte und das aufgebrochen werden mußte. Man wartete, bis Miss Emily in Ehren unter der Erde lag, ehe man es öffnete.

Die Gewalt, unter der die Tür niederbrach, schien das Zimmer mit alles durchdringendem Staub zu erfüllen. Ein dünner, ätzender Grabeshauch schien gleich einem Leichentuch über dem ganzen Zimmer zu liegen, das wie ein Brautgemach geschmückt und ausgestattet war: über den Bettvorhängen in verblichenem Rosenrot, über den rosig abgeschirmten Lämpchen, auf dem Frisiertisch, auf dem elegant angeordneten Kristall und den männlichen Toilettengegenständen mit ihren dunkel angelaufenen Silberrücken – so dunkel angelaufen, daß das Monogramm unkenntlich war. Dazwischen lagen ein Kragen und eine Krawatte, als ob sie gerade erst abgelegt worden wären, und als man sie aufhob, hinterließen sie im Staub einen bleichen Sichelmond. Auf einem Stuhl hing, sorgsam gefaltet, der Anzug; darunter standen die beiden stummen Schuhe und die abgestreiften Socken.

Der Mann aber lag im Bett.

Lange Zeit standen wir nur da und blickten auf das eingefallene, fleischlose Grinsen. Der Körper hatte offensichtlich einst in liebender Umarmung gelegen, doch jetzt hatte der lange Schlaf, der die Liebe überdauert und sogar das Zerrbild der Liebe besiegt, ihn zum Hahnrei gemacht. Was von ihm noch übrig war, was verwest war unter den Resten des Nachthemds, war vom Bett, auf dem er lag, nicht zu trennen; und auf ihm und auf dem Kissen neben ihm lag der gleichmäßige Überzug geduldigen und beharrlichen Staubes.

Dann bemerkten wir auf dem zweiten Kissen den Abdruck eines Kopfes. Einer von uns nahm etwas vom Kissen auf, und als wir uns vorbeugten und der schwache, kaum sichtbare Staub uns trocken und ätzend in die Nase stieg, sahen wir es: ein langes eisengraues Haar.

(Deutsch von Elisabeth Schnack)

Ernest Hemingway

Müde bin ich, geh zur Ruh'

In jener Nacht lagen wir im Zimmer auf dem Fußboden, und ich hörte dem Fressen der Seidenraupen zu. Die Seidenraupen fraßen Maulbeerblätter auf den Hürden, die ganze Nacht hörte man sie fressen und ein fallendes Geräusch in den Blättern.

Ich für meinen Teil wollte nicht schlafen, weil ich schon sehr lange mit dem Wissen lebte, daß meine Seele, falls ich je im Dunkeln die Augen zumachte und mich gehenließ, meinen Körper verlassen würde. So war ich schon sehr lange, seit damals, als ich nachts in die Luft gesprengt worden war und gefühlt hatte, wie sie aus mir herausgefahren und weg und dann wieder zurückgekehrt war. Ich versuchte, niemals daran zu denken, aber sie pflegte jetzt immer nachts aus mir herauszufahren, gerade in dem Augenblick, wenn ich am Einschlafen war, und ich konnte es nur mit sehr großer Anstrengung verhindern. Und während ich jetzt ziemlich sicher bin, daß sie meinen Körper nicht wirklich verlassen hätte, wollte ich es damals in jenem Sommer nicht auf den Versuch ankommen lassen.

Ich hatte verschiedene Arten, mich zu beschäftigen, während ich so wach dalag. Ich dachte an einen Forellenstrom, in dem ich vor langer Zeit als Junge geangelt hatte, und fischte ihn in Gedanken seiner ganzen Länge nach sorgfältig ab, fischte sehr sorgfältig unter all den Baumstämmen, allen Uferbiegungen nach, in allen tiefen Stellen und den klaren flachen

Strecken, und manchmal fing ich Forellen, und manchmal entkamen sie auch. Mittags machte ich eine Pause, um meine Brote zu essen, manchmal auf einem Baumstamm über dem Strom, manchmal an einem hohen Ufer unter einem Baum, und ich aß meine Brote immer sehr langsam und beobachtete, während ich aß, den Strom unter mir. Oft ging mir der Köder aus, weil ich immer nur zehn Würmer in einer Tabaksbüchse mitnahm, wenn ich losging. Hatte ich sie alle aufgebraucht, mußte ich neue Würmer finden, und manchmal war es sehr schwierig, am Ufer des Stromes zu graben, wo die Zedern die Sonne abhielten und es kein Gras, sondern nur kahle, feuchte Erde gab, und oft fand ich keine Würmer. Aber ich fand immer irgendeine Art Köder, nur an einem Tag im Sumpf konnte ich überhaupt keinen Köder finden und mußte eine der Forellen, die ich gefangen hatte, in Stücke schneiden und sie als Köder benutzen.

Manchmal fand ich in den sumpfigen Wiesen, im Gras oder unter den Farnkräutern Insekten und benutzte diese. Da gab es Käfer und Insekten, deren Beine wie Grashalme aussahen, und Engerlinge in alten, morschen Baumstämmen, weiße Engerlinge mit braunen, kneifenden Köpfen, die nicht am Haken blieben und sich im kalten Wasser in nichts auflösten, und Holzwürmer unter Baumstämmen, wo ich manchmal Angelwürmer fand, die im Boden verschwanden, sobald ich den Stamm hochhob. Einmal benutzte ich einen Salamander, den ich unter einem alten Baumstamm fand. Der Salamander war sehr klein und zierlich und behende und von wunderbarer Farbe. Er hatte winzige Füße, mit denen er sich am Haken festzuhalten suchte, und nach diesem einen Mal benutzte ich nie wieder einen Salamander, obschon ich sehr häufig welche fand. Auch Grillen benutzte ich nicht wegen der Art und Weise, wie sie sich am Haken benahmen.

Manchmal lief der Strom durch eine offene Wiese, und ich konnte im trockenen Gras Grashüpfer fangen und sie als Köder benutzen, und manchmal fing ich Grashüpfer und warf sie in den Strom und beobachtete, wie sie schwimmend auf dem Strom entlangtrieben, und wenn die Strömung sie ergriff, Kreise beschrieben und dann verschwanden, wenn eine Forelle auftauchte. Manchmal fischte ich so vier oder fünf verschiedene Ströme in einer Nacht ab. Ich begann so nah wie irgend möglich an der Quelle und fischte stromabwärts. Wenn ich zu schnell fertig war und die Zeit nicht mehr rumging, fischte ich den Strom noch einmal ab, indem ich da, wo er sich in den See ergoß, begann und den Strom hinaufging und all die Forellen zu bekommen suchte, die mir vorher entgangen waren. In manchen Nächten erfand ich auch Ströme, und manche waren sehr aufregend, und es erschien mir alles wie ein Wachtraum. An manchen dieser Ströme kann ich mich noch erinnern, und ich glaube, daß ich in ihnen gefischt habe, und sie verschwimmen in meiner Erinnerung mit den Strömen, die ich tatsächlich kenne. Ich gab ihnen allen Namen und fuhr mit der Eisenbahn hin und ging manchmal noch meilenweit zu Fuß, um zu ihnen zu gelangen.

Aber in manchen Nächten konnte ich nicht fischen, und in diesen Nächten war ich frierend-wach und sagte meine Gebete wieder und wieder her und versuchte, für alle Leute, die ich je gekannt hatte, zu beten. Das nahm eine Menge Zeit in Anspruch, denn wenn man versucht, sich an alle Leute, die man je gekannt hat, zu erinnern, und man zu den frühesten Dingen, an die man sich erinnern kann, zurückgeht – was bei mir der Dachboden in dem Haus war, in dem ich zur Welt kam und wo der Hochzeitskuchen meiner Eltern in einer Blechbüchse von einem Sparren herabhing und auf dem Dachboden unzählige Gläser mit Schlangen und anderem Zeugs standen, die mein Vater als Junge gesammelt und in Alkohol präpariert aufgehoben hatte – der Alkohol war in manchen Gläsern so weit gesunken, daß die Rücken einiger Schlangen und anderer Tiere freilagen und weiß geworden waren –, wenn man so weit zurückdachte, erinnerte man sich an eine Menge Leute. Wenn man für sie alle betete und für jeden ein Ave Maria und ein Vaterunser sagte, nahm es viel Zeit, und schließlich wurde es hell, und dann konnte man einschlafen, wenn man an einem Ort war, wo man bei Tageslicht schlafen konnte.

In jenen Nächten versuchte ich, mich an alles zu erinnern, was mir je passiert war, indem ich, gerade bevor ich in den Krieg ging, begann und mich von einem zum andern zurückerinnerte. Ich stellte fest, daß ich mich nicht weiter als an jenen Dachboden in dem Haus meines Großvaters zurückerinnern konnte. Dann begann ich da und erinnerte mich so herum noch einmal an alles, bis ich wieder beim Krieg angelangt war.

Ich erinnerte mich, daß wir nach dem Tod meines Großvaters aus jenem Haus wegzogen und in ein neues Haus, das meine Mutter entworfen und gebaut hatte. Alles mögliche, was nicht mitgenommen werden sollte, wurde auf dem Hof verbrannt, und ich erinnere mich, daß die Gläser aus der Bodenkammer ins Feuer geworfen wurden und wie sie in der Hitze sprangen und wie das Feuer durch den Alkohol hoch aufflammte. Ich erinnere mich, daß die Schlangen in dem Feuer auf dem Hof verbrannten. Aber hierbei kamen keine Menschen vor, sondern nur Dinge. Ich konnte mich nicht einmal mehr erinnern, wer die Sachen verbrannte, und ich fuhr weiter fort, bis ich auf Menschen stieß, und dann hielt ich an und betete für sie.

Ich erinnere mich, daß meine Mutter in dem neuen Haus

ständig großreinmachte und eine Menge Sachen ausrangierte. Einmal, als mein Vater auf einem Jagdausflug war, veranstaltete sie ein richtiges Scheuerfest im Erdgeschoß und verbrannte alles, was dort nicht hingehörte. Als mein Vater nach Hause kam, aus seinem Jagdwagen stieg und das Pferd festgebunden hatte, brannte das Feuer noch auf der Straße neben unserem Haus. Ich ging ihm entgegen. Er reichte mir sein Gewehr und besah sich das Feuer. »Was ist denn das?« fragte er.

»Ich hab das Erdgeschoß ausgeräumt, mein Lieber«, sagte meine Mutter von der Veranda her. Sie stand da und lächelte zur Begrüßung. Mein Vater blickte ins Feuer und stieß mit dem Fuß gegen etwas. Dann bückte er sich und hob etwas aus der Asche auf. »Hol 'ne Harke, Nick«, sagte er zu mir. Ich ging ins Erdgeschoß und brachte ihm eine Harke, und mein Vater harkte sehr vorsichtig in der Asche herum. Er harkte Steinäxte und steinerne Messer zum Abhäuten und Werkzeuge, um Pfeilspitzen zu schneiden, und Tonscherben und eine Menge Pfeilspitzen heraus. Sie waren alle vom Feuer geschwärzt und rissig. Mein Vater harkte sie alle sehr sorgfältig heraus und breitete sie auf dem Gras am Straßenrand aus. Sein Gewehr in dem Lederfutteral und seine Jagdtaschen lagen auf dem Gras, wo er sie hingelegt hatte, als er aus dem Jagdwagen gestiegen war.

»Nimm die Flinte und die Tasche ins Haus, Nick, und bring mir eine Zeitung«, sagte er. Meine Mutter war ins Haus gegangen. Ich nahm das Gewehr, das schwer zu tragen war und mir gegen die Beine schlug, und die beiden Jagdtaschen und machte mich damit auf den Weg. »Nimm eins nach dem andern«, sagte mein Vater. »Versuch nicht zuviel auf einmal zu tragen.« Ich legte die Jagdtaschen wieder hin und nahm die Flinte hinein und brachte eine Zeitung von dem großen Haufen, der im Arbeitszimmer meines Vaters lag, mit heraus. Mein

Vater breitete all die geschwärzten und rissigen Steingeräte auf dem Papier aus und wickelte sie dann ein. »Die besten Pfeilspitzen sind alle kaputt«, sagte er. Er ging mit dem Papierbündel ins Haus, und ich blieb mit den beiden Jagdtaschen draußen auf dem Gras. Nach einer Weile brachte ich sie hinein. In dieser Erinnerung kamen nur zwei Personen vor, also betete ich für beide.

Aber in manchen Nächten konnte ich mich nicht einmal an meine Gebete erinnern. Ich kam nur so weit »Wie im Himmel also auch auf Erden«, und dann mußte ich von neuem anfangen und war völlig unfähig, darüber hinauszugelangen. Dann mußte ich mir eingestehen, daß ich mich nicht daran erinnern konnte, und mußte es aufgeben, in jener Nacht meine Gebete herzusagen, und irgend etwas anderes versuchen. So versuchte ich in manchen Nächten, alle Tiere der Erde bei Namen zu nennen, und dann die Vögel und dann die Fische und dann Länder und Städte und dann die verschiedensten Lebensmittel und die Namen aller Straßen, an die ich mich in Chicago erinnern konnte, und wenn ich mich überhaupt an nichts mehr erinnern konnte, dann lag ich nur so da und lauschte. Und ich erinnere mich an keine Nacht, in der man nicht etwas hören konnte. Wenn ich ein Licht haben konnte, hatte ich keine Angst vorm Einschlafen, weil ich wußte, daß meine Seele nur im Dunkeln aus mir herausfahren würde. Und natürlich war ich viele Nächte an Orten, wo ich ein Licht haben konnte, und dann schlief ich, denn ich war beinahe immer müde und oft sehr schläfrig. Und ich bin auch überzeugt, daß ich sehr oft einfach, ohne es zu wissen, schlief – aber ich schlief nie wissentlich, und in dieser Nacht hörte ich den Seidenraupen zu. Nachts kann man ganz deutlich hören, wie die Seidenraupen fressen, und ich lag mit offenen Augen da und hörte ihnen zu.

Außer mir war nur noch ein anderer Mensch im Zimmer, und auch er war wach. Ich hörte seinem Wachsein eine ganze Zeitlang zu. Er konnte nicht so still liegen wie ich, vielleicht weil er nicht so viel Übung im Wachsein hatte. Wir lagen auf Wolldecken, die über das Stroh gebreitet waren, und wenn er sich bewegte, raschelte das Stroh, aber die Seidenraupen hatten vor keinem Geräusch, das wir machten, Angst und fraßen unbeirrt weiter. Man hörte sieben Kilometer hinter der Front die nächtlichen Geräusche draußen, aber sie waren anders als die kleinen Geräusche in der Dunkelheit in unserem Zimmer drinnen. Der andere Mann im Zimmer versuchte stillzuliegen. Dann bewegte er sich wieder. Ich bewegte mich auch, damit er wußte, daß ich wach war. Er hatte zehn Jahre in Chicago gelebt. Man hatte ihn 1914 eingezogen, als er gerade zurückgekommen war, um seine Familie zu besuchen, und man hatte ihn mir als Burschen zugeteilt, weil er englisch sprach. Ich hörte, wie er lauschte, deshalb bewegte ich mich wieder zwischen meinen Decken.

»Können Sie nicht schlafen, Signor Tenente?« fragte er.

»Nein.«

»Ich kann auch nicht schlafen.«

»Was ist denn los?«

»Ich weiß nicht. Ich kann nicht schlafen.«

»Fühlen Sie sich nicht wohl?«

»Doch, ganz. Ich kann nur nicht schlafen.«

»Wollen wir 'n bißchen reden?« fragte ich.

»Gern. Worüber kann man sich aber in diesem gottverfluchten Ort unterhalten?«

»Dieser Ort ist doch ganz nett«, sagte ich.

»Gewiß doch«, sagte er.

»Erzählen Sie mir von drüben, von Chicago«, sagte ich.

»Ach«, sagte er. »Das hab ich Ihnen alles schon einmal erzählt.«

»Erzählen Sie mir, wie Sie sich verheiratet haben.«

»Das hab ich Ihnen schon erzählt.«

»War der Brief, den Sie Montag bekamen – von ihr?«

»Gewiß. Sie schreibt mir regelmäßig. Sie verdient ganz anständig mit dem Geschäft.«

»Sie werden ein gutgehendes Geschäft vorfinden, wenn Sie zurückkommen.«

»Gewiß, sie führt es ausgezeichnet. Sie verdient eine Masse Geld.«

»Glauben Sie nicht, daß wir die anderen mit unserem Sprechen aufwecken?« fragte ich.

»Nein. Sie können nichts hören. Die schlafen sowieso wie die Schweine. Ich bin anders«, sagte er. »Ich bin nervös.«

»Sprechen Sie leise«, sagte ich. »Wollen Sie rauchen?«

Wir rauchten vorsichtig in der Dunkelheit.

»Sie rauchen nicht viel, Signor Tenente?«

»Nein, ich hab's mir beinahe abgewöhnt.«

»Nun«, sagte er, »es tut einem nicht gut, und ich nehme an, daß man es nachher gar nicht entbehrt. Haben Sie je gehört, daß Blinde nicht rauchen, weil sie den Rauch nicht sehen können?«

»Das glaube ich nicht.«

»Ich halt's auch für Stuß«, sagte er. »Ich hab's mal irgendwo gehört. Sie wissen ja, wie man so Sachen hört.«

Wir waren beide still, und ich hörte den Seidenraupen zu.

»Hören Sie diese verdammten Seidenraupen?« fragte er. »Man kann sie knabbern hören.«

»Es ist komisch«, sagte ich.

»Sagen Sie, Signor Tenente, ist wirklich etwas mit Ihnen los, daß Sie nicht schlafen können? Ich sehe Sie nie schlafen.

Sie haben nachts, solange ich bei Ihnen bin, noch nicht geschlafen.«

»Ich weiß nicht, John«, sagte ich. »Vorigen Frühling ist es mir ziemlich dreckig gegangen, und nachts quält's mich.«

»Genau wie ich«, sagte er. »Ich hätte nie in diesen Krieg reingeraten sollen. Ich bin zu nervös.«

»Vielleicht wird es besser.«

»Sagen Sie, Signor Tenente, wieso sind Sie denn überhaupt in diesen Krieg reingeraten?«

»Das weiß ich nicht, John. Damals wollte ich.«

»Wollte«, sagte er, »das ist allerdings ein fabelhafter Grund.«

»Wir sollten nicht so laut reden«, sagte ich.

»Die schlafen gerade wie die Schweine«, sagte er. »Und Englisch verstehen sie ohnehin nicht. Die wissen überhaupt nichts. Was wollen Sie denn machen, wenn der Krieg vorbei ist und wir in den Staaten sind?«

»Ich werd für 'ne Zeitung arbeiten.«

»In Chicago?«

»Vielleicht.«

»Lesen Sie eigentlich je, was der Kerl, der Brisbane, schreibt? Meine Frau schneidet es für mich aus und schickt es mir.«

»Natürlich.«

»Kennen Sie ihn?«

»Nein, aber ich hab ihn mal gesehen.«

»Den Kerl würde ich gern mal treffen. Er ist ein ausgezeichneter Schriftsteller. Meine Frau liest kein Englisch, aber sie bestellt die Zeitung weiter, genauso, wie wenn ich zu Hause bin, und schneidet die Leitartikel und den Sportteil aus und schickt's mir.«

»Wie geht's den Kindern?«

»Glänzend. Meine eine Tochter ist jetzt in der vierten Klasse. Wissen Sie, Signor Tenente, wenn ich nicht die Göhren hätte, wäre ich jetzt nicht Ihr Bursche. Dann hätte man mich die ganze Zeit über in die vorderste Linie gesteckt.«

»Ich freue mich, daß Sie sie haben.«

»Ich auch. Es sind famose Göhren, aber ich wünsche mir einen Jungen. Drei Mädels und kein Junge. Das ist schon gemeines Pech.«

»Warum versuchen Sie nicht einzuschlafen?«

»Nein. Ich kann jetzt nicht schlafen. Ich bin jetzt ganz wach, Signor Tenente. Aber wissen Sie, ich mach mir Sorgen, daß Sie nicht schlafen.«

»Wird schon wieder werden, John.«

»Wenn man sich vorstellt, so 'n junger Kerl wie Sie, der nicht schläft.«

»Es wird schon wieder werden. Es braucht einfach seine Zeit.«

»Sie müssen wieder in Ordnung kommen. Man kann doch nicht ohne Schlaf existieren. Sorgen Sie sich um etwas? Bedrückt Sie irgend etwas?«

»Nein, John, ich glaube nicht.«

»Sie sollten heiraten, Signor Tenente. Dann würden Sie sich keine Sorgen machen.«

»Ich weiß nicht.«

»Sie sollten heiraten. Warum suchen Sie sich denn nicht irgendeine nette Italienerin mit viel Geld? Sie können jede kriegen, die Ihnen gefällt. Sie sind jung, und Sie haben 'ne Reihe Orden und Auszeichnungen und sehen nett aus. Sie sind mehrere Male verwundet gewesen.«

»Ich spreche die Sprache nicht gut genug.«

»Sie sprechen sie glänzend. Zum Teufel mit der Sprache! Sie brauchen doch nicht mit ihnen zu reden. Heiraten sollen Sie sie.«

»Ich werd's mir überlegen.«

»Sie kennen doch ein paar Mädchen, nicht?«

»Natürlich.«

»Also, dann heiraten Sie die mit dem meisten Geld. Wissen Sie, hier sind alle so erzogen, daß sie gute Ehefrauen werden.«

»Ich werd's mir überlegen.«

»Überlegen Sie sich's nicht, Signor Tenente. Tun Sie's.«

»Schön.«

»Jeder Mann sollte verheiratet sein. Sie werden es niemals bereuen. Jeder Mann sollte verheiratet sein.«

»Schön«, sagte ich. »Wir wollen jetzt mal versuchen, ein bißchen zu schlafen.«

»Schön, Signor Tenente. Ich werd's nochmal versuchen. Aber denken Sie an das, was ich gesagt habe.«

»Ich werd dran denken«, sagte ich. »Jetzt wollen wir aber mal ein bißchen schlafen, John.«

»Schön«, sagte er. »Hoffentlich werden Sie schlafen, Signor Tenente.«

Ich hörte, wie er in seinen Decken auf dem Stroh rumrollte, und dann war es ganz still, und ich hörte, wie er regelmäßig atmete. Dann begann er zu schnarchen. Ich hörte eine lange Zeit zu, wie er schnarchte, und dann hörte ich auf, zuzuhören, wie er schnarchte, und hörte zu, wie die Seidenraupen fraßen. Sie fraßen unentwegt, und die Blätter raschelten. Ich hatte etwas Neues, an das ich denken konnte, und lag mit offenen Augen im Dunkel und dachte an all die Mädchen, die ich gekannt hatte, und was für Frauen sie wohl abgeben würden. Es war sehr interessant, darüber nachzudenken, und eine Zeitlang verdrängte es das Forellenfischen und kam meinem Beten in die Quere. Zum Schluß kam ich aber doch wieder aufs Forellenfischen zurück, weil ich merkte, daß ich mich deutlich an alle Ströme erinnern konnte, und immer war irgend etwas Neues an ihnen, während die Mädchen, wenn ich ein paarmal an sie gedacht hatte, verschwammen und ich sie mir nicht ins Gedächtnis zurückrufen konnte, und schließlich verschwammen sie alle und waren eigentlich alle gleich, und ich gab's fast ganz auf, an sie zu denken. Aber mein Beten setzte ich fort, und ich betete nachts oft für John, und sein Jahrgang wurde vor der Oktoberoffensive von der Front zurückgezogen. Ich war froh, daß er fortkam; ich hätte mich sehr um ihn gesorgt. Er besuchte mich einige Monate später in Mailand im Lazarett und war sehr enttäuscht, weil ich noch nicht verheiratet war, und ich weiß, daß er außer sich wäre, wenn er wüßte, daß ich bis heute noch immer unverheiratet bin. Er ging nach Amerika zurück und dachte sehr positiv über die Ehe und war davon überzeugt, daß sie alles ins Lot bringen würde.

(Deutsch von Annemarie Horschitz-Horst)

Erskine Caldwell

Mann und Frau

Wie Schatten, die die Nacht hinterlassen hat, kamen sie in der grauen Dämmerung langsam die Straße herauf. Sie schienen sich nicht zu bewegen, aber ihre Füße schlurften durch den Staub, der sich ebenso rasch wieder legte, wie er aufgewirbelt worden war. Bei jedem Schritt hoben sie den Blick und suchten am Horizont nach den ersten roten Strahlen der Sonne.

Die Frau hatte die Unterlippe zwischen die Zähne gezogen und biß fest darauf. Das tat ihr zwar weh, aber nur so vermochte sie sich weiterzuschleppen. Es war die einzige Möglichkeit, Meile um Meile einen Fuß vor den anderen zu setzen. Dann und wann wimmerte sie, doch laut klagte sie nicht.

»Es ist Zeit, mal wieder zu rasten«, sagte Ring.

Die Frau antwortete nicht.

Sie gingen weiter.

Als sie auf der Hügelkuppe anlangten, erblickten sie die Sonne, deren oberes Viertel von dem baumlosen Horizont wie mit einem Messer abgeschnitten war. Unter ihnen dehnte sich ein Tal, von Dunstschwaden verhüllt, die langsam vom Erdboden aufstiegen. Sie sahen einige Häuser und Farmen, aber die meisten waren so weit entfernt, daß sie in dem Dunst fast nicht zu erkennen waren. Aus dem Schornstein des nächstgelegenen Hauses quoll Rauch.

Ruth sah den Mann an ihrer Seite an. Die Morgenröte hatte

sein bleiches Gesicht wie mit Blut gefärbt, aber die Augen waren noch müde und leblos. Offenbar kostete es ihn große Anstrengung, sich auf den Beinen zu halten, und es schien, daß er im nächsten Augenblick das Gleichgewicht verlieren und hinstürzen würde.

»In dem Haus werden wir schon einen Happen zu essen kriegen«, sagte sie. Lange wartete sie auf seine Antwort, schließlich antwortete sie an seiner Stelle: »Da kriegen wir was. Bestimmt.«

Die rote Sonne kam rasch über den Horizont herauf. Graue Wolkenfetzen schwammen wie die Rauchschwaden von einem Holzfeuer über sie hin. Fast so schnell, wie sie aufgegangen war, schrumpfte sie zu einer kleinen, glühenden Scheibe zusammen, bei deren Anblick die Augen brannten, so daß man nicht mehr hinschauen konnte.

»Jedenfalls versuchen wir's«, fügte Ruth hinzu.

Ring sah sie im hellen Tageslicht an, und es war das erste Mal, seit die Sonne am Abend zuvor untergegangen war. Ihr Gesicht war bleicher, die Wangen waren tiefer eingesunken.

Wortlos schob er sich den Hang hinunter. Er blickte sich nicht um, ob sie ihm folgte, sondern ging die Straße entlang, indem er ein Bein anhob und mit aller Kraft vor das andere schleuderte. Nur so vermochte er sich dahinzuschleppen.

Vor dem Haus blieb er stehen und sah zu dem Rauch auf, der darüber schwebte, bis sie ihn endlich einholte.

»Ich gehe rein und versuch's«, sagte sie. »Du setzt dich und ruhst dich aus, Ring.«

Er öffnete den Mund und wollte etwas erwidern, aber der Hals war ihm wie zugeschnürt. Stumm starrte er das Haus mit der abgetretenen Türschwelle, die Gardinen an den Fenstern und den Rauch über dem Schornstein an. Solange er das tat, fühlte er sich nicht als Fremder in einem fremden Land.

Ruth ging durch das Tor und um das Haus herum. Vor der Küchentür hielt sie an. Sie schaute sich um und sah Ring von der Straße hereinkommen und den Hof überqueren.

Hinter einer Gardine stand jemand und beobachtete sie.

»Klopf an«, sagte Ring.

Sie hob die rechte Hand und schlug mit den Knöcheln gegen die Schindeln, bis die Finger schmerzten.

Dann wandte sie sich um und warf Ring einen flüchtigen Blick zu. Er nickte.

Kurz darauf wurde die Küchentür einen Spaltbreit geöffnet, und der Kopf einer Frau kam zum Vorschein. Sie war mittleren Alters, hatte ein bräunliches Gesicht und auf der Stirn eine lange, breite Narbe, die aussah, als stammte sie von einem Einweckglas, das ihr einmal an den Kopf geflogen war.

»Verschwindet!« fuhr sie die beiden an.

»Wir wollen Sie nicht belästigen«, sagte Ruth so rasch wie möglich. »Wir wollten Sie nur fragen, ob Sie uns nicht einen Happen zu essen geben könnten. Nur eine Kartoffel, wenn Sie welche haben, oder ein Stückchen Brot – irgendwas.«

»Möchte bloß wissen, was ihr hier zu suchen habt«, sagte die Frau. »Ich mag keine fremden Menschen bei meinem Haus.«

Sie schloß die Tür, aber gleich weitete sich der Spalt wieder, und ihr Gesicht tauchte von neuem auf.

»Das Mädchen kriegt was«, sagte sie schließlich, »aber dem Mann kann ich nichts geben. Ich hab nicht genug für zwei.«

Ruth drehte sich rasch um, und ihre Hacken gruben sich in den sandigen Boden. Sie sah, daß Ring eifrig nickte.

Wenn er auch nichts hörte, so las er ihr doch das Wort von den Lippen ab. Sie schüttelte den Kopf.

Ring trat einige Schritte auf sie zu.

»Wir versuchen's anderswo«, sagte sie.

»Nein«, widersprach er. »Du gehst hinein und ißt, was sie dir gibt. Ich probier's im nächsten Haus.«

Sie wollte noch immer nicht ohne ihn in das Haus gehen. Die Frau öffnete die Tür einen halben Meter weit und wartete, daß sie die Treppe heraufkam.

Ring ließ sich auf eine Bank nieder, die unter einem Baum stand.

»Ich setz mich hier hin und warte, bis du hineingehst und für dich was zu essen kriegst«, sagte er.

Langsam stieg Ruth die Stufen zur Veranda hinauf und trat durch die Tür. Als sie drinnen war, deutete die Frau auf einen Stuhl am Tisch. Ruth nahm Platz.

Aufgewärmte Kartoffeln vom letzten Abendbrot und einige altbackene Brötchen waren da. Die Frau legte sie auf einen Teller und schenkte Ruth eine Tasse heißen Kaffee ein. Die Tasse stellte sie neben den Teller.

Ruth aß so schnell wie möglich. Sie schlürfte den heißen schwarzen Kaffee und kaute Kartoffeln und Brötchen. Die Frau mit dem bräunlichen Gesicht stand hinter ihr an der Tür, von wo aus sie die beiden beobachten konnte.

Zweimal gelang es Ruth, Brötchenstücke in die Bluse zu stecken, und dann ließ sie eine halbe Kartoffel in die Tasche am Rock verschwinden. Die Frau musterte sie argwöhnisch, wenn sie nicht gerade zu Ring auf den Hof hinaussah.

»Geht's weit?« erkundigte sich die Frau.

»Ja«, antwortete Ruth.

»Schon lange unterwegs?«

»Ja.«

»Wer ist der da draußen?«

»Mein Mann.«

Die Frau blickte wieder auf den Hof hinaus und dann zu Ruth hinüber. Eine Weile schwieg sie.

Ruth versuchte noch ein Stückchen Kartoffel in die Tasche zu stecken, aber diesmal beobachtete die Frau sie schärfer als zuvor.

»Ich glaube nicht, daß Sie mit ihm verheiratet sind«, sagte sie.

»Doch«, entgegnete Ruth, »es stimmt.«

»Ein schöner Ehemann, finde ich, wenn er Sie durchs Land ziehen und um Essen betteln läßt, wie Sie es eben getan haben.«

»Er war krank«, sagte Ruth rasch und wandte sich um, damit sie die Frau ansehen konnte. »Er hat fünf Wochen krank im Bett gelegen, bevor wir aufgebrochen sind.«

»Warum seid ihr nicht geblieben, wo ihr wart, statt Landstreicher zu werden? Kann er nicht arbeiten, oder will er nicht?«

Ruth stand auf. Das Brot fiel ihr aus der Hand.

»Danke für das Frühstück«, sagte sie. »Ich geh nun wieder.«

»Wenn Sie auf mich hören«, sagte die Frau, »dann trennen Sie sich bei der ersten besten Gelegenheit von dem Mann. Wenn er nicht arbeiten will, dann sind Sie schön dumm...«

»Er hatte ja Arbeit, aber dann hat er Fieber gekriegt.«

»Das glaub ich Ihnen nicht. Ich kann mir denken, daß Sie seinetwegen schwindeln.«

Ruth ging zur Tür, öffnete und trat hinaus. Auf der Veranda wandte sie sich um und sah die Frau an, die ihr etwas zu essen gegeben hatte.

»Wenn er krank im Bett gelegen hat, wie Sie sagen, warum ist er dann aufgestanden und hat einfach angefangen zu trampen, ohne daß einer von euch was zu essen hat?« fragte die Frau, die ihr bis an die Tür gefolgt war.

Ruth sah Ring auf der Bank unter dem Baum sitzen und wollte der Frau nicht mehr antworten, aber sie konnte sich nicht beherrschen, doch noch etwas zu sagen.

»Wir sind losgezogen, weil mir meine Schwester geschrieben hat, unser Kind wär gestorben. Gleich als mein Mann krank wurde, hab ich das Kind zu meiner Schwester gebracht. Und jetzt sind wir auf dem Weg, das Grab zu besuchen, wo die Kleine beerdigt ist.«

Sie lief die Treppe hinunter und überquerte, so schnell sie konnte, den Hof. Als sie an der Hausecke anlangte, stand Ring auf und folgte ihr auf die Straße. Keiner von beiden sagte etwas, aber sie mußte sich noch einmal nach dem Haus umschauen, aus dem ihnen die Frau durch den Türspalt nachsah.

Als sie rund hundert Schritte weit fort waren, knöpfte Ruth ihre Bluse auf und zog die Brotstücke hervor, die sie dort verborgen hatte. Wortlos nahm Ring ihr die Brocken aus der Hand. Als er alles aufgegessen hatte, gab sie ihm die Kartoffeln. Gierig aß er sie, und seine Augen sprachen mit Ruth, während er kaute und schluckte. Fast eine halbe Stunde waren sie gegangen, bevor sie wieder ein Wort sprachen.

»Sie war ein gemeines altes Weib«, sagte Ruth. »Wenn's nicht wegen dem Essen gewesen wäre, ich wär aufgestanden und fortgegangen und hätte nichts von ihr genommen.«

Ring schwieg lange. Sie hatten den Talgrund erreicht und stiegen den jenseitigen Hang hinan. Dann erst wandte er sich wieder an sie. »Vielleicht wär sie nicht so gemein zu dir gewesen, wenn sie gewußt hätte, wohin wir gehen«, sagte er.

Ruth unterdrückte ein Schluchzen. »Wie weit ist es noch, Ring?«

»Dreißig oder vierzig Meilen.«

»Sind wir morgen da?«

Er schüttelte den Kopf.

»Übermorgen?«

»Ich weiß nicht.«

»Wären wir vielleicht heute abend schon da, wenn uns jemand mitnähme?« fragte sie und vermochte das Schluchzen, das sie im Hals und in der Brust würgte, nicht länger zu verbergen.

»Ja«, antwortete er, »wenn uns jemand mitnähme, wären wir viel eher da.«

Er wandte sich um und schaute die Straße hinunter, aber dort kam nichts. Dann senkte er den Blick wieder auf den Weg und zählte die Schritte, die er mit dem rechten Fuß machte und mit dem linken.

(Deutsch von Joachim Martens)

Carson McCullers

Ein Baum, ein Felsen, eine Wolke

Es regnete an jenem Morgen, und es war noch sehr dunkel. Als der Junge beim Tram-Café ankam, hatte er seine Tour fast beendet, und er ging hinein, um eine Tasse Kaffee zu trinken. Es war ein die ganze Nacht hindurch geöffnetes Café, das einem verbitterten und geizigen alten Mann namens Leo gehörte. Nach der naßkalten, leeren Straße erschien das Café freundlich und hell. An der Bar waren einige Soldaten und drei Arbeiter von der Baumwollspinnerei, und an der Ecke saß vornübergebeugt ein Mann und ließ die Nase und das halbe Gesicht in sein Bierseidel hängen. Der Junge trug einen Sturzhelm, wie ihn Flugpiloten tragen. Als er das Café betrat, schnallte er den Kinnriemen ab und schlug die rechte Klappe über seinem kleinen rosa Ohr in die Höhe. Meistens, wenn er hier seinen Kaffee trank, redete der eine oder andere nett mit ihm. Aber heute früh blickte ihn Leo nicht an, und von den Männern sprach keiner. Er zahlte und wollte schon das Café verlassen, als ihm eine Stimme nachrief: »Son! Heda, Son!«

Er wandte sich um, und der Mann an der Ecke hatte den Zeigefinger gekrümmt und nickte ihm zu. Er hatte das Gesicht aus dem Bierseidel gehoben und sah plötzlich sehr glücklich aus. Der Mann war groß und bleich und hatte eine lange Nase und ausgeblichenes apfelsinenfarbenes Haar.

»Heda, Son!«

Der Junge ging zu ihm. Er war etwa zwölf Jahre alt, aber im Wachstum zurückgeblieben, und wegen der Last seiner Zeitungstasche war die eine Schulter hinaufgezogen. Sein Gesicht war platt und von Sommersprossen übersät; seine Augen waren runde Kinderaugen.

»Ja, Mister?«

Der Mann legte die eine Hand auf die Schulter des Zeitungsjungen, faßte ihm dann unters Kinn und drehte sein Gesicht langsam von einer Seite auf die andre. Der Junge zuckte verlegen zurück: »Heh! Was woll'n Sie denn von mir?«

Die Stimme des Jungen war schrill; es wurde auf einmal ganz still im Café.

Der Mann sagte langsam: »Ich liebe dich!«

Alle Männer an der Bar lachten los. Der Junge, der ihm mit finsterem Gesicht ausgewichen war, wußte nicht, was er tun sollte. Er blickte über die Bartheke hinweg zu Leo, und Leo beobachtete ihn mit einem verdrossenen, brüchigen Grinsen. Der Junge versuchte, auch zu lachen. Aber der Mann sah ernst und traurig aus.

»Ich wollte dich nicht foppen, Son«, sagte er. »Setz dich und trink ein Bier mit mir. Ich muß dir was erklären!«

Vorsichtig und mit einem Seitenblick versuchte der Junge, die Männer an der Bar zu mustern, um herauszufinden, was er tun solle. Aber sie hatten sich wieder ihrem Bier oder ihrem Frühstück zugewandt und kümmerten sich nicht um ihn. Leo stellte eine Tasse Kaffee und ein Kännchen Sahne auf die Bartheke.

»Er ist minderjährig«, sagte er.

Der Zeitungsjunge zog sich auf den Barschemel. Sein Ohr unter der hochgestellten Ohrenklappe war sehr klein und rot. Der Mann nickte ihm ernst zu. »Es ist etwas Wichtiges«, sagte er. Dann faßte er in die hintere Hosentasche und zog etwas heraus; er hielt es dem Jungen zum Betrachten hin.

»Schau es dir genau an!« sagte er.

Der Junge blickte hin, konnte aber nichts entdecken, was man genau anschauen müßte. Der Mann hielt eine Fotografie in seiner großen, schmuddligen Handfläche. Es war das Gesicht einer Frau, aber verschwommen, so daß nur ihr Hut und das Kleid, das sie trug, scharf hervortraten.

»Siehst du's?« fragte der Mann.

Der Junge nickte, und der Mann steckte sich eine andere Fotografie in die Handfläche. Hier stand die Frau in einem Badeanzug am Strand. Durch den Badeanzug zeichnete sich der Bauch sehr ab, und das war das einzige, was einem auffiel.

»Hast du's genau angeschaut?«

Er beugte sich vor und fragte schließlich: »Hast du sie schon mal gesehen?«

Der Junge saß still und rührte sich nicht, sondern blickte nur schräg aus den Augenwinkeln auf den Mann: »Ich glaube nicht.«

»Aha!« Der Mann blies auf die Fotos und steckte sie wieder in die Tasche. »Das war meine Frau.«

»Ist sie tot?« fragte der Junge.

Der Mann schüttelte langsam den Kopf. Er spitzte den Mund, als ob er pfeifen wollte, und antwortete mit einem langgedehnten: »Naaaain! Ich werd's dir erklären.«

Das Bier in dem großen braunen Seidel stand vor dem Mann auf der Bartheke. Er hob es nicht auf, als er trinken wollte. Statt dessen beugte er sich herunter, legte das Gesicht auf den Rand und ließ es dort, wie um auszuruhen. Dann kippte er das Seidel mit beiden Händen ein wenig vor und schlürfte.

»Eines schönen Abends wirst du mit deiner großen Nase

im Seidel einschlafen und versaufen«, sagte Leo. »Berühmter Durchreisender ertrinkt im Bier. Das wäre ein flotter Tod!«

Der Zeitungsjunge versuchte, Leo ein Zeichen zu machen. Während der Mann nicht hinsah, verzog er das Gesicht, bewegte stumm die Lippen und fragte: »Besoffen?« Aber Leo zog nur die Augenbrauen in die Höhe, drehte sich um und legte ein paar rosa Speckstreifen auf den Grill. Der Mann schob das Seidel weg, richtete sich auf und faltete seine schlaffen, verkrümmten Hände auf der Bartheke. Sein Gesicht war traurig, als er den Zeitungsjungen ansah. Die Lider zwinkerten nicht, aber von Zeit zu Zeit schlossen sie sich zart und schwer über den blaßgrünen Augen.

Draußen graute der Morgen, und der Junge verschob das Gewicht seiner Zeitungstasche.

»Ich will von der Liebe sprechen«, sagte der Mann. »Bei mir ist sie ein System.«

Der Junge rutschte halb vom Barschemel herunter. Aber der Mann hob den Zeigefinger, und er hatte etwas an sich, das den Jungen festhielt, so daß er nicht fortgehen konnte.

»Vor zwölf Jahren habe ich mich mit der Frau auf der Fotografie verheiratet. Ein Jahr, neun Monate, drei Tage und zwei Nächte war sie meine Frau. Ich habe sie geliebt. Ja ...« Er straffte seine undeutliche, schwankende Stimme und wiederholte: »Ich habe sie geliebt. Und ich glaubte, daß sie mich auch liebte. Sie hatte ein behagliches, schönes Heim. Nie kam mir der Gedanke, sie könne nicht zufrieden sein. Aber weißt du, was dann geschah?«

»Miiiiau!« machte Leo.

Der Mann wandte die Augen nicht vom Gesicht des Jungen ab. »Sie hat mich verlassen. Eines Abends kam ich heim, und das Haus war leer, und sie war fort. Sie hat mich verlassen.«

»Mit einem andern?« fragte der Junge.

Der Mann legte seine Handfläche sachte auf die Bartheke. »Das ist wohl selbstverständlich, Son! Frauen laufen nie alleine fort.«

Das Café war still, und draußen auf der Straße fiel dunkel und unaufhörlich der sanfte Regen. Leo drückte den brutzelnden Speck mit den Zinken seiner langen Gabel herunter: »Und seit elf Jahren jagen Sie also dem Weibsbild nach, Sie abgeklapperter alter Knabe!«

Der Mann blickte zum erstenmal auf Leo: »Bitte nicht so ordinär! Außerdem habe ich gar nicht mit Ihnen gesprochen.« Er wandte sich wieder an den Jungen und sagte vertraulich und mit heimlicher, gedämpfter Stimme: »Um den kümmern wir uns gar nicht! Einverstanden?«

Der Zeitungsjunge nickte unsicher.

»Es war nämlich so«, fuhr der Mann fort. »Ich bin ein sehr gefühlvoller Mensch. Mein Leben lang hat immer irgend etwas großen Eindruck auf mich gemacht: Mondschein – ein schönes Mädchenbein – immer eins nach dem andern. Aber der Witz ist nun der: wenn ich irgend etwas genossen hatte, dann überkam mich ein merkwürdiges Gefühl, als ob es lose in mir herumliege. Nichts schien sich bis zu Ende abzurollen, nichts schien zu den andern Dingen zu passen. Frauen? Von denen hatte ich mein Teil. Es war das gleiche. Hinterher lagen sie lose in mir herum. Ich war ein Mensch, der nie geliebt hatte.«

Sehr langsam schloß er die Augenlider, und es war, wie wenn sich im Theater am Schluß eines Auftritts der Vorhang senkt. Als er wieder sprach, war seine Stimme erregt, und die Worte überstürzten sich, und an seinen großen schlaffen, Ohren zitterten die Ohrläppchen.

»Dann begegnete ich jener Frau. Ich war einundfünfzig, und sie war dreißig, wie sie sagte. Ich traf sie an einer Tankstelle, und nach drei Tagen waren wir verheiratet. Und weißt du, wie das war? Ich kann's dir gar nicht beschreiben. Alles, was ich je empfunden hatte, sammelte sich um jene Frau. Nichts lag mehr lose in mir herum: durch sie kam alles in Ordnung.«

Der Mann brach plötzlich ab und rieb sich die lange Nase. Seine Stimme klang leiser und gleichmäßig vorwurfsvoll. »Ich erkläre es nicht ganz richtig. Es war vielmehr so: Die schönen Gefühle und die kleinen Freuden lagen lose in mir herum. Und die Frau war für meine Seele so etwas wie ein laufendes Band. Ich ließ die losen Teilchen meines Selbst durch sie hindurchlaufen, und heraus kam ich als Ganzes. Verstehst du mich jetzt?«

»Wie hieß sie?« fragte der Junge.

»Oh«, sagte er, »ich nannte sie Dodo. Aber das gehört nicht hierher.«

»Haben Sie versucht, sie zurückzuholen?«

Der Mann schien nicht hinzuhören. »Unter solchen Umständen kannst du dir wohl vorstellen, wie mir zumute war, als sie mich verließ.«

Leo nahm den Speck vom Grill und legte zwei Streifen zwischen ein Brötchen. Er hatte ein graues Gesicht mit Schlitzaugen und einer mickrigen Nase, in deren Buchten bläuliche Schatten saßen. Einer von den Arbeitern verlangte nochmals Kaffee, und Leo schenkte ihm ein. Er goß nie umsonst nach. Die Spinnereiarbeiter nahmen jeden Morgen ihr Frühstück bei ihm ein, aber je besser Leo seine Kunden kannte, um so geiziger behandelte er sie. An seinem eigenen Brötchen knabberte er auch herum, als ob er sich's nicht einmal selber gönnte.

»Und Sie haben sie nie wieder erwischt?«

Der Junge wußte nicht, was er von dem Mann halten sollte, und in seinem Kindergesicht stritten sich Neugier und Zweifel.

Er war noch ein Neuling auf seiner Zeitungsrunde, und er fand es immer noch seltsam, in der merkwürdigen, dunklen Morgenfrühe unterwegs zu sein.

»Nein«, sagte der Mann. »Ich unternahm allerhand Schritte, um sie wiederzubekommen. Ich reiste umher und versuchte, sie aufzustöbern. Ich fuhr nach Tulsa, wo sie Verwandte hatte. Und nach Mobile. Ich reiste in jede Stadt, die sie je erwähnt hatte, und ich spürte jedem Mann nach, mit dem sie früher bekannt war. Tulsa. Atlanta, Chicago, Cheehaw, Memphis ... Fast zwei Jahre lang jagte ich im Land umher und versuchte, sie zu erwischen.«

»Aber das Pärchen war vom Erdboden verschwunden«, sagte Leo.

»Höre nicht auf ihn«, sagte der Mann vertraulich. »Und denk auch nicht mehr an die zwei Jahre. Sie waren nicht wichtig. Wichtig ist, daß mir im dritten Jahr etwas Sonderbares widerfuhr.«

»Was denn?« fragte der Junge.

Der Mann beugte sich vor und kippte das Seidel etwas schräg, um einen Schluck Bier zu schlürfen. Aber seine Nasenflügel zitterten leise, als er an dem schalen Bier roch, und er trank nicht. »Jedenfalls ist die Liebe etwas sehr Sonderbares. Zuerst dachte ich nur daran, sie wiederzubekommen. Es war wie eine Zwangsvorstellung. Und dann versuchte ich allmählich, mich an sie zu erinnern. Aber kannst du dir vorstellen, was mir passierte?«

»Nein«, antwortete der Junge.

»Wenn ich mich aufs Bett legte und versuchte, an sie zu denken, dann war mein Kopf plötzlich vollkommen leer. Ich konnte sie nicht sehen. Ich holte ihre Bilder hervor und betrachtete sie. Es nützte nichts. Es war ganz vergebens. Völlige Leere. Kannst du dir so was vorstellen?«

»Heda, Mac!« rief Leo einem Manne weiter unten an der Bar zu. »Kannst du dir so was vorstellen? Der Dummbart hat nichts im Kopf!«

Langsam, als verscheuche er eine Fliege, fuhr die Hand des Mannes durch die Luft. Seine grünen Augen hefteten sich gespannt auf das flache kleine Gesicht des Zeitungsjungen.

»Doch plötzlich bei einer Glasscherbe auf dem Bürgersteig – oder bei einem Schlager aus einem Musikautomaten – oder bei einem Schatten des Nachts auf der Mauer: da konnte ich mich an sie erinnern. Vielleicht geschah's auf der Straße; dann weinte ich oder schlug mit dem Kopf gegen einen Laternenpfahl. Verstehst du das?«

»Bei einem Stück Glas ...?« fragte der Junge.

»Bei allem möglichen. Ich schlenderte umher, und es stand nicht in meiner Macht, wann und wie ich mich an sie erinnerte. Du meinst sicher, man könnte sich mit einer Art Schild dagegen schützen. Aber die Erinnerung kommt nie von vorne auf einen zu – sie kommt seitlich um die Ecke. Allem, was ich sah und hörte, war ich gewissermaßen ausgeliefert. Anstatt daß ich die Gegend nach ihr abjagte, begann *sie* mich plötzlich in meiner Seele herumzujagen. *Sie* jagte *mich*, denk bloß! Und in meiner Seele.«

Schließlich fragte der Junge: »In welchem Staat waren Sie damals?«

»Ach«, ächzte der Mann, »ich war richtig krank. Als hätt ich die Windpocken. Ich muß gestehen, Son, daß ich zu saufen anfing. Und herumhurte. Ich beging jede Sünde, die mir in den Sinn kam. Es widert mich an, das zu gestehen, aber ich tu's trotzdem. Wenn ich mich an jene Zeit erinnere, stockt mir das Denken – es war so furchtbar!«

Der Mann beugte den Kopf vornüber und schlug mit der Stirn auf die Bartheke. Ein paar Sekunden lang blieb er so: der Nacken seines sehnigen Halses war mit apfelsinenfarbenen Stoppeln bedeckt, und die Hände mit den langen, verkrümmten Fingern hielt er Handfläche gegen Handfläche, wie im Gebet. Dann richtete der Mann sich wieder auf; er lächelte, und plötzlich war sein Gesicht hell und erregt und alt.

»Im fünften Jahr war's, daß es mir widerfuhr«, sagte er. »Und damit begann mein System.«

Leos Mund sprang in flüchtigem, blassem Grinsen auf. »Keiner von uns wird jünger«, sagte er. Dann zerknüllte er in jähem Ärger ein Geschirrtuch und schleuderte es auf den Fußboden. »Sie liederlicher alter Schürzenjäger!«

»Was kam dann?« fragte der Junge.

Die Stimme des alten Mannes war hell und klar. »Der Frieden«, antwortete er.

»Hm?«

»Es ist nicht so leicht, dir das wissenschaftlich zu erklären, Son«, sagte er. »Ich vermute, logisch läßt es sich einfach so erklären, daß sie und ich so lange voreinander fortrannten, bis wir schließlich ganz verstrickt waren und uns hinlegten und es aufgaben. Frieden. Eine sonderbare und schöne Leere. In Portland war es Frühling, und es regnete jeden Nachmittag. Den ganzen Abend blieb ich im Dunkeln auf meinem Bett liegen. Und so erwarb ich mir mein System.«

Die Fenster draußen spiegelten das blaßblaue Licht. Die beiden Soldaten bezahlten ihr Bier und öffneten die Tür; der eine kämmte sich das Haar und wischte sich den Schmutz von den Wickelgamaschen, ehe er nach draußen ging. Die drei Spinnereiarbeiter beugten sich stumm über ihr Frühstück. An der Wand tickte Leos Uhr.

»Es ist so. Und hör jetzt gut zu! Ich hab über die Liebe meditiert und es alles herausgefunden. Ich hab begriffen, was wir falsch machen. Ein Mann verliebt sich zum erstenmal. Und in was verliebt er sich?«

Der weiche Mund des kleinen Jungen stand etwas offen; er gab keine Antwort.

»In eine Frau«, sagte der alte Mann. »Ohne System, ohne die geringste Anleitung wagt sich der Mann an das gefährlichste und heiligste Erlebnis auf Gottes Erde. Er verliebt sich in eine Frau. Hab ich recht, Son?«

»Ja«, sagte der Junge leise.

»Aber sie fangen die Liebe am falschen Ende an. Sie fangen beim Höhepunkt an. Kann man sich da wundern, daß es unglücklich ausgeht? Weißt du, wie die Menschen lieben sollten?«

Der alte Mann packte den Zeitungsjungen beim Kragen seiner Lederjacke und schüttelte ihn ganz sachte, während seine grünen Augen ernst und ohne zu zwinkern auf ihn niederschauten.

»Son, weißt du, wie Liebe anfangen sollte?«

Der Junge saß ganz klein und still da und hörte zu. Er schüttelte langsam den Kopf. Der alte Mann beugte sich näher heran und flüsterte:

»Ein Baum. Ein Felsen. Eine Wolke.«

Auf der Straße draußen regnete es immer noch. Ein milder grauer, unaufhörlicher Regen. Die Fabriksirene pfiff zum Schichtwechsel, und die drei Spinnereiarbeiter zahlten und gingen. Nun war niemand mehr im Café außer Leo, dem alten Mann und dem kleinen Zeitungsjungen.

»In Portland war das Wetter so wie heute«, erzählte der alte Mann. »Damals fing ich mit meinem System an. Ich meditierte, und ich ging ganz behutsam vor. Ich brachte irgend etwas von der Straße mit nach Hause. Ich kaufte einen Goldfisch und konzentrierte mich auf den Goldfisch und liebte ihn. Und so stieg ich von einer Stufe zur nächsten. Tag für Tag habe ich mich darin geübt. Auf dem Wege von Portland nach San Diego ...«

»Ach, hör schon auf!« schrie Leo plötzlich. »Hör auf! Hör schon auf!«

Der alte Mann hielt den Jungen noch immer beim Jackenkragen gepackt. Er zitterte, und sein Gesicht war ernst und leuchtete wild. »Sechs Jahre bin ich nun ganz allein herumgezogen und hab mein System. Und jetzt bin ich darin ein Meister geworden, Son! Ich kann alles lieben. Ich brauche nicht mal mehr darüber nachzudenken. Ich sehe eine Straße mit vielen Menschen, und ein schönes Licht erfüllt mich. Ich beobachte einen Vogel in den Lüften. Oder ich begegne einem Wanderer auf der Landstraße – einerlei, was, Son, und einerlei, wer es ist. Alles ist fremd, und alles liebe ich. Begreifst du, was ein System wie meins bedeuten kann?«

Der Junge saß steif da. Die Hände hatte er um den Rand der Bartheke geklammert. Schließlich fragte er: »Haben Sie die Dame noch gefunden?«

»Wie? Was hast du gesagt, Son?«

»Ich meinte«, sagte der Junge schüchtern, »ob Sie sich wieder in eine Frau verliebt haben?«

Der alte Mann ließ den Kragen des Jungen los. Er wandte sich ab, und zum erstenmal stand in seinen grünen Augen ein unsicherer und wirrer Ausdruck. Er hob das Seidel von der Theke und kippte das gelbe Bier hinunter. Er schüttelte sehr langsam den Kopf. Dann endlich antwortete er: »Nein, Son! Das wäre nämlich der letzte Schritt in meinem System. Ich gehe aber behutsam vor. Und so weit bin ich noch nicht.«

»So was!« sagte Leo. »So was! So was!«

Der alte Mann stand in der offenen Tür. »Vergiß es nicht«, sagte er. Im feuchten grauen Licht der ersten Morgenfrühe sah er eingeschrumpft und schäbig und gebrechlich aus. Aber sein Lächeln war strahlend. »Vergiß es nicht, daß ich dich liebe«, sagte er und nickte noch ein letztes Mal. Und die Tür fiel leise hinter ihm ins Schloß.

Lange Zeit sagte der Junge kein Wort. Er zupfte an den Haarsträhnen, die ihm in die Stirn hingen, und fuhr mit dem schmutzigen kleinen Zeigefinger um den Rand seiner leeren Tasse. Dann fragte er endlich, ohne Leo anzusehen: »War er betrunken?«

»Nein«, antwortete Leo knapp.

Der Junge hob die Stimme: »Dann war er wohl einer, der Rauschgift nimmt?«

»Nein.«

Der Junge blickte zu Leo auf, und sein flaches Gesichtchen war ratlos, und die Stimme war hartnäckig und schrill: »War er denn verrückt? Glauben Sie, daß er wahnsinnig ist?« Und in jähem Zweifel ließ der Zeitungsjunge die Stimme sinken: »Leo? Oder was sonst?«

Aber Leo antwortete ihm nicht. Vierzehn Jahre lang hatte er das kleine Nachtcafé gehabt, und er war überzeugt, daß er sich auskannte, was Verrücktheit betraf. Aus der Stadt kamen sie, oder auch Durchreisende, die nachts hier auftauchten. Er kannte den Wahn jedes einzelnen von ihnen. Aber die Fragen des wartenden Kindes wollte er nicht beantworten. Er verkniff sein bleiches Gesicht und schwieg.

Der Junge zog die rechte Ohrenklappe seines Sturzhelms herunter, und als er sich zum Gehen wandte, machte er eine Bemerkung – die einzige, die ihm geheuer schien, die einzige, derentwegen ihn keiner auslachen und verachten konnte: »Bestimmt ist er weit herumgekommen.«

(Deutsch von Elisabeth Schnack)

Patricia Highsmith

Warten

Jeden Morgen spähte Don in seinen Briefkasten, und nie war ein Brief von ihr darin.

Sie wird noch keine Zeit gehabt haben, sagte er sich und stellte sich all die Arbeit und Unruhe vor, die ihr Umzug von Rom nach Paris mit sich bringen mußte: die neue Wohnung, die sie sicher in Paris gefunden hatte, bevor sie den Umzug in die Wege leitete; und dann brauchte sie bestimmt ein paar Tage zur Eingewöhnung an dem neuen Arbeitsplatz. Deshalb war sie wahrscheinlich auch nicht in der Stimmung zum Briefeschreiben.

Doch schließlich kam der Tag, an dem ihr Schweigen bei allem guten Willen nicht mehr mit Umzug und Arbeit zu rechtfertigen war. Drei weitere Tage vergingen, und noch immer war kein Brief da.

Sie kann sich nicht so schnell entscheiden, dachte er. Natürlich muß sie sich erst über ihre Gefühle klarwerden, ehe sie sich hinsetzt und schreibt.

Vor dreizehn Tagen hatte er Rosalind geschrieben, er liebe sie und wolle sie heiraten. Vielleicht war ihr der Vorschlag nach so kurzer Zeit ein wenig übereilt erschienen. Andererseits glaubte Don, einen guten Brief geschrieben zu haben. Er hatte sie auch nicht gedrängt, sondern ihr lediglich seine Gefühle mitgeteilt. Immerhin kannte er sie ja schon zwei Jahre, oder vielmehr hatten sie sich vor zwei Jahren in New

York kennengelernt. Und als sie sich jetzt im letzten Monat in Europa wieder trafen, da wußte er, daß er sie liebte und sie heiraten wollte.

Seit seiner Rückkehr aus Europa vor drei Wochen hatte er erst wenige seiner Freunde wiedergesehen. Er war zu sehr damit beschäftigt, Zukunftspläne für sich und Rosalind zu schmieden. Rosalind war technische Zeichnerin. Sie hatte Europa gern, und wenn sie vielleicht lieber in Europa bleiben wollte, so war das kein Problem, dann konnte er ebenfalls übersiedeln. Seine Firma, Dirksen & Hall, bei der er als technischer Berater angestellt war, hatte sogar eine Niederlassung in Paris, und sein Französisch war gar nicht schlecht. Das wäre alles ganz einfach. Was er noch brauchte, war eine Zollbescheinigung für ein paar Sachen, die er mitnehmen wollte – Bücher und Teppiche und den Plattenspieler, und dann etwas Werkzeug und Zeichengerät, das war alles.

Don dachte zuweilen, er sei eigentlich noch gar nicht auf dem Höhepunkt seines Glücksgefühls angelangt. Es wurde von Tag zu Tag größer – wie ein Vorhang, der sich immer höher hob und eine herrliche Landschaft enthüllte. Aber Rosalind mußte bei ihm sein, wenn er endlich das ganze Bild vor sich hatte. Nur eine Tatsache hielt ihn davor zurück, sich schon jetzt rückhaltlos an der Landschaft zu freuen: er hatte noch immer keine Post von ihr.

Er schrieb ihr noch einmal nach Rom und vermerkte unten auf dem Umschlag auf italienisch: *Bitte nachsenden.* Sie war sicher schon in Paris, aber sie hatte in Rom wahrscheinlich einen Nachsendeantrag hinterlassen.

Wieder vergingen zwei Tage ohne Post von ihr. Nur ein Brief seiner Mutter aus Kalifornien lag im Briefkasten, außerdem eine Werbedrucksache und ein Formular für irgendeine

Wahlkampagne. Er verzog ein wenig den Mund zum Lächeln, schloß den Briefkasten ab und machte sich auf den Weg ins Büro. Er war eigentlich nie traurig, wenn er wieder keinen Brief von ihr fand; eher war es immer wie ein kleiner elektrischer Schlag, so als ob sie ihn im Scherz auf die Folter spannen wollte, weil sie ihren Brief noch einen Tag zurückhielt. Doch dann fiel ihm ein, daß er neun Stunden vor sich hatte, bis er abends nach Hause kam und auf einen Eilbrief von ihr hoffen konnte, und plötzlich war ihm müde und lustlos zumute. Nach so langer Zeit schickte sie ihm bestimmt keinen Eilbrief. Es blieb ihm nichts weiter übrig, als wieder bis zum nächsten Tag zu warten.

Am anderen Morgen schimmerte etwas in seinem Briefkasten. Aber es war wieder nur eine Drucksache – die Einladung zu einer Kunstausstellung. Er riß sie in Fetzen und knüllte sie in der Hand zusammen.

In dem Briefkasten neben dem seinen steckten drei Briefe, die schon gestern morgen daringelegen hatten, das wußte er. Was mochte dieser Dusenberry für ein Mensch sein, der nicht mal die Post aus seinem Kasten holte?

Als er etwas später im Büro war, kam ihm ein Gedanke, der seine Stimmung beträchtlich hob: der Brief war vielleicht aus Versehen in den Nachbarkasten gesteckt worden. Der Briefträger öffnete immer alle Kästen einer Reihe auf einmal, und Don hatte in seinem Kasten auch schon mal einen Brief gefunden, der nicht für ihn bestimmt war. Er war plötzlich wieder optimistisch. Ganz sicher war jetzt ein Brief von ihr da, in dem sie ihm schrieb, daß sie ihn liebte. Nach den glücklichen Tagen in Juan-les-Pins konnte sie gar nichts anderes schreiben. Er wollte ihr telegraphieren: ich liebe dich, ich liebe dich. Nein, noch besser, er wollte sie anrufen, denn in ihrem Brief stand bestimmt ihre Pariser Adresse, vermutlich sogar auch die Adresse ihrer Firma; er konnte sie also erreichen.

Als er Rosalind vor zwei Jahren in New York kennenlernte, waren sie ein paarmal zusammen zum Essen und ins Theater gegangen. Dann hatte sie seine nächsten Einladungen abgelehnt, so daß Don annahm, es gäbe da wohl noch einen anderen Mann, den sie lieber mochte. Damals hatte ihm das nicht viel ausgemacht. Doch als er sie dann zufällig in Juan-les-Pins wiedertraf, sah alles ganz anders aus. Es war Liebe auf den zweiten Blick gewesen; und auch Rosalind bewies ihm das dadurch, daß sie sich von ihren Bekannten – zwei Männern und einem Mädchen – trennte; die drei fuhren weiter nach Cannes, und sie blieb mit Don in Juan-les-Pins. Sie hatten fünf herrliche Tage zusammen verbracht. Don hatte gesagt: »Ich liebe dich«, und sie hatte es auch gesagt, einmal. Doch sie hatten weder Zukunftspläne gemacht noch überhaupt von einem Wiedersehen gesprochen. Wie hatte er bloß so töricht sein können! Wenn er wenigstens mit ihr ins Bett gegangen wäre. Aber vielleicht war es besser so. Er hatte es eben ernst gemeint, für ihn war es keine Urlaubsäffare wie bei so vielen Pärchen. Wenn man ein Mädchen wirklich liebt und heiraten will, dann war das etwas anderes. Und nach ihrem Verhalten hatte er angenommen, daß sie ähnliches empfand. Sie war kühl und brünett und lächelte oft. Obwohl sie nicht groß war, wirkte sie so. Sie war zu intelligent, um je eine Dummheit zu machen und auch nur etwas Unüberlegtes zu tun. Und auch Don hätte niemals jemandem ohne reifliche Überlegung einen Heiratsantrag gemacht. Heirat – das war eine Sache, die man sich gründlich überlegte, wochen- oder monatelang, vielleicht sogar ein Jahr. Er selber hatte ja auch länger als die fünf Tage in Juan-les-Pins dazu gebraucht. Er fand, Rosalind Farnes sei ein Mädchen oder eine Frau (sie war sechsundzwanzig und er neunundzwanzig) von Format; zudem hatten sie verwandte Berufe und daher alle Chancen, miteinander glücklich zu werden.

Als er abends nach Hause kam, lagen die drei Briefe immer noch in Dusenberrys Kasten. Don suchte nach der Klingel neben dem Namensschild und drückte energisch auf den Knopf. Wer weiß, vielleicht waren sie doch zu Hause und hatten bloß aus irgendeinem Grund ihren Briefkasten nicht geleert.

Nichts rührte sich. Dusenberry – er oder sie oder beide – waren offensichtlich nicht daheim.

Ob der Hausmeister ihm erlauben würde, den Briefkasten zu öffnen? Nein, sicher nicht. Und außerdem hatte der vermutlich gar keinen Schlüssel.

Einer der Umschläge sah aus wie ein Luftpostbrief aus Europa. Es war zum Rasendwerden. Don schob den Finger vorn in einen Schlitz des Metallkästchens und versuchte, die Klappe herauszuziehen, aber er hatte kein Glück. Er steckte seinen eigenen Schlüssel ins Schloß und versuchte, ihn umzudrehen. Das Schloß gab nach, und die Tür sprang einen Zentimeter weit auf. Weiter ließ sie sich nicht öffnen. Don hielt die Wohnungsschlüssel in der Hand; er schob einen Schlüssel in den offenstehenden Spalt und benutzte ihn als Hebel. Jetzt konnte er die Messingtür so weit verbiegen, daß er an die Briefe herankam; er nahm sie an sich und versuchte, die Briefkastentür wieder geradezubiegen, soweit es ging. Von den Briefen war keiner für ihn. Er starrte sie an, zitternd, als habe man ihn bei einem Einbruch ertappt. Zwei warf er zurück in den verbogenen Kasten, den dritten steckte er ein. Dann trat er ins Treppenhaus, ganz hinten ging es zu den Fahrstühlen. Einer war leer, und Don fuhr allein hinauf in den dritten Stock.

Sein Herz schlug wie ein Hammer, als er oben die Wohnungstür zumachte. Wozu hatte er bloß den Brief eingesteckt! Natürlich mußte er ihn zurückbringen; es war ganz offensichtlich ein privater Brief, und er kam aus Amerika. Die Adresse war mit blauer Tinte handgeschrieben: Mr. R. L. Dusenberry und so weiter, und der Absender auf der Rückseite lautete: Edith W. Whitcomb, 717 Garfield Drive, Scranton/Pa. Sicher seine Freundin, dachte Don. Ein dicker Brief in länglichem Umschlag. Er mußte ihn sofort wieder hinunterbringen. Und der verbeulte Briefkasten? Na, er hatte ja schließlich nichts gestohlen. Es war zwar keine Bagatelle, einen fremden Briefkasten gewaltsam zu öffnen, aber das war nun mal geschehen. Solange nichts daraus fehlte, war es wohl nicht ganz so schlimm.

Don holte einen Anzug aus dem Schrank, den er in die Reinigung bringen wollte, und nahm Dusenberrys Brief vom Tisch. Aber als er ihn in der Hand hielt, überfiel ihn plötzlich die Neugierde. Was mochte darinstehen? Und ehe er noch Zeit hatte, sich zu schämen, hatte er in der Küche Wasser zum Kochen aufgesetzt. Er hielt den Umschlag in den Dampf, die Klappe rollte glatt zurück, und Don wartete geduldig, bis er den Brief herausnehmen konnte. Er war drei Seiten lang, alle doppelt beschrieben und mit der Hand.

»Mein Lieber«, (so begann er)
»Du fehlst mir so sehr, daß ich Dir schreiben muß. Ob Du Dir jetzt klargeworden bist über Deine Gefühle? Du hast gesagt, wir würden es wohl beide schnell vergessen. Aber weißt Du auch, wie mir zumute ist? Genauso wie in der Nacht, als wir auf der Brücke standen und zu den Lichtern von Bennington hinüberschauten ...«

Fasziniert las Don den Brief zu Ende. Das Mädchen war verliebt in Dusenberry, wahnsinnig verliebt, und sie wartete sehnsüchtig auf eine Antwort, auf irgendein Zeichen von ihm. Sie sprach von einer Stadt in Vermont, wo sie beide gewesen waren. Ob sie sich dort kennengelernt hatten oder zusammen hingefahren waren? Mein Gott, wenn er nur einmal einen solchen Brief von Rosalind bekäme! Dusenberry schien nicht die Absicht zu haben, sich noch einmal bei dem Mädchen zu melden; offenbar hatte er ihr seit dem letzten Zusammensein überhaupt nicht mehr geschrieben.

Vorsichtig klebte Don den Brief wieder zu und steckte ihn in die Tasche. Der letzte Absatz hatte sich ihm fest eingeprägt:

»Ich wollte Dir eigentlich gar nicht mehr schreiben, und nun habe ich es doch getan, weil ich einfach nicht anders kann. Ich muß ehrlich sein, weil ich immer ehrlich bin.«

Das traf auch auf ihn zu, dachte Don. Es hieß dann weiter:

»Denkst Du überhaupt noch an mich, oder hast Du mich vergessen? Wollen wir uns wiedersehen oder nicht? Wenn ich in den nächsten Tagen keine Antwort von Dir bekomme, weiß ich Bescheid.«

Don besah sich den Poststempel. Der Brief war vor sechs Tagen aufgegeben worden. Er malte sich aus, wie diese Edith Whitcomb Tag um Tag sehnsüchtig wartete und sich immer noch einzureden versuchte, die Verzögerung habe nichts zu bedeuten. Sechs Tage, und sie hoffte immer noch. Sie hoffte auch in diesem Augenblick da unten in Scranton, Pennsylvania.

Was war bloß dieser Dusenberry für ein Mann? Ein Casanova? Ein Ehemann, der mit einer Liebelei Schluß machen wollte? Welcher von den sechs oder acht Männern, denen Don hier im Haus schon mal begegnet war, mochte es sein? Einer von denen, die morgens um halb neun eilig und ohne Hut aus dem Haus stürzten? Oder eher ein ruhiger mit Homburg? Don hatte sich nie viel um seine Nachbarn gekümmert.

Einen Augenblick hielt er den Atem an. Ihm war, als fühle er die einsame Leere, den zagen Hoffnungsschimmer, an den sich das Mädchen noch klammerte, auf seinen Lippen. Mit einem Wort könnte er diese Edith glücklich machen – das heißt, Dusenberry könnte es.

»Schwein«, sagte er halblaut vor sich hin.

Er legte den Anzug auf einen Stuhl, setzte sich an seinen Schreibtisch und schrieb auf einen Zettel: »Edith, ich liebe Dich.« Er wollte sehen, wie das geschrieben aussah. Es war, als sei damit etwas Wichtiges erledigt, das bisher in der Schwebe gewesen war. Er zerknüllte den Zettel und warf ihn in den Papierkorb.

Dann ging er nach unten, zwängte den Brief wieder in den Kasten und brachte seinen Anzug in die Reinigung. Er machte einen langen Spaziergang über die Second Avenue und ging, obgleich er müde wurde, weiter bis fast nach Harlem, wo er den Bus nahm und in die Stadt zurückfuhr. Er hatte jetzt Hunger, aber auf nichts rechten Appetit. Er versuchte, an gar nichts zu denken. Wenn nur die Nacht erst vorbei wäre – morgen früh kam der Briefträger wieder.

Seine Gedanken gingen zu Rosalind und zu dem Mädchen aus Scranton. Ein Jammer, wieviel Schmerzen es auf der Welt gab. Auch er selber litt. Denn obwohl ihn Rosalind so glücklich gemacht hatte, konnte er nicht leugnen, daß die letzten drei Wochen eine einzige Tortur gewesen waren. Mein Gott, ja – schon zweiundzwanzig Tage! Es kam ihm seltsam beschämend vor, als er sich eingestand, daß schon zweiundzwanzig Tage vergangen waren. Aber wieso seltsam – das stimmte doch gar nicht. Er war einfach verletzt, weil es ihm vielleicht nicht gelungen war, sie zu halten. Er hätte ihr schon in Juan-les-Pins ohne Umschweife nicht nur sagen sollen, daß er sie liebte, sondern, daß er sie heiraten wollte. Vielleicht hatte er sie nun verloren, weil er das nicht gesagt hatte.

Der Gedanke versetzte ihn in solche Unruhe, daß er nicht weiterfahren konnte. Er stieg aus. Er mochte nicht mehr an diese entsetzliche Möglichkeit denken, er mußte ein Stück zu Fuß laufen und wieder einen klaren Kopf bekommen.

Plötzlich hatte er eine Idee – unklar zuerst und noch ohne bestimmtes Ziel, aber sie brachte ihm Ablenkung für den heutigen Abend. Er malte sich aus, was Dusenberry, wenn er Edith Whitcombs Brief gelesen hatte, wohl an sie schreiben würde. Vielleicht würde er nicht gerade behaupten, er liebe sie, aber er könnte doch sagen, er habe sie wirklich gern und wolle sie wiedersehen.

Don kam nach Hause und brauchte fünfzehn Minuten, um den Brief zu schreiben. Er erklärte sein langes Schweigen damit, daß er sich erst über seine Gefühle habe klarwerden wollen. Er wolle auch erst etwas sagen, wenn er sie wiedergesehen hatte, und er fragte, wann sie sich treffen könnten. Er wußte nicht mehr, wie Dusenberry mit Vornamen hieß und ob das Mädchen den Namen in ihrem Brief überhaupt genannt hatte, aber an das R. L. Dusenberry auf dem Umschlag erinnerte er sich, und so unterschrieb er den Brief einfach mit R.

Beim Schreiben hatte er noch gar nicht die Absicht gehabt, den Brief wirklich abzuschicken; doch als er jetzt die maschinengeschriebenen anonymen Zeilen noch einmal durchlas, überlegte er sich die Sache. Es war so wenig und so harmlos, was er ihr damit gab. Wann sehen wir uns? Nein – im

Grunde war es natürlich doch sinnlos und auch unehrlich. Dusenberry machte sich offensichtlich nichts aus dem Mädchen, und daran würde sich auch nichts ändern, sonst hätte er nicht sechs Tage verstreichen lassen. Wenn er die Beziehung nicht fortsetzte, wo er sie abgebrochen hatte, dann konnte daraus nichts Richtiges werden. Don starrte auf das R. Er wollte eine Antwort von dieser Edith haben – eine einzige frohe glückliche Zeile. Er fügte also, wieder mit der Schreibmaschine, noch ein PS hinzu:

»Bitte schreib mir per Adresse Dirksen & Hall, Chanin Building, New York City.«

Den Antwortbrief würde er sich schon irgendwie beschaffen – falls einer kam. Und wenn sie in den nächsten Tagen nicht schrieb, dann wußte er, daß Dusenberry inzwischen an sie geschrieben hatte. Und wenn ein Brief von ihr kam, dann konnte er – vielmehr mußte er – die Affäre so schmerzlos wie möglich beenden.

Er steckte den Brief in den Kasten und fühlte sich jetzt frei und irgendwie erleichtert. Er schlief gut und war morgens beim Aufwachen ganz sicher, einen Brief im Kasten zu finden. Als er dann unten keinen Brief von Rosalind, sondern nur eine Telefonrechnung vorfand, packte ihn eine so zornige Enttäuschung, wie er sie bisher nicht gekannt hatte. Er sah auf einmal gar keinen Grund mehr für ihr Schweigen.

Am nächsten Morgen traf ein Brief aus Scranton in seinem Büro ein. Don sah ihn am Empfangsschalter liegen und nahm ihn an sich; die Angestellte telefonierte gerade und blickte gar nicht auf.

Er begann mit »Mein Lieber«, und in dieser sentimentalen Tonart ging es weiter, so daß Don den Brief eilig zusammenfaltete, bevor jemand in der Technischen Abteilung ihn damit sah. Er wußte nicht recht, ob er sich freuen sollte. Immer wieder sagte er sich, er habe gar nicht mit einer Antwort gerechnet, aber er wußte, das stimmte nicht. Es war doch ganz natürlich, daß sie auf seinen Brief hin geschrieben hatte. Sie schlug ihm vor, irgendwo das nächste Wochenende gemeinsam zu verbringen. (Dusenberry mußte Zeit haben wie Sand am Meer.) Sie bat ihn, Ort und Zeit zu bestimmen.

Auch während der Arbeit dachte er an sie. Wie leicht war sie glücklich zu machen, diese unbekannte und so fieberhaft wartende Frau in Scranton, die nur auf ein Wort von ihm hoffte. Und er – Ironie des Schicksals – schaffte es nicht mal, daß ihm Rosalind aus Paris antwortete.

»O Gott!« sagte er leise und stand vom Schreibtisch auf. Ohne ein Wort verließ er den Raum. Ihm war plötzlich ein furchtbarer Gedanke gekommen. Während er noch immer auf eine Nachricht von ihr wartete, sann sie vielleicht darüber nach, wie sie ihm beibringen sollte, daß sie ihn nicht liebte, heute nicht und auch später nicht. Er wurde den Gedanken nicht los; auf einmal sah er sie nicht mehr fröhlich, erstaunt oder erfreut vor sich, sondern stirnrunzelnd und nachdenklich vor der peinlichen Aufgabe, einen Brief aufsetzen zu müssen, mit dem sie Schluß machte. Er sah sie nach Worten suchen, die ihn nicht allzusehr verletzten.

Das Bild ließ ihm den ganzen Abend keine Ruhe. Je mehr er grübelte, desto sicherer schien es ihm, daß ein solcher Brief von ihr kommen mußte. Er glaubte nun auch genau zu wissen, wie sie zu ihrem Entschluß gekommen war: eine kleine Weile hatte er ihr vielleicht noch gefehlt; dann hatte sie gemerkt, daß sie gut ohne ihn auskommen konnte. Sie hatte ihren neuen Posten und bestimmt auch schon Freunde in Paris. Die Tatsache, daß sie in Europa und er in Amerika war, mochte ebenfalls zur Abkühlung ihrer Gefühle beigetragen haben. Vermutlich war sie jedoch einfach zu der Erkenntnis gelangt, daß sie ihn nicht wirklich liebte. Dafür war ihr Schweigen der beste Beweis. Wenn man jemanden gern hat, läßt man ihn nicht so lange auf Nachricht warten.

Abrupt stand er auf und starrte feindselig auf die Uhr. Es war zwanzig Uhr siebzehn, und heute war der fünfzehnte September. Das Datum überfiel ihn wie ein schweres Gewicht, er spannte sich und ballte die Fäuste. Fünfundzwanzig Tage waren seit seinem ersten Brief vergangen, fünfundzwanzig Tage mit so vielen Stunden und Minuten ... Um sich abzulenken, dachte er an das Mädchen in Scranton. Er hatte das Gefühl, er schulde ihr eine Antwort. Noch einmal las er ihren Brief, langsamer jetzt; nachdenklich verweilte er hie und da bei einem Satz, so als fühle er mit ihr in ihrer hoffnungslosen Liebe – fast als sei es seine eigene. Hier war eine Frau, die ihn inständig bat, ihr Zeit und Ort für ein Wiedersehen zu nennen. Nur von diesem Wunsch war sie beseelt, von diesem einen Verlangen – wie ein Vogel, der schon die Flügel spannt, um sich in die Luft zu erheben.

Mit raschen Schritten ging er ans Telefon und gab ein Telegramm auf:

»erwarte dich freitag 18 uhr grand central ausgang lexington herzlichst r.«

Übermorgen war Freitag.

Auch am Donnerstag kam kein Brief von Rosalind, und jetzt hatte er nicht mehr den Mut oder die Kraft, sich die Gründe auszumalen. Nur die Liebe zu ihr war ihm geblieben, unvermindert und schwer wie ein Stein.

Als er Freitag morgen aufstand, dachte er an das Mädchen

in Scranton. Sie war jetzt wohl beim Kofferpacken. Wenn sie irgendwo angestellt war, dachte sie bei der Arbeit bestimmt den ganzen Tag an Dusenberry.

Er ging die Treppen hinunter und sah in seinem Briefkasten den blauroten Rand eines Luftpostumschlages. Einen Augenblick schien sein Herzschlag auszusetzen. Er schloß den Kasten auf und zerrte mit fliegenden Fingern den leichten Umschlag heraus. Die Schlüssel fielen zu Boden. Der Brief war mit der Maschine geschrieben und knapp fünfzehn Zeilen lang.

»Don,

es tut mir schrecklich leid, daß ich Dich so lange habe warten lassen mit meiner Antwort, aber ich bin einfach nicht eher dazugekommen. Heute konnte ich endlich meine Arbeit hier aufnehmen. Ich mußte zunächst noch länger in Rom bleiben, und dann kam in der Wohnung viel Ärger durch den Streik der Elektriker und so weiter.

Du bist ein Engel, Don, das habe ich immer gewußt und werde es nicht vergessen, und auch nicht die Tage an der Côte d'Azur. Nur, weißt Du, ich kann mir einfach nicht vorstellen, daß ich auf einmal mein Leben so radikal verändern und heiraten soll, weder hier noch sonstwo. Zu Weihnachten kann ich auch unmöglich nach Amerika kommen, da ist hier viel zuviel zu tun. Und ich sehe nicht recht, warum Du Dich von New York losreißen solltest. Vielleicht denkst Du, wenn Du dies bekommst, auch schon ein wenig anders darüber.

Ob Du bitte nicht allzu unglücklich bist, wenn Du dies liest, und mir einmal schreibst? Wir können uns doch irgendwann mal wiedersehen – vielleicht wieder so zufällig wie in Juan-les-Pins?

Rosalind.«

Er stopfte den Brief in die Tasche und trat nach draußen. Sein Kopf war erfüllt von einem Chaos aus Verzweiflung und lautlosen Schreien, vom Durcheinander einer Armee, die sich noch einmal zusammenreißt, bevor es zu spät ist, die nicht aufgeben, nicht sterben, nicht untergehen will. Nur ein Gedanke drang deutlich durch: er hatte Rosalind erschreckt. Seine törichten Beschwörungen, die viel zu genauen Zukunftspläne hatten sie verwirrt. Hätte er sich auf die Hälfte beschränkt, dann hätte sie verstanden, wie sehr er sie liebte. Er war viel zu sehr ins Detail gegangen, er hatte gesagt: »Mein Liebling, ich bete dich an. Kannst du über Weihnachten nach New York kommen? Wenn nicht, kann ich auch nach Paris kommen. Ich möchte, daß wir heiraten. Wenn du lieber in Europa bleiben willst, dann kann ich es einrichten, daß ich ebenfalls dort arbeite. Das wäre ganz einfach...«

Absoluter Schwachsinn.

In Gedanken setzte er bereits den nächsten Brief an sie auf, der alles wiedergutmachen sollte. Einen herzlichen, aber zurückhaltenden Brief, der ihr Zeit ließ und sie nicht bedrängte. Noch heute abend wollte er ihn schreiben und sich jedes Wort sorgfältig überlegen.

Er verließ das Büro etwas früher als sonst und war schon kurz nach fünf zu Hause. Ein Blick auf die Uhr erinnerte ihn daran, daß um sechs das Mädchen aus Scranton am Grand Central ankam. Er konnte hingehen – aber warum eigentlich? Anreden würde er sie bestimmt nicht, wahrscheinlich würde er sie nicht mal erkennen. Aber der Bahnhof, mehr noch als das Mädchen, zog ihn an wie ein sanfter Magnet. Er nahm seinen besten Anzug aus dem Schrank und begann sich umzuziehen. Unschlüssig suchte er unter den Krawatten und nahm dann eine unauffällige dunkelblaue. Er fühlte sich schwach und unwohl, immer wieder sammelte sich kalter Schweiß auf seiner Stirn.

Dann trat er aus dem Haus und ging langsam die Forty-second Street hinunter.

Als er zum Bahnhof kam, sah er am Ausgang Lexington Avenue zwei junge Frauen stehen, die beide Edith Whitcomb sein konnten. Er blickte suchend hinüber, ob sie irgendeine Tasche oder sonstwas mit Initialen bei sich hatten, konnte aber nichts feststellen. Jetzt wurde die eine von einem Mann begrüßt und ging mit ihm fort, und plötzlich war Don überzeugt, daß die andere Edith sein müsse: das blonde Mädchen mit dem schwarzen Mantel und der schwarzen Mütze mit Anstecknadel. Ganz sicher – das war sie. In den großen Augen stand deutlich die Spannung; sie wartete mit Sehnsucht auf einen Menschen, den sie liebte. Sie wirkte unverheiratet, vielleicht zweiundzwanzig Jahre alt, frisch und hoffnungsvoll – Hoffnung sprach aus ihrer ganzen Erscheinung. In der Hand trug sie einen kleinen Wochenendkoffer.

Er blieb ein paar Minuten in der Nähe stehen, aber sie sah ihn nicht an. Sie stand innerhalb der großen Bahnhofstür und reckte sich von Zeit zu Zeit auf die Zehenspitzen, um die vorbeihastenden Menschen zu überblicken. Im Licht von der Tür her sah man die runden geröteten Wangen, das weichschimmernde Haar und die erwartungsvollen Augen. Es war jetzt fünf nach halb sieben.

Oder ob sie es vielleicht doch nicht war? Plötzlich schämte er sich, er hatte nun genug und ging hinüber zur Third Avenue, um etwas zu essen oder wenigstens eine Tasse Kaffee zu trinken. Unterwegs kaufte er eine Zeitung, und während er in einem Café auf die Bedienung wartete, schlug er sie auf und versuchte zu lesen; aber als die Kellnerin dann kam, merkte er, daß er keine Ruhe hatte, und stand mit einer Entschuldigung auf. Er wollte nachsehen, ob das Mädchen immer noch wartete. Hoffentlich war sie fort; was er da getan hatte, war wirklich ziemlich übel. Wenn sie noch da war, konnte er eigentlich nicht anders, als ihr alles zu sagen.

Sie war noch da. Gerade ging sie mit ihrem Köfferchen auf den Auskunftsschalter in der Bahnhofshalle zu. Er sah, wie sie einmal um den Schalter herumging und dann zur Tür zurückkam, wo sie erst auf der einen, dann auf der anderen Eingangsseite stehenblieb, als wolle sie dem Glück noch eine letzte Chance geben. Sie hatte die Brauen hochgezogen, auf ihrem Gesicht stand gequälte und fast hoffnungslose Erwartung.

Ein Fünkchen Hoffnung bleibt immer noch, dachte er, und die simple Feststellung kam ihm plötzlich vor wie eine Offenbarung, wie die stärkste Wahrheit, die ihm je zuteil geworden war.

Als er an ihr vorüberging, blickte sie ihn zum erstenmal voll an und dann gleich an ihm vorbei, hinüber in die Lexington Avenue. Langsam füllten sich die jungen Augen mit großen Tränen.

Mit den Händen in den Taschen schlenderte er an ihr vorüber und sah ihr dabei ins Gesicht, und als sie ihm einen leicht verwunderten Blick zuwarf, lächelte er ihr zu. Noch einmal blickte sie ihn an, erschreckt und abweisend, und jetzt mußte er leise lachen, fast ohne es zu wollen – er hätte auch weinen können, dachte er; es war nur zufällig ein Lachen geworden. Er wußte ganz genau, wie dem Mädchen zumute war.

»Es tut mir leid«, sagte er. Überrascht starrte sie ihn an.

»Es tut mir sehr leid«, wiederholte er und wandte sich ab.

Als er sich noch einmal umdrehte, sah er, daß sie ihm bestürzt, fast angstvoll nachblickte. Dann wandte sie den Blick ab, reckte sich hoch auf die Fußspitzen und spähte über die Menschenmenge auf die andere Straßenseite. Das letzte, was er von ihr sah, waren die feuchtschimmernden Augen mit dem letzten verlöschenden Hoffnungsfunken.

Er ging über die Lexington Avenue zurück, und jetzt kamen ihm doch die Tränen. Er wußte, seine Augen sahen nun aus wie die des Mädchens: verdächtig glänzend und erfüllt vom Rest einer aussichtslosen Hoffnung. Er hob den Kopf hoch. Heute abend wollte er den Brief an Rosalind schreiben. Er begann, sich die Sätze zurechtzulegen.

(Deutsch von Anne Uhde)

Harold Brodkey

Erste Liebe und andere Sorgen

Gegen Ende März sind die Rinnsteine in St. Louis voller Matsch, schmutzige Schneehaufen liegen zu beiden Seiten der Terrassenstufen, und alles scheint in der Umklammerung einer Jahreszeit zu ersticken, die viel zu lang ist. Die Zentralheizungen zischen klagend, niemand bringt es fertig, geduldig zu sein; der Wind treibt einem die Tränen in die Augen, und die Wolken sind mit Traurigkeit gefüllt. Frauen mit Tüchern um den Kopf, deren Füße in hohen, pelzgefütterten Stiefeln stecken, suchen ihren Weg vorsichtig über Stellen schmelzenden Eises. Es hat den Anschein, als wolle der Winter ewig dauern, als verlange die Natur es so, und nichts sei dagegen zu machen.

In einem Alter, wo ich ununterbrochen von meiner Mutter gewarnt wurde, nicht zu wild zu sein, fing der Frühling an dem Abend für mich an, wo ich zum erstenmal nach dem Essen hinausgehen und Hopse spielen durfte. Der Boden war noch naß, und obwohl ich, wie mir schien, äußerst vorsichtig war, brachte ich es fertig, vor Schmutz zu starren. In der Dunkelheit rief mich meine Mutter ins Haus, und als sie meiner ansichtig wurde, rief sie aus: »Was hast du denn bloß wieder *gemacht*?« »Gar nichts«, sagte ich ganz harmlos. Aber als ich dann sechzehn wurde, zeichnete sich der Moment, wo das

Jahr in den Frühling überging, weniger klar ab, wie vieles andere auch. Im März und anfangs April begannen die Rennen, aber in geschlossenen Bahnen; die Semester-Examen kamen und gingen vorüber; an den Ahornbäumen schwollen die Knospen und färbten ihre Zweige rot; doch es war noch Winter, und zu meiner Überraschung überkamen mich während des Unterrichts Gefühle, die wie lange Bittgesuche um den Frühling und all sein Weben anmuteten. Und dann saß ich eines Abends an meinem Schreibtisch und hörte meine Schwester aus dem Büro nach Hause kommen. Ich hörte ihre hohen Absätze auf dem Pflaster klappern, und plötzlich fiel mir auf, daß zum erstenmal seit dem Herbst alle Fenster im Hause offenstanden. Meine Schwester kam den vorderen Fußweg herauf. Ich schaute durch ein Gewirr knospender Zweige hinunter und rief ihr zu, daß es, bei Gott, Frühling sei. Sie zuckte die Achseln – sie war sehr schön und hatte alles mögliche an mir auszusetzen –, kam die Vorderstufen herauf und verschwand unter dem Dach der Veranda.

Ich rannte die Treppe hinunter. »Der Bus war heute gerammelt voll«, sagte meine Schwester, während sie ihren Mantel aufhängte. »Ich konnte kaum atmen. Das Kleid ist so warm.«

»Du brauchst ein neues Frühjahrskleid«, meinte meine Mutter, und ihr Gesicht leuchtete auf. Sie saß im Wohnzimmer mit der Abendzeitung auf dem Schoß.

Sie und meine Schwester breiteten die Zeitung auf dem Eßzimmertisch aus, um die Annoncen anzuschauen.

»Heute abend werden wir uns mit belegten Broten begnügen müssen«, sagte meine Mutter zu mir. Mein Vater war tot, und meine Mutter tat so, als geschähe die ganze Kocherei überhaupt nur noch meiner Männlichkeit zuliebe. »Schau mal!« rief meine Mutter nach einem Blick in die Zeitung aus,

»dieses Kostüm hier ist doch riesig fesch! Montaldo hat immer so reizende Jackenkleider.« Sie seufzte und ging in die Küche hinaus. Sie ließ die Schwingtür offen, damit sie sich mit meiner Schwester unterhalten konnte. »Neunzig Dollar ist nicht zuviel für ein gutes Kostüm, findest du nicht auch?«

»Nein«, entgegnete meine Schwester, »ich finde es auch nicht zuviel. Aber ehrlich gesagt, möchte ich dieses Jahr gar kein Frühjahrskostüm. Ich hätte viel lieber so was wie ein hellblaues Kleid zum Beispiel, mit einem runden Halsausschnitt, der meine Schultern frei läßt. Kostüme kleiden mich nicht. Außerdem bin ich noch zu jung dafür.« Dabei war sie einundzwanzig. »Und mein Gesicht ist zu rund«, setzte sie mit leiser Stimme hinzu.

»Du bist doch nicht zu jung für ein Kostüm«, antwortete meine Mutter. Sie war auch der Meinung, daß meine Schwester nicht zu jung sei, zu heiraten.

Meine Schwester sah mich an und fragte: »Findest du, daß er sich oft genug rasiert, Mutter? – Wie oft *rasierst* du dich eigentlich?«

»Jeden dritten Tag«, antwortete ich und wurde rot bis unter die Haarwurzeln.

»Na, vielleicht versuchst du's mal jeden zweiten Tag.«

»Ja«, meinte auch meine Mutter, »versuche doch, ein bißchen sauberer auszusehen. Ich bin überzeugt, junge Mädchen haben Burschen mit Stoppeln am Kinn nicht sehr gern.«

»Ich glaube, er ist zu stolz auf seinen Bart, um ihn wegzurasieren«, sagte meine Schwester und kicherte.

»Mir tut der Mann schon heute leid, der dich einmal heiratet«, entgegnete ich. »Jeder glaubt nämlich, du seist süß, dabei bist du's gar nicht.«

Sie hatte nur ein mitleidiges Lächeln für mich, dann blickte sie wieder auf die Zeitung hinunter.

Bis zu meinem vierten Lebensjahr lebten wir in einem großen weißen Holzhaus mit Blick auf den Mississippi, südlich von St. Louis. Dieses Haus hatte, außer anderem Luxus, eine Toreinfahrt, ein gußeisernes Reh auf dem Rasen und einen Teich, in dem Goldfische herumschwammen. Einmal fragte ich meine Mutter, warum wir unser früheres Haus aufgegeben hätten, und sie sagte: »Weil wir unser Geld verloren haben – darum. Dein Vater war ein sehr vertrauensseliger Mann«, fügte sie noch hinzu. »Er ist immer betrogen worden.«

Sie war keine materiell eingestellte Frau, und sie war auch nicht kleinlich mit Geld – mit Ausnahme von gewissen Sparsamkeitsanfällen, die aber selten waren –, doch sie war der Ansicht, daß wir durch den Verlust des Geldes viel von unserer Würde und unserem Glücksgefühl eingebüßt hätten. Sie wollte das Leben nicht in jedem Sandkörnchen sehen; sie wollte es in einem blendendweißen Kleid vom Strande der Riviera aus beobachten.

Ich werde niemals ihr Erstaunen vergessen, als sie uns einmal mitnahm – sie hatte, wie ich annehme, um Eindruck zu machen, ihren besten Pelz an –, um uns das Haus zu zeigen, in dem wir fortan wohnen sollten, und ich sagte, es gefiele mir. Es hatte acht Zimmer, ein buntes Glasfenster in der Eingangshalle und überall, die Straße hinauf und hinunter, Nachbarn. Meine Mutter verabscheute das Haus.

Als sie älter wurde, änderte sie sich: sie wurde weniger hochmütig. Sie rollte ihr Haar auf, trug dunkelfarbige Kleider und sagte oft: »Ich bin keine junge Frau mehr.« Sie fing an, ihren Stolz darein zu setzen, praktisch zu sein. Aber in einem blieb sie unbeugsam: sie hatte eine Welt kennengelernt, an die wir uns nicht allzu deutlich erinnerten, und sie war entschlossen, uns den Weg dorthin zurückfinden zu lassen. »Ich hatte alles«, sagte sie einmal zu meiner Schwester. »Ich war schön, wir waren reich. Du kannst dir gar nicht vorstellen, wie das war. Wenn ich mit dreißig gestorben wäre, wäre ich restlos glücklich gestorben...«

Aber das Praktischsein fiel ihr nicht leicht. Sie war nun mal nicht praktisch veranlagt, und jeder Frühling bringt die Erinnerung an meine Mutter zurück, wie sie kurzsichtig, ganz überrascht auf die Tulpentriebe hinunterblickte. Und die Erinnerung an ihren Ausdruck von verbissener Tüchtigkeit während des großen Frühlingsputzens. »Du, räum lieber heute abend noch die Regale in deinem Wandschrank aus«, warnte sie mich dann, »denn Tilly und ich gehen morgen mit dem Staubsauger rein und schmeißen alles, was wir dort finden, hinaus.« Und Jahr für Jahr pflegte ich hinaufzurennen, um meine Schätze zu retten – auch noch mit sechzehn und als ich gerade an der Schwelle eines großen Abenteuers stand, dessen Natur ich auch nicht im entferntesten ahnen konnte. Meine Schätze bestanden in einer Postkartensammlung – zweitausendfünfhundert nach den Staaten der Union und den übrigen Ländern der Erde alphabetisch geordnete Karten (das Erstaunliche war für mich nur, daß *ich* in St. Louis lebte) –, einem alten Baseballhandschuh, meiner Blättersammlung, zwei obszönen Komikbüchern, die ich bei einem Pokerspiel auf einem großen Pfadfindertreffen gewonnen hatte, meiner Murmelsammlung und fünfunddreißig Seiten geheimer Gedanken, die ich aufgeschrieben hatte. Das Ganze mußte in die Garage hinausgebracht und unter dem Werkzeug versteckt werden, bis der Säuberungswahnsinn vorüber war und ich alles wieder nach oben bringen konnte.

Mit dem zunehmenden Wärmerwerden der Jahreszeit setzten sich meine Mutter und meine Schwester hinten am Haus auf die durch Fliegenfenster geschützte Veranda, umgeben von Schatten und jungem Grün und dem Geruch von Insektenmitteln, und unser Lampenlicht haftete an den Bäumen wie Fetzen gelben Papiers. Meistens lief das Radio, und meine Mutter hörte, ein Buch auf dem Schoß und mit geistesabwesendem Gesicht, den Komikern zu und lachte. (Im allgemeinen war sie gelangweilt, und ihr Leben kreiste hauptsächlich um das brennende Bedürfnis, sich noch einmal auf die dünne Schneide gesellschaftlichen Auserwähltseins zu begeben.) Läutete das Telefon, stand sie auf und eilte mit großen Schritten ins Haus. Wenn der Anruf für meine Schwester war, rief meine Mutter sie mit triumphgeschwängerter Stimme zum Telephon.

An bestimmten Abenden pflegte meine Mutter meiner Schwester das Haar zu waschen. Dann saß meine Schwester mit einem Handtuch um die Schultern lächelnd vor dem Waschbecken im Badezimmer meiner Mutter. Von meinem Zimmer aus konnte ich das Geschwätz meiner Schwester über Männer hören, die sie kannte: über diejenigen, mit denen sie ausging, über andere, mit denen sie gern ausginge, und über solche, die sie nicht mit der Feuerzange anrühren würde. Meine Mutter pflegte sie dann von Zeit zu Zeit mit Berichten über ihre eigene Geschicklichkeit auf diesem Gebiet, über ihre Verabredungen und Erfolge, als sie noch jung war, zu unterbrechen – teils lachend, teils betrübt, weil sie sehr vielem nachtrauerte. Dann gingen sie und meine Schwester dazu über, die verschiedenen Bewerber meiner Schwester zu klassifizieren: einer oder zwei waren aus guter Familie, einer hatte Geld, ein anderer – ein armer Junge – hatte eine glänzende Zukunft vor sich, und daneben gab es noch ein paar ergebene, nette junge Leute, die lediglich als Notnägel dienten und die zusätzliche Anzahl von Verehrern repräsentierten, die meiner Schwester den Ruf eines sehr erfolgreichen Mädchens eintrug.

Während solcher Unterhaltungen brachte meine Mutter auch oft Fragen der Schicklichkeit auf. Spätes Ausbleiben, das Flirten mit andern Burschen, außer mit dem jeweilig Veıabredeten, und Rendezvous nicht einzuhalten war verpönt. Außerdem versuchte sie immer, meine Schwester in anderen Dingen zu instruieren, die mit der Kontrolle der Leidenschaften zu tun hatten, um den Burschen vor Verlegenheiten und das Mädchen vor der Schande zu bewahren. Das irritierte dann meine Schwester meist zusehends, und sie sagte zu meiner Mutter: »Ich weiß gar nicht, warum du so mit mir sprichst – ich benehme mich doch sehr gut. Besser als die andern Mädchen, die ich kenne.« Ihr Ungehaltensein gefiel meiner Mutter: sie lächelte und sagte, daß nur schöne Mädchen sich's leisten könnten, brav zu sein, und dann lachten beide.

Ich habe mich damals stets gewundert, wieso meine Mutter den Erfolg meiner Schwester nicht für etwas Selbstverständliches hielt. Meine Schwester war entzückend, sie hatte eine Menge Verehrer, das Telefon klingelte unaufhörlich. Worin bestand die Gefahr? Warum machte sie meiner Schwester ununterbrochen Vorhaltungen?

Eines Tages sagte meine Mutter zu ihr, sie solle nicht mit zu vielen Jungen tanzen, weil sie dadurch die ernsthafteren Bewerber abschrecken könnte. Meine Schwester zog sich gerade für den Frühlingsball in unserem Landklub an. Ihrer sicher und schlank glitzerte sie in ihrem durchsichtigen Kleid wie eine Meerjungfrau zwischen ihren vielen Flakons und Dosen. Sie wurde wütend und schrie: »Aber ich *tanze* doch so wahnsinnig gern!« Ich machte meine Zimmertür zu, konnte aber die beiden trotzdem hören. »Sei doch nicht so dumm«, sagte meine Mutter ununterbrochen. »Ich bitte dich, sei doch nicht so dumm...« Dann hörte ich meine Schwester, die nahe daran war, in Tränen auszubrechen: »Aber ich will mich doch nur amüsieren!« Der Verehrer meiner Schwester erschien, und ich lief hinunter, um ihn hereinzulassen. Als ich wieder nach oben kam, lachten die beiden schon wieder. Meine Mutter entschuldigte sich damit, daß sie ja nichts als helfen wolle, denn meine Schwester sei doch schließlich so unerfahren und ihre Schönheit sei vergänglich. Als meine Schwester ihre Zimmertür aufmachte, flüsterte sie leise vor sich hin: »Sie wird schon noch ein ganzes Weilchen vorhalten.«

Ich werde nie das aufregende Rauschen ihres voluminösen weißen Rockes vergessen, als sie den Korridor herunter auf mich zukam. Ihr Gesicht war seltsam still, wie bei Mondschein gesehen. Ihr Haar war weich und glänzend, ihre Hände von den Handgelenken auswärts gebogen, als wären es Blumen. »Wie schön du aussiehst!« rief ich ihr entgegen. Da lächelte meine Schwester, drehte sich dann feierlich einmal im Kreise herum, und ihr Rock hob und senkte sich wie eine brandende Welle. Sie war so schön, daß ich es kaum ertragen konnte. Ich umarmte sie, und sie lachte.

Am selben Abend fragte ich dann später meine Mutter, warum sie denn so außer sich gewesen sei. Meine Schwester wäre doch beliebt genug. Meine Mutter saß in der Küche. Sie hatte einen verblichenen Morgenrock an und trank gerade ein Glas heiße Milch. »Das verstehst du eben nicht«, sagte sie mit einer solchen Traurigkeit, daß ich vom Tisch aufstand und in mein Zimmer flüchtete.

»Ich weiß doch, was ich *sage*!« pflegte meine Mutter meine Schwester anzuschreien, wenn sie mit ihr schimpfte. »Höre auf mich! Die Leute tratschen... Du weißt doch nie, wen du durch so eine Verabredung noch kennenlernst – es ist immer gut, eine Einladung anzunehmen, auch wenn du den Jungen nicht magst... Mädchen müssen an alles denken. Du bist achtlos. Meinst du nicht, daß ich in fünfzig Jahren gelernt habe, worauf es in dieser Welt ankommt? Darum höre endlich auf mich. Ich *weiß*, was ich sage...« Aber das Gesicht meiner Schwester leuchtete so, sie strahlte einen solchen Zauber aus und schob ihr blondes Haar mit einer so schnellen, sicheren, einer so überlegenen und koketten Gebärde aus der Stirn zurück, daß niemand, glaube ich, die Richtigkeit ihrer Handlung bezweifelt hätte, was immer es auch sein mochte.

Auch ich wollte gern eingebildet sein. Ich wollte keine Brille tragen und keiner dieser humorlosen, schwerfälligen Burschen sein, die meine Schwester verabscheute. Ich nahm ihre Partei, sooft sie es zuließ. Sie war die Ältere und oft ungeduldig mit mir. Ich schien nicht ganz zu erfassen, was alles dazu gehörte, ihre Partei zu ergreifen.

Abend für Abend sah ich sie todmüde von der Arbeit nach Hause kommen – sie hatte eine Sekretärinnenstellung in einem Krankenhaus, die sie haßte –, und zwei Stunden später kam sie dann die Treppe herunter, um ihren Bekannten entweder mit einem Gesicht voller Ernst oder mit einem strahlenden Lächeln zu begrüßen, je nach ihrer Stimmung, oder dem Ort entsprechend, zu dem ihr Begleiter sie an dem betreffenden Abend eingeladen hatte. Ein Konzert oder ein künstlerischer Film machte sie ernst; ein Klubsouper in einem Hotel zauberte ein Lächeln auf ihr Gesicht. Einen leichten dünnen Mantel über dem Arm, in einer Hand die Tasche und die Handschuhe, die andere auf dem Geländer, klapperte sie auf ihren hohen Absätzen die Treppe hinunter. In dem komischen gelben Licht des Hausflurkronleuchters leuchteten ihre Halskette oder ihre Ohrringe nur matt, und manchmal, wenn sie sich besonders schön angezogen hatte, ein schwarzes Kleid, sagen wir, mit einem tiefen Ausschnitt, weil sie zu einem Klubessen gingen, wirkte sie, trotz aller Fröhlichkeit, wie eine Gefangene. Das machte zum Teil ihren ungewöhnlichen Charme aus. In ihrem voluminösen weißen Rock ging sie zum Frühjahrsball unseres Landklubs und berichtete meiner Mutter als Neuigkeit von dort, daß sie das Interesse von Sonny Bruster, dem ältesten Sohn M.F.Brusters, eines Bankiers und sehr reichen Mannes, erregt hatte; ja sogar, wie sich herausstellte, mehr als Interesse, denn er rief meine Schwester fast jeden Tag an ihrem Arbeitsplatz an und führte sie fast jeden Abend aus. Meine Mutter brachte einen großen Teil des Nachmittags am Telefon zu, um ihren Freundinnen zu erklären, daß meine Schwester nicht verlobt wäre. Es sei einfach kriminell, was für Gerüchte manche Leute in die Welt setzten, sagte sie. Meine Schwester wäre nun zehn- bis zwölfmal mit dem jungen Mann ausgegangen. Sie wären gerade im Begriff, sich etwas näher kennenzulernen. Dann begann meine Mutter, Anrufe zu bekommen: Irgend jemand hatte von einer Freundin Mrs. Brusters gehört, daß Mrs. Bruster gesagt hätte, ihr Sohn interessiere sich ernsthaft für meine Schwester, die ein sehr charmantes, sehr hübsches Mädchen und aus guter Familie sei... Meine Mutter rieb sich vor Begeisterung die Hände. Sie lieh sich Geld von ihren Brüdern, und nun bekam meine Schwester jede Woche etwas Neues anzuziehen.

Kam sie von der Arbeit nach Hause, lief sie die Treppe hinauf und zog sich um. Sonny pflegte um sieben da zu sein und sie zum Essen abzuholen. Meine Schwester schleuderte die Schuhe von den Füßen, wand sich aus ihrem Kleid heraus und sauste oben im Unterrock herum.

»Mutter – ich kann meine Ohrringe nicht finden!«

»Welche Ohrringe, mein Herz?«

»Die kleinen Perlen – die winzigen Perlohrringe, die ich Ostern vor zwei Jahren bekommen habe, zu meinem schwarzen...«

Meine Schwester war entzückt von sich. Sie liebte es, Gesprächsthema zu sein und beneidet zu werden.

»Weißt du, was Ceil Johnson heute zu mir gesagt hat, Mutter? Sie hat behauptet, Beryl Feringhaus – du weißt doch, die Grundstückmakler – sei ganz verzweifelt, sie habe nämlich gedacht, Sonny Bruster hätte die Absicht gehabt, sich mit ihr zu verloben.« Meine Schwester kicherte. Ihr langes Haar war zerzaust, und meine Mutter bearbeitete es mit einem Kamm.

»Vielleicht solltest du dir die Haare abschneiden lassen«, meinte meine Mutter, die versuchte, ihre eigene Aufregung zu verbergen und besonnen zu bleiben. Während dieser Periode lebte meine Mutter im Taumel unmittelbar zu erwartenden Reichtums. Sooft sie mit dem, was sie gerade tat, innehielt und aufschaute, leuchtete ihr Gesicht, wenn sie sich das ausmalte.

Was ich mir in jenem Frühling, als ich sechzehn wurde, mehr als alles andere wünschte, war, einmal als Erwachsener großen Erfolg zu haben. Ich wußte damals noch nicht, daß es auch andere Wege gibt, liebenswert zu sein. Mein bester Freund war ein Junge namens Preston, der bereits einen dichten Bartwuchs hatte. Er war scheu und in seinem Umgang mit andern Menschen unausstehlich. Er wollte Physiker werden. Er hatte wenig Phantasie und bemitleidete jeden, der sie besaß. »Du mit deinem ewigen ›schön‹!« pflegte er verächtlich zu mir zu sagen, indem er sich die Nase zuhielt und meine Stimme imitierte. »Sag mal – was soll das eigentlich heißen, ›schön‹?«

»Es ist etwas, was man gern möchte«, antwortete ich dann.

»Du bist eben ein Ästhet«, entgegnete Preston gewöhnlich. »Ich aber bin ein Wissenschaftler. Das ist der Unterschied.«

Er und ich riefen uns fast jeden Abend an und hatten am Telefon lange und tiefe Gespräche.

Hatte Preston ein Rendezvous, saß er neben seinem Mädchen und beobachtete es unverwandt. Gegen Ende ihres Zusammenseins schnaufte er dann und wann heftig und machte gewöhnlich noch ein paar krampfhaft freche Witze. Er ergriff vielleicht des Mädchens Hand und starrte es mit entzündeten und schmachtenden Augen an oder murmelte zusammenhanglose Komplimente. Die Mädchen hatten ihn gern und entzogen sich seinem plumpen Verlangen mit Leichtigkeit. Sie machten ihre Hände aus seiner Umklammerung los und forderten ihn auf, sie wieder anzurufen. Aber nach ein paar Verabredungen mit einem Mädchen sagte er nur noch angewidert: »Die redet ja nur. Sie muß frigid sein oder sonst was...« In Wahrheit aber hatte er Angst, sie zu kränken oder ihnen etwas Schlechtes anzutun, und er machte ihnen im Grunde nie wirklich den Hof.

In der Schule machten Preston und ich nachmittags gemeinsam unsere Schulaufgaben. Das Studierzimmer befand sich in der Bibliothek, die angefüllt war mit dem Atem von hundertfünfzig Schülern, den sanften, kaum spürbaren Brisen des vorgeschrittenen Frühlings, und mit Büchern: es war sozusagen der Schnittpunkt der Welt. Preston und ich gingen getrennt hinaus und trafen uns in der Toilette. Dort standen wir gegen die Holzwände gelehnt und redeten. Preston hatte eine Fülle von Gedanken. Seine vielen Ideen quälten ihn. »Weißt du, was Relativität bedeutet?« fragte er mich zum Beispiel. »Ist dir klar, wie sehr sie jedes kleine Detail unseres täglichen Lebens beeinflußt?« Oder es war Spinoza, der ihn gerade beschäftigte: »Siebzehntes Jahrhundert! Aber bei Gott, *das* war ein rationaler Geist.« Ich lief aufgeregt hin und her. Halb hörte ich zu, halb ließ ich meine Phantasie schweifen und wünschte, daß auch *mein* Name einmal auf Prestons Liste von Leuten erschiene, die Züge von Größe hatten.

Oder wir sprachen über unsere persönlichen Probleme. »Ich bin nicht beliebt«, äußerte ich. »Ich bin zu verschlossen.«

»Was meinst du wohl, woran das liegt?« fragte Preston mich dann.

»Ich weiß es nicht«, antwortete ich. »Ich bin noch unberührt. Das hat viel dabei zu sagen.«

»Du, hör mal zu«, sagte Preston eines Tages zu mir, »du magst nicht beliebt sein, aber man muß dich gern haben. Dein Fehler ist: du bist ein Snob.« Er ging auf dem weißen Fliesenfußboden hin und her und imitierte mich. Er latschte umher, hielt die Augen gesenkt, schob mit einem Ruck das Kinn vor und gab seinem Gesicht einen lächerlichen, ernsten Ausdruck.

»Soll *ich* das sein?« fragte ich verzweifelt.

»Na ja, so ungefähr«, erwiderte Preston.

Oder wir lehnten auf dem Fensterbrett, steckten unsere Köpfe in die goldene Nachmittagsluft hinaus und sahen einer Turnklasse von Mädchen zu, die unter den Bäumen Bogenschießen übte, und sprachen über Sex.

»Er fängt bereits im Kleinkind an«, erklärte Preston, »und hört überhaupt nicht mehr auf.«

»Nur Heilige entgehen ihm«, sagte ich traurig.

»Hast du eine Ahnung!« entgegnete Preston. Die Mädchen auf dem Hang unter uns spannten ihre Bogen. Ihre dünnen grünen Turnanzüge legten sich eng um ihre Körper. »Sind sie nicht reizend?« fragte Preston sehnsuchtsvoll. »Sind sie nicht wunderbar?«

Nach der Schule gingen Preston und ich zur Leichtathletik. Der Sportplatz bestand aus einer Aschenbahn, die im Oval um den Fußballplatz herumführte. Ein steiler, grasbewachsener Hang führte zum Eingang der Schulgarderoben. »Rennt jeden

Abend diesen Hügel hinauf«, beschwor uns der Trainer, der alte Mackyz mit seinem Wanst und seinen eisengrauen welligen Haaren, am Ende der Trainingsstunde. »Lauft, Jungs! Denn erst wenn ihr *vollkommen* erschöpft seid, müßt ihr *noch* mehr hergeben. Denn dieses *Mehr*, Jungs, *das* macht den Champion aus.« Und danach stand er ganz bescheiden und von seiner eigenen Ansprache gerührt da.

Während unseres Vortrainings pflegten wir der Längsseite des Feldes nach und zurück zu trotten, wobei wir die Knie hochstießen. Die grandiose Nutzlosigkeit dieser Bewegung erfüllte mich mit einer Art Begeisterung; und zu beiden Seiten von mir trotteten meine Kameraden in unregelmäßigen Abständen und stießen ihre Knie in die Luft. Welch ein Glücksgefühl!

»Die Bahn federt zu sehr«, pflegte Preston zu murmeln. »Schlecht für die Muskeln.« Preston war Langstreckenläufer. Er war untersetzt und ohne jede natürliche Grazie. Mackyz hatte ihm zwar gesagt, er habe nicht das mindeste Talent, aber er trainierte unverdrossen und wurde ein guter Langstreckenläufer. Ich lief den 500-Meter-Lauf. Ich war groß und dünn, und sogar Mackyz war der Meinung, ich müßte gut darin sein, aber es war nicht so. »Ihr Intellektuellen seid alle gleich«, sagte er. »Euch fehlt einfach die wahre *Begeisterung* dafür. Ihr schont euch immer. Ihr seid einfach ein Volk von Drückebergern!« Ich versuchte, meinen verkümmerten Enthusiasmus wachzurütteln. Als ich loslief, brüllte Mackyz verzweifelt: »Stoß dich doch fester vom Boden ab! Stoß dich doch mit den Zehen ab! Spring nur, Bürschchen! *Spring* nur! Hab dich doch nicht so, zum Donnerwetter!...« Nach einem Lauf warf ich mich immer in der Nähe der Ziellinie auf einen Rasenfleck unter einer Platane, wo der Platzwärter jeden Tag ein neues Loch für uns zum Hineinkotzen aushob. Drei oder vier andere leisteten mir Gesellschaft, und dort lagen wir dann, ausgepumpt, mit brennenden Lungen und zu schwach, ein Glied zu rühren.

Zu meinen sonstigen Problemen gehörte noch folgendes: sooft ich einen Jungen namens Joel Bush ansah, hätte ich über mein eigenes Aussehn fast in Tränen ausbrechen können. Joel war so unwahrscheinlich schön, daß keiner der Jungen die Tatsache seines Vorhandenseins recht ertragen konnte. Dabei sah er nicht einmal besonders männlich oder charaktervoll aus, und er hatte auch keine prächtige Knabengestalt – er war einfach schön. Er glich einer Statue, die man mit warmem Wachs und Honig eingerieben hatte, um einen Goldton herauszubekommen; und in der Feinheit seiner Züge und den verborgenen Proportionen seines Gesichts und Körpers, die ihn so schön erscheinen ließen, trug er, wo er ging und stand, die Gefahr der Verführung mit sich herum. ›Errege mein Mißfallen‹, schien er zu sagen, ›und du kannst was erleben. Ich werde dafür sorgen, daß du dich in mich verliebst, und dann verwandle ich dich in einen Esel.‹ Entweder mied ihn jeder oder unterwarf sich ihm. Die Lehrer sträubten sich, ihn beim Schwindeln zu erwischen, die Jungen machten sich nie über ihn lustig, und keiner las ihm je die Leviten. Eines Tages nach der Schule sah ich, wie er sich von einem Mädchen verabschiedete; und während er sie stehenließ, um mit mir zum Garderobenraum zu gehen, sagte er zu ihr: »Also nachmittags um halb sechs Uhr hier.« Das Laufen war aber nicht vor sechs Uhr zu Ende, und es war ganz klar für mich, daß er gar nicht die Absicht hatte, sich mit ihr zu treffen. Und dennoch, statt ihn, der sich eben wie ein Lump benommen hatte, entsprechend zu behandeln, sagte ich ihm alles, was ich wußte, als er mich über einige Experimente ausfragte, an denen wir in der Physikstunde gearbeitet hatten.

Er gesellte sich unter der Platane nie zu uns, und er lief ohne jede Anstrengung. Er passierte das Ziel – seine Brust hob und senkte sich unter dem verschwitzten Sportleibchen –, lief auf die Tribünen hinauf und setzte sich in die Sonne. Eines Nachmittags, als er dort saß, beobachtete ich ihn, wie er sich den Schweiß vom Gesicht wischte und den Kopf hin und her drehte. Einen Moment lang war das Gesicht ganz silbrig, bis auf die dunklen Augenhöhlen, und im nächsten war es wieder jung und vollkommen, der Kopf, wie wir alle ihn kannten.

Mackyz entdeckte ihn dort und rief ihm zu, sein Leibchen wieder anzuziehen, bevor er sich erkältete. Während Joel das Leibchen über den Kopf streifte, brüllte er: »Ach was, geben Sie bloß nicht so an!« Mackyz lachte gutmütig.

Hier und dort, über den Fußballplatz verteilt, sah man Jungen, die ihre Arme hoch in die Luft stießen und sie dann zu ihren Zehen hintersausen ließen oder auf dem Rücken liegend mit ihren Beinen in der Luft Radfahrübungen machten. Ich stand auf und ging zu ihnen hinüber, um etwas Dauerlauf und ein paar Knieübungen zu machen. »Ich kühle mich nur ab«, sagte Joel, als ich zu ihm hinsah. Ich ging weiter, und gerade in diesem Augenblick hob sich ein Krähenschwarm hinter der Eiche auf dem Hügel in die Luft und füllte den Himmel mit seinem Geflatter. Alle hielten inne, sogar Preston, und schauten hinauf. Die Vögel stiegen in einem Halbkreis auf und gingen dann, einer Sichel gleich, mit weit ausgebreiteten Flügeln auf einer abwärts strömenden Luftschicht im Gleitflug bis auf eine Höhe von sechs Metern herunter; dann schlugen sie mit den Flügeln und machten ein Geräusch, als schlüge man Leintücher aus, schwangen sich wieder empor und zogen ihre Schatten über die gestufte Betongeometrie der Tribünen, an Joels schöner, regungsloser Gestalt vorbei hinauf in den Himmel.

»Na, nu sag mal bloß an!« sagte Mackyz. »Der größte Krähenschwarm, den ich je gesehen habe.«

»Warum haben Sie denn nicht Ihr Gewehr genommen und ein paar abgeschossen?« rief Joel zu ihm hinüber. Alles drehte sich um. »Dann hätten Sie wenigstens eine Krähe zur Hand, wenn Sie sonst nichts zu essen hätten.«

»Los! Lauf jetzt! Aber dalli!« schnauzte Mackyz ihn an. Sein lederartiges Gesicht rötete sich bis zu den Wurzeln seiner eisengrauen Haare.

»Er hat doch nur Spaß gemacht«, sagte ich, erschreckt über Mackyz' Verletztheit.

Mackyz sah mich finster an und runzelte die Stirn: »Du kannst dich auch in Bewegung setzen. Und red nicht soviel.«

Ich zog mein Leibchen aus, ließ es fallen und setzte zur Runde um die Bahn an. Sobald ich angefangen hatte zu laufen, sah die Welt schon anders aus. Die auf dem Rasen des Fußballfeldes ausgebreitet daliegenden Körper schienen Teil einer Szene aus der Erinnerung; keiner schien im Augenblick real zu sein. ›Das ganze Geheimnis der Anstrengung ist, durchzuhalten‹, sagte ich mir. Nicht um alles in der Welt hätte ich in diesem Moment innegehalten, und auch nichts – nicht einmal, wenn ich als Belohnung für mein Aufgeben in eine Schönheit verwandelt worden wäre – hätte mich für die seltsame Qual der Anstrengung entschädigen können.

Ungefähr bei der halben Umdrehung der Bahn langte Joel bei mir an, verlangsamte dann sein Tempo und lief neben mir her. »Mackyz schaut nicht her«, sagte er, »komm, wir verschwinden den Hügel hinauf.« Ich blickte zurück und sah, wie Mackyz gerade das Team für das Hochsprungtraining zusammenstellte. Joel sauste über den Kamm des Hügels hinweg, und ich folgte ihm.

»Der wird auch schon langsam senil«, bemerkte Joel und

ließ sich in Sitzstellung nieder, wobei er über die Hügelspitze hinweg auf Mackyz hinuntersah. »Na, mach schon, du Trottel! Leg dich endlich hin. Willst du vielleicht, daß Mackyz uns sieht?«

Mir war nicht ganz wohl. Diese Art von Blödsinn mochte für Joel angehen, weil er ›sich Mühe gab‹. Aber wenn Mackyz *mich* erwischte, schmiß er mich bestimmt aus dem Team hinaus. Das teilte ich Joel mit.

»Ach, Quatsch«, entgegnete Joel, »Mackyz nimmt nur alles viel zu ernst. Das ist sein ganzes Problem. Über irgend etwas regt der sich immer auf. Ich verstehe gar nicht, warum er immer so ein Gesums macht. Ist dir schon aufgefallen, daß alte Männer immer so ein großes Trara um alles machen?«

»Mackyz ist doch noch gar nicht so alt.«

»Also schön. Aber hast du schon bemerkt, was für ein großes Trara Männer *mittleren* Alters über alles machen?« Wenige Sekunden später bemerkte er ganz beiläufig, während sein Blick auf der Unterseite der Eichenblätter haftete: »Du, gestern abend bin ich verführt worden.«

»Mach keine Witze!« sagte ich.

Er breitete die Finger über sein Gesicht; bestimmt nur, um zu sehen, wie sie sich durch das Sonnenlicht orange färbten, genau wie's die Kinder tun. »Tatsächlich«, bestätigte er.

Vom Fußballplatz tönten die Geräusche vom Beginn des Hochsprungtrainings herüber. Mackyz rief: »Also – linker Fuß vor – eins, zwei, drei – los! Na, los doch, zum Teufel noch mal! Reißt endlich eure gottverdammten Beine auseinander – reißt sie aus-ein-ander! Es wird euch schon nichts passieren. Höchstens fallt ihr in den Sand, Himmeldonnerwetter!« Die Abstöße der Springer verursachten eine Reihe von Sandspritzern, dann gab es eine Pause und dann das Geräusch der im Sand landenden Körper. Als ich den Kopf hob, sah ich eine Gruppe von Jungens, die darauf warteten, zu springen.

Der Anführer rannte los, sprang vom Boden ab und breitete seine Arme mit athletischem Schwung aus.

»Ich war enttäuscht«, sagte Joel.

»Wieso?« fragte ich.

»Weil es gar nicht so was Besonderes ist.«

Diese Bemerkung regte mich auf. »Du meinst, die Bücher ...«

»So ist es eben gar nicht.« Er drehte sich beleidigt auf die Seite und scharrte mit den Fingern im Sand. »Es ist so ähnlich wie Onanieren, nur ein bißchen aufregender.«

»Vielleicht hat das Mädchen nur nicht gewußt, wie man's macht.«

»Es war eine Frau!«

»Na ja, aber ...«

»Es war eine ausgewachsene *Frau*. Die hat genau gewußt, was sie machen muß!«

»Ach so«, erwiderte ich und fuhr dann nach einer Minute fort: »Du, hör mal, könntest du mir nicht erzählen, was du zu ihr gesagt hast? Wenn ich nämlich mal so eine Chance hätte, wüßte ich überhaupt nicht, was ich sagen sollte. Ich ...«

»Das weiß ich nicht mehr«, antwortete Joel. »Wir sahen uns nur an, und da wurde sie ganz gerührt und sagte zu mir: ›Zieh dich aus.‹«

Wir blieben noch eine Weile im Nachmittagssonnenschein liegen, und dann meinte ich, es wäre besser zurückzugehen. Wir gingen hinter dem Hügel herum und warteten, bis Mackyz nicht schaute. Dann sprinteten wir wieder auf die Bahn zurück.

Das Springen dauerte noch fünfzehn bis zwanzig Minuten.

Dann hob Mackyz wie in segnender Gebärde beide Arme. »Schluß, ihr Banditen – alles raus auf die Bahn für einen schnellen Rundlauf. Dasselbe gilt auch für dich, du Drückeberger«, rief er mir zu und drohte mit dem Finger.

Alle Jungens richteten sich auf und liefen auf die Bahn zu. Der Sonnenschein ergoß sich in langen, tiefen Strahlen über das Dach der Schule. Drängend und witzelnd begannen wir zu laufen.

»Schneller!« brüllte Mackyz. »Schneller! Was ist denn los mit euch – ihr seid ja lauter Schlappschwänze! Schneller! Zum Donnerwetter – schneller!«

Da Preston in seinem verbissenen Bestreben, ein guter Läufer zu werden, immer drei Runden lief statt eine wie jeder andere, war er gewöhnlich der letzte in der Garderobe. Erschöpft und heftig schnaufend kam er herein. Manchmal mußte er sich sogar an seinem Schrank festhalten, während er sich auszog. Alle andern hatten längst geduscht und waren fast fertig zum Weggehen. Sie mochten vielleicht noch die eine oder andere Bemerkung darüber fallenlassen, daß Preston sich nur um Mackyz' willen die Beine zu Stümpfen abliefe oder sich umzubringen versuche. Doch Preston pflegte nur starr zu lächeln, während er sich bemühte, wieder zu Atem zu kommen. Ich war immer erstaunt, wie wenig Aufmerksamkeit man Preston schenkte, wie ausgestoßen und allein er war.

Fast ausnahmslos pflegte Joel sich in der Garderobe zu produzieren – entweder ging er auf den Händen und sang schlüpfrige Lieder, oder er ließ sich in irgendeinen Disput ein. Preston ging unter die Dusche. Ich unterhielt mich mit Joel und zog mich indessen langsam an, weil ich gewöhnlich auf Preston wartete. Wenn ich dann fertig angezogen war, hatte die Garderobe sich schließlich geleert, bis auf Preston, der sich noch immer abtrocknete. Dann aber, statt sich mit dem Anziehen zu beeilen, ließ er seine Hand auf seiner Brust hin und her gleiten, um die paar dünnen Härchen darauf zu kräuseln. »Ach, laß doch das!« sagte ich angewidert.

»Immer mit der Ruhe«, antwortete er dann mit seiner unerträglichen, Physikern oft eigenen Gelassenheit. »Sei so gut, immer mit der Ruhe.«

Er brauchte eine halbe Stunde, um sich anzuziehen. Da stand er denn vor dem Spiegel, ließ unaufhörlich seine Muskeln spielen und bewunderte den Schwung seiner Brustmuskeln, die sich über seinem breiten Brustkorb spannten; und sein Hemd zog er immer erst ganz zum Schluß an, sogar erst, nachdem er sich schon gekämmt hatte. Seine Eitelkeit war mir ein Rätsel. Mit seinem dicken Mund, seinen buschigen Augenbrauen und seinen groben, abfallenden Schultern war er weit davon entfernt, schön zu sein. Aber er liebte sein Spiegelbild, und er drehte sich vor dem Spiegel und betrachtete sich von allen möglichen Winkeln her, während er sein Hemd zuknöpfte. Joel haßte er. »Das ist ein Bursche, der es nie zu was Rechtem bringen wird«, pflegte Preston zu sagen. »Er ist verweichlicht, und sehr klug ist er auch nicht. Ich verstehe gar nicht, warum du so darauf erpicht bist, daß er dich gern haben soll – es sei denn, du liebst es, dich ausnutzen zu lassen. Du läßt dir nur durch sein Äußeres dein klares Urteil trüben.« Ich ließ mir das alles gefallen, weil ich wollte, daß Preston mich halbwegs heimbegleitete. Irgendwie empfand ich es als eine Schande, allein nach Hause gehen zu müssen.

Dann war er endlich fertig, und wir entfernten uns aus der jetzt verlassenen Schule in den verdämmernden Nachmittag. Während wir gingen, schwang Preston große Reden über meinen Mangel an Niveau und Urteilsfähigkeit. Meinen sehnlichen Wunsch, zu unterrichten und geachtet zu sein, tat er verächtlich als einen Anfall ganz gemeiner bourgeoiser Feigheit ab. Ich war ganz seiner Meinung, ich konnte mich sowieso nicht leiden; aber was konnte man schon machen? »Vielleicht rücken wir aus«, meinte Preston und blinzelte mit zusammengekniffenen Augen zum Himmel hinauf. »Trampen. In Fabriken arbeiten. Ins Bordell gehen ...« Ich lehnte an einem Baumstamm; Preston stand mit einem Fuß im Rinnstein, mit dem andern auf dem Bürgersteig, und wir kickten Kieselsteine hin und her. »Wir sind todgeweiht.« ›Todgeweiht‹ war neben ›Kultur‹, ›kinetisch‹ und ›der Urgrund aller Dinge‹ einer seiner Lieblingsausdrücke. »Wir entstammen einer sterbenden Kultur«, sagte er.

»Sicher hast du recht«, bestätigte ich. »Jedenfalls sieht es ganz so aus.« Dann besann ich mich eines Besseren. »Immerhin sind wir vorläufig noch nicht geisteskrank oder so was Ähnliches.«

»Das würde sich jetzt noch nicht zeigen«, äußerte Preston düster. »Es ist noch im latenten Zustand. Das zeigt sich erst später. Du wirst sehen. Schließlich wohnst du ja noch zu Hause und hast noch deinen sogenannten Charme –«

Ich war höchst überrascht; noch nie hatte ich ein Kompliment von ihm gehört.

»Ich habe nicht gesagt, du seist charmant«, bemerkte er. »Ich habe nur gesagt, du habest einen sogenannten Charme. Du weißt dich in der Öffentlichkeit zu benehmen. Mehr wollte ich nicht sagen.«

An der Straßenecke, wo wir uns trennten, blieb Preston ein paar Sekunden stehen. »Es ist hoffnungslos«, erklärte er.

»Mein Gott, glaubst du das wirklich?« fragte ich ihn.

»Das ist meine ehrliche Meinung«, erwiderte er, drehte sich um und ging auf sein Haus zu. Ich schlenderte noch ein paar Blocks weiter, dann fühlte ich meinen Magen. Als ich mich einem Ahorn mit einem tiefsitzenden, geraden Ast näherte, lief ich darauf zu, sprang hinauf und schwang mich weiter von Ast zu Ast, während ein großer grüner Dieselautobus schwerfällig vorüberrollte; hinter allen seinen Fenstern drängten sich müde Gesichter, die auf die vorbeiziehende Straße hinaus und auf mich schauten, wie ich dort hing, und lächelten. Ich war zwar todgeweiht, aber allem Anschein nach charmant.

Ich lief durch den Vordereingang ins Haus hinein und rief laut: »Mutter! Mutter!«

»Was ist denn los?« rief sie zurück. Sie saß auf der durch Fliegenfenster abgedichteten Veranda, und im Hausflur bemerkte ich eine dünne Fahne von Zigarettenrauch. Das schwache Gemurmel eines Nachrichtenprogramms aus einem leisegestellten Radio war zu hören.

»Nichts«, rief ich. »Ich wollte nur sagen, daß ich da bin.«

Bei Tisch versuchte ich immer, mich unauffällig zu machen, indem ich mich auf meinem Stuhl zusammenkauerte und an meine Schulaufgaben dachte, aber meine Mutter und meine Schwester kannten das schon. »Na, wie ging's denn heute mit dem Laufen?« pflegte meine Schwester dann in einem leicht ironischen Ton zu fragen.

»Ausgezeichnet«, antwortete ich darauf mit leiser Stimme.

Dann tauschten meine Mutter und meine Schwester vielsagende Blicke aus. Ich muß ihnen wohl komisch vorgekommen sein, eingebildet und leicht verrückt wie alle Männer.

Fast jeden Abend fuhr Sonny Bruster in seinem gelben Cabriolet bei unserm Hause vor. Der große Wagen glitt geräuschlos an die Bordschwelle heran und hielt; Sonny warf schnell noch einen musternden Blick in den Rückspiegel und fuhr sich mit der Hand über das Haar. Dann stieg er aus, klopfte seine Hose ab und war viel zu sehr damit beschäftigt, seine ihm eigene Schüchternheit zu überwinden, als daß er die

Kinder bemerkt hätte, die auf der Straße spielten. Sie aber hielten mit ihrem Spiel inne und beobachteten ihn.

Ich erwartete ihn gewöhnlich bei der Haustür, ließ ihn herein und führte ihn ins Wohnzimmer. Meist ging ich vor Sonny her, weil ich bemerkt hatte, daß er sich nicht beherrschen konnte, die Treppe hinaufzuschauen, während wir durch den Hausflur gingen, als könnte er mit der Intensität seiner Sehnsucht meine Schwester augenblicklich herbeizaubern, und es war mir zuwider, wenn er das tat. Ich setzte mich in den hochlehnigen gelben Sessel. Sonny ließ sich auf der Couch nieder und fragte mich über den Lauf aus, oder ob ich mich schon für ein College entschieden hätte. »Du solltest sehr sorgfältig über die Wahl deines Colleges nachdenken«, pflegte er zu sagen. »Ich glaube, Princeton ist feiner als Yale.« Seine sanfte, wohlerzogene Stimme klang gewollt blasiert. In seinem Benehmen lag eine Spur von Steifheit, um den andern und sich in Erinnerung zu rufen, daß er reich sei und daß er, sollte eine gewisse Mißachtung gegen ihn beabsichtigt sein, nicht gewillt wäre, sie ohne weiteres hinzunehmen. Aber ich mochte ihn gut leiden. Er behandelte mich mit großer Höflichkeit, und der Gedanke, ihn als Schwager zu bekommen, gefiel mir. Zuweilen malte ich mir schon die Zuwendungen aus, die mir zuteil werden würden, falls meine Schwester ihn heiratete.

Schließlich erschien dann meine Schwester oben an der Treppe. Sie war zum Ausgehen gekleidet, und Sonny sprang auf. »Bist du schon fertig?« rief er ihr entgegen, als hätte er das nie zu hoffen gewagt. Dann reichte sie ihm ihren Mantel, in den er ihr mit feierlicher Sorgfalt hineinhalf. Inzwischen war es vielleicht acht Uhr oder etwas später geworden. Die Straßenbeleuchtung war bereits eingeschaltet, wirkte aber etwas bläßlich, weil es noch nicht ganz dunkel war. Gewöhnlich machte Sonny die Wagentür für meine Schwester auf, doch manchmal kam sie ihm durch schnelles Manövrieren zuvor, indem sie die letzten paar Stufen ganz schnell hinunterlief, die Wagentür aufriß und hineinschlüpfte, bevor Sonny Zeit hatte, die Hand zu heben.

Sonny war nicht der erste reiche Junge, der meine Schwester geliebt hatte, er war der vierte oder fünfte. In den anderen Fällen hatte es zwischen meiner Mutter und meiner Schwester Auseinandersetzungen gegeben, in denen meine Mutter die Vortrefflichkeit des jungen Mannes herausstrich und meine Schwester dem entgegenstellte, daß sie noch zu jung sei, um zu heiraten, und nicht darauf zu verzichten gewillt sei, sich zu amüsieren. Sie hatte jedesmal gesiegt, und der junge Mann hatte jedesmal den Laufpaß bekommen, während meine Mutter todunglücklich aussah und behauptete, meine Schwester schlage ihre Chancen in den Wind.

Sonny schien sich auf das gleiche gefaßt machen zu müssen. Meiner Schwester fehlte das Ausgehen mit vielen jungen Männern, statt nur mit einem. Sie beklagte sich ein paarmal, daß Sonny eifersüchtig und verwöhnt sei. Es gab Zeiten, wo sie ihn sehr gern zu haben schien, aber auch andere, wo sie ihn abends, wenn sie herunterkam, kühl begrüßte und er schuldbewußt und ängstlich vor ihr stand, und ich sah deutlich, daß ihre Mißbilligung dasjenige war, was er am meisten auf der Welt fürchtete.

Meine Mutter schien keine Notiz davon zu nehmen, oder wenn sie es tat, verbarg sie ihre Gefühle. Als ich dann eines Abends in meinem Zimmer saß und Hausaufgaben machte, hörte ich meine Mutter und meine Schwester die Treppe heraufkommen. Sie gingen ins Zimmer meiner Schwester.

»Mir scheint, Sonny meint es wirklich ernst«, begann meine Mutter.

»Sonny ist so klein«, hörte ich meine Schwester sagen. »Im übrigen ist er auch gar nicht so interessant, Mutter.«

»Er scheint dich aber sehr gern zu haben«, fuhr meine Mutter fort.

»Er ist gar nicht lustig«, entgegnete meine Schwester. »Au, Mutter, paß doch auf! Du bürstest zu hart! Du tust mir weh!«

Ich hörte auf zu arbeiten und horchte.

»Sonny ist ein sehr intelligenter Junge«, sagte meine Mutter. »Er ist aus guter Familie.«

»Das ist mir schnuppe«, erklärte meine Schwester. »Ich habe keine Lust, mich an ihn zu verschwenden.«

»Dich verschwenden?« Meine Mutter lachte höhnisch.

Ich stand auf und ging zum Zimmer meiner Schwester, dessen Tür offenstand. Sie saß vor ihrem Toilettentisch, ihr Haar glänzte wie Glas und ihre Augen waren geschlossen. Meine Mutter lief hin und her und gestikulierte mit der Haarbürste. »*Er* ist derjenige, der sich wegwirft«, sagte sie. »Was glaubst du eigentlich, wer wir sind? Wir sind nur ganz kleine Leute.«

»Ich bin hübsch«, widersprach meine Schwester ärgerlich.

Meine Mutter zuckte die Achseln. »Von hübschen Mädchen wimmelt es. Und es wimmelt nicht nur von hübschen, sondern von hübschen reichen Mädchen. Sei doch vernünftig. Sonny ist ein sehr netter Junge ...«

»Laß mich in Ruh'!« Meine Schwester nahm ihr Haar von den Schultern auf und hielt es in einem weichen Bausch oben auf ihrem Kopf.

»Sonny ist ein Trottel! Ein Trottel!«

»Er sieht doch nett aus!« schrie meine Mutter erregt.

»Ach, wie kannst *du* denn das beurteilen? Du bist doch *alt*, um Gottes willen!« schrie meine Schwester.

Die Luft zitterte. Meine Schwester stand auf und sah meine

Mutter an, entsetzt über das, was sie da gesagt hatte. Sie ließ ihr Haar los und es fiel trocken, hell und weich in Strähnen auf ihre Schultern hinunter. »Es ist mir ganz egal!« stieß sie plötzlich hervor, raste an mir vorbei, flüchtete ins Badezimmer und verriegelte die Tür. Dann hörte man nichts mehr von ihr. Die einzige Spur, welche sie im Augenblick im Hause hinterließ, war ein leichter Duft des Blumenparfums in ihrem Zimmer, das sie in diesem Frühling benutzte.

»Ach Gott, sie ist so dumm«, sagte meine Mutter, und ich bemerkte, daß sie weinte. »Sie weiß nicht, was sie tut... Warum ist sie bloß so dumm?« Dann legte sie die Haarbürste hin, führte ihre Hände an die Wangen und begann sie zu kneifen.

Ich ging in mein Zimmer zurück und machte die Tür zu.

Als ich nach einer Stunde wieder herauskam, war meine Mutter schon im Bett und las in einer Illustrierten. Sie sah so aus, als sei sie an einem Dutzend verschiedener Stellen verwundet worden.

Meine Schwester saß in ihrem Zimmer vor dem Spiegel. Ihr Haar hing ihr aufgelöst über den Rücken herunter und lag in rührenden, hilflosen Löckchen auf dem Handtuch, das sie um ihre Schultern geschlungen hatte. Nachdenklich studierte sie ihr Spiegelbild. (Sind Blumen eitel? Oder Bäume? Verzehren sie sich an jenen Tagen, da sie in Blüte stehen, vor Eitelkeit?) Sie hob den Finger und preßte ihn gegen ihre Unterlippe, um, wie ich glaubte, zu sehen, ob sie noch hübscher wäre, wenn ihre Lippe statt der weichen Rundung in der Mitte einen kleinen Einschnitt hätte wie bei manchen andern Mädchen.

Nicht lange darauf schlug meine Mutter, die weder dumm noch grausam war, meiner Schwester vor, Sonny eine Zeitlang nicht zu sehen. »Bis du dir im klaren bist«, sagte sie »Sonst brichst du ihm am Ende noch das Herz, weißt du. Sag ihm, du brauchtest etwas Zeit zum Überlegen. Er wird das bestimmt verstehen und dich nur für erwachsen und vernünftig halten.«

Sonny blieb unserm Hause fern. Abends saßen wir drei nach dem Abendessen jetzt immer auf der Veranda hinter den Fliegenfenstern. Wenn das Telefon klingelte, sah meine Schwester erwartungsvoll auf, aber die Anrufe waren nie für sie. Keiner ihrer alten Freunde wußte, daß sie aufgehört hatte, Sonny zu sehen, und nach einer gewissen Zeit beherrschte sie ihr Gesicht und tat so, als sei sie gar nicht weiter interessiert; oder sie sagte vielleicht nur irritiert: »Wer kann denn das sein?« Sie fing jetzt an, selber die Anrufe entgegenzunehmen – was sie früher nie getan hatte, weil es nicht gut für ein Mädchen war, zu interessiert zu scheinen –, und dabei sah sie traurig in den Flurspiegel, während sie antwortete: »Ja, Preston, er ist da.« Sie versuchte zu lesen. Sie überflog ein paar Seiten, dann legte sie das Buch beiseite und starrte durch die Fliegenfenster in die Nacht hinaus und auf die Lichtflecken an den Bäumen. Zuweilen hörte sie auch mit meiner Mutter den Komikern im Radio zu und lachte gezwungen mit, wenn meine Mutter lachte. An mir kritisierte sie herum. »Deine Haltung ist nicht gut«, sagte sie zum Beispiel, oder auch: »Wo lernst du eigentlich deine Manieren? Mutter, er benimmt sich ja beinah wie ein Halbstarker.« Ein andermal sagte sie zu mir: »Wenn ich nicht reich heirate, wird's dir schlecht ergehen. Du bist ja zu faul, um selber was zu tun.« Sie wurde immer nervöser. Beim Herumfingern an ihrer Halskette zerriß sie die Schnur, die Perlen verstreuten sich über den ganzen Fußboden, und die Art, wie sie sich daraufstürzte, um die kleinen glitzernden Dinger wieder einzusammeln, hatte etwas Wahnsinniges. Es fiel mir auf, daß sie nicht wußte, was sie tat. Sie war also gar nicht so sicher, wie man hätte meinen können. Das war eine schmerzlich schwerwiegende Erkenntnis, zu der ich gekommen war, und sie ließ mich nicht los. Wieso war mir das nicht schon früher aufgefallen? Auch schien es mir, als haßte sie mich irgendwie. Das hatte ich gleichfalls nicht bemerkt. Wie ich mich so hatte täuschen lassen können, war mir ein Rätsel. Angesichts der Erkenntnis, wie falsch mein Urteil gewesen war, hatte ich das Gefühl, daß überhaupt keine meiner bisherigen Vorstellungen gestimmt hatte. Zum Beispiel war es gar nicht so sicher, daß wir eine glückliche Familie mit den wunderbarsten Zukunftsaussichten für mich und meine Schwester waren. Wir konnten ebensogut Pech haben und eine falsche Wahl treffen. Unglücklichsein war die eigentliche Realität. Es könnte sogar sein ... Wie müde ich es wurde, das Gesicht meiner Schwester zu studieren. Das ging so weit, daß ich alles tat, nur um der Gesellschaft der beiden Frauen auf der Veranda zu entgehen.

Nach drei Wochen dieser Art tauchte Sonny wieder auf. Man hat mir nie erzählt, ob er von selber wiederkam oder ob man ihn aufgefordert hatte. Eines Abends jedenfalls hielt das gelbe Cabriolet wieder vor unserm Haus, und Sonny war wieder da. Wenn meine Mutter jetzt meine Schwester und ihn des Abends in Sonnys Wagen einsteigen sah, drehte sie sich lächelnd vom Fenster weg. »Ich glaube, deine Schwester hat einen Jungen gefunden, den sie respektieren kann«, äußerte sie. Oder sie sagte: »Sie werden sehr glücklich miteinander sein«, oder ähnliche hoffnungsvolle Feststellungen, für welche ich nicht die geringste Basis sehen konnte, an denen meine Mutter jedoch, auf Grund der vielen Jahre und Erinnerungen, die ihr zu Gebote standen, mit dem ganzen Gewicht ihrer

Vergangenheit und der Liebe zu meiner Schwester gläubig festhielt. Ich aber ging ans Telefon und rief Preston an.

Ich lag gewöhnlich unter dem Eßzimmertisch, und so geborgen und für mich, studierte ich, wie die einzelnen Mahagoniteile zusammengesetzt waren, während wir uns unterhielten. Meistens preßte ich die Hörmuschel mit der Schulter gegen mein Ohr und balancierte das Lehrbuch über meinem Kopf in der Luft, wenn wir Physik lernten, ein Fach, das mir sehr schwerfiel. »Preston«, fragte ich eines Abends, »wie in aller Welt funktioniert so ein Siphon?« Sie funktionierten, das wußte jeder, und ich stöhnte, während ich es fragte. Preston erklärte mir den Vorgang theoretisch, und ich runzelte die Stirn, pustete die Luft geräuschvoll durch die Nase, blickte mit zusammengekniffenen Augen auf das unverständliche Diagramm im Buch und dachte, während er sprach, an Sex, die Menschenwürde, die Wunder des menschlichen Gehirns. Alle paar Minuten pflegte er zu fragen: »Hast du das verstanden?« Und ich seufzte dann. Es war Frühling, und alles um mich herum war bedeutungsvoll. Wenn ich nur frei wäre, frei von der Schule, frei von meiner Mutter, frei von Pflichten und Hemmungen – wenn ich nur auf einem Pferd säße... Wo war die Welt? Keinesfalls hier, nicht bei mir, nicht unter dem Eßzimmertisch... »Nicht so ganz«, antwortete ich nicht völlig wahrheitsgemäß, aus Angst, daß ich ihn entmutigen könnte. »Aber ungefähr habe ich es schon begriffen. Erklär's mir nur noch ein einziges Mal.« Und unermüdlich fuhr er fort, während ich die Stirn runzelte, pustete und die Augen zusammenkniff. Und dann kam die Erleuchtung! »Ich hab's! Ich hab's!« Luftdruck war's! Wie in aller Welt war es mir nur ergangen, daß ich mir den Luftdruck nicht hatte vorstellen können? Jetzt sah ich ihn. Ich würde ihn auch nie mehr vergessen. Er saß stark und unweigerlich in meinem Gehirn fest, eine weißliche Säule über dem Wasser. »Verdammt noch mal! Aber die Wissenschaft ist schon was Wunderbares!« sagte ich und schleuderte mein Physikbuch ins Wohnzimmer. »Wirklich was Wunderbares!«

»Das sind Naturgesetze«, erwiderte Preston mißbilligend. »Bring keine Gefühle da hinein.«

Eines Abends, als meine Schwester und Sonny noch keine Verabredung getroffen hatten, auszugehen, tippte meine Mutter leicht gegen meinen Fuß, der unter dem Eßzimmertisch hervorragte. »Du, ich habe das Gefühl, Sonny will anrufen«, flüsterte sie. Ich erklärte Preston, daß ich Schluß machen müsse, und kroch unter dem Tisch hervor. »Ich habe das Gefühl, daß es bei den beiden jetzt kurz vor der Entscheidung steht«, sagte meine Mutter. »Deine Schwester ist schon ganz nervös.«

Ich stellte das Telefon auf das Telefontischchen zurück. »Aber Mutter –« begann ich, als das Telefon läutete.

»Pssst«, machte sie.

Es läutete dreimal. Meine Schwester ging oben an den Apparat und sagte: »Hallo... Ach, Sonny...«

Meine Mutter sah mich an und lächelte. Dann zupfte sie mich am Ärmel, bis ich meinen Kopf zu ihr hinunterneigte. »Sie werden so glücklich sein...« flüsterte sie mir ins Ohr. Dann ging sie in den Flur hinaus an die Treppe und flüsterte aufgeregt hinauf: »Sag ihm, er kann herkommen.«

»Gern«, sagte meine Schwester am Telefon. »Das wäre schön... Wenn du willst... Gern...«

Meine Mutter blieb stehen und horchte. Sie hatte den Kopf zur Seite geneigt, das Licht fiel in ihr alterndes Gesicht, und sie gab meiner Schwester pantomimisch zu verstehen, was meine Schwester antworten sollte – süße Jas, hoheitsvolle Neins und kleine Ausbrüche verführerischen Gelächters.

Ich lief in den Flur hinunter und zur Fliegentür hinaus. Die Straßenlaternen brannten, und der Mond stand am Himmel. Ich hörte Kinder rufen: »Ich seh Indianer. Eins, zwei, drei, du bist gefangen, Indianer...« Zwei Straßenblocks weiter schlug die Uhr der Presbyterianerkirche die volle Stunde. Im selben Augenblick kam ein kleines Mädchen aus seinem Versteck hervor und rannte schreiend auf einen Baumstamm zu, der als Anschlageplatz galt: »Erlöst! Erlöst! Alle sind frei!« Und alle Gefangenen, die verzweifelt auf den Stoßstangen von Mr. Karmguts Oldsmobile gehockt hatten, sprangen mit Freudengeschrei herunter und verloren sich in der Dunkelheit.

Ich hob mein Gesicht – dieses Ärgernis, mein Gesicht – und schaute wie verzaubert in die Nacht, zu den Wipfeln der Bäume hinauf, deren Äste hin und her schwankten, und dem in den Nachthimmel eingebetteten Vollmond, der die ihn umschwebenden Wolkenfahnen in Perlmutter verwandelte. Alles war so ungewohnt und ewigscheinend. Wie gräßlich unglücklich ich mich dabei fühlte –

Ich spazierte auf der Bordschwelle entlang und balancierte mit ausgebreiteten Armen. Blätter hingen über den Bürgersteig herunter. Die Luft war erfüllt von ihrem Rascheln, und das Licht der Straßenlaternen fing sich in ihnen. Ich schaute in die erleuchteten Häuser hinein. Da saß Mrs. Kearns, mädchenhaft in eine Ecke ihrer Wohnzimmercouch gekuschelt, und las in einem Buch. Im Nebenhaus sah ich durch die Blätter einer großen Blattpflanze die Familie Lewis mitten im Zimmer beieinanderstehen. Als ich bei der nächsten Straßenecke ankam, legte ich einen Arm um den Pfahl, der das Straßenschild trug, und beugte mich über das Kanalisationsgitter, wo meine Freunde und ich im Laufe der Jahre vielleicht schon an die hundert Tennisbälle verloren hatten. In unzähligen Abenddämmerungen hatten wir unsere Spiele von Fang- und Handball aufgegeben und, um das Gitter versammelt, auf unsern Ball hinuntergestarrt, der dort unten im Dunkeln schwamm.

Im nächsten Straßenblock war das Licht auf der Veranda bei Cullens an, und ich sah Mr. und Mrs. Cullen gerade in ihr Auto steigen. Eleanor Cullen ging mit mir in dieselbe Klasse und war immer mit Joel verabredet. Ihre Eltern gingen aus, was bedeutete, daß sie allein zu Hause war – wenn sie überhaupt zu Hause war. ›Vielleicht ist sie in die Leihbibliothek gegangen‹, dachte ich, als das Auto sich in Bewegung setzte, ›oder zu einer College-Versammlung.‹ Während ich noch so dastand und das Cullenhaus beobachtete, verlöschte das Licht auf der Veranda. Eine Minute später stand ich, vom Rennen völlig außer Atem, auf der dunklen Veranda und klingelte. Im vorderen Flur war kein Licht, aber die Haustür war offen, und ich hörte jemanden kommen. Es war Eleanor. »Wer ist denn da?« fragte sie.

»Ich«, antwortete ich. »Bist du gerade beschäftigt? Hättest du nicht Lust, ein Weilchen herauszukommen und dich mit mir zu unterhalten?«

Langsam näherte sie sich der Fliegenfenstertür und preßte ihre Nase dagegen. Ungeschminkt sah sie blaß aus.

»Gern«, sagte sie. »Ich muß mir nur meine Schuhe anziehen. Ich bin weder in guter Stimmung noch sonst was.«

»Das macht nichts«, sagte ich. »Mir geht's genauso. Ich möcht nur gern mit jemandem reden.«

Während ich auf Eleanor wartete, tauchte Mattie Seaton auf, der allein den Bürgersteig entlangschlenderte. Er gehörte zu unserer Laufmannschaft. »He, Mattie«, rief ich ihm zu.

»Hei«, grüßte er.

»Was gibt's Neues?«

»Nichts Besonderes«, rief er zurück. »Bist du schon fertig mit deinen Trigonometrieaufgaben?«

»Nö«, sagte ich, »noch nicht.«

»Gehst du mit *ihr*?« fragte er und deutete auf das Haus.

»I wo«, erklärte ich.

»Na, dann auf Wiedersehn, ich muß noch meine Schulaufgaben machen«, verabschiedete er sich.

»Bis später«, rief ich ihm nach. Ich wußte, wohin er ging: zu Nancy Ellis, die zwei Straßenblocks weiter wohnte.

»Wer war denn das?« fragte Eleanor, während sie auf die Veranda hinaustrat. Sie hatte sich gekämmt und die Lippen geschminkt.

»Mattie Seaton«, antwortete ich.

»Der kommt von Nancy nicht los«, bemerkte Eleanor. »Er hat sie schrecklich gern...« Sie setzte sich in einen weißen Korbsessel. Ich saß auf dem Geländer der Veranda, ihr gegenüber. Sie kramte in ihrer Tasche und zog ein Päckchen Zigaretten heraus. »Möchtest du eine Zigarette?« fragte sie mich.

»Nein, danke. Ich bin im Training.«

Wir sahen uns an, doch dann schaute sie weg, und ich sah auf meine Schuhe hinunter. Ich saß da und gewann sie immer lieber.

»Wieso hast du schlechte Laune?« fragte ich sie.

»Ich? Ach, ich weiß nicht. Woher weißt du denn, daß ich schlecht gelaunt bin?«

»Das hast du mir doch erzählt.« Ich konnte ihr Gesicht und die blasse Farbe ihrer Hände in der Dunkelheit nur undeutlich erkennen.

»Weißt du, ich glaube, ich bin überhaupt im Grunde kein glücklicher Mensch«, sagte Eleanor plötzlich. »Ich habe immer gedacht, ich sei's... Die Leute erwarten immer von einem, man müsse glücklich sein, besonders, wenn man ein Mädchen ist.«

»Mich überrascht das gar nicht«, entgegnete ich.

Eine Brise setzte wieder alle Blätter in Bewegung. »Es wird bestimmt regnen«, bemerkte ich.

Eleanor stand auf, strich ihren gelben Rock glatt und warf ihre Zigarette von der Veranda hinunter. Der glühende Stummel landete im Gras. Sie merkte, daß ich sie anstarrte. Sie hob ihre Hand und preßte sie gegen ihr Haar. »Sicher ist dir aufgefallen, daß ich heute abend schrecklich aussehe«, sagte sie und lehnte sich neben mir über das Verandageländer, indem sie sich auf ihre Hände stützte. »Ich habe versucht, meine Geometrieaufgaben zu lösen«, sagte sie mit leiser Stimme. »Aber ich kam nicht weiter. Ich kam mir so dumm vor«, fuhr sie fort. »Darum habe ich geweint. Und darum seh ich auch so gräßlich aus.«

»Ich finde, du siehst sehr ordentlich aus«, tröstete ich sie. »Ich finde, du siehst sogar sehr gut aus.« Ich beugte mich vor und legte meine Wange auf ihre Schulter. Dann richtete ich mich aber schnell wieder auf. Die Röte schoß mir ins Gesicht. »Ich höre es nicht gern, wenn du unzufrieden mit dir bist«, murmelte ich. »Dein Selbstvertrauen könnte darunter leiden.«

Eleanor richtete sich auf. Der Mond schien, und sie sah mich an. »Du bist schön«, stieß ich sehnsüchtig hervor. »Das ist mir bis jetzt noch nie aufgefallen. Aber es ist wahr.«

»Warte«, sagte Eleanor. Ihre Augen füllten sich mit Tränen. »Hab mich noch nicht gern, ich muß dir erst noch was erzählen. Es ist wegen Joel.«

»Du brauchst mir gar nichts zu erzählen«, erklärte ich. »Ich weiß ja, daß du mit ihm gehst. Ich verstehe schon.«

»Hör mir zu!« Ungeduldig stampfte sie mit dem Fuß auf. »Ich gehe *nicht* mehr mit ihm. Er –« Plötzlich schlug sie beide Hände vor ihre Augen. »Oh, es ist entsetzlich!« schluchzte sie.

Ein leichter Schauer von Neugier durchzuckte mich. »O.K.«, beruhigte ich sie. »Aber es stört mich auch nicht, wenn du mir nichts erzählst.«

»Ich *will* es aber erzählen!« weinte sie. »Ich geniere mich nur ein bißchen. Es geht mir gleich wieder besser – nur eine Minute.«

»Also Sonntag abend waren wir aus...« begann sie nach wenigen Sekunden. Sie waren zu Clayton nach Medart gefahren, um Hamburger zu essen. Joel hatte sie überredet, eine Flasche Bier zu trinken, und das hatte sie so schläfrig gemacht, daß sie ihren Kopf gegen die Rückenlehne ihres Sitzes gelehnt und die Augen zugemacht hatte. »Was für ein Auto hat denn Joel?« fragte ich sie.

Meine Frage überraschte Eleanor. »Einen Buick«, sagte sie.

»Aha«, meinte ich. Ich stellte mir das Schaltbrett eines Buick vor, und Joels schönes Gesicht, und dann, kühnerweise, noch Eleanors Hand mit den abgebissenen Nägeln, die Joels Hand hielt. Ich hörte nur halb zu, weil ich merkte, daß ein Neid in mir hochstieg, der so quälend war, daß ich mich wochenlang elend fühlen würde. Ich blickte über die Schulter hinweg zum Himmel. Wolken hatten sich vor den Mond geschoben, und alles war dunkler geworden. Vom nächsten Straßenblock hörte ich in der plötzlichen Stille die Kinder rufen und ihre wilden Schreie ausstoßen, während sie ihre Spiele spielten. Doch ihre Stimmen wurden schon müde und gereizt.

»Und dann fühlte ich seine Hand auf meiner ...« Eleanor, zur Hälfte in Schatten getaucht, zeigte mir die Stelle an ihrer Brust, wo er sie berührt hatte.

»Ist das alles?« fragte ich und mußte plötzlich lächeln. »Das ist doch gar nichts!«

»Ich – ich habe ihm eine runtergehauen!« rief sie aus. Ihre Lippe zitterte. »Ach, ich wollte es ja gar nicht ... ich wollte ja nur ... Ach, es ist alles so entsetzlich!« stieß sie hervor. Sie rannte die Stufen hinunter auf den Rasen zu und lehnte sich an den Stamm einer Eiche. Ich lief hinter ihr her. Die Stille vor einem Sturm erfüllte den Himmel, die Luft zwischen den Bäumen und die dunklen Stellen im Gesträuch. »O Gott! Wie ich alles hasse!« weinte Eleanor.

Mein Herz klopfte zum Zerspringen, und ich wußte nicht, warum. Ich hatte ja keine Ahnung, daß ich imstande war, solche Gefühle zu haben – daß ich am Rande eines solchen Gefühls innehalten konnte, das sich, einer ungeheuren, in Schatten getauchten Wiese gleich, in mir ausbreitete. Ich empfand es wie ein Wunder, daß Menschen so feinfühlig sein konnten. »Hör mal zu, Eleanor«, sagte ich zu ihr, »bleib so, wie du bist! Ich habe dich schon immer gern gehabt.« Ich schluckte und trat näher an sie heran. Zwei nasse Spuren liefen ihr über die Wangen hinunter. Ich hob meinen Arm, und mit meinem Ärmel wischte ich ihr die Tränen ab. »Ich finde dich wunderbar! Ich finde dich wirklich ganz toll!«

»Du verachtest mich«, sagte sie. »Das weiß ich ganz genau. Ich seh's doch.«

»Wie könnte ich denn, Eleanor, wie *könnte* ich denn nur?« rief ich aus. »Ich bin doch ein Niemand. Ich bin ja erblich belastet.«

»Du auch!« rief sie ganz selig aus. »Ach, jetzt weiß ich endlich, was mit mir los ist!«

Ein plötzliches Zischen zerriß die Luft, und schon trafen die ersten Regentropfen das Pflaster. »Schnell!« rief Eleanor, und wir rannten zu ihrer Veranda hinauf. Zwei riesige Blitze erhellten den dunklen Himmel, und der Regen strömte herab. Ich hielt Eleanors Hand, und wir standen und beobachteten den Regen. »Das ist mal ein mächtiges Gewitter«, sagte sie.

»Ärgerst du dich, daß wir erst heute abend Freunde geworden sind? Oder hast du eher das Gefühl, du brauchst einen Ersatz und entscheidest dich für den Zweitbesten?« fragte ich.

Es blieb lange still. Nur das Geräusch des Regens hüllte uns ein.

»Ich glaube nicht«, antwortete Eleanor schließlich. »Wie ist es bei dir?«

Ich zog die Brauen hoch und sagte: »O nein, mir macht es gar nichts aus.«

»Das ist gut«, erwiderte sie.

Wir standen ganz nah beieinander und redeten unausgesetzt. »Geometrie kann ich nicht ausstehen«, erklärte Eleanor. »Ich sehe nicht ein, wozu man sie braucht. Es soll ein gutes Gehirntraining sein, doch das glaube ich nicht einmal...«

Ich nahm meine Brille ab. »Eleanor ...« sagte ich. Ich küßte sie voller Leidenschaft. Dann drehte ich mich um und schlug meine Fäuste aufeinander. »Verzeih mir«, stieß ich heiser hervor. Dieser Kuß hatte ewig gedauert, und ich glaubte sterben zu müssen.

Eleanor verfolgte die langen, schrägen Regenfäden, die, grau in der Dunkelheit, vor der Veranda niederprasselten. »Du, weißt du was? Ich könnte dir Rühreier machen. Ich bin eine gute Köchin.« Ich lehnte meinen Kopf an die Backsteinmauer des Hauses und sagte, ich hätte das sehr gern.

In der Küche band sie eine Schürze um und war sehr geschäftig. Sie klapperte mit Pfannen und Bestecken, und die Worte sprudelten förmlich aus ihr heraus. »Ich finde, jedes Mädchen sollte kochen können, findest du das nicht auch?« Ich durfte die Eier in eine Schüssel schlagen – drei Eier, die ich mit schwungvoller Geste aufschlug. »Donnerwetter, du kannst das aber wunderbar«, lobte sie und begann, sie mit einer Gabel zu schlagen, während ich auf dem Küchentisch saß und ihr zuschaute. »Wußtest du, daß die meisten Eier gar keine Küken enthalten?« fragte sie mich. Auf dem Weg zum Herd ging sie so dicht an mir vorbei, daß ich mir nicht verkneifen konnte, mich vorzubeugen und sie zu küssen, weil ihre Wangen so rosig waren und ihre Augen so leuchteten. Sie wurde ganz rot und lief eilig zum Herd. Indessen saß ich auf dem Küchentisch, ließ meine Beine hin und her schwingen und lächelte in mich hinein. Da hörten wir plötzlich ein Geräusch an der Hintertür. Ich sprang vom Tisch und nahm eine unverfängliche Stellung neben dem Abwaschtisch ein. Eleanor erstarrte. Aber niemand öffnete die Tür, niemand kam herein.

»Vielleicht war es nur ein fallender Zweig«, meinte ich.

Eleanor nickte. Dann verzog sie das Gesicht und schaute auf ihre Hände hinunter. »Ich weiß gar nicht, weshalb wir so nervös sind. Wir tun ja schließlich nichts Unrechtes.«

»Das kommt nur von der Art, wie sie einen ansehn«, kommentierte ich.

»Ja, das stimmt«, bestätigte sie. »Weißt du, ich habe das Gefühl, meine Eltern schämen sich meiner. Aber eines Tages werd ich's denen schon zeigen. Ich tue etwas ganz Großartiges – dann werden sie aber staunen!« Sie ging wieder zum Herd.

»Wann kommen deine Eltern nach Hause?« fragte ich.

»Sie sind im Kino – zwei große Filme. Es ist kaum zu erwarten, daß es vor elf Uhr aus ist.«

»Und wenn sie früher rausgehen?« gab ich zu bedenken.

»Ganz ausgeschlossen!« sagte Eleanor. »Nicht, wenn sie dafür bezahlt haben...«

Wir aßen unsere Rühreier, wuschen das Geschirr ab und

blickten durch die Eßzimmerfenster in den Regen hinaus, ohne Licht zu machen. Ein Weilchen küßten wir uns, wurden dann aber unruhig und fühlten uns unbehaglich. Ihre Lippen waren geschwollen. Sie ging in die Küche, und ich hörte, wie sie das Wasser laufen ließ. Als sie wieder hereinkam, war ihr Haar gekämmt, und sie hatte die Lippen frisch geschminkt. »Ich möchte nicht gern im Hause sein«, sagte sie und geleitete mich auf die Veranda hinaus. Langsam ließ der Regen nach. »Leb wohl, Regen«, sagte Eleanor wehmütig. Es war gerade, als schauten wir zu, wie ein Vorhang rings um das Haus hochgezogen wurde. In der Nähe der Straßenlaternen glänzten die Bäume vor Nässe.

Als ich mich auf den Heimweg machte, hatte der Regen aufgehört. Wasser tropfte von den Blättern der Bäume. Kleine Nebelschwaden schwebten über dem nassen Asphalt der Straße. Ich ging sehr vorsichtig, um nichts zu stören.

Ich hatte keine Lust, jemandem zu begegnen, und wählte darum den rückwärtigen Weg durch den engen Durchgang. Am Anfang des Durchgangs stand eine hohe, pseudoviktorianische Straßenlaterne, mit einem urnenähnlich geformten Lampengehäuse und Mattglasscheiben. Das milchige Licht, das sie ausstrahlte, fiel ein kleines Stück in die Gasse hinein und beleuchtete ein paar seltsam unbelebte Garagenfassaden und hier und dort die nassen Blätter von Büschen und wildem Wein, der die Gasse säumte und sich in solcher Fülle über die Zäune rankte, daß er die Abfallhaufen verdeckte und die Gasse im Frühling in einen entzückenden Ort verwandelte.

Als ich noch jünger gewesen war, hatte ich diese Abfallhaufen erklommen – die Backsteinquadern verloren sich unter dem Gestrüpp wuchernden Unkrauts – und im Schutt nach alten, zerbrochenen Spiegeln, weggeworfenen Halstüchern mit Fransen, Fetzen von buntbedrucktem Einwickelpapier und ähnlichen Schätzen gesucht. Jetzt aber bog ich traumverloren in die Gasse ein und schlenderte geistesabwesend auf dem nassen Asphalt dahin. Ich war in einer Art Traumvorstellung befangen, in der mein Kopf auf Eleanors Schulter ruhte – ihre Schulter war nackt – und ich im Einschlafen das langsame, gleichmäßige Geräusch ihres Atems hören konnte. Inzwischen war ich im dunkelsten Teil, genau in der Mitte der Gasse, angekommen, wo kein Licht mehr hinkam, und in meiner Traumvorstellung drehte ich mich um und küßte Eleanors Hände, ihre Kehle – fing aber im selben Augenblick an, durch Pfützen und nasse Stellen rutschend und gleitend, wie wild die Gasse hinunterzurasen. Ich kam an ihrem andern Ende heraus und blieb unter der Laterne stehen. Ich war völlig außer Atem.

Auf der Straße mir gegenüber standen zwei Frauen, eine auf dem Bürgersteig, die andere, mit verschränkten Armen, auf den Stufen des Vordereingangs eines Hauses. »Es ist kein schlimmer Schmerz«, sagte die Frau auf dem Bürgersteig, »aber er ist hartnäckig.«

»Meine Liebe, meine Liebe«, riet die andere, »seien Sie nicht leichtsinnig – nicht in unserm Alter...«

Und ein Pärchen, ein Junge und ein Mädchen, kam mir die Straße herauf entgegen. Sie kamen aus dem Tivoli-Theater. Das Mädchen ging leicht gebeugt, um nicht größer zu erscheinen als der Junge, der sehr klein war und im Gehen auf seinen Fußballen auf und ab federte.

Ich brach einen Fliederzweig ab und roch daran. Aber dann wußte ich nicht, wohin damit – wegwerfen wollte ich ihn nicht –, und steckte ihn schließlich in meine Hosentasche.

Ich setzte über unsern rückwärtigen Zaun hinweg und landete in unserem hinteren Garten, eine Katze aufscheuchend, die aus der Hecke sprang und im Zickzack über den dunklen Rasen rannte. Das erschreckte mich derartig, daß mir die Knie zitterten. Sorgfältig stopfte ich mein Hemd in die Hose und fuhr mir glättend über die Haare. Plötzlich sah ich hinunter auf meine Fingerspitzen. Sie waren in der Dunkelheit kaum erkennbar und noch feucht vom Flieder, und ich preßte sie an meine Lippen und küßte sie.

Die Küche war dunkel. Im Hause war kein Laut zu hören, aber auch nicht der mindeste, und ein Schauer lief mir über den Rücken. Ich knipste das Licht in der Küche an und untersuchte mich auf Spuren dessen, was vorhergegangen war. Ich kontrollierte mein Hemd, meine Hosen und rieb mir das Gesicht mit beiden Händen. Dann knipste ich das Licht wieder aus und schlüpfte ins Eßzimmer, das auch dunkel war, genau wie der Hausflur. Das Licht auf der Veranda brannte. Ich lief die Vordertreppe hinauf. Oben blieb ich wie angewurzelt stehen: im Zimmer meiner Mutter brannte Licht. Sie saß, mit Kissen im Rücken, aufrecht im Bett, hatte eine Zeitschrift vor sich und einen Notizblock auf der Zeitschrift.

»*Hello*«, sagte ich.

Ich erwartete, daß sie mich wegen meines Zuspätkommens anschnauzen werde, doch sie sah mich nur einen Augenblick nachdenklich an und sagte dann: »Sonny Bruster hat deiner Schwester einen Heiratsantrag gemacht.«

Da ich keine Gelegenheit gehabt hatte, mir das Gesicht zu waschen, hob ich eine Hand und hielt sie an meine Wange und mein Kinn, um die Spuren von Lippenstift zu verbergen, die womöglich dort noch vorhanden waren.

»Im Juni werden sie heiraten«, berichtete sie. »Sie sind nur zu Brusters hinübergefahren, um den Ring zu holen. Es war tatsächlich das erste, was er tat, als er kam. Sie waren beide so – sie waren *beide so glücklich*!« betonte sie. »Sie sind so ein reizendes Paar… Oh, ich wünschte, du hättest sie sehen können.«

Sie war in sehr gerührter Stimmung.

Ich schob mich langsam rückwärts zur Tür hinaus.

»Wo willst du denn hin?« fragte meine Mutter.

»Zu Bett«, sagte ich verwundert. »Ich bin doch im Training.«

»Ach, du solltest wenigstens noch aufbleiben, bis deine Schwester kommt.«

»Ich werde ihr einen Zettel hinlegen«, schlug ich ihr vor.

Ich ging in mein Zimmer, nahm den weißen Flieder aus meiner Hosentasche und legte ihn auf meinen Schreibtisch. Dann schrieb ich: »Ich habe die Neuigkeit gehört und bin begeistert. Herzlichen Glückwunsch. Weck mich, wenn du zurück bist.« Den Zettel steckte ich in den Rahmen des Spiegels über ihrem Toilettentischchen, ging in mein Zimmer zurück und zog mich aus. Ich schlief gewöhnlich nackt, hielt es aber für ratsamer, einen Pyjama anzuziehen, da meine Schwester ja hereinkommen und mich wecken sollte. Ich weiß nicht, wie lange ich geschlafen hatte, als ich ein Geräusch hörte und aus dem Bett hochfuhr. Meine Schwester stand in der Tür zu meinem Zimmer. Sie trug ein blaues Kleid, das vorne mit kleinen weißen Knöpfen zugeknöpft war, und hatte weiße Handschuhe an. »Bist du wach?« flüsterte sie.

»Ja«, antwortete ich. »Wo ist Mutter?«

»Unten«, sagte meine Schwester und trat ins Zimmer. »Sie gibt Telegramme auf. Willst du meinen Ring sehen?« Sie zog die Handschuhe aus.

Ich knipste meine Nachttischlampe an, und sie hielt mir ihre Hand hin. Der Ring war aus Gold, mit einem Smaragd, der von fünf Brillanten umgeben war.

»Der hat seiner Großmutter gehört«, erzählte mir meine Schwester. Ich nickte. »Er ist nicht gerade das, was ich...« sagte sie und ließ sich auf meine Bettkante nieder. Sie hatte vergessen, ihren Satz zu vollenden. »Du, sag mal, glaubst du, daß er wirklich reich ist?« fragte sie mich. Dann sah sie mich mit einem traurigen Blick unter halb geschlossenen Lidern an: »Soll ich dir was Schreckliches verraten? Mein Ring gefällt mir nicht...«

»Bist du unglücklich?« erkundigte ich mich.

»Nein, nur schrecklich aufgeregt. Heiraten hat etwas Beängstigendes. Du machst dir keine Vorstellung. Den ganzen Abend hatte ich Schüttelfröste. Am Ende bekomme ich eine Lungenentzündung. Hast du nicht 'ne Zigarette?«

Ich erbot mich an, ihr eine von unten zu holen.

»Nein, laß nur«, lehnte sie ab, »ich habe noch welche in meinem Zimmer. Ich hol sie schon. Weißt du, Sonny und ich haben auch über dich gesprochen. Wir schicken dich aufs College und alles. Das haben wir heute abend schon besprochen.« Sie spielte eine Zeitlang mit ihren Handschuhen und sagte dann, während sie auf ihre Fußspitzen hinuntersah: »Ich habe Angst. Was soll werden, wenn Sonny im Geschäft nichts taugt?« Sie blickte zu mir auf. »Du weißt, was ich meine? Er ist doch noch so jung...«

»Du mußt ihn doch nicht heiraten«, sagte ich. »Schließlich bist du ja...«

»Das verstehst du nicht«, entgegnete meine Schwester eilig, um einem Rat auszuweichen, den sie nicht wünschte. »Du bist noch zu jung.« Sie lachte. »Weißt du, was er zu mir gesagt hat?«

Gerade in dem Augenblick rief meine Mutter unten vom Fuß der Treppe herauf: »Hör mal zu – was hältst du davon? ›Liebe Greta –‹, es ist ein Brieftelegramm, und da kriegen wir eine Menge Wörter hinein, und ich dachte, Greta hätte es lieber, wenn ich so anfinge. Du weißt ja, wie empfindlich Greta ist. Hast du gehört, was ich gesagt habe?«

»Ich muß gehen«, flüsterte meine Schwester mir zu. Sie sah mich an, und plötzlich beugte sie sich vor und gab mir einen Kuß auf die Stirn. »Schlaf jetzt«, sagte sie. »Und träume süß.« Sie stand auf und ging auf den Korridor hinaus.

»– ›Dodie hat sich heute abend verlobt‹«, las meine Mutter. »Ist dir das recht so?«

»... verlobt«, wiederholte meine Schwester mit leiser Stimme.

Ich zog mir den Bademantel und Hausschuhe an und ging auf den Korridor. Meine Schwester stand über das Geländer gelehnt und besprach das Brieftelegramm mit meiner Mutter, die unten am Fuße der Treppe stand. Ich schlüpfte an ihr vorüber und die Hintertreppe hinunter in die Küche. Im Eisschrank fand ich noch ein kaltes Huhn, stellte den Teller auf den Küchentisch, riß eine Keule heraus und begann zu essen.

Die Schwingtür zur Hintertreppe wurde aufgestoßen, und meine Schwester erschien. »Ich bin auch hungrig«, sagte sie. »Ich weiß gar nicht, wieso.« Sie kam langsam zum Tisch herüber und beugte sich über das Huhn. »Mir scheint, Aufregung macht hungrig.«

Meine Mutter stieß die Schwingtür von der Eßzimmerseite her auf. »Ach, da seid ihr«, sagte sie. Sie sah erhitzt aus. »Ich muß mir das Ganze noch ein Weilchen durch den Kopf gehen lassen, und dann schreibe ich es noch einmal«, erklärte sie meiner Schwester. Dann wandte sie sich an mich: »Zu so später Stunde ißt du noch?«

»Ich bin auch hungrig«, mischte meine Schwester sich ein.

»Da ist noch Suppe«, sagte meine Mutter. »Soll ich euch die wärmen?« Und plötzlich füllten sich ihre Augen mit Tränen, und mit einemmal überkam es uns und wir küßten uns – wir umarmten uns und lächelten uns an und prophezeiten uns gegenseitig eine glückliche Zukunft. Wir kannten uns schon so lange, und es gab so viele Dinge, an die wir uns alle drei erinnern konnten... Unser Lächeln, unsere zustimmenden Blicke wanderten vom Gesicht des einen zu dem des andern. Eine gewisse Höflichkeit lag in der Luft. Wir benahmen uns wie bei einer Abschiedsszene auf dem Bahnhof, oder bei der Trauung meiner Schwester, oder der Geburt ihres ersten Kindes, oder meiner Abschiedsfeier vom College. Das hier jedoch war unser erstes Beisammensein dieser Art.

(Deutsch von Elizabeth Gilbert)

Nachweis

EDGAR ALLAN POE (19. Januar 1809, Boston – 7. Oktober 1849, Baltimore):
Die Brille. Aus dem 1. Band der »Werke«. Copyright © 1966 by Walter Verlag, Olten.

MARK TWAIN, eig. Samuel Langhorne Clemens (30. November 1835, Florida, Mo. – 21. April 1910, Redding, Conn.):
Die romantische Geschichte der Eskimomaid. Aus dem Sonderband »Schöne Geschichten«. Copyright © 1966 by Diogenes Verlag AG, Zürich.

AMBROSE BIERCE (24. Juni 1842, Meigs County b. Chester, Ohio – 11. Januar 1914 [?], Ojinaga, Mexiko [?]):
Eine Dame aus Redhorse. Aus: »Mitten im Leben sind wir vom Tod umfangen«. Copyright © 1977 by Büchergilde Gutenberg, Frankfurt a. M.

O. HENRY, eig. William Sydney Porter (11. September 1862, Greensboro, North Carolina – 5. Juni 1910, New York):
Die exakte Wissenschaft von der Ehe. Aus: »Glück, Geld und Gauner«, detebe 107. Copyright © by Diogenes Verlag AG, Zürich.

STEPHEN CRANE (1. November 1871, Newark, New Jersey – 5. Juni 1900, Badenweiler):
Die Braut kommt nach Yellow Sky. Aus einer Geschichtensammlung, in Vorbereitung im Diogenes Verlag. Copyright © 1979 by Diogenes Verlag AG, Zürich.

JACK LONDON, eig. John Griffith (12. Januar 1876, San Francisco – 22. November 1916, Glen Ellen, California):
Der Sohn des Wolfs. Aus dem Sonderband »Goldgräber- & Seefahrergeschichten«. Abdruck mit freundlicher Genehmigung des Universitas Verlags, Berlin.

Sherwood Anderson (13. September 1876, Camden, Ohio – 8. März 1941, Colon, Panama):
Keime. Aus: »Ich möchte wissen warum«, detebe 156. Copyright © 1921 by B. W. Huebsch. Copyright renewed 1948 by Eleanor C. Anderson. Copyright der deutschen Ausgabe © 1978 by Diogenes Verlag AG, Zürich.

Ring Lardner (6. März 1885, Niles, Michigan – 25. September 1933, East Hampton, New York):
Lächeln konnte sie. Aus: »Geschichten aus dem Jazz-Zeitalter«, detebe 78. Abdruck mit freundlicher Genehmigung von Curtis Brown New York und Hans Hermann Hagedorn, Hamburg. Copyright der deutschen Ausgabe © 1974 by Diogenes Verlag AG, Zürich.

Raymond Chandler (23. Juli 1888, Chicago – 26. März 1959, La Jolla, California):
Ein Schriftstellerpaar. Aus: »Die simple Kunst des Mordes«, detebe 70/5. Abdruck mit freundlicher Genehmigung der Literary Agency Mohrbooks Zürich. Copyright der deutschen Ausgabe © 1974 by Diogenes Verlag AG, Zürich.

Dorothy Parker (22. August 1893, West End, New Jersey – 7. Juni 1967, New York):
Groß und blond. Aus »Kurzgeschichten«. Copyright © 1947 by Humanitas Verlag, Zürich.

Katherine Anne Porter (geboren am 15. Mai 1894 in Indian Creek, Texas):
Oma Weatherall, die man sitzenließ. Aus: »Blühender Judasbaum«. Abdruck mit freundlicher Genehmigung von Klett-Cotta, Stuttgart. Copyright der deutschen Übersetzung © 1964 by Diogenes Verlag AG, Zürich.

Francis Scott Fitzgerald (24. September 1896, St. Paul, Minnesota – 21. Dezember 1940, Hollywood):
Die letzte Schöne des Südens. Aus einer Geschichtensammlung, in Vorbereitung im Diogenes Verlag. Copyright © 1929 by The Curtis Publishing Co. Copyright renewed 1956 by Frances Scott Fitzgerald Lanahan. Copyright der deutschen Ausgabe © 1979 by Diogenes Verlag AG, Zürich.

William Faulkner (25. September 1897, New Albany, Mississippi – 6. Juli 1962, Oxford, Miss.):
Eine Rose für Emily. Aus dem 2. Band der »Gesammelten Erzählungen«, detebe 30/2, erschienen 1977 im Diogenes Verlag. Copyright © 1964 by Fretz und Wasmuth Verlag AG, Zürich.

Ernest Hemingway (21. Juli 1899, Oak Park, Ill. – 2. Juli 1961, Ketchum, Idaho):
Müde bin ich, geh zur Ruh'. Aus: »49 Stories«. Copyright © 1950 by Rowohlt Verlag GmbH, Hamburg.

Erskine Caldwell (geboren am 17. Dezember 1903, Coweta County bei White Oak, Georgia):
Mann und Frau. Aus dem Diogenes Band »Mann und Frau«. Abdruck mit freundlicher Genehmigung des Verlags Volk und Welt, Berlin. Copyright dieser Auswahl © 1967 by Diogenes Verlag AG, Zürich.

Carson McCullers (12. Februar 1917, Columbus, Georgia – 29. September 1967, Nyack, New York):
Ein Baum, ein Felsen, eine Wolke. Aus dem 1. Band der »Gesammelten Erzählungen«, detebe 20/1. Abdruck mit freundlicher Genehmigung der Literary Agency Mohrbooks, Zürich. Copyright der deutschen Ausgabe © 1974 by Diogenes Verlag AG, Zürich.

Patricia Highsmith (geboren am 19. Januar 1921, Fort Worth, Texas):
Warten. Aus: »Der Schneckenforscher«, detebe 74/14. Abdruck mit freundlicher Genehmigung der Literary Agency Mohrbooks. Copyright der deutschen Ausgabe © 1973 by Diogenes Verlag AG, Zürich.

Harold Brodkey (»Mein Geburtstag ist ein Geheimnis; ich bin ein Geheimnis; nennt mich einen mysteriösen bärtigen Amerikaner«):
Erste Liebe und andere Sorgen. Aus dem gleichnamigen Erzählungsband. Abdruck mit freundlicher Genehmigung der Literary Agency Mohrbooks. Copyright der deutschen Ausgabe © 1968 by Diogenes Verlag AG, Zürich.

Allen Autoren, Verlagen und Agenturen sei für die Abdruckserlaubnis herzlich gedankt.

Amerikanische Literatur im Diogenes Verlag

● **Joan Aiken**
Die Kristallkrähe. Roman. Deutsch von Helmut Degner. detebe 20138

● **Woody Allen**
Manhattan. Vollständiges Drehbuch mit 20 Szenenfotos. Deutsch von Hellmuth Karasek und Armgard Seegers. detebe 20821
Der Stadtneurotiker. Vollständiges Drehbuch mit 19 Szenenfotos. Deutsch von Eckhard Henscheid und Sieglinde Rahm detebe 20822
Interiors. Vollständiges Drehbuch mit 16 Szenenfotos. Deutsch von Hellmuth Karasek und Armgard Seegers. detebe 20823
Stardust Memories. Vollständiges Drehbuch mit 32 Szenenfotos. Deutsch von Hellmuth Karasek und Armgard Seegers. detebe 20824
Zelig. Vollständiges Drehbuch mit 16 Szenenfotos. Deutsch von Armgard Seegers detebe 21154
Weitere Werke in Vorbereitung

● **Sherwood Anderson**
Ich möchte wissen warum. Ausgewählte Erzählungen. Deutsch von Karl Lerbs und Helene Henze. detebe 20514

● **Louis Armstrong**
Mein Leben in New Orleans. Autobiographie. Deutsch von Hans Georg Brenner detebe 20359

● **John Bellairs**
Das Haus, das tickte. Roman. Deutsch von Alexander Schmitz. Mit Zeichnungen von Edward Gorey. detebe 20368

● **Ambrose Bierce**
Die Spottdrossel. Erzählungen und Fabeln. Auswahl und Vorwort von Mary Hottinger. Deutsch von Joachim Uhlmann, Günter Eichel und Maria von Schweinitz. Zeichnungen von Tomi Ungerer. detebe 20234

● **Ray Bradbury**
Die Mars-Chroniken. Roman in Erzählungen. Deutsch von Thomas Schlück detebe 20863
Der illustrierte Mann. Erzählungen. Deutsch von Peter Naujack. detebe 20365
Fahrenheit 451. Roman. Deutsch von Fritz Güttinger. detebe 20862
Die goldenen Äpfel der Sonne. Erzählungen. Deutsch von Margarete Bormann detebe 20864
Medizin für Melancholie. Erzählungen Deutsch von Margarete Bormann detebe 20865
Das Böse kommt auf leisen Sohlen. Roman. Deutsch von Norbert Wölfl. detebe 20866
Löwenzahnwein. Roman. Deutsch von Alexander Schmitz. detebe 21045
Das Kind von morgen. Erzählungen. Deutsch von Hans-Joachim Hartstein. detebe 21205

● **Harold Brodkey**
Erste Liebe und andere Sorgen. Erzählungen. Deutsch von Elizabeth Gilbert. detebe 20774

● **Fredric Brown**
Flitterwochen in der Hölle. Science-Fiction-Geschichten. Deutsch von B. A. Egger. Mit Illustrationen von Peter Neugebauer detebe 20600

● **W. R. Burnett**
Little Caesar. Roman. Deutsch von Georg Kahn-Ackermann. detebe 21061
High Sierra. Roman. Deutsch von Armgard Seegers und Hellmuth Karasek. detebe 21208

● **Erskine Caldwell**
Wo die Mädchen anders waren. Ausgewählte Geschichten. Deutsch von Inge M. Artl, Elisabeth Schnack und Joachim Marten detebe 21186

● **Raymond Chandler**
Die besten Detektivstories. Deutsch von Hans Wollschläger. Diogenes Evergreens
Der große Schlaf. Roman. Deutsch von Gunar Ortlepp. detebe 20132
Die kleine Schwester. Roman. Deutsch von Walter E. Richartz. detebe 20206
Das hohe Fenster. Roman. Deutsch von Urs Widmer. detebe 20208
Der lange Abschied. Roman. Deutsch von Hans Wollschläger. detebe 20207
Die simple Kunst des Mordes. Essays, Briefe, eine Geschichte und ein Romanfragment. Herausgegeben von Dorothy Gardiner und Kathrine Sorley Walker. Deutsch von Hans Wollschläger. detebe 20209
Die Tote im See. Roman. Deutsch von Hellmuth Karasek. detebe 20311

Lebwohl, mein Liebling. Roman. Deutsch von Wulf Teichmann. detebe 20312
Playback. Roman. Deutsch von Wulf Teichmann. detebe 20313
Mord im Regen. Frühe Stories. Vorwort von Prof. Philip Durham. Deutsch von Hans Wollschläger. detebe 20314
Erpresser schießen nicht. Gesammelte Detektivstories I. Mit einem Vorwort des Autors. Deutsch von Hans Wollschläger
detebe 20751
Der König in Gelb. Gesammelte Detektivstories II. Deutsch von Hans Wollschläger
detebe 20752
Gefahr ist mein Geschäft. Gesammelte Detektivstories III. Deutsch von Hans Wollschläger. detebe 20753
Englischer Sommer. Geschichten, Parodien, Essays. Mit einem Vorwort von Patricia Highsmith, Zeichnungen von Edward Gorey und einer Erinnerung an den Drehbuchautor Chandler von John Houseman. Deutsch von Wulf Teichmann, Hans Wollschläger u.a. Mit einer kompletten Chandler-Bibliographie und -Filmographie. detebe 20754

Als Ergänzungsband liegt vor:

Raymond Chandler. Sein Leben und Werk. Biographie. Deutsch von Wulf Teichmann
detebe 20960

● Stephen Crane

Das blaue Hotel. Erzählungen. Herausgegeben, übersetzt und mit einem Nachwort von Walter E. Richartz. detebe 20789

● Ralph Waldo Emerson

Natur. Essay. Deutsch von Harald Kiczka
Diogenes Evergreens
Essays. Herausgegeben und übersetzt von Harald Kiczka. Mit zahlreichen Anmerkungen und einem ausführlichen Index
detebe 21071

● William Faulkner

Brandstifter. Gesammelte Erzählungen I
Deutsch von Elisabeth Schnack
detebe 20040
Eine Rose für Emily. Gesammelte Erzählungen II. Deutsch von Elisabeth Schnack
detebe 20041
Rotes Laub. Gesammelte Erzählungen III. Deutsch von Elisabeth Schnack
detebe 20042
Sieg im Gebirge. Gesammelte Erzählungen IV. Deutsch von Elisabeth Schnack
detebe 20043
Schwarze Musik. Gesammelte Erzählungen V. Deutsch von Elisabeth Schnack
detebe 20044
Die Unbesiegten. Roman. Deutsch von Erich Franzen. detebe 20075
Sartoris. Roman. Deutsch von Hermann Stresau. detebe 20076
Als ich im Sterben lag. Roman. Deutsch von Albert Hess und Peter Schünemann
detebe 20077
Schall und Wahn. Roman. Revidierte Übersetzung von Elisabeth Kaiser und Helmut M. Braem. detebe 20096
Absalom, Absalom! Roman. Deutsch von Hermann Stresau. detebe 20148
Go down, Moses. Chronik einer Familie. Roman. Deutsch von Hermann Stresau und Elisabeth Schnack. detebe 20149
Der große Wald. Vier Jagdgeschichten
Deutsch von Elisabeth Schnack
detebe 20150
Griff in den Staub. Roman. Deutsch von Harry Kahn. detebe 20151
Der Springer greift an. Kriminalgeschichten. Deutsch von Elisabeth Schnack
detebe 20152
Soldatenlohn. Roman. Revidierte Übersetzung von Susanna Rademacher. detebe 20511
Moskitos. Roman. Revidierte Übersetzung von Richard K. Flesch. detebe 20512
Wendemarke. Roman. Revidierte Übersetzung von Georg Goyert. detebe 20513
Die Freistatt. Roman. Deutsch von Hans Wollschläger. Vorwort von André Malraux
detebe 20802
Licht im August. Roman. Deutsch von Franz Fein. detebe 20803
Wilde Palmen und Der Strom. Doppelroman. Deutsch von Helmut M. Braem und Elisabeth Kaiser. detebe 20988
Die Spitzbuben. Roman. Deutsch von Elisabeth Schnack. detebe 20989
Eine Legende. Roman. Deutsch von Kurt Heinrich Hansen. detebe 20990
Requiem für eine Nonne. Roman in Szenen. Deutsch von Robert Schnorr. detebe 20991
Das Dorf. Roman. Erster Teil der *Snopes-Trilogie.* Deutsch von Helmut M. Braem und Elisabeth Kaiser. detebe 20992
Die Stadt. Roman. Zweiter Teil der *Snopes-Trilogie.* Deutsch von Elisabeth Schnack
detebe 20993
Das Haus. Roman. Dritter Teil der *Snopes-Trilogie.* Deutsch von Elisabeth Schnack
detebe 20994
New Orleans. Skizzen und Erzählungen. Deutsch von Arno Schmidt. detebe 20995
Briefe. Nach der von Joseph Blotner edierten amerikanischen Erstausgabe von 1977, herausgegeben und übersetzt von Elisabeth Schnack und Fritz Senn. detebe 20958

Als Ergänzungsband liegt vor:

Über William Faulkner. Essays, Rezensionen, ein Interview, Zeichnungen, Chronik und Bibliographie. Herausgegeben von Gerd Haffmans. detebe 20098

● Lawrence Ferlinghetti

Ausgewählte Gedichte. Nachdichtung und Nachwort von Alexander Schmitz
detebe 20060

● F. Scott Fitzgerald

Zärtlich ist die Nacht. Roman. Neu übersetzt von Walter E. Richartz und Hanna Neves. Vorwort von Malcolm Cowley. Diogenes Evergreens. Auch als detebe 21119
Der große Gatsby. Roman. Revidierte Übersetzung von Walter Schürenberg
detebe 20183
Der letzte Taikun. Roman. Deutsch von Walter Schürenberg. detebe 20395
Pat Hobby's Hollywood-Stories. Übersetzt und mit Anmerkungen versehen von Harry Rowohlt. detebe 20510
Der Rest von Glück. Erzählungen 1920
detebe 20744
Ein Diamant – so groß wie das Ritz. Erzählungen 1922 – 1926. detebe 20745
Der gefangene Schatten. Erzählungen 1926 bis 1928. detebe 20746
Die letzte Schöne des Südens. Erzählungen 1928–1930. detebe 20747
Wiedersehen mit Babylon. Erzählungen 1930 bis 1940. detebe 20748
Alle Erzählungen in der Übersetzung von Walter Schürenberg, Walter E. Richartz u.a.
Das Liebesschiff. Erzählungen. Deutsch von Alexander Schmitz. detebe 21187

● Dashiell Hammett

Der Malteser Falke. Roman. Deutsch von Peter Naujack. detebe 20131
Rote Ernte. Roman. Deutsch von Gunar Ortlepp. detebe 20292
Der Fluch des Hauses Dain. Roman. Deutsch von Wulf Teichmann. detebe 20293
Der gläserne Schlüssel. Roman. Deutsch von Hans Wollschläger. detebe 20294
Der dünne Mann. Roman. Deutsch von Tom Knoth. detebe 20295
Fliegenpapier. Detektivstories I. Deutsch von Harry Rowohlt, Helmut Kossodo, Helmut Degner, Peter Naujack und Elizabeth Gilbert. Vorwort von Lillian Hellman
detebe 20911
Fracht für China. Detektivstories II. Deutsch von Elizabeth Gilbert, Antje Friedrichs und Walter E. Richartz. detebe 20912
Das große Umlegen. Detektivstories III. Deutsch von Walter E. Richartz, Hellmuth Karasek und Wulf Teichmann. detebe 20913
Das Haus in der Turk Street. Detektivstories IV. Deutsch von Wulf Teichmann
detebe 20914
Das Dingsbums Küken. Detektivstories V. Deutsch von Wulf Teichmann. Nachwort von Steven Marcus. detebe 20915

● O. Henry

Die klügere Jungfrau. Erzählungen. Mit einem Essay von Cesare Pavese. detebe 20871
Das Herz des Westens. Erzählungen
detebe 20872
Der edle Gauner. Erzählungen
detebe 20873
Wege des Schicksals. Erzählungen
detebe 20874
Streng geschäftlich. Erzählungen
detebe 20875
Rollende Steine. Erzählungen. detebe 20876
Alle Erzählungen deutsch von Annemarie und Heinrich Böll, Hans Wollschläger u.a.

● Patricia Highsmith

Leute, die an die Tür klopfen. Roman
Deutsch von Anne Uhde. Leinen
Die besten Geschichten von Patricia Highsmith. Herausgegeben von Franz Sutter
Diogenes Evergreens
Der Stümper. Roman. Deutsch von Barbara Bortfeldt. detebe 20136
Zwei Fremde im Zug. Roman. Deutsch von Anne Uhde. detebe 20173
Der Geschichtenerzähler. Roman. Deutsch von Anne Uhde. detebe 20174
Der süße Wahn. Roman. Deutsch von Christian Spiel. detebe 20175
Die zwei Gesichter des Januars. Roman. Deutsch von Anne Uhde. detebe 20176
Der Schrei der Eule. Roman. Deutsch von Gisela Stege. detebe 20341
Tiefe Wasser. Roman. Deutsch von Eva Gärtner und Anne Uhde. detebe 20342
Die gläserne Zelle. Roman. Deutsch von Gisela Stege und Anne Uhde. detebe 20343
Das Zittern des Fälschers. Roman. Deutsch von Anne Uhde. detebe 20344
Lösegeld für einen Hund. Roman. Deutsch von Anne Uhde. detebe 20345
Der talentierte Mr. Ripley. Deutsch von Barbara Bortfeldt. detebe 20481
Ripley Under Ground. Deutsch von Anne Uhde. detebe 20482

Ripley's Game. Roman. Deutsch von Anne Uhde. detebe 20346
Der Schneckenforscher. Gesammelte Geschichten. Vorwort von Graham Greene. Deutsch von Anne Uhde. detebe 20347
Ein Spiel für die Lebenden. Deutsch von Anne Uhde. detebe 20348
Kleine Geschichten für Weiberfeinde Deutsch von Walter E. Richartz. Zeichnungen von Roland Topor. detebe 20349
Kleine Mordgeschichten für Tierfreunde Deutsch von Anne Uhde. detebe 20483
Venedig kann sehr kalt sein. Roman. Deutsch von Anne Uhde. detebe 20484
Ediths Tagebuch. Roman. Deutsch von Anne Uhde. detebe 20485
Der Junge, der Ripley folgte. Roman Deutsch von Anne Uhde. detebe 20649
Leise, leise im Wind. Zwölf Geschichten. Deutsch von Anne Uhde. detebe 21012
Keiner von uns. Erzählungen. Deutsch von Anne Uhde. detebe 21179

Als Ergänzungsband liegt vor:
Über Patricia Highsmith. Essays und Zeugnisse von Graham Greene bis Peter Handke. Mit Bibliographie, Filmographie und zahlreichen Fotos. Herausgegeben von Fritz Senn und Franz Cavigelli. detebe 20818

● John Irving

Das Hotel New Hampshire. Roman. Deutsch von Hans Hermann. detebe 21194

● Ring Lardner

Geschichten aus dem Jazz-Zeitalter. Auswahl, Nachwort und Übersetzung von Fritz Güttinger. detebe 20153

● Jack London

Seefahrer- & Goldgräber-Geschichten Deutsch von Erwin Magnus. Vorwort von Herbert Eisenreich. Diogenes Evergreens

● Carson McCullers

Wunderkind. Erzählungen I. Deutsch von Elisabeth Schnack. detebe 20140
Madame Zilensky und der König von Finnland. Erzählungen II. Deutsch von Elisabeth Schnack. detebe 20141
Die Ballade vom traurigen Café. Novelle. Deutsch von Elisabeth Schnack. Diogenes Evergreens. Auch als detebe 20142
Das Herz ist ein einsamer Jäger. Roman. Deutsch von Susanna Rademacher detebe 20143
Spiegelbild im goldnen Auge. Roman. Deutsch von Richard Moering. detebe 20144
Frankie. Roman. Deutsch von Richard Moering. detebe 20145
Uhr ohne Zeiger. Roman. Deutsch von Elisabeth Schnack. detebe 20146

Als Ergänzungsband liegt vor:
Über Carson McCullers. Essays von und über Carson McCullers; Chronik und Bibliographie. Deutsch von Elisabeth Schnack und Elizabeth Gilbert. Herausgegeben von Gerd Haffmans. detebe 20147

● Ross Macdonald

Dornröschen war ein schönes Kind. Roman. Deutsch von Wulf Teichmann. detebe 20227
Unter Wasser stirbt man nicht. Roman Deutsch von Hubert Deymann detebe 20322
Ein Grinsen aus Elfenbein. Roman. Deutsch von Charlotte Hamberger. detebe 20323
Die Küste der Barbaren. Roman. Deutsch von Marianne Lipcowitz. detebe 20324
Der Fall Galton. Roman. Deutsch von Egon Lothar Wensk. detebe 20325
Gänsehaut. Roman. Deutsch von Gretel Friedmann. detebe 20326
Der blaue Hammer. Roman. Deutsch von Peter Naujack. detebe 20541
Durchgebrannt. Roman. Deutsch von Helmut Degner. detebe 20868
Geld kostet zuviel. Roman. Deutsch von Günter Eichel. detebe 20869
Die Kehrseite des Dollars. Roman. Deutsch von Günter Eichel. detebe 20877
Der Untergrundmann. Roman. Deutsch von Hubert Deymann. detebe 20878
Der Drahtzieher. Sämtliche Detektivstories um Lew Archer I. Mit einem Vorwort des Autors. Deutsch von Hubert Deymann und Peter Naujack. detebe 21018
Einer lügt immer. Sämtliche Detektivstories um Lew Archer II. Deutsch von Hubert Deymann und Peter Naujack. detebe 21019
Sanftes Unheil. Roman. detebe 21178

● A. E. W. Mason

Die vier Federn. Roman. Deutsch von Thomas Schlück. detebe 21176

● Herman Melville

Moby-Dick. Roman. Deutsch von Thesi Mutzenbecher und Ernst Schnabel detebe 20835
Billy Budd. Erzählung. Deutsch von Richard Moering. detebe 20787

● Margaret Millar

Nymphen gehören ins Meer. Roman Deutsch von Otto Bayer. Leinen

Liebe Mutter, es geht mir gut... Roman
Deutsch von Elizabeth Gilbert
detebe 20226
Die Feindin. Roman. Deutsch von Elizabeth Gilbert. detebe 20276
Fragt morgen nach mir. Roman. Deutsch von Anne Uhde. detebe 20542
Ein Fremder liegt in meinem Grab. Roman. Deutsch von Elizabeth Gilbert. detebe 20646
Die Süßholzraspler. Roman. Deutsch von Georg Kahn-Ackermann und Susanne Feigl
detebe 20926
Von hier an wird's gefährlich. Roman
Deutsch von Fritz Güttinger. detebe 20927
Der Mord von Miranda. Roman. Deutsch von Hans Hermann. detebe 21028
Das eiserne Tor. Roman. Deutsch von Karin Reese und Michel Bodmer. detebe 21063
Fast wie ein Engel. Roman. Deutsch von Luise Däbritz. detebe 21190

● Howard Moss & Edward Gorey

Augenblicke aus dem Leben großer Geister. Deutsch von Jörg Drews. detebe 20357

● Edgar Allan Poe

Die schwarze Katze und andere Verbrechergeschichten. detebe 21183
Die Maske des roten Todes und andere phantastische Fahrten. detebe 21184
Der Teufel im Glockenstuhl und andere Scherz- und Spottgeschichten. detebe 21185
Der Untergang des Hauses Usher und andere Geschichten von Schönheit, Liebe und Wiederkunft. detebe 21184
Alle Bände herausgegeben von Theodor Etzel. Deutsch von Gisela Etzel, Wolf Durian u.a.

● Patrick Quentin

Bächleins Rauschen tönt so bang ... Geschichten. Deutsch von Günter Eichel
detebe 20195
Familienschande. Roman. Deutsch von Helmut Degner. detebe 20917

● Henry Slesar

Die besten Geschichten von Henry Slesar
Herausgegeben von Anne Schmucke
Diogenes Evergreens
Fiese Geschichten für fixe Leser. Deutsch von Thomas Schlück. Diogenes Evergreens
Auch als detebe 21125
Schlimme Geschichten für schlaue Leser
Deutsch von Thomas Schlück. detebe 21036
Coole Geschichten für clevere Leser. Deutsch von Thomas Schlück. detebe 21046
Das graue distinguierte Leichentuch. Roman. Deutsch von Paul Baudisch und Thomas Bodmer. detebe 20139
Vorhang auf, wir spielen Mord! Roman. Deutsch von Thomas Schlück
detebe 20216
Erlesene Verbrechen und makellose Morde. Geschichten. Deutsch von Günter Eichel und Peter Naujack. Vorwort von Alfred Hitchcock. Zeichnungen von Tomi Ungerer
detebe 20225
Ein Bündel Geschichten für lüsterne Leser. Deutsch von Günter Eichel. Einleitung von Alfred Hitchcock. Zeichnungen von Tomi Ungerer. detebe 20275
Hinter der Tür. Roman. Deutsch von Thomas Schlück. detebe 20540
Aktion Löwenbrücke. Roman. Deutsch von Günter Eichel. detebe 20656
Ruby Martinson. Geschichten vom größten erfolglosen Verbrecher der Welt. Deutsch von Helmut Degner. detebe 20657

● Elinor Goulding Smith

Die perfekte Hausfrau. Deutsch von Elisabeth Schnack. Mit Zeichnungen von Loriot. detebe 21082

● Henry David Thoreau

Walden oder Leben in den Wäldern. Deutsch von Emma Emmerich und Tatjana Fischer. Mit Anmerkungen, Chronik und Register und mit einem Vorwort von W. E. Richartz
detebe 20019
Über die Pflicht zum Ungehorsam gegen den Staat und andere Essays. Auswahl, Übersetzung und Nachwort von W. E. Richartz
detebe 20063

● Mark Twain

Die besten Geschichten von Mark Twain
Herausgegeben von Christian Strich
Diogenes Evergreens
Die Million-Pfund-Note. Skizzen und Erzählungen I. Deutsch von N. O. Scarpi, Marie-Louise Bischof und Ruth Binde. Mit Zeichnungen von Bob van den Born
detebe 20918
Menschenfresserei in der Eisenbahn. Skizzen und Erzählungen II. Deutsch von Marie-Louise Bischof und Ruth Binde. Mit Zeichnungen von Bob van den Born
detebe 20919

● Nathanael West

Schreiben Sie Miss Lonelyhearts. Roman. Mit einer Einführung von Alan Ross. Deutsch von Fritz Güttinger. detebe 20058

Tag der Heuschrecke. Roman. Deutsch von Fritz Güttinger. detebe 20059

Eine glatte Million oder Die Demontage des Mister Lemuel Pitkin. Roman. Übersetzung, Anmerkungen und Nachwort von Dieter E. Zimmer. detebe 20249

● **Das Diogenes Lesebuch amerikanischer Erzähler**

Geschichten von Washington Irving bis Harold Brodkey. Mit einleitenden Essays von Edgar A. Poe und Ring Lardner, Zeittafel, bio-bibliographischen Notizen und Literaturhinweisen. Herausgegeben von Gerd Haffmans. detebe 20271